Riccardo H. Wood

Julian - LiebesChaos auf Mallorca

Erotischer Liebesroman

BoD

Riccardo H. Wood

Julian - LiebesChaos auf Mallorca

Erotischer Liebesroman

BoD

Bibliografische Information der Deutschen Nationalbibliothek:
Die Deutsche Nationalbibliothek verzeichnet diese Publikation in der Deutschen Nationalbibliografie; detaillierte bibliografische Daten sind im Internet über http://dnb.dnb.de abrufbar.

Copyright © 2019 Riccardo H. Wood
Ausgabe 1.1 / 10-2019

Herstellung und Verlag:
BoD – Books on Demand, Norderstedt
ISBN 978-3-7431-2494-3

Das Werk, einschließlich seiner Teile, ist urheberrechtlich geschützt. Jede Verwertung ist ohne Zustimmung des Autors unzulässig. Dies gilt insbesondere für die elektronische oder sonstige Vervielfältigung, Übersetzung, Verbreitung und öffentliche Zugänglichmachung.
Ähnlichkeiten oder Namensgleichheiten mit lebenden Personen sind rein zufällig und nicht beabsichtigt!

Prolog

Julian
Im Chefsessel, weit nach hinten gelehnt, die Füße auf meinem exklusiven, riesigen Schreibtisch abgelegt, blicke ich durch die Panoramascheibe nach draußen. Nichts, aber auch rein gar nichts, stört den beeindruckenden Blick auf das Schönste, was die Natur zu bieten hat, wozu auch Lisa gehört. Da steht sie, bereit, nur für mich, an der Kante des Pools, den Blick in die Ferne schweifend über das weite Meer hinweg. Ihre beiden Bikiniteile liegen auf dem Weg dorthin verstreut, als deutlicher Hinweis darauf, dass sie nichts trägt, als ihre zarte, von der Sonne leicht gebräunte Haut. Mir läuft förmlich das Wasser im Munde zusammen, ich lechze nach ihr, nach ihrem unendlich geilen Körper. Meine Hände zittern bereits, zittern vor Gier und Verlangen.

Lisa
Gleich wird er sich erheben, denke ich, gleich werde ich ihn spüren, werde mich hingeben, mich von seiner Männlichkeit einnehmen lassen. Noch vor wenigen Minuten sah ich das Flackern in seinen Augen. Ich bin fällig, bereit wie eine süße Frucht gepflückt, genommen und verzehrt zu werden.

Julian
Noch sitze ich. Am liebsten wäre ich schon im Büro über sie hergefallen. Rock hoch, Höschen runter, Schlitz auf und los. Ich konnte es mir gerade noch verkneifen. Sie ist schön, wunderschön, über ihre ganzen ein Meter achtzig hinweg. Wohl proportioniert, sehr weiblich, die unglaublichen Rundungen ihres Körpers rauben mir die Sinne, degradieren meinen Verstand zu einem verkümmerten Pflänzchen. Meine Augen kleben auf ihrer Rückseite, genauer gesagt, auf ihrem geilen Arsch. Ich weiß, sie spürt meinen Blick wie den Hauch eines Luftzuges. Verrückt, was etwas Speck in der richtigen Form mit den Hormonen anzurichten vermag.
Sie spielt mit mir, lässt sich mehr Zeit als nötig, um ihre langen, dunkelblonden Haare mit einem Gummi zusammenzufassen. Ich fühle mich gut, sehr gut. Es ist ein erhebendes Gefühl das alles genießen zu dürfen. Ja, ich bin privilegiert und zugegebenermaßen, es fühlt sich richtig gut an. Verdammt, habe ich Bock auf dieses sexy Schneckchen mit ihrem knackigen, runden Po. Meine Hose spannt und signalisiert, dass er befreit werden möchte, die Aufgabe verrichten möchte, für die er da ist.

Glatt wie ein Spiegel, völlig unberührt und ganz eben sehe ich die Wasseroberfläche vor Lisas Füßen liegen, beobachte, wie sie mit einem filmreifen Köpfer, der kaum Spritzer verursacht, gekonnt hineintaucht. Nach und nach nehmen die Ringe, welche sich kontinuierlich vergrößern, die gesamte Oberfläche des Pools ein. Auf der anderen Seite des Beckens taucht sie auf, elegant wie eine Meerjungfrau.

Ich kann nicht mehr, ich kann nicht mehr warten, springe auf, lasse alle Hüllen fallen, laufe meiner Elfe hinterher. Huch, kalt, egal, mir ist heiß, heiß, heiß. Mit drei kräftigen Zügen unter Wasser nähere ich mich meinem Nacktfrosch, gleite eng an ihrem Körper nach oben, fühle ihre Haut, die Wölbung ihres Pos.

Lisa
Während ich meinen Blick über die unendliche Weite des türkisblau schimmernden Meeres schweifen lasse, fühle ich unzählige Luftblasen, die sich, wie eine lebendige Wand, sanft an meinem Körper nach oben drängen. Erst jetzt spüre ich ihn, Julian, der sich an meinen Rücken schmiegt, spüre seine Erregung, der das frische Wasser nichts anhaben konnte. Ich erschaudere, als seine Lippen meinen Nacken berühren, als er mich zärtlich küsst, mir unzählige zarte Nadelstiche verpasst. Ich fühle, wie seine Hände um mich herumgleiten, zielstrebig, in Richtung meiner Brüste.

Julian
Als ich ihren Busen berühre, überkommt mich ein wohliges Gefühl. Ich spreize meine Finger, damit ihre Brüste Platz finden, ich spüre ihre harten Brustwarzen in meinen Handflächen, mein Puls schießt weiter in die Höhe. Er, zwischen meinen Beinen, bettelt bereits um Vollzug, fühlt sich an wie kurz vorm Bersten. Komm, dreh dich um, ich kann nicht mehr, denke ich, die süße Belohnung schon vor Augen, die mich gleich erwartet.

Lisa
Noch immer halte ich mich am Handlauf fest, blicke über das weite Meer, sehe nichts, fühle nur. Wahnsinn, seine Hand gleitet an meinem Bauch nach unten, bedeckt mein nicht vorhandenes Dreieck, fixiert mich. Seine Finger treiben mich in den Wahnsinn, ich möchte mich umdrehen, möchte es sofort, nein, ich warte, genieße.

Julian
Das was ich anfasse, fasse ich gerne an, fühle ich gerne, sehe ich in diesem Augenblick vor meinem geistigen Auge, nur ein Strich, nackt, bereit für mich.

Lisa
Ich stöhne vor Wollust, kann nicht mehr warten, drehe mich um, wende mich meinem Liebsten zu, halte mich am Handlauf fest. Meine Beine schlingen sich um ihn, nehmen Besitz von ihm.

Julian
Endlich, sie hat Erbarmen. Ich packe fest zu, kralle meine Finger in ihre drallen Pobacken, drücke sie an mich, nehme sie.

Lisa
Wahnsinn, ich spüre ihn, tief in mir, seine Lippen finden die meinen, seine Zunge die meine, ich küsse, stöhne, küsse, stöhne. Alles bricht über mir zusammen, ich spüre einen zuckenden Stromschlag über seine Lippen bis in meinen Unterleib hinein ausstrahlen. Ich stöhne in die Natur hinaus, bis unser gemeinsamer Höhepunkt mit dem Rauschen des Meeres verschmilzt. Eng umschlungen, nach Luft ringend, verharren wir in der warmen Brise, kosten das schöne Gefühl aus, lassen es ausklingen bis zum letzten Augenblick.

Kapitel 1: Der Wendepunkt

Julian saß in seinem luxuriösen Büro, aber nach zwei anstrengenden Stunden war er nicht mehr in der Lage, sich auf seine Arbeit zu konzentrieren. So nutzte er die Zeit, um etwas nachzudenken. Es waren viele unterschiedliche Gedanken, die ihm durch den Kopf gingen. Er erinnerte sich noch sehr genau an den Zeitpunkt, als sich seine berufliche Ausrichtung von jetzt auf gleich vollkommen veränderte, was im späteren Verlauf auch Einfluss auf sein Privatleben nahm. Es war der Moment, als er damals lässig in seinem Chefsessel lümmelte, die Füße, mitsamt Schuhen, auf dem riesigen Glastisch abgelegt hatte und eine dicke, qualmende Havanna in seinem Mund steckte. Julian war zwar kein Raucher, aber die fette Zigarre passte zu diesem Moment, wie die Sahne auf dem Erdbeerkuchen. Sie musste einfach geraucht werden, obwohl sie ihn zum Husten anregte. In seiner Hand hielt er einen Scheck über einhunderttausend Euro, eine Tatsache, die er erst einmal verdauen musste. Julian brauchte damals wirklich ein paar Minuten, um zu realisieren, was dies für ihn bedeutete. Es war unglaublich, denn er hatte der Bitte seines Kunden in keiner Weise entsprochen, aber dieser war kein Mann von großen Worten, er schaffte lieber gleich Fakten. Er hatte diesen unglaublichen Scheck einfach, als Vertrauensvorschuss, auf Julians Schreibtisch hinterlassen, ohne dass er es bemerkt hatte.

Kapitel 2: Julians Vergangenheit

Julian, zum damaligen Zeitpunkt vierzig Jahre alt, war circa einen Meter neunzig groß und von sportlicher Statur. Mit seinen dichten, schwarzen Haaren und seinem markanten, sehr männlichen Gesicht, bot er, schon rein äußerlich, alles, was sich eine anspruchsvolle Frau nur wünschen konnte. Sein Lebensweg war nicht durch einen gezielten Karriereplan vorgezeichnet, sondern wurde durch die Verwirklichung seiner Interessen geprägt. Julians einnehmendes, positives und freundliches Wesen kam ihm dabei zugute. Schon als Jugendlicher faszinierte ihn die Architektur großer Villen und herausragender Gebäude. Dass er Architektur studierte, war einzig und alleine diesem Interesse geschuldet. Julian konnte sich ohnehin kein anderes Studium für sich vorstellen.
Nach erfolgreichem Abschluss begann er seine berufliche Tätigkeit in einem kleinen Architekturbüro. Für den Anfang war dies in Ordnung, denn es gab in der Praxis noch vieles zu lernen, was das Studium nicht in der Lage war zu vermitteln. Bei diesem Arbeitgeber konnte er seine herausragenden Fähigkeiten und Ideen allerdings nur in Ansätzen umsetzen. Meist waren es die finanziellen Vorgaben oder die konservativen Vorstellungen der Bauherren, die seine Gestaltungsmöglichkeiten in enge Schranken verwiesen. Bereits ein Jahr später war es ihm möglich, in ein renommiertes, international tätiges Architekturbüro zu wechseln. In den folgenden Jahren befasste er sich ausschließlich mit Großprojekten, wie Hochhäusern, Brücken, öffentlichen Gebäuden und sonstigen Spezialaufträgen. Es waren Projekte, die ihn voll einnahmen und dafür sorgten, dass er überall und nirgends auf der Welt zuhause war. So schaffte es Julian, innerhalb weniger Jahre, auf der Karriereleiter ein

großes Stück nach oben zu klettern und in Honorarbereiche vorzudringen, von denen die Mehrheit der Architekten nur träumen konnte.
Julian war von Grund auf bescheiden, ganz und gar kein Lebemann, was zur Folge hatte, dass sein Kontostand von Monat zu Monat um eine beträchtliche Summe anwuchs. Eines Tages stand er vor seinem Chef und schockte ihn mit der Nachricht, dass er sich gerne ein Sabbatjahr nehmen würde, das ihm jedoch, wie nicht anders erwartet, erst nach einer längeren Diskussion zugestanden wurde. Sein Plan war, sich einen geeigneten Ort zu suchen, um in Ruhe über sein Leben nachzudenken. Ein schöner Ort mit mildem Klima, an dem er sich über einen längeren Zeitraum aufhalten und zuhause fühlen könnte.
Bei seiner Suche stieß Julian auf eine private Anzeige, in der eine Finca auf Mallorca offeriert wurde. Es war das Feriendomizil eines Ehepaares, dessen Reisefreudigkeit mittlerweile etwas nachgelassen hatte. Sie wurden sich schnell einig und Julian konnte die Finca bereits eine Woche darauf beziehen. Er war sehr überrascht von der prädestinierten Lage, hoch über Port Andratx. Die Finca lag recht einsam, gefühlt mitten in der Natur, direkt an der Kante eines klippenähnlichen Felsvorsprungs, mit einem ungehinderten Ausblick auf das weite, glitzernde, blaugrün schimmernde Meer. Sie war relativ klein und sehr einfach ausgestattet. Es gab nur einen großen Wohnraum mit integrierter Küche, ein Schlafzimmer und ein Bad, was für eine einzige Person jedoch vollkommen ausreichend war. Dies war genau der richtige Ort, um über seinen weiteren Lebensweg nachzudenken. So wie es im Moment lief, war es zwar sehr lukrativ, aber auf Dauer gesehen ständig an anderen Orten der Welt tätig zu sein, kein festes Zuhause zu haben, das war kein echtes Lebensmodell.
Natürlich wünschte er sich eine feste Beziehung, aber bisher war fast alles, wegen seiner knappen Freizeit und seinen häufigen Auslandsaufenthalten, nicht über oberflächliche Kontakte hinausgegangen. Sicher, seine Arbeit bereitete ihm Spaß, stellte ihn immer wieder vor neue Herausforderungen die er liebte und bescherte ihm fette Honorare, aber es war nicht das Geld gewesen, das ihn in der Vergangenheit antrieb, sondern der Erfolg. Julian beschloss erst einmal anzukommen, auszuspannen, und die schöne Insel zu genießen. Schon nach wenigen Wochen fühlte er sich wie in einer zweiten Heimat. Ja, er war wirklich angekommen, das erste Mal seit vielen Jahren. Eines Abends saß er, wie fast täglich, auf seiner kleinen Veranda, die einen traumhaften Blick auf das glitzernde Meer bot, in Erwartung eines sich anbahnenden, sicherlich wieder grandiosen und einzigartigen Sonnenuntergangs.

Julian gönnte sich einen besonderen Tropfen Rotwein, dessen Aromen gerade intensiv seinen Gaumen eroberten. Er genoss dies alles in vollen Zügen, ganz bewusst. Das warme Lüftchen, das Gekreische der Möwen, der Anblick der großen, majestätisch vorüberziehenden Superyachten und die Abgeschiedenheit der Finca. Kein Trubel, keine Termine, kein Zeitdruck. Umgeben von der schönen Natur mit dem wohlriechenden Duft unzähliger Blüten, war es wirklich ein Ort, um die Seele baumeln zu lassen. Gerade in diesem wunderschönen Moment wurde ihm bewusst, dass er diese kleine Finca, die sich schon wie sein Eigentum anfühlte, eines Tages wieder verlassen musste. Es war eine schreckliche Vorstellung, die ihn förmlich erschaudern ließ und zum weiteren Nachdenken über seine Zukunft anregte. Die Angst, erneut in seinen anonymen, hektischen Alltag zurückzukehren, an dem es, zumindest in der Vergangenheit, nichts auszusetzen gab, wurde von Tag zu Tag größer. Julian telefonierte wöchentlich mit den netten Besitzern, die ihrerseits auch gerne ein wenig plauderten.

„Ich möchte diesen Ort am liebsten nie wieder verlassen", offenbarte er Claus mit Wehmut, der schon bei der Schlüsselübergabe auf das „Du" bestanden hatte.

„Wir haben bereits überlegt, die Finca zu verkaufen, wir sind einfach zu selten dort, aber sie ist auch für uns eine Herzensangelegenheit und wir konnten uns bisher nicht dazu überwinden", erklärte Claus.

Julian wusste im ersten Moment nicht, was er sagen sollte. Das, was er eben gehört hatte, kam sehr überraschend, aber es waren Worte, die ihm Hoffnung machten, es war zumindest eine Option, über die er gerne nachdenken wollte.

„Ich muss mir das mal durch den Kopf gehen lassen, vielleicht finden wir ja eine Lösung", sagte er und verabschiedete sich.

Als sich Julian in seiner Liege niederließ, war er ziemlich fertig. Er wusste nicht, warum ihn das Gespräch so in Aufruhr versetzt hatte, aber je länger er überlegte, umso klarer wurde ihm, dass ein möglicher Kauf der Finca sein Leben entscheidend verändern würde. Er konnte sich gut vorstellen, dass er in Zukunft jedes Jahr eine Auszeit von ein oder zwei Monaten nehmen würde, um Zeit an diesem herrlichen Ort zu verbringen. Julian fühlte sich dem schönen Fleckchen Erde bereits am heutigen Tag sehr verbunden. Die Finca selbst war nicht viel wert, aber so wie Claus es dargestellt hatte, war das Grundstück ein unermesslicher Schatz. Julian beschloss sogleich, sich auf dem zuständigen Bauamt kundig zu machen.

Es stellte sich schnell heraus, dass es sich bei dem Grundstück um ein echtes Juwel handelte. Nicht nur die Größe überraschte ihn, es waren vielmehr die

baulichen Möglichkeiten, mit denen Julian wirklich nicht gerechnet hatte. Als nächstes informierte er sich bei mehreren Maklern über den Wert des Grundstücks, um den Besitzern ein faires Angebot unterbreiten zu können. Aber Marina und Claus kam es nicht so sehr auf das Geld an, es war einfach die Endgültigkeit, mit der sie nicht fertig wurden. So reifte in Julian der Plan, einen Neubau zu erstellen und für die jetzigen Besitzer ein Appartement mit einzuplanen, das ihnen jederzeit zur Verfügung stehen würde. So gäbe es für sie zukünftig keine laufenden Kosten und es würde ihnen sicherlich leichter fallen, einem Verkauf der Finca zuzustimmen. Marina und Claus waren sofort begeistert, als sie den Vorschlag hörten. Sie bestanden als Ausgleich für das Appartement sogar auf einen Preisabschlag. So reisten sie wenige Wochen später an, um den Verkauf an Julian abzuwickeln.
Nach der Protokollierung saßen sie zu dritt auf der Veranda und stießen mit eisgekühltem Champagner an.
„Vielen Dank für euer Vertrauen", bedankte sich Julian.
„Wir haben keine Kinder", erklärte Marina, „und wir haben uns wirklich sehr für dich gefreut. Wie gerne hätten wir so einen sympathischen, jungen Mann wie dich als Sohn gehabt, aber es wurde uns leider verwehrt."
Sie verdrückte ein paar Tränen, was Julian zum Anlass nahm, ihr zu bestätigen, dass sie immer willkommen seien und dass er sich über jeden Besuch im neuen Haus freuen würde. Stolz präsentierte er die ersten Entwürfe für seinen geplanten Neubau, um die Meinung von Marina und Claus zu erfahren. Es handelte sich nicht um eine herkömmliche Zeichnung, sondern um eine dreidimensionale Computeranimation der äußeren Gebäudehülle.
„Ist ja echt abgefahren, grandios und gleichzeitig verrückt, eine richtige Burg", stotterte Claus erstaunt, während er das, sich drehende, Objekt mit offenem Mund weiter bestaunte.
„Lass mich auch mal schauen", bat Marina ihren Mann, der noch immer nicht aus dem Staunen herauskam.
„Wahnsinn, ist wirklich abgefahren, ist ja wie die Fortsetzung des Berges. Schaut aus, als ob es hierher gehört, zumindest was die Gestaltung der Fassade betrifft", stellte Marina ehrfürchtig fest.
Julian fühlte sich geschmeichelt, aber er war natürlich vom Fach. Vom Anfang seiner Karriere an war es ihm ein Anliegen gewesen, seine Bauwerke in das vorhandene Umfeld stimmig einzuplanen und nicht wirken zu lassen, wie von einer anderen Welt. Die Verbindung zwischen einer baulich gekonnt eingefügten Fassade mit modernen Stilelementen und außergewöhnlichen Grundrissen, das war seine Passion, der er hier freien Lauf lassen konnte.

Die Computeranimation zeigte Wände, die dem örtlichen Felsmaterial farblich angepasst waren, und als moderner Gegenpart dienten die tief- bis mittelblau spiegelnden Fensterscheiben, welche die Farbe des Meeres in die Fassade zauberten. Natürlich waren seine Planungen noch nicht endgültig, aber die Richtung stimmte zumindest.
In den folgenden zwei Jahren leistete Julian harte Arbeit. Er jettete ständig zwischen seinen Arbeitsplätzen, irgendwo auf der Welt, und seinem, mittlerweile fast fertigen, Neubau hin und her. Viele der benötigten Materialien mussten im Ausland geordert werden. Ebenso war es zur Umsetzung seiner außergewöhnlichen Ideen erforderlich, verschiedene Fachleute für die entsprechenden Bauabschnitte ins Land zu holen. Aber die Mühe zahlte sich aus und sein Einzugstermin stand nun endlich fest. Es war der erste April und auch der Tag, an dem seine nächste Auszeit von einem Vierteljahr begann. Sein Chef war zwar, wie jedes Mal, erneut aus allen Wolken gefallen, aber es blieb ihm nichts anderes übrig, als diese Tatsache zu akzeptieren. Julian war inzwischen sein bestes und gewinnbringendstes Pferd im Stall, und letztendlich hätte er sich nur ins eigene Fleisch geschnitten, wenn er Julian einen Grund zur Kündigung geboten hätte.
Während ihm der zuständige Bauleiter, pünktlich am ersten April, den Schlüssel übergab, stand Julian zwar mit zitternden Knien, aber voller Stolz vor seinem neuen Anwesen. Er konnte es kaum glauben, dass er sich Eigentümer dieses großzügigen, wundervollen und extravaganten Neubaus nennen durfte. Was die Gestaltung der Räume betraf, wirkte das Gebäude zwar wie eine richtige Villa, aber von außen, da musste er Claus Recht geben, sah es einer Burg sehr ähnlich. So beauftragte er spontan einen Steinmetz, um eine Natursteinplatte zu fertigen, die neben der Haustür befestigt wurde. Als er das erste Mal davorstand und die für alle Ewigkeit eingemeißelte Schrift „Burg Julian" las, war er sehr gerührt. Viel Haus für einen alleinstehenden Architekten, dachte er sich, aber wer weiß, vielleicht komme auch ich irgendwann einmal zu einer Frau, die dazu beiträgt, dieses Haus mit Leben zu füllen.

Kapitel 3: Schreckliches Erlebnis

Vanessa
Es ist schon kurz vor Mitternacht, als ich in die Zufahrt meiner Garage einbiege. Es hätte noch schlimmer kommen können, eigentlich bin ich froh, dass wir die neue Kollektion vor Tagesanbruch fertigstellen konnten.
Seit einigen Wochen bewohne ich mein schmuckes Haus wieder alleine, nachdem ich meinen Freund hochkant hinausgeworfen habe. Bilderbuchmäßig, so wie man es eigentlich nur aus dem Fernsehen kennt, alle seine Sachen vor der Tür abgestellt und danach das Schloss wechseln lassen. Tschüss, aus und vorbei.
Die beiden Lampen an meiner Haustür sind mit einem Dämmerungssensor versehen, brennen bereits, um kund zu tun, dass das Haus bewohnt ist. Nachdem ich mein Garagentor über den Sender geöffnet habe, rangiere ich meinen Wagen vorsichtig hinein. Während ich mich auf den letzten Zentimetern auf die Wand vor mir konzentriere, schrecke ich plötzlich auf. Ein Schatten, den ich unbewusst im Spiegel wahrgenommen habe, lässt meinen Puls höher schlagen. Vielleicht nur ein vorbeifahrendes Auto, beruhige ich mich, verschließe jedoch meine Türen von innen, um nochmals hinaus zu rangieren und mich zu vergewissern.
Es ist eine sehr gute Wohngegend, aber die Grundstücke sind groß und gut bepflanzt, so ist von den Nachbarn eigentlich nichts zu sehen. Ich verrenke meinen Kopf nach allen Seiten, aber es ist weit und breit niemand zu entdecken. Während ich bereue, damals ein Haus ohne direkten Zugang zur Garage gekauft zu haben, steuere ich wieder in die Garage hinein und steige aus. Vielleicht bin ich einfach zu ängstlich und nehme mittlerweile schon jeden Schatten als Bedrohung wahr. Sicherheitshalber halte ich mein Pfefferspray nach vorn gerichtet, während ich den Zugang zur Haustür ohne Zwischenfall beschreite. Als die Tür hinter mir zufällt, verriegele ich das Schloss bis zum Anschlag, erst dann atme ich tief durch. Bist ein richtiger Schisser, vor was oder wem hast du eigentlich Angst? Ist doch völlig unbegründet, tadele ich mich, wohl wissend, dass ich nicht in der Lage bin, meine angeborene Angst erfolgreich zu bekämpfen. Sie ist mir ja schließlich ganz bewusst von der Natur mit auf den Weg gegeben worden, sozusagen ein ganz natürlicher Instinkt, der das Überleben der einzelnen Kreaturen ermöglicht.
   Nach einer schnellen Katzenwäsche, die wirklich nur das Notwendigste beinhaltete, lege ich mich schlafen. Obwohl die Dunkelheit meinem

Körper eindeutig den Nachtmodus signalisiert, finde ich keinen Schlaf. Kein Wunder, da ich ständig an den morgigen Tag denken muss, der inzwischen leider schon angebrochen ist. Es ist keine richtige Modenschau, die wir geplant haben, es ist eine interne Präsentation meiner neuen Modelle, innerhalb unseres Hauses, nur für ausgewählte Kundschaft. Wir haben alles ganz sorgfältig gerichtet, bis aufs letzte Detail, trotzdem spiele ich in Gedanken sämtliche Abläufe nochmals durch. Endlich habe ich das Gefühl, dass mein Körper nachgibt, dass sich Müdigkeit in ihm ausbreitet und ich die Chance auf ein paar Stunden Schlaf bekomme.

Plötzlich gibt es einen lauten Knall, das ganze Haus erzittert, Scheiben klirren. Innerhalb einer zehntel Sekunde sitze ich senkrecht im Bett und starre in die Dunkelheit, bin mehr als hellwach, mein Herz springt mir aus der Brust heraus, eine Sekunde lang bin ich gelähmt vor Angst, bis ich aufspringe, um meine Schlafzimmertür hastig von innen zu verriegeln und das Licht einzuschalten. Nun herrscht wieder absolute Ruhe, ich horche in die Stille hinein, aber es tut sich nichts. War das überhaupt bei mir oder fand die Explosion vielleicht in einem der Nachbarhäuser statt? Ich öffne meinen Rollladen, kann aber nichts entdecken, da mir die Sicht in Richtung der Straße ohnehin verwehrt ist. Verdammt, warum habe ich mein Handy unten liegen lassen? Einen Augenblick lang denke ich darüber nach, meine Schlafzimmertür zu öffnen, die ich in der Panik vermutlich völlig grundlos abgeschlossen habe. Vielleicht war es eine Gasexplosion, vielleicht wäre es ratsam, das Haus möglichst schnell zu verlassen, kommt mir der Gedanke, aber ich kann meine Angst nicht überwinden. Wenig später reflektieren die Bäume ein gespenstisches, dunkelblau blinkendes Licht, das mir die Anwesenheit eines Polizeiwagens signalisiert. Ich rufe um Hilfe, und Gott sei Dank erscheint kurz darauf ein Polizist unter meinem Fenster.

Kapitel 4: Ein Glückliches Jahr

Julian hatte sich inzwischen gut eingelebt und fühlte sich bereits sehr wohl in seiner Burg. Die herrliche Umgebung, die ihm immer mehr ans Herz wuchs, war über die letzten Monate zu einer neuen Heimat geworden. Es war Anfang März, eine wunderschöne Zeit, in der die Natur förmlich explodierte. Julian nutzte seine Freizeit häufig für Spaziergänge, um das unbeschreibliche Schauspiel der anhaltenden Mandelblüte zu genießen, den angenehmen Duft der Blüten aufzusaugen und seine Augen an dem weißen bis rosafarbenen Blütenmeer zu erfreuen.

Nun war es an der Zeit die Hauseinweihung mit Familie, Nachbarn, Freunden und einigen engen Geschäftspartnern zu planen. Es sollte keine Massenveranstaltung werden, so lud Julian nur Personen ein, die er wirklich sehr mochte und schätzte, also niemanden, dem er nur aus rein geschäftlichen Gründen verpflichtet gewesen wäre. An erster Stelle standen natürlich seine Eltern und das nette Ehepaar, Marina und Claus, das ihm die Verwirklichung seines Traums, an diesem Ort, erst ermöglichte. Es folgten Freunde und Freundinnen aus seiner früheren Clique, sein Chef mit Gattin, und ganz wenige, ausgesuchte Geschäftspartner, die er, soweit vorhanden, ebenfalls mit ihren Frauen einlud. Direkte Nachbarn gab es nicht, aber zwei Familien aus der näheren Umgebung, die ihm hin und wieder über den Weg liefen und freundlich grüßten, lud er ebenfalls mit ein. Als Termin war der erste Samstag im Mai geplant, und so hoffte Julian natürlich auf warmes Wetter, damit er den Außenbereich seines Anwesens in die Feier mit einbeziehen konnte.

 Endlich war der Tag gekommen, auf den sich Julian so sehr freute. Bis dato fristete er ein einsames Leben, was natürlich in erster Linie seinem Job geschuldet war. Julian wusste, dass sich daran vorerst nichts ändern würde. Umso mehr freute er sich auf die Gesellschaft, die er zu seiner Einweihung erwartete. Ein Teil der Gäste war bereits vorab angereist, so konnte er seine Eltern und die ehemaligen Besitzer der Finca schon am Vortag begrüßen und in zwei, seiner drei vorhandenen, Appartements unterbringen. Als am Nachmittag der Türgong ertönte und ihm Nadine freudestrahlend auf dem Monitor entgegenblickte, war es für Julian wie ein Stich ins Herz. Natürlich hatte er sie eingeladen, aber dass der Schmerz noch so tief saß, spürte er erst in diesem Augenblick. Während er sie mit Küsschen links und rechts empfing, war es so, als ob sich der Stachel noch ein Stückchen tiefer in sein leidendes Herz hineinbohren würde. Trotzdem gab es etwas, was er sich nicht wirklich erklären konnte, es war ein Gefühl des Begehrens, das bereits aufflammte, sobald er sich nur in ihrer Nähe befand.

Wenig später trafen weitere Gäste ein, um die er sich kümmern musste, was Julian guttat, da es ihn von seinen Gedanken an Nadine ablenkte. Am späten Nachmittag war die Gesellschaft vollständig, somit auch das dritte Appartement und alle vorhandenen Gästezimmer belegt. Zeit, sich mental auf das Wesentliche zu konzentrieren. Julian war zwar kein Angeber, trotzdem erfüllte ihn das, was er erschaffen hatte, mit großem Stolz. Er freute sich mächtig darauf, sein Haus mit allen Annehmlichkeiten und den vielen technischen Features vorzustellen.

Es war kurz nach siebzehn Uhr, als sich die komplette Gesellschaft auf der Terrasse versammelte. Ein Kellner versorgte die Gäste mit Champagner, und nun richteten sich alle Augen gespannt auf Julian. Es war schon ein sehr bewegendes Gefühl, als er in die Runde von Menschen blickte, die er sehr schätzte und die ihm größtenteils sehr nahestanden. Natürlich war es inzwischen eine Art Routine für Julian, ein Gebäude als verantwortlicher Architekt einzuweihen. Aber gerade jetzt, in diesem Moment, in dem es um seinen eigenen Neubau ging, berührte es ihn wesentlich stärker, als er vermutet hatte. Etwas zögerlich und mit glasigen Augen begann Julian mit seiner Rede.

„Liebe Familie, liebe Freunde, ich kann es nicht mit Worten fassen, wie sehr ich mich auf diesen Augenblick gefreut habe. Auf die Tatsache, dass dieser Ort heute ein Ort der Begegnung, der Heiterkeit und auch ein Ort des Genusses sein wird. Auch auf die Tatsache, dass ich dieses Ereignis heute mit euch zusammen feiern darf. Schön, dass ihr da seid."

Nach einer kleinen Pause fuhr er fort:

„Es war vermutlich eine Fügung des Schicksals, als ich vor zwei Jahren einen Urlaub in der Finca von Marina und Claus verbringen durfte. Heute existiert diese Finca, die ich mit einem weinenden und einem lachenden Auge habe abreißen lassen, leider nicht mehr. Sie musste für etwas Neues, Größeres und Moderneres Platz machen. Marina und Claus, nur euch habe ich zu verdanken, dass ich dieses wunderbare Grundstück erwerben durfte, nochmals vielen, vielen Dank dafür. Ich muss sagen, ihr seid mir inzwischen sehr ans Herz gewachsen und natürlich jederzeit herzlich willkommen, euer Appartement in diesem Haus ausgiebig zu nutzen."

Wieder machte er eine kleine schöpferische Pause.

„So, und nun zum Eigentlichen: Ich möchte mit euch allen auf mein neues Haus, - die Burg Julian -, anstoßen und bitte euch, das Anwesen heute Abend das erste Mal so richtig mit Leben zu erfüllen."

Julian ging in die Runde, um mit jedem einzelnen Gast anzustoßen, bevor sie alle ihre Gläser hoben und einen Schluck des kühlen Champagners tranken.

„Die Party und das Büffet sind eröffnet", verkündete Julian, was seine hungrigen Gäste mit Applaus quittierten.

„Ach, noch etwas, wartet", rief er, „ihr könnt heute Abend alles nutzen was das Haus bietet, inklusive des Pools, fühlt euch wie zuhause, habt bitte keine Hemmungen."

Julian ließ seinen Gästen den Vortritt, aber er hatte es auch nicht eilig. Die Beine übereinandergeschlagen, saß er auf seiner Veranda, um den Augenblick zu genießen. Er zweifelte fast daran, dass er so richtig begriffen hatte, dass all das ihm gehörte, dass es nicht nur ein schöner Traum war, von dem er irgendwann wieder mit Schrecken aufwachen würde. Er musste sich kurz zwicken, um wirklich sicher zu gehen, dass er sich in der Realität befand. Für die Jahreszeit war es heute, mit dreiundzwanzig Grad, ungewöhnlich warm, so konnten die Gäste auch den wundervollen Garten genießen. Nadine stand bei Julians Kumpels und schien sich prächtig zu amüsieren. Sie war gut drauf, wie immer, ein wenig verrückt, aber im positiven Sinne. Mit ihren dicken, kastanienfarbenen, schulterlangen Haaren, die Julian sehr süß fand, kämpfte sie schon ein Leben lang. Ab und zu fiel der Blick ihrer großen, runden Augen auf ihn, aber Julian wollte sich nicht mehr in ihren Bann ziehen lassen. Er saß noch ganz versonnen in seinem Gartenstuhl, als ihn plötzlich Vanessa ansprach.

„Möchte der Herr des Hauses nichts essen?", fragte sie fürsorglich.

„Ich wollte meinen Gästen den Vortritt lassen. Eigentlich bin ich mir gerade nicht sicher, ob ich im Moment etwas essen kann, ob ich überhaupt Hunger habe", antwortete Julian.

Vanessa war die Tochter von Sabine und Thomas, einem bekannten Modedesigner, dessen Verwaltungsgebäude Julian erst vor Kurzem einweihen durfte. Vanessa war spontan für ihre Mutter eingesprungen, die sich am Tag zuvor eine Bänderdehnung zugezogen hatte.

„Man braucht keinen Hunger, ein bisschen Appetit reicht schon, komm, ich begleite dich", forderte sie ihn auf.

„Wenn mich eine junge, hübsche Frau bittet, dann werde ich natürlich Folge leisten", antwortete Julian charmant und nahm die ausgestreckte Hand von Vanessa gerne an.

Sie luden sich eine Auswahl an Kanapees auf einen gemeinsamen Teller, um sich anschließend einen freien Bistrotisch auf der Terrasse zu suchen. Der Kellner brachte eine eisgekühlte Flasche Champagner, die er gekonnt öffnete und fachmännisch, nur mit dem Daumen im Flaschenboden haltend, ausschenkte.

„Auf dich und die Burg", prostete Vanessa, während die Gläser klirrten.

„Schön, dass du deinen Vater begleitet hast, ich wusste gar nicht, dass er so eine hübsche Tochter hat", sagte Julian, was Vanessa ein Lächeln auf die Lippen zauberte.

„Danke für das Kompliment, das kann ich gerne zurückgeben. Du siehst wirklich sehr gut aus, du könntest glatt ein Model sein."
Julian musste lachen.
„Danke, Danke, aber ich glaube du übertreibst ein wenig."
„Wie stolz muss man eigentlich sein, wenn man es in deinem Alter schon so weit gebracht hat, dass man sich eine eigene Burg bauen kann?", fragte ihn Vanessa.
„Ich würde lügen, wenn ich nun sagen würde, ich wäre nicht stolz auf mich. Ja, natürlich bin ich sehr stolz auf das, was ich bis jetzt in meinem Leben geleistet habe, aber es war nicht mein Ansinnen, so weit zu kommen. Es ist einfach passiert, es ist meiner Passion geschuldet, mich mit der Architektur zu befassen", strahlte er Vanessa an, für die seine Worte in diesem Moment wirklich glaubhaft klangen.
Sie unterhielten sich noch etwas, aber Julian entschuldigte sich bereits wenig später, denn er musste und wollte sich auch um seine anderen Gäste kümmern. Nach dem Essen gab es eine kleine Führung, und ab zwanzig Uhr war Party angesagt. Julians Clique, inklusive Nadine, stand geschlossen in Badebekleidung vor Julian, um ihn um eine Einweisung für den Whirlpool zu bitten.
„Ich geh mit euch hoch", bot er grinsend an, während er bereits den ersten Schritt machte. Es ging in den zweiten Stock, und nun starrten alle gebannt auf die elektrische Schiebetür, die auf Knopfdruck in der Wand verschwand.
„Das ist mein Lieblingsort", kommentierte Julian mit leuchtenden Augen, während sich die Clique schon an ihm vorbeidrängte, um im gut beheizten Whirlpool Platz zu nehmen.
„Julian, du bist verrückt", stammelte Nadine und brachte ihren Mund vor Staunen kaum zu.
Julian fasste es als Kompliment auf, denn das hier, war sein Meisterstück. Der runde Whirlpool befand sich hoch oben im Turm und füllte den ganzen Raum aus. Noch waren die Pumpen aus, so konnte man gut erkennen, dass die Wandung des Whirlpools, in Richtung des Meeres, auf die komplette Fensterbreite und bis zum Boden herunter durchsichtig, also nur mit einer Glasscheibe eingefasst war. Es erweckte den Eindruck, dass man gleich, mitsamt des Wassers, nach draußen gespült würde. Das Abendrot der Sonne tauchte von außen in das klare Wasser ein und erfüllte es mit rot-orangenen Lichtreflexen, die durch den eingebauten Sternenhimmel weiter verstärkt wurden, der seine Farben ebenfalls im Spektrum des Sonnenuntergangs wechselte. Nachdem Julians Freunde wussten, wie die einzelnen Düsen

anzusteuern waren, wünschte er ihnen viel Spaß und machte sich wieder auf, in Richtung Garten. Bevor er sich seinen anderen Gästen zuwendete, beauftragte Julian den Kellner, eine Flasche Champagner am Whirlpool zu servieren. Es soll ihnen an nichts fehlen, dachte er, und gerne hätte er sich dazu gesellt.

Thomas, der Modedesigner, winkte Julian zu sich.

„Hör mal zu, Julian, ich schätze dich als Mensch und als Architekt sehr, du hast unseren Neubau des Firmensitzes so toll geplant und umgesetzt, wie ich es niemals erwartet hätte. Wir haben schon so viele Stunden miteinander verbracht und uns dabei näher kennengelernt, weshalb du mein vollstes Vertrauen genießt."

Julian wusste im Moment noch nicht, auf was das hinauslief und animierte Thomas dazu, endlich auf den Punkt zu kommen.

„Los, lass es raus, welches Attentat hast du auf mich vor?"

Thomas grinste, aber nutzte die Gelegenheit sofort.

„Ich habe gerade eben mit Vanessa beschlossen, dass wir auch einen Wohnsitz auf dieser herrlichen Insel haben möchten. Wer, wenn nicht du, wäre besser geeignet, das für uns umzusetzen?", fragte Thomas. Nachdem Julian wieder Luft bekam, wehrte er ab.

„Thomas, das ehrt mich sehr, aber ich bin kein Architekt, der sich mit Privatbauten befasst, da habe ich einfach zu wenig Erfahrung."

Thomas brach in schallendes Gelächter aus und fragte:

„Und was ist das, was hast du denn hier für ein atemberaubendes Gebäude hingezaubert, ist deine - Burg Julian - denn kein Privatbau?" Julian musste grinsen, aber wehrte mit dem Hinweis ab, dass ihn zusätzliche Aufträge überfordern würden.

„Was sagst du dazu?", fragte Thomas seine Tochter.

„Ich würde mich zwar sehr freuen, aber wir müssen respektieren, was Julian eben sagte. Bitte denke nochmals in Ruhe darüber nach", bat Vanessa.

„Nun gut", antwortete Julian und lenkte das Gespräch anschließend in eine andere Richtung.

Der Kellner entzündete nun die rund um das Haus und den Pool aufgestellten Fackeln, die das Anwesen in ein warmes, flackerndes Licht tauchten. „Gefällt euch der Abend?", fragte Julian die ursprünglichen Eigentümer Marina und Claus.

„Wunderbar", antwortete Marina. „Ich kann kaum glauben, was du hier vollbracht hast. Das Licht der Fackeln lässt dein Haus noch mehr wie eine Burg erscheinen, es ist fast ein wenig unheimlich hier."

Mit zunehmender Stunde wurden die Gäste ausgelassener und nutzten auch den Pool ausgiebig. Julians Clique tanzte bis spät in die Nacht hinein, so war es bereits drei Uhr, bis er sein Schlafzimmer aufsuchen konnte.

Julian
Wirklich müde bin ich nicht, aufgedreht, das ist vielleicht das richtige Wort, aufgedreht vom aufregendsten Abend meines Lebens. Trotzdem beschließe ich, mich ins Bett zu legen, früher oder später werde ich schon herunterfahren und zur Ruhe kommen. Während ich die Schlafzimmertür öffne, nehme ich mir vor, einen kleinen Absacker aus der Bar zu genießen. Ich bin erstaunt über das Prasseln, das ich aus meiner Dusche höre. Ich kann mich nicht daran erinnern, dass ich im Moment liiert, verlobt oder verheiratet wäre, oder ist das schon der Alkohol des heutigen Abends, der mich halluzinieren lässt?
„Ist da jemand?", frage ich in Richtung meines Bades.

Nadine
„Ich bin´s nur, Nadine, komm rein, willst du mit Duschen?"

Julian
Nadine, das verrückte Huhn, wer sonst kommt auf die Idee, ungefragt in meine Gemächer einzudringen, sieht ihr ähnlich. Nachdem ich mir eingeschenkt habe, schlendere ich hinüber und lehne mich, mit meinem Glas Cognac in der Hand, an diejenige Wand, von der aus ich in meine offene Dusche hineinschauen kann. Nein, ich habe es nicht anders erwartet, natürlich trägt sie keinen Bikini, sie ist nackt und ich bin sicher, es macht ihr nichts aus, im Gegenteil, sie liebt es zu provozieren. Ich schaue völlig ungeniert auf ihren schönen Körper, auf ihre Nacktheit, auf ihre weiblichen Attribute, ich wäre dumm, wenn ich den Anblick nicht genießen würde.

Nadine
Ich habe Lust auf ihn, Lust darauf, dass er mich flachlegt, oder direkt hier in der Dusche nimmt. Er ist nur ein Mann, ich bin sicher, er wird meinen weiblichen Reizen erliegen. Während ich meine Arme nach oben in den austretenden Wasserstrahl halte, drehe ich mich mal so, mal so, damit mein Körper voll zur Geltung kommt.

Julian
„Warum bist du hier?", frage ich, obwohl ich mir sicher bin, dass die zu erwartende Antwort nicht der Wahrheit entsprechen wird.

Nadine
„Die Dusche im Appartement war gerade besetzt, tut mir leid, aber du hast doch gesagt, dass wir uns wie zuhause fühlen sollen", antworte ich so unschuldig ich nur kann.

Julian
Ich stehe noch immer da wie angewurzelt, an der Wand angelehnt, und starre auf Nadines unglaublich gut aussehenden, sexy Körper.
„Eigentlich müsste ich dir den Hintern versohlen", höre ich mich sagen und spüre, dass ich es gerne tun würde. Ihr Blick verrät mir, dass sie mich durchschaut.

Nadine
„Tus doch", rufe ich kess aus der Dusche, wohl wissend, dass ich höchstens eine zarte Abreibung bekommen würde, vielleicht würde es meine Lust auf ihn sogar noch steigern.

Julian
Da steht sie, meine große Liebe. Wie oft hat sie mich verletzt, immer wieder aufs Neue hat sie mich zappeln lassen. Nie wusste ich, ob sie es ernst mit mir meinte, trotzdem war ich, oder bin ich vielleicht immer noch, in dieses verrückte Huhn verschossen. Ich genehmige mir zwischendurch einen Schluck Cognac, der sich zuerst mild in meinem Gaumen ausbreitet, um sich dann mit einem leichten Brennen in meinem Hals zu verabschieden und lasse meinen Gedanken weiter freien Lauf.
Wie viele Monate sind wohl schon vergangen, seit dem verhängnisvollen Tag, an dem ich mich auf sie einließ. Es war nur eine kurze Liaison, ja, so könnte man es nennen, vielleicht über ein gutes halbes Jahr hinweg, in dem alles und nichts passierte. Wie sehr habe ich gehofft, dass sie unserer Beziehung eine Zukunft geben würde, aber ich habe es gespürt, dass ich nur ein Übergangsmann für sie bin. Sie hat mir nie das Gefühl gegeben, dass sie es wirklich ernst meint. Lange Zeit ließ sie nicht mehr zu, als innige Küsse, irgendwann durfte ich sie entkleiden, die für einen Mann interessanten Körperteile anfassen, aber mehr nicht. Sie wirkte sehr unschlüssig, vermittelte

immer das Gefühl, als ob sie nicht wüsste, was sie wollte. Ich erinnere mich noch sehr gut an ihre Abschiedsworte: „Ich glaube, wir sind einfach zu verschieden, ich das verrückte Landei, und du, der zukünftige große Stararchitekt. Du wirst immer nur mit deinem Beruf verheiratet sein. Vielleicht bin ich auch zu jung für eine feste Beziehung, oder gar nicht fähig, eine längere Beziehung zu führen."

Es klang für mich nicht wirklich glaubwürdig, aber ich akzeptierte ihre Worte, die ich heute noch als sehr schmerzhaft empfinde. Vermutlich war es ein Vorwand, vielleicht hat sie mich nicht wirklich geliebt. Aber warum ließ sie sich damals überhaupt auf mich ein? Ich werde es wohl nie erfahren. Nüchtern betrachtet war es ohnehin keine Beziehung, wie sie Erwachsene normalerweise führen. Da steht sie, wahnsinnig verführerisch, die Frau, die verantwortlich dafür ist, dass es bis zum heutigen Tag keinen Platz für eine neue Liebe in meinem Herzen gibt. Wie gerne hätte ich das Kapitel Nadine hinter mir gelassen, aber es ist nicht einfach, gegen seine eigenen Gefühle anzukämpfen. Ich schrecke auf, als ich ihre Stimme höre.

Nadine
„Los, komm schon", lade ich ihn ein.
„Ein bisschen Nähe kann nicht schaden, ich tue dir nichts Böses", verspreche ich ihm, in der Hoffnung auf einen schönen Abschluss der Feier, während sich bereits ein angenehmes Kribbeln in meinem Unterleib ausbreitet.

Julian
Verdammt, warum kann ich mich ihrer magischen Anziehungskraft nicht einfach entziehen, ihr einen Korb geben, sie ordentlich in den Senkel stellen, wie sie es verdient hätte. Stattdessen bin ich gerade dabei, alle Hüllen fallen zu lassen, um mich in die Höhle der Löwin zu begeben. Nein, ich habe keinerlei Absichten, werde mich einfach abduschen, ihren Revuekörper nicht anfassen, wir werden die Dusche ohne Berührung verlassen, uns abtrocknen und Nadine wird sich in ihr zugewiesenes Gästezimmer begeben, denke ich gerade, als ich Nadines geschickte Hände auf meinem Hintern spüre. Sie zieht mich an sich heran, einen Moment lang trennt uns nur noch der Strahl der Dusche, aber kurz darauf ist es schon geschehen. Ich spüre ihre nassen, fülligen, zarten Möpse an meinem Körper, die ein Zucken in meinem Unterleib verursachen. Nein, ich will es nicht, versuche mich, mit Gedanken an etwas Schreckliches, abzulenken. Der Geist ist willig, das Fleisch ist schwach.

Nadine
Ich genieße die großen, weichen Tropfen der Kopfbrause, die an meiner Haut abperlen, sie fühlen sich an wie ein warmer, sinnlicher, und stimulierender Sommerregen. Er wird mir aus der Hand fressen, denke ich, er wird alles tun, auf was ich Bock habe. Ich kralle meine Finger noch tiefer in seinen Knackarsch, drücke ihn weiter an mich, um seine Erregung an meinem Unterleib zu spüren. Ich reduziere den Wasserstrahl ein wenig, drücke mir eine übergroße Menge Seife in meine Handfläche und beginne seinen Körper zärtlich einzuseifen.

Julian
Verdammt, warum bin ich nur so wehrlos, warum bin ich ihr so ausgeliefert. Es ist schön, sehr schön, ihre zarten Finger zu spüren, sie lässt keine Stelle meines Körpers aus, ich winde mich vor Lust, klopfe ihr halbherzig auf ihre Finger, als sie sich meiner mehr als bereiten Männlichkeit widmet, ich lasse es zu, sie lässt sich ohnehin nicht davon abbringen, es fühlt sich gut an, sie massiert ihn, es prickelt bereits in meinem ganzen Körper, noch eine Bewegung, und ich komme, aber sie lässt mich im Regen stehen, lässt von meinem Lustspender ab.

Nadine
„Los, jetzt komm ich dran", fordere ich Julian forsch auf, um ihn aus dem Land der erotischen Träume zurückzuholen, um nun selbst in den Genuss seiner Berührungen zu kommen.
„Sei nicht so schüchtern, du kennst ohnehin jeden Zentimeter meines Körpers", ermutige ich Julian, packe seine Handgelenke, um die Hände in die richtige Lage zu bringen, drücke jeweils eine ordentliche Portion Seife hinein und lege sie anschließend auf meinen Busen. Es fühlt sich weich an, zart, meine Brustwarzen erhärten merklich, als seine Hände beginnen, mich mit kreisenden Bewegungen zu verwöhnen.

Julian
Verdammt, fühlt sich das gut an, lass dich fallen, genieße es einfach, jeder Mann wäre gern in so einer Situation, jeder normale Mann würde sie jetzt richtig rannehmen, einfach durchficken, denke ich, während meine Hände inzwischen ihre runden Pobacken umkreisen. Aber da ist sie wieder, meine wahnsinnige Angst, dass sie die Wunden in meinem Herzen erneut aufreißt, mir wieder schreckliche Schmerzen zufügt. Ich kämpfe mit mir selbst, soll

ich mich an sie schmiegen, sie auf ihren Mund küssen, sie herzen, mich von ihrer wahnsinnigen Aura einfangen lassen, mich von ihr verschlingen lassen, dieses Schnittchen gleich hier unter der Dusche vernaschen?

Nadine
Es fühlt sich gut an, mein zarter Po wird ihm den Rest geben, gleich wird er mich nehmen, gleich wird er es mir besorgen, hart und fest, ja, es ist so weit, ich will es, ich brauche es, jetzt sofort.

Julian
Meine Hand liegt auf ihrem Geschlecht, ein Finger ist bereits in sie eingedrungen. Nein, Stopp, Ende, denke ich und drehe den Regler spontan auf kalt. Nadine schreit gefühlt das ganze Haus zusammen, ich habe Erbarmen, drehe etwas wärmer und brause uns beide ab, während Nadines unergründlicher Blick auf mir ruht. Vielleicht ist sie jetzt sauer auf mich, aber sie hat kein Recht darauf. Viele Monate sind wir ein Paar gewesen, aber in dieser Zeit ist es nie zu richtigem Sex gekommen. Den letzten Schritt durfte ich nicht gehen, sie wich aus, wie eine Schlange, sie wollte es einfach nicht. So blieb uns nichts anderes übrig, als uns auf andere Art und Weise zu befriedigen, was sie erst gegen Ende unserer Beziehung zuließ. Unsere Orgasmen bekamen wir, der Praxis geschuldet, immer nur nacheinander, trotzdem war es schön gewesen. Natürlich hätte ich es lieber so genossen, wie es die Natur zwischen Mann und Frau vorsieht, aber sie ließ es nicht zu, und sie zu drängen, das war nicht mein Ding. Vielleicht ist sie damals noch Jungfrau gewesen, wollte sich ihre Jungfräulichkeit bis zur Hochzeit aufbewahren? Ich weiß es nicht.

Nadine
Nein, ich darf ihm nicht böse sein, er kennt es nicht anders, aber die Schlacht ist noch nicht verloren. Als wir uns gegenseitig abtrocknen, schaue ich wieder etwas versöhnlicher, liebevoller, obwohl er mir gerade den ersten Korb gegeben hat, den ich in meinem Leben je wegstecken musste. Das tut schon irgendwie weh.

Julian
Zugegeben, ein wenig koste ich die Situation aus, lasse sie zappeln, am langen Arm verhungern, soll sie auch mal sehen, wie es sich anfühlt, aber mir ist nicht wohl dabei. Es liegt mir fern, sie zu verletzen, sie ist einfach ein

dummes Ding, das sich auf nichts festlegen kann, das Angst hat, eine Entscheidung für die Zukunft zu treffen. Sie blickt mir direkt in die Augen, als sie meinen Harten zärtlich abtrocknet, der noch nicht bereit ist, um aufzugeben.

Nadine
Noch ist die Schlacht nicht verloren, das kalte Wasser hat ihm wohl nicht geschadet, denke ich, während ich sein Genital länger und zärtlicher abtrockne als es notwendig wäre. Ich mache den Anfang und krieche unter seine Bettdecke.

Julian
Sie ist nicht bereit ihren Angriff zu beenden, eigentlich sollte ich sie aus meinem Schlafzimmer verbannen. Na ja, dann soll sie eben bei mir schlafen, denke ich, und lege mich neben sie, natürlich mit dem Rücken zu ihr.

Nadine
Ich kralle ihn mir, packe ihn an der Schulter, drehe ihn auf den Rücken, lege mich auf ihn, küsse ihn. Er wehrt sich, wehrt sich aber auch nicht, jedenfalls nicht richtig. Ich packe ihn zwischen den Beinen, auf was wartet er, ich fühle seine Lust.

Julian
Mir schießen alle Gedanken durch den Kopf. Meine Lust macht mich wahnsinnig, er will, ich will lieber nicht, jedenfalls nicht mit Nadine. Ich kämpfe, bin kurz davor, schwach zu werden. Mein Herz sagt nein, lass dich nicht ein zweites Mal verletzen. Was will das böse Mädchen von mir, sie will mich, sie will mich nicht, jetzt will sie Sex von mir, nein, nein, du musst standhaft bleiben. Ich schiebe sie runter, drehe mich weg, obwohl ich gerne auf sie springen, sie beglücken würde, nein, nicht sie, sondern nur ihren Körper, ich kann es nicht.

Nadine
Pech gehabt, es ist hart für mich, dachte er kann mir nicht widerstehen. Vielleicht ist es besser so. Ich weiß, er hat Angst vor mir, Angst davor, sich erneut auf mich einzulassen.

Julian
Sie ist verrückt, bis zum Ende unserer Beziehung durfte ich sie nicht begatten, ausgerechnet jetzt, nach so langer Zeit, soll ich ihr den Hengst machen. Sie wird mich wieder verletzen. Verdammt, ich schwitze, bin im Rausch der Lust, er gibt keine Ruhe. Mich selbst befriedigen, direkt neben ihr, nein, das kann ich nicht. Ich wälze mich hin und her, mir geht es schlecht, die Hormone spielen verrückt.

Nadine
So unbefriedigt wühlt er noch ewig weiter, wird er keinen Schlaf finden. Ich muss ihm helfen, ich packe sein Geschlecht.
„Ich mach's dir", biete ich an, „wäre ja nicht das erste Mal."

Julian
Jetzt reicht's. Ich befreie mich von ihrem Griff, springe auf, befriedige mich im Bad, komme schon nach wenigen Sekunden, während ich versuche mein Stöhnen zu unterdrücken. Erleichterung, endlich, endlich gibt er Ruhe, komme ich ins Gleichgewicht, werde neben ihren verführerischen, weiblichen Rundungen einschlafen können.

Als sie schließlich ihren Schlaf fanden, war es bereits früher Morgen. So kam es, dass sie am nächsten Vormittag erst sehr spät aus den Betten krochen. Julian schickte Nadine vor, um nicht gemeinsam mit ihr aus dem Zimmer treten zu müssen. Es lag zwar oben, im zweiten Stock, aber über die Galerie war auch vom Erdgeschoss aus zu erkennen, wer ein und aus ging. Als Julian in den Flur hinaustrat und nach unten blickte, sah er, dass sich Vanessas Blick rasch von ihm abwendete. Na toll, vermutlich hat es jeder mitbekommen, ärgerte er sich, obwohl es gar keinen Anlass gab, die Sache zu verheimlichen. Als er unten ankam und mit einem „Guten Morgen" grüßte, saßen bereits alle Gäste am Frühstückstisch, die im Haus übernachtet hatten.
„Guten Morgen Julian", kam es fast wie im Chor zurück, was ihm ein Lächeln aufs Gesicht zauberte.
„So ganz frisch siehst du nicht aus", stellte seine Mutter besorgt fest, was den Rest der Gesellschaft amüsierte.
„Mir geht's gut, Mama, mach dir keine Sorgen, dein Junge ist erwachsen", beruhigte er sie und drückte sie kurz an sich.

„Wir beneiden dich alle um deine Burg, Julian", stellte Thomas, der Modedesigner, ausdrücklich fest.
Auch die anderen Gäste bekundeten ihre Bewunderung für Julians unkonventionelles Bauwerk. Nach dem reichhaltigen Frühstück musste ein Teil der Gäste bereits zum Flughafen, so orderte Julian das erste Taxi. Am späten Nachmittag verabschiedete sich seine Clique, zu der auch Nadine gehörte. Der Abschied von ihr war sehr hart für Julian. Sie drückten sich herzlich und zum Abschied bekam er einen Kuss auf den Mund. Warum tut sie das, fragte er sich, nachdem er die Haustür hinter ihr geschlossen hatte. Sie verletzt mich immer aufs Neue. Wir wissen beide, dass wir keine gemeinsame Zukunft haben, trotzdem verbrachte sie die Nacht in meinem Schlafzimmer.
Julian beschloss das Kapitel Nadine zu beenden, sich ihrem Bann zu entziehen und dafür zu sorgen, dass er sie nicht mehr sehen musste. Er wusste, dass keine vernünftige Beziehung daraus hervorgehen konnte, weshalb sein Leben ohne Nadine sicherlich besser verlaufen würde. So saß er, völlig in Gedanken, mit geschlossenen Augen am Pool und genoss die warmen Sonnenstrahlen.
Noch immer meldete sich die Lust in seinen Lenden, sobald er an die letzte Nacht zurückdachte. Ich bin echt blöd, stellte er fest, jeder normale Mann hätte seiner Lust nachgegeben und so eine geile Frau durchgevögelt bis zum Abwinken, aber ich Idiot habe abgelehnt. Rein, rauf, runter, raus, tschüss, das wäre eigentlich das gewesen, was Nadine verdient hätte, dachte er ein wenig gehässig, aber sie war eben etwas Besonderes, er schaffte es nicht auf diese Art und Weise mit ihr umzugehen. Er hätte sie nie benutzen können, um sie hinterher gleich wieder abzuservieren. Wobei das eventuell gar nicht nötig gewesen wäre, denn er wusste nicht, ob sie ihn je wirklich geliebt hatte. Vielleicht wollte sie mir nur etwas Gutes tun, schloss er seine Gedanken ab. Gerade in diesem Moment fühlte er einen Schatten auf sich fallen. Als Julian seine Augen öffnete, stand eine schlanke und sehr attraktive Frau, im knappen Bikini, vor ihm. Es war Vanessa, die Tochter des Modedesigners, die ihm ein Glas Sekt vor die Nase hielt. „Das vertreibt den Kater", forderte sie ihn lächelnd auf.
„Gute Idee, kann nicht schaden", nahm Julian dankend an.
„Willst du dich zu mir setzen?", fragte er charmant und zog einen Gartenstuhl an sich heran.
Vanessa bedankte sich höflich, während sie Platz nahm.
„Hast du gut geschlafen?", fragte Julian, der nicht direkt darauf anspielen wollte, dass Vanessa ziemlich zerknittert aussah.

„Leider nein, aber das lag nicht an meiner Unterkunft. Ich hatte einen schlimmen Traum, oder besser gesagt, etwas Schlimmes, das ich erlebt habe, musste ich in meinem Traum erneut durchleiden." Aber noch bevor Julian nachfragen konnte, lenkte Vanessa ab.

„Wenn ich dich so sehe, und das alles, was du hier erschaffen hast, dann musst du der Schwarm aller Frauen sein."

Julian lachte lauthals und erklärte, dass es zurzeit keine einzige Frau gäbe, die ihn lieben und schätzen würde.

„Und Nadine?", fragte Vanessa spontan, während sie gleich eine Entschuldigung hinterherschob. „Tut mir leid, geht mich wirklich nichts an", sagte sie betroffen.

„Ist nicht schlimm", antwortete Julian. „Sie war meine große Liebe, aber sie spielt nur mit mir, die Liebe ist einseitig und ich habe große Probleme, die gemeinsame Zeit mit ihr zu vergessen."

„Kann ich gut verstehen, so etwas Ähnliches habe ich auch schon hinter mir", tröstete sie Julian.

„So ist das Leben, es gehören immer zwei dazu, die sich gegenseitig verlieben, sonst wird das nichts. Aber ich will nicht jammern, mir geht es gut und ich bin sicher, dass ich irgendwann die große Liebe finden werde."

Julian war selbst überrascht, wie offen er mit Vanessa redete. Mit ihr zusammen wirkte alles sehr vertraut, so als ob sie sich schon sehr lange kennen würden.

„Wir müssen bald gehen", kündigte Vanessa traurig an. „Dieser Ort hier ist so schön, dass man ihn am liebsten gar nicht mehr verlassen möchte."

„Du kannst mich jederzeit besuchen, ich habe unendlich viel Platz. Gästezimmer oder Appartement, es steht dir alles zur Verfügung", bot Julian an.

„Vielen Dank, vielleicht komme ich eines Tages wirklich darauf zurück", antwortete Vanessa mit leuchtenden Augen und erhob sich, um eine Runde zu schwimmen.

Julian schaute ihr hinterher, um ihren Körper zu taxieren. Sie war auffallend groß, circa ein Meter fünfundachtzig, und sehr, sehr schlank. Ihrem gekonnt hüftbetonten Gang nach, konnte er sich Vanessa gut auf dem Laufsteg vorstellen. Der Bikini bedeckte nur wenig von ihrem Hintern, was Julians Augen sehr schmeichelte. Echt schöner Po, dachte er, aber ein bisschen mehr könnte er schon vertragen. Als sie sich auf der Badeleiter umdrehte und in seine Richtung blickte, bestätigte sich Julians Überlegung. Er konnte den Ansatz ihrer Rippen und die eher kleinen, aber trotzdem schönen, runden Brüste erkennen, was tatsächlich darauf hindeutete, dass sie ein paar Kilo zu wenig mit sich herumtrug. Besser Natur pur, als künstlich aufgepumpte Möpse, die aussehen, als ob sie kurz vorm Platzen sind. Sie sieht auch so phantastisch aus, dachte Julian. Ihr frecher Kurzhaarschnitt, die blonden Haare und ihr ebenmäßiges, bildhübsches Gesicht gaben ein beeindruckendes Gesamtbild. Julian war sicher, dass sie von vielen Männern umschwärmt wurde. Vanessa warf ihm ein kurzes Lächeln zu und tauchte in den Pool ab.

Als sie sich am Nachmittag verabschiedeten, gab sie Julian spontan einen Kuss auf die Wange und ihr Vater erinnerte nochmals an seinen Herzenswunsch, Julian als Architekten für seine private Villa zu gewinnen. Erst am späten Abend traten die letzten Gäste ihren Heimweg an. Julian entspannte sich gerade, während er den Sonnenuntergang auf seiner Terrasse beobachtete. Ein bisschen Ruhe nach diesem Trubel tut mir sicherlich gut, dachte er. Es wird mir schwer fallen nach diesen schönen Wochen hier, in meinem neuen Zuhause, wieder in die Tretmühle meines Jobs zurückzukehren. Nahezu vierundzwanzig Stunden am Tag auf der Welt hin und her zu jetten, um ein Projekt nach dem anderen zu begleiten und abzuschließen. Allerdings stehen mir bis dahin noch ein paar Tage zu Verfügung, die ich gerne genießen möchte. So nahm er sich vor, ein anderes Mal über seine berufliche Situation nachzudenken.

Kapitel 5: Julians neues Leben

Am nächsten Morgen, nach einem ausgiebigen Frühstück, schlenderte Julian in sein Büro, um einige administrative und für ihn lästige Aufgaben zu erledigen. Als er Platz nahm und seinen riesigen Schreibtisch überblickte, fiel ihm ein kleines Kuvert auf, das ihm unbekannt vorkam, welches er jedenfalls nicht selbst dort abgelegt hatte. Julian nahm es an sich, um nachzusehen, worum es sich handelte. Außen stand handschriftlich „Für Julian", aber es war kein Absender zu finden. So vermutete er, dass der Brief von Nadine stammte. Vielleicht sollte ich den sogleich ungeöffnet schreddern, das würde meine Nerven schonen, dachte Julian. Aber sicher sein konnte er nicht, weshalb er sich entschloss, den Brief zu öffnen. Zum Vorschein kam ein Scheck über eine unglaubliche Summe von einhundert Tausend Euro. Das muss ein Scherz sein, dachte Julian und schaute nach, ob sich noch etwas anderes im Kuvert befand. Ja, es gab einen kleinen Notizzettel mit folgendem Text:

Hallo Julian,

bitte sei mir nicht böse, ich meine es wirklich ernst. Du bist der einzige Mensch, dem ich den Bau meiner Villa auf Mallorca anvertrauen würde. Geld spielt bei diesem Projekt keine Rolle, aber ich weiß auch, dass es für dich nicht im Vordergrund steht. Vielleicht siehst du es so, dass du mir und meiner Frau einen großen Gefallen damit tust. Auch Vanessa liegt es sehr am Herzen, dass wir dich als unseren Architekten gewinnen. Ich kann dich leider nicht zwingen, aber ich würde mich sehr über dein Einverständnis freuen. Bitte betrachte das Geld als Anzahlung für die Planung.

Liebe Grüße

Thomas

„Das ist doch vollkommen verrückt, er lässt hier einfach einen fetten Scheck liegen und meint, er könnte mich damit kaufen", sprach Julian ungläubig vor sich hin. Aber er wusste, dass er Thomas damit unrecht tat. Er hatte ihn über die letzten Jahre sehr zu schätzen gelernt und es war klar, dass es tatsächlich um einen Herzenswunsch ging. Eigentlich ist mir Thomas sehr ähnlich, dachte Julian. Geld ist ihm nicht wirklich wichtig. Er arbeitet schon sein ganzes Leben lang aus Freude zu seinem Beruf, das macht ihn so erfolgreich. Dass die Einnahmen dabei sprudeln, ist natürlich ein positiver Nebeneffekt, aber Thomas lebt mit seiner Familie, zumindest im Vergleich zu anderen Prominenten, relativ bescheiden. Es muss ihm wirklich sehr viel bedeuten, dass ich ihn in dieser Angelegenheit unterstütze.
Trotzdem war das Ganze ziemlich verrückt. Erst so langsam wurde Julian die Dimension dieses Angebots bewusst. Vielleich würde dieser Auftrag sein ganzes Leben verändern. Mein Gott, welch ein Vertrauensvorschuss, dachte er, als er den Scheck nochmals genauer betrachtete.
Das war genau der Augenblick, an dem eine sündhaft teure Havanna fällig wurde. Er erinnerte sich an die Schachtel, die er vor Kurzem von einem Zigarrenhändler zur Eröffnung seines Hochregallagers geschenkt bekommen hatte. Eigentlich hätte er sie fachgerecht in einem Humidor aufbewahren müssen, aber da er nicht rauchte, lag sie einfach in seiner Schreibtischschublade. Er beschnitt die Zigarre mit der Schere, legte seine Füße, samt Schuhe, auf die Glasplatte des Schreibtischs und zündete die Havanna an. Es war

einfach ein Moment, dem nur eine dicke, fette Zigarre gerecht werden konnte. Es qualmte fürchterlich und Julian musste anfänglich ziemlich husten, aber nach einigen Zügen legte es sich schließlich. Im Prinzip hatte Thomas einfach Fakten geschaffen. Warum eigentlich nicht, überlegte Julian. Ein Auftrag würde vielleicht den nächsten mit sich bringen und den Bau eines privaten Objektes empfand er mittlerweile sogar spannender als die vielen Industriebauten, die ihm das Architekturbüro bescherte. Er beschloss, zumindest darüber nachzudenken, sich etwas Zeit zu lassen, aber sein Herz hatte die Entscheidung längst getroffen. Schon einen Tag darauf, meldete sich Thomas.

„Grüß dich Julian, war eine tolle Party bei dir", tönte es aus dem Hörer. „Ja, danke", antwortete Julian und überließ es Thomas, den Anfang zu finden.

„Hast du schon mal darüber nachgedacht?", fragte er ziemlich direkt.

„Ja, natürlich, das mit dem Scheck war schon ein Hammer, sowas kann eigentlich nur von dir kommen. Bis jetzt hat mir noch kein Bauherr hunderttausend Euro auf den Tisch gelegt. Das kann schon ein sehr überzeugendes Argument sein, aber du weißt, dass ich mich nicht vom Geld beeinflussen lasse."

An dieser Stelle machte Julian eine Pause, um sein Gegenüber ein bisschen zappeln zu lassen.

„Tu es einfach für mich und meine Familie, Julian, bitte", sagte Thomas in einem sehr vertrauten und versöhnlichen Ton.

„Ich habe mich ohnehin schon entschieden, deinen Auftrag anzunehmen, aber die finanzielle Seite sollten wir vorab klären", schlug Julian vor.

„Wenn du darauf bestehst, dann gerne. Nimm einfach was du brauchst, ich vertraue dir in dieser Hinsicht voll und ganz. Ich werde dir meine Tochter schicken, dann könnt ihr gemeinsam nach einem Grundstück suchen", schlug Thomas vor.

„Ja, gerne, wenn du nicht selbst kommen möchtest. Sie kann in einem meiner Appartements wohnen", bot Julian an.

Drei Tage später stand Vanessa mit ihrem Gepäck vor der Haustür. Sie war froh darüber, sich ein wenig von ihrem derzeitig aufreibenden Leben ablenken zu können. Die Ursache der Explosion, die sich tatsächlich in ihrem eigenen Haus ereignet hatte, konnte inzwischen zwar geklärt werden, trotzdem blieben viele Fragen unbeantwortet. Es war ein großer Feuerwerkskörper, umgangssprachlich „Kanonenschlag" genannt, der auf dem deutschen Markt, wegen seiner besonders verheerenden Sprengkraft, nicht verkauft werden durfte, welcher in ihrem offenen Kamin gezündet wurde. Ob jemand in die Wohnung eingedrungen war oder ob der Feuerwerkskörper über den Schornstein hineingeworfen wurde, konnte nicht geklärt werden, denn bisher gab es keinerlei verwertbare Spuren. Vielleicht war es ein dummer Scherz von alkoholisierten Jugendlichen, mutmaßte der Kommissar, was wenig beruhigend klang. Der Schaden war enorm, es gingen zwei Glasscheiben zu Bruch und die gesamte Asche aus dem offenen Kamin war über das ganze Wohnzimmer hinweg verteilt gewesen, was eine komplette Renovierung nach sich zog. Vanessa hatte sich über eine ganze Woche hinweg nicht mehr getraut ihr Haus zu betreten und war während dieser Zeit bei ihren Eltern untergeschlüpft.

„Freut mich dich zu sehen", wurde sie von Julian empfangen, während er sie an sich drückte und ihr zwei angedeutete Küsschen verpasste.
„Schön, dass ich bei dir wohnen darf", antwortete Vanessa mit einem strahlenden Lächeln.
„Komm mit, ich zeige dir dein Appartement."
Julian übernahm ihren Trolley, ging voran und öffnete die Tür.
„Hier ist dein Reich, du kannst bleiben solange du möchtest", bot er an und hielt ihr den Schlüssel vor die Nase.
„Danke Julian, aber weißt du, was du da eben gesagt hast?", entgegnete ihm Vanessa lächelnd.
„Es gibt Schlimmeres, als eine junge, hübsche und sympathische Frau im Haus zu beherbergen", erklärte Julian, der sich zurzeit ohnehin ein wenig einsam fühlte.
„Hast du Lust später eine Kleinigkeit mit mir zu essen?"
„Ja, sehr gerne, aber ich möchte dich nicht über Gebühr beanspruchen."
„Ich bin froh, wenn ich in diesem großen Haus etwas Gesellschaft bekomme. Wir sehen uns gleich, bis dann."
Julian war bestens gerüstet, kochen konnte er ganz gut, zwar nicht wie ein Sternekoch, aber mit Leidenschaft und für den Hausgebrauch mehr als ausreichend. Er dekorierte den Tisch auf der Terrasse und kümmerte sich anschließend um das Essen.
„Ich bin fertig, kommst du Vanessa?", fragte er sie über das Haustelefon.
„Gerne Julian, ich bin gleich da."
Ganz Gentleman schob er ihr den Stuhl zurecht.
„Hast du den Tisch selbst dekoriert?", fragte sie verblüfft, so, als ob sie es einem Mann nicht zutrauen würde.

„Um mich mit einem Butler oder einer Haushaltshilfe zu umgeben, fühle ich mich einfach noch zu jung", erklärte Julian.
Er schenkte den Champagner aus und reichte Vanessa ein Glas.
„Dein Hausgetränk ist eines meiner Lieblingsgetränke", stellte Vanessa freudig fest.
Sie stießen an und genossen einen Schluck vom kühlen, köstlichen Champagner.
„Ich fühle mich wie in einem Traum", offenbarte sich Vanessa, während sie beide über das weite, die Sonnenstrahlen tausendfach reflektierende, glitzernde Meer blickten.
„Du hast Recht, es ist wie ein Traum. Ich würde mir wünschen, dass er nie zu Ende ginge."
Julian servierte einen frischen, knackigen Salat und selbst gebackenes Weißbrot. Vanessa war absolut begeistert. Sie konnte kaum glauben, dass sich Julian die Mühe machte, sein Weißbrot selbst zu backen.
„Ist doch keine große Sache, man muss nur den Teig rechtzeitig zubereiten", spielte Julian sein Können herunter.
„So einen Mann als Freund zu haben, wäre mein größter Traum", gestand Vanessa, während sie etwas rot dabei wurde.
Julian wusste ihre Worte nicht wirklich einzuschätzen und überlegte, ob das jetzt eine allgemeine Aussage war oder eine direkte Anspielung auf seine Person.
„Danke, so ein Kompliment habe ich bisher noch nicht bekommen, du bringst mich in Verlegenheit."
„Der große Herr Stararchitekt wegen eines Komplimentes in Verlegenheit, das muss ein Scherz sein."
„Nein Vanessa, wenn ich ehrlich sein soll, dann muss ich dir sagen, dass ich sogar ein wenig aufgeregt bin. Eine junge Frau zu unterhalten bin ich nicht mehr gewohnt. Beruflich habe ich fast ausschließlich mit Männern zu tun und meine Erfahrungen mit dem weiblichen Geschlecht halten sich sehr in Grenzen."
„Dann wird es höchste Zeit, dass wir daran arbeiten", schlug Vanessa vor und gab ihm einen Kuss auf die Wange.
„Ich werde mich nun um die Hauptspeise kümmern", kündigte Julian an und verschwand in der Küche, was wie eine Flucht wirkte.
„Hm, das sieht aber lecker aus", staunte Vanessa, als er ihr den Teller vor der Nase abstellte.

„Black Tiger Garnelen mit Nudeln, Olivenöl, Zitrone und etwas Knoblauch. Ich hoffe du magst Knoblauch?"
„Sehr gerne, wir sind ja unter uns, oder erwartest du noch Besuch für heute?"
„Nicht, dass ich wüsste. Einen Guten Appetit wünsche ich dir, Vanessa."
„Danke, gleichfalls."
Während des Essens trafen sich ihre Blicke immer wieder. Vanessas Gesicht war nicht nur bildhübsch, es strahlte förmlich. Es war eine Art positive Energie, die wohl aus ihrem tiefsten Inneren stammte und sich auf ihrem Gesicht widerspiegelte. Sie wirkte sehr sympathisch, mit ihrem Kurzhaarschnitt sogar ein bisschen kess, was Julian mochte.
Inzwischen lag die Sonne knapp über dem Meer. Die wenigen Wolken bekamen einen leuchtenden Saum, wechselten ihre Farben von Minute zu Minute, bis der Horizont in einem kräftigen, warmen Rot erstrahlte. Vanessa und Julian köpften während des beeindruckenden Naturschauspiels bereits die zweite Flasche Champagner. Inzwischen wurden ihre Gespräche etwas vertrauter, sogar ein wenig intimer. Der Alkohol war natürlich nicht unbeteiligt daran, dass sie sich gegenseitig mehr anvertrauten, als es für ein erstes Kennenlernen angemessen gewesen wäre.
„Es ist ein sehr schöner und romantischer Abend mit dir zusammen. Ich habe mich schon lange nicht mehr so wohl gefühlt", schwärmte Vanessa.
„Fühlst du dich zuhause nicht wohl?"
„Doch, abgesehen von dem Vorfall mit der Explosion ist zuhause alles in Ordnung. Meine Eltern, meine Arbeit, mein ganzes Umfeld, alles wunderbar. Aber das ist nicht das, wonach sich eine Frau sehnt. Ich warte noch immer auf die große Liebe, auf einen Mann, der mich ab und zu in den Arm nimmt. Ein Mann, auf den ich mich verlassen kann, dem ich alles anvertrauen kann. Ein Mann, bei dem ich mich geborgen fühle, der mir Sicherheit gib. Ein Mann, der mich wirklich liebt, für den mein Herz schlagen könnte."
„Es klingt nicht danach, als ob du mit der Spezies Mann viele positive Erfahrungen gesammelt hättest. So hübsch wie du bist, müssten sie doch alle Schlange stehen, um dich zu erobern."
„In der Schlange standen schon einige, aber bisher war nicht der Richtige dabei. Ich bin nicht der Typ, der sich gleich jedem an den Hals wirft, jedenfalls nicht mehr. Anfänglich bin ich auf die Herren Aufschneider hereingefallen, aber nach einigen schmerzlichen Erfahrungen fühle ich mich in der Lage die Spreu vom Weizen zu trennen."
„Das klingt gerade so, als ob du ausschließlich auf schlechte Erfahrungen mit deinen Verehrern zurückblicken kannst."

„Im großen Ganzen trifft das zu. Meine letzte Beziehung habe ich nach einem Jahr beendet. Es hat mich schwer getroffen, als ich herausfand, dass er sich auch bei anderen Frauen im Bett tummelte. Ich war so verliebt, dass ich gar nicht mitbekam, dass es ihm nur um Sex ging. Als ich ihn hinausgeworfen habe, hat es ihn zwar geärgert, aber berührt hat es ihn nicht im Geringsten. So eine Erfahrung möchte ich nie wieder machen. Sicher, es gibt keine Garantie für die Liebe. Wenn es nach Jahren einmal auseinander geht, dann ist das eben so. Aber ich möchte mich nicht mehr auf einen Mann einlassen, der mich auf ein Sexobjekt reduziert, der nur Interesse an meinen Körper und nicht an mir als Person hat."
Der Abend war schon weit fortgeschritten und obwohl sie ihr Gespräch nur ungern beendeten, war es an der Zeit, schlafen zu gehen. Julian begleitete Vanessa nach oben, nicht weil sie den Weg nicht gefunden hätte, sondern weil bei ihr schon leichte Gleichgewichtsprobleme zu erkennen waren und er sich Sorgen machte, dass sie auf der Treppe stürzen könnte.
„Frühstück um neun Uhr?"
„Ja, prima, ist genau meine Zeit, gute Nacht Julian und vielen Dank für den wunderschönen, unterhaltsamen Abend."
Julian schlief tief und fest. Einen Wecker musste er nicht stellen, denn auf seine innere Uhr war Verlass. Als er aufwachte, war es punkt acht Uhr, also früh genug, um seinen wunderbaren Pool bereits vor dem Frühstück zu genießen. Üblicherweise wechselte er den Schwimmstil mit jeder Bahn. Gerade, als er in Rückenlage auf den Beckenrand zuschwamm, erblickte er eine schmale, große Silhouette in seinen Augenwinkeln. Der Gedanke daran, dass er, wie gewohnt nackt schwamm, schreckte ihn förmlich auf. Er drehte sich sogleich um und hielt sich nun am Beckenrand auf.

Julian
„Entschuldige bitte, so früh habe ich nicht mit dir gerechnet", stottere ich verlegen und ernte nur ein amüsantes Lächeln.
„Früher Vogel fängt den Wurm", höre ich und während ich den Satz sicherlich falsch interpretiere, halte ich, zumindest im Geiste, meine Hände schützend zwischen die Beine.

Vanessa
Was ziert er sich so?
„Erst mal guten Morgen, Julian. Darf ich zu dir kommen?"

„Moment mal, ich bin nackt", versucht er mich abzuwehren, aber ich finde es nicht schlimm.
„Mach dir keinen Kopf, Julian, es stört mich nicht, dann ziehe ich mich eben auch aus", rufe ich ihm zu, während ich im gleichen Augenblick mein Bikinihöschen nach unten schiebe.

Julian
Noch bevor ich mich diskret wegdrehen kann, sehe ich ihren blanken Schlitz direkt vor mir. Einfach so tun, als ob ich nichts gesehen hätte, denke ich mir und beginne mit der nächsten Bahn. Der Pool kommt mir heute viel kürzer vor, so schwimme ich schon wieder auf sie zu, als sie gerade ihr Oberteil zur Seite wirft und Stufe für Stufe ins Becken tänzelt, direkt in meine Richtung. Soll ich hinsehen, diskret wegschauen? Ein Gentleman gafft nicht, aber ignorieren ist auch keine Lösung. Sie schwimmt auf mich zu, schau ihr einfach in die Augen, nehme ich mir vor. Als sie mich umarmt und mir spontan einen Kuss auf den Mund gibt, bekomme ich, trotz des frischen Wassers, leichte Hitzewallungen. Es ist mir peinlich, mit einer Erektion im Becken zu stehen, die man nicht verbergen kann.
„Ich sollte mich jetzt um das Frühstück kümmern", versuche ich mich aus der Situation zu befreien, während ich hoffe, dass sie den Pool vielleicht schon vor mir verlässt.

Vanessa
„Ja bitte, ist kein Problem, ich werde noch etwas bleiben", antworte ich mit einem Grinsen, während ich die Situation, zugegeben, schändlich auskoste. Ist ja echt goldig wie der sich ziert, man könnte meinen, er hätte noch nie eine nackte Frau gesehen.

Julian
Da muss ich jetzt durch, hab dich nicht so, sie hat es in Kauf genommen, oder besser gesagt, sogar provoziert. Sie ist durchtriebener als ich dachte. Warum muss gerade mir das passieren?, frage ich mich. In der öffentlichen Sauna regt sich doch auch nichts zwischen meinen Beinen. Ich sehe meine Shorts, weit vom Becken entfernt über der Liege hängen, auch mein Handtuchvorrat, der sich unter dem Verandadach befindet, kann mich nicht retten. Während ich, meine Vorderseite etwas von ihr abgewendet, rasch in Richtung meiner Shorts trippele, denke ich mir, du brauchst dich mit dem was du hast eigentlich nicht zu verstecken, trotzdem fände ich es komisch, ihr

meinen Ständer so direkt zu zeigen. Ich bin sicher, dass sie, natürlich rein zufällig, gerade in meine Richtung schaut und ganz besonders genau hinsieht.

Vanessa
Der hat ja einen richtigen Knackarsch, gut bestückt ist er auch, das konnte er nicht vor mir verbergen. Ein wenig schäme ich mich schon, dass ich die Situation so auskostete, Julian, meinen Gastgeber, damit in Bedrängnis bringe, trotzdem gefällt es mir. Mehr sogar, ich stelle mir vor, dass wir aneinander liegen, uns zärtlich küssen, mit Streicheleinheiten verwöhnen und geilen Sex haben. Wie schön das wäre, einfach jetzt sofort. Als ich ihm am Frühstückstisch gegenübersitze, versuche ich gleich gar nicht diesen Gedanken zu verdrängen. Ob er es mir ansieht?

Julian
Ist schon doof, dass man seine Lust als Mann nicht verbergen kann. Ich blicke ihr in die Augen und sehe genau, dass sie mich durchschaut.

Vanessa
Der ist ja immer noch rot im Gesicht. Vielleicht sollte ich wenigstens ein schlechtes Gewissen haben.
„Ich bin erwachsen, hättest dich vorhin nicht so zieren müssen. Ist nicht das erste Mal, dass ich so etwas sehe. Du wärst kein richtiger Mann, wenn es nicht passiert wäre", versuche ich ihn zu beruhigen und sehe, dass ich ihn mit meinen Worten nur weiter in Verlegenheit bringe. Einfach totschweigen das Thema, denke ich und gehe ohne weiteren Kommentar zum Frühstück über.

Julian
Obwohl sie mich mit ihren direkten Worten erneut peinlich berührt, schaffe ich es, mich ein bisschen zu entspannen, im Gegensatz zu ihm, zwischen meinen Beinen, der unterm Tisch zwar nicht auffällt, aber dafür sorgt, dass das unbeschreibliche Gefühl der Lust in meinen Lenden nicht abklingen will. Ich schaue sie an und frage sie im Geiste: Willst du mit mir schlafen, willst du das was du gesehen hast auch spüren, willst du Sex mit mir? Mein Herz rast, als sie meinen Blick erwidert. Aber wohin soll das Ganze führen? Einfach Sex haben, der sexuellen Gier nachgeben, diese reizende Frau jetzt sofort nehmen und ein paar Tage später wieder auseinander gehen? Das ist

doch gerade das, was sie erklärter Weise ablehnt. Ich denke an ihre Worte: Ich möchte nicht nur als Sexobjekt angesehen werden.
„An was denkst du gerade?", frage ich, um die Konversation anzukurbeln.

Vanessa
„Ach, nichts Besonderes", antworte ich. Ich kann es ihm nicht sagen. Was kümmert mich mein Geschwätz von gestern, das ist es, was ich gerade denke. Bisher konnte ich mir nicht vorstellen mit einem Mann zu schlafen, den ich kaum kenne, in den ich nicht verliebt bin. Ich kann ihm nicht sagen, dass ich gerne mit ihm schlafen würde, er würde denken, ich wäre ein Flittchen.
„Wir müssen uns um das Grundstück kümmern", schlage ich vor, um meine Gedanken auf ein anderes Thema zu lenken.

Julian
Irgendwie bin ich erleichtert, im Prinzip ist sie rein geschäftlich hier.
„Was die Villa deiner Eltern betrifft, so habe ich bereits eine Vorauswahl getroffen. Bei der gewünschten Größenordnung und Lage sind gerade mal drei Angebote übrig geblieben, bei denen sich eine Besichtigung lohnt. Sie stammen alle vom gleichen Makler und ich habe die Termine für heute, direkt hintereinander, vereinbart. Sei bitte um zehn Uhr fertig, damit wir pünktlich wegfahren können", fordere ich sie auf.

Vanessa
„Dann bis gleich", antworte ich, bedanke mich für das Frühstück und gehe, um mich umzuziehen.

Julian stand bereits parat, als Vanessa sehr pünktlich, kurz vor zehn Uhr, erschien.
„Wow, du siehst echt sexy aus, willst du dem Makler den Kopf verdrehen?"
„Schaden kann es nicht. Ist mein Rock zu kurz?"
„Vorn nicht", antwortete Julian.
„Dann schau doch bitte mal von hinten", schlug Vanessa vor und entfernte sich von Julian mit einem Gang, der dem eines Models auf dem Catwalk glich.
Julian schaute auf ihren sexy Hintern, der gekonnt hin und her wackelte. Der Rock war so kurz, dass er vermutete, ihr Po-Ansatz müsste in Erscheinung treten. Vielleicht waren es aber nur lüsterne Gedanken, die sich in Julians

Kopf breit machten. Kurz darauf stand Vanessa wieder vor Julian und schaute ihm fragend in die Augen.
„Heiß, aber in Ordnung", musste er gestehen.
Vanessa hörte es gerne und Julian sah das Leuchten in ihren ungewöhnlichen Augen, die überwiegend smaragdgrün schimmerten, jedoch durch ihren blauen Anteil im äußeren Bereich der Iris wirkten, wie das türkisblau leuchtende Meer. Ihre Größe fiel ihm erst jetzt so richtig auf. Sie blickte ein wenig von oben auf ihn herab, was sich für Julian ziemlich ungewöhnlich anfühlte.
„Sag mal, wie groß bist du eigentlich?"
„Ein Meter fünfundachtzig plus circa fünfzehn Zentimeter Absätze, macht in etwa zwei Meter."
„Alle Achtung, aber meinst du nicht, dass die Schuhe vielleicht etwas unzweckmäßig sind?"
„Keine Angst, ich bin es gewohnt auf hohen Hacken zu gehen, alles gut."
„Dann sind wir so weit", stellte Julian fest und hielt ihr die Haustür auf.
Das Garagentor öffnete sich elektrisch und als Vanessa auf das einzige Auto blickte, das in der riesigen Garage stand, krümmte sie sich vor Lachen.
„Ist das wirklich dein Auto?"
„Ja, was gibt es da zu lachen?", staunte Julian.
„Hast du Kinder?"
„Nein, warum fragst du?"
„Dann fährst du also freiwillig mit einem „Pampersbomber" durch die Gegend, der aussieht wie ein Handwerkerauto."
„Das Auto ist mir einfach ans Herz gewachsen", gestand Julian, der nicht wirklich wusste, was der Begriff Pampersbomber bedeutete und Vanessa deswegen mit fragendem Blick anstarrte.
„Den Begriff kennt inzwischen eigentlich jeder, das sind günstige Autos für junge Familien, die ihren Eltern viel Platz bieten für Kinder, Kinderwagen, Pamperspakete und alles was an Bord sein muss."
„Während der Bauzeit hat mir der Wagen mit seinem großen Kofferraum und den beiden Schiebetüren echt gute Dienste geleistet", verteidigte sich Julian. „Dazu ist er recht kurz, handlich und relativ komfortabel gefedert, was bei den schlechten Wegen auf dieser Insel den Hintern schont."
„Ist kein Problem für mich, war nur eine Frage", schmunzelte Vanessa.
„Komfortabel wie eine Luxuslimo", bestätigte sie, als es den steilen, holprigen Gebirgsweg im Schritttempo nach unten ging.
„Es gibt bereits ein Objekt das ich favorisiere, aus dem man etwas Tolles machen könnte. Falls du das genauso siehst, lass es dir in Anwesenheit des

Maklers bitte nicht anmerken. Der spürt es sofort, wenn ein Interessent das Objekt im Geiste bereits gekauft hat und das erschwert natürlich die Preisverhandlungen."

„Aye, Aye Sir, ich werde Ihren Ratschlag befolgen", versprach Vanessa, während sie einen militärischen Gruß an Julian richtete.

„Da spricht der Profi, du hast Recht, vermutlich hätte ich mich gleich verplappert."

Der Makler, ein sympathischer Herr Ende Fünfzig, chauffierte Julian und Vanessa mit seinem Wagen zu den einzelnen Objekten. Scheint mit seinen Geschäften gut zu laufen, dachte sich Vanessa, die sich in dem riesigen, mit Wurzelholz und feinstem, duftenden Leder ausgeschlagenen SUV, einer englischen Nobelmarke, sehr wohl fühlte. Die ersten beiden Objekte waren schnell abgehakt. Zwar wirkten die Villen wirklich sehr außergewöhnlich und hochwertig, aber die Lage war nicht ansatzweise mit der von „Burg Julian" vergleichbar. Das Beste zum Schluss, kündigte der Makler an, während sie, auf dem Weg dorthin, zwischen blühenden Orangenbäumen hindurchfuhren, welche die ohnehin sehr schöne Landschaft buchstäblich verzauberten. Vanessa ließ rasch das Fenster herunter, um den lieblichen Duft der Blüten einzusaugen. Sie genoss die Fahrt mit Julian sehr und freute sich schon auf die nächste Besichtigung. Als der Makler in die lange, alleeartige Zufahrt des Grundstücks einbog, deren Ende in eine große Schleife überging, die am Eingangsportal der Villa vorbeiführte, war Vanessa bereits schwer beeindruckt. Sie sah nicht so aus, wie man die Zufahrt zu einem privaten Anwesen erwarten würde, sondern eher wie die eines großen Luxushotels. Als die Steinchen des fein geschotterten Weges unter der Last des schweren Wagens knirschten, kam sich Vanessa wie in einem Hollywoodfilm vor. Bereits jetzt, in diesem Augenblick, schlug ihr Herz für dieses außergewöhnliche Objekt. Trotzdem versuchte sie, sich nichts anmerken zu lassen. „Vielleicht schauen wir uns zuerst das Grundstück an", schlug Julian vor.

„Die Lage ist in Ordnung, aber der Garten ist ziemlich verwildert und wirkt sehr antiquiert. Da müsste sicherlich alles neu gemacht werden", sagte Vanessa, was Julian bestätigte.

Das Grundstück erstreckte sich über ein riesiges Areal, so brauchten sie fast zwanzig Minuten, um die Grenzen abzulaufen. Obwohl der Garten dringend Pflege benötigte, versprühte er einen gewissen Charme. Hier und da leuchteten ihnen Bereiche mit blau-violett blühendem Lavendel entgegen, deren Duft sich zum Teil mit dem von Rosmarin vermischte. Nachdem das Objekt zurzeit nicht bewohnt war, konnten sie sich auch innerhalb der Villa in aller Ruhe umsehen.

„Die Lage ist schön, aber die Villa würde meinen Eltern sicher nicht gefallen", kommentierte Vanessa.

„Der größte Teil müsste wohl abgerissen werden", stellte Julian fest.

Dem Makler war die Enttäuschung zu diesem Zeitpunkt bereits ins Gesicht geschrieben. So versuchte er die Villa mit verschiedenen Vorschlägen für kleinere Änderungen schmackhaft zu machen.

„Was sie sagen hat alles Hand und Fuß", bestätigte ihm Julian, „aber Vanessas Eltern haben andere Vorstellungen von einem adäquaten Objekt. Letztendlich ist es eine Frage des Preises, denn von der Villa könnte höchstens ein kleiner Teil stehen bleiben. Am besten Sie fragen den Besitzer ob ein größerer Preisnachlass möglich ist und wir werden Vanessas Eltern fragen, was sie bereit sind für dieses Objekt zu zahlen", schlug Julian vor.

Der Makler war einverstanden, so vereinbarten sie einen weiteren Termin für den nächsten Tag.

Auf dem Heimweg zur Burg Julian konnten sich Vanessa und Julian endlich ungestört unterhalten.

„Alleine die Zufahrt des Grundstücks und der direkte Ausblick aufs Meer und den Hafen von Port Andratx haben mich restlos begeistert", gestand Vanessa.

„Es ist wirklich eine sensationelle Lage", bestätigte Julian. „Das Problem ist allerdings die Villa selbst, die müsste fast komplett abgerissen werden, obwohl sie natürlich einen gewissen Wert besitzt, der mitgezahlt werden müsste. Ich bin mir nicht sicher, ob deine Eltern damit einverstanden sind", gab Julian zu bedenken.

„Geld spielt für meine Eltern keine große Rolle, bis jetzt haben sie ihr ganzes Vermögen gehortet und es wird höchste Zeit, dass sie sich mal etwas gönnen. Ich würde mich natürlich auch sehr freuen", erklärte Vanessa mit leuchtenden Augen.

„Du hast dich wirklich verhalten wie ein Profi, alle Achtung", bestätigte Julian.

„Danke, jedoch nur, weil du mich vorher darauf hingewiesen hast, sonst hätte ich mich mit Sicherheit verplappert und meine Begeisterung vor dem Makler hinausposaunt", gestand Vanessa grinsend.

Julian übermittelte Sabine und Thomas einige Bilder und am Abend telefonierte er mit den beiden.

„Kauf die Villa, egal ob ein Nachlass möglich ist oder nicht, du hast alle Freiheiten. Die Lage ist sensationell und ich möchte nicht, dass mir jemand das Objekt vor der Nase wegschnappt", war Thomas klare Ansage.

Schon am nächsten Tag wurde das Geschäft mit Handschlag besiegelt. Das Objekt war mit sieben Millionen Euro angesetzt, aber der Besitzer hatte es ziemlich eilig und stimmte dem Verkauf für sechs Millionen zu. Der Makler versicherte, alles Nötige möglichst rasch in die Wege zu leiten. Somit war der erste und wichtigste Schritt getan.

Am Abend saßen Vanessa und Julian auf der Veranda und stießen auf den erfolgreichen Abschluss an.

„Ich freue mich sehr auf das Haus", gestand Vanessa. „Du planst mir eine schöne Wohnung mit ein, so können wir uns in Zukunft vielleicht öfter sehen. Aber morgen muss ich zurückfliegen, denn in der kommenden Woche ist mein Terminplan voll bis zum Anschlag. Auch ich muss ab und zu mal etwas arbeiten."

„Was genau machst du eigentlich in der Firma deiner Eltern?"

„In erster Linie bin ich als Designerin tätig, ich habe ein eigenes Modelabel und bin inzwischen sehr erfolgreich damit. Aber die nächsten Tage werde ich mich als Model auf den Laufsteg begeben. Eigentlich bin ich mit meinen zweiunddreißig Jahren zu alt dafür, aber im eigenen Haus bestimmen wir schließlich selbst, wer auf den Laufsteg darf. Ich wollte es schon lange mal ausprobieren, habe mich allerdings immer zu dick dafür gefühlt."

„Im Vergleich zu den Hungerhaken, deren Skelette auf den Laufstegen bereits klappern, magst du vielleicht Recht haben, aber ich bin der Meinung, dass du eher ein paar Pfund mehr als weniger vertragen könntest."

„Schau doch mal meinen fetten Hintern an", sagte Vanessa und stellte sich mit ihrem knappen Bikini direkt vor Julian.

„Echt fett", scherzte dieser, „aber äußerst sexy", fügte er hinzu und nutzte die Gelegenheit, um ihren Hintern ungeniert zu betrachten, während er seine Hände im Zaum halten musste.

„Du nimmst mich nicht ernst, Julian, das werde ich dir nie verzeihen", beschwerte sich Vanessa, aber mit einem leichten Grinsen auf ihrem Gesicht.

Als sie sich am nächsten Tag zum Abschied drückten, fühlte es sich nicht nach einem ganz normalen Abschied an. Vanessa schmiegte sich eng an Julian und machte keine Anstalten, die Umarmung zu lösen.

„Schade, dass ich gehen muss, Julian, ich habe mich so sehr an dich gewöhnt. Du bist wirklich ein toller Mann, liebevoll, verlässlich, intelligent, kein Angeber und dazu noch sehr gutaussehend."

„Danke für das Kompliment, das ich gerne zurückgebe, aber ich glaube, du hast ein bisschen zu dick aufgetragen."
„Nein Julian, es ist mein voller Ernst. Ich hoffe, wir werden uns bald wiedersehen", sagte sie mit einem sehnsuchtsvollen Blick und gab ihm spontan einen flüchtigen Kuss auf den Mund.
Julian war etwas überrascht und wusste nicht so recht wie er auf die Situation reagieren sollte.
„Wenn du die Zeit findest, darfst du mich gern wieder besuchen", bot er an.
„Danke, sehr gern, ich werde auf dein Angebot zurückkommen", bestätigte Vanessa, während das Taxi bereits hupte.
Sie winkten sich zu, bis der Sichtkontakt nach der ersten Kurve abbrach. So, jetzt bin ich wieder alleine in meinem großen Haus, dachte Julian. Aber es wird auch Zeit, dass ich mich um meine Arbeit kümmere. Obwohl der Kauf der Villa noch nicht rechtskräftig war, bestand Thomas darauf, dass Julian schon mit den Entwürfen begann. Thomas wollte keine Zeit verlieren und übernahm das Risiko für den Fall, dass es irgendetwas gab, das den Kauf verhindern könnte.
Als Vanessa zuhause ankam, betrat sie ihr Wohnhaus mit gemischten Gefühlen. Natürlich war es ihre vertraute Umgebung, trotzdem fühlte sie sich, nach dem Vorfall mit dem Böller, nicht mehr richtig wohl. Ein von ihrem Vater beauftragter Elektriker hatte in der Zwischenzeit starke Strahler mit Bewegungsmeldern rund um das Haus installiert, die in der Lage waren, die Nacht zum Tag zu machen. Immerhin konnten sie dazu dienen irgendwelche Verrückte abzuschrecken und Vanessa ein Gefühl der Sicherheit zu vermitteln, wenn Sie mal wieder in der Dunkelheit nach Hause kommen sollte.
Nach ihrer Rückkehr stand sie, am Ende eines anstrengenden Tages, ziemlich müde im Bad, um sich für die Nacht abzuschminken. Plötzlich zuckte sie zusammen, stellten sich ihr sämtliche Nackenhaare auf, obwohl sie im Moment noch nicht wusste was der Auslöser war.
Während sich ihr Puls schon langsam beschleunigte, kam die Angst zurück, die Angst, nicht alleine im Haus zu sein. Erst jetzt begriff sie, irgendwie sah alles ein wenig anders aus, aber nicht durcheinander. Viele ihrer Sachen, wie die Nachtcreme, das Parfüm, die Zahnbürste und weitere Utensilien, lagen nicht auf ihrem gewohnten Platz. Nicht vertauscht, sondern nur ein Stück verrückt, so, als ob eine Putzfrau das Bad gereinigt hätte. Allerdings gab es keine Putzfrau, denn Vanessa hielt ihr Haus selbst in Ordnung. Während sie ihre Hand aufs Herz hielt, suchte sie nach einer plausiblen Erklärung. Vielleicht war ich vor meiner Abreise zu Julian so abgelenkt, so überschwänglich

gut gelaunt, dass ich meine Ordnung selbst etwas durcheinandergebracht habe. Vielleicht war meine Mutter zwischenzeitlich im Haus, um nach dem Rechten zu sehen? Aber dass sie mein Bad geputzt haben soll, das ist wirklich ein absurder Gedanke. Plötzlich drehte sich Vanessa um und blickte in Richtung der Tür. Werde ich beobachtet? Ist jemand im Haus?, überlegte sie. Vielleicht ist es nur meine Angst, die mich nicht mehr richtig ticken lässt, war ihr nächster Gedanke. Trotzdem schritt sie jeden Raum des Hauses ab, um sich zu vergewissern. Nein, es war alles nur Einbildung, dachte sie und war nun bereit, sich schlafen zu legen. Das Licht in ihrem Wohnbereich ließ sie allerdings brennen.

Bereits zwei Tage nach ihrem Besuch meldete sich Vanessa telefonisch bei Julian. Nach dem üblichen Smalltalk sagte sie etwas, was ihn im ersten Moment überraschte.
„Ich vermisse dich Julian, mir fehlt deine Nähe sehr. Ich habe mich bei dir so wohl und geborgen gefühlt. Ich muss sehr oft an dich denken", und nach einer kleinen Pause fügte sie spontan hinzu: „Ich glaube, ich bin in dich verliebt."
Einen Moment lang war es still in der Leitung, bevor sich Julian räusperte, um endlich die passenden Worte zu finden.
„Wir kennen uns doch erst ein paar Tage, Vanessa, ist es nicht viel zu früh, um so etwas zu sagen?"
„Die Gefühle nehmen keine Rücksicht auf irgendwelche Zeiträume", antwortete Vanessa.
„Vielleicht besprechen wir das, wenn du mich das nächste Mal besuchst", schlug Julian vor, der ein bisschen Zeit brauchte, um über Vanessas Worte nachzudenken.
„Die nächste Woche kann ich mir frei nehmen, wir müssen ohnehin über die Pläne sprechen. Darf ich wieder bei dir wohnen?", fragte Vanessa der Höflichkeit halber.
„Selbstverständlich bist du eingeladen, kannst dir wieder eines der Appartements aussuchen."
Für Julian kam Vanessas Bekenntnis ziemlich überraschend. Er war froh, dass ihm ein paar Tage zu Verfügung standen, um über die Situation nachzudenken. Ja, natürlich, auch für ihn fühlte es sich anders an, als eine normale Freundschaft, aber das Wort Liebe mochte er zum jetzigen Zeitpunkt nicht in den Mund nehmen.

Vanessa freute sich sehr auf den bevorstehenden Besuch. Mittlerweile war die Sache mit den verstellten Gegenständen im Bad vergessen und sie fühlte sich in ihrem Haus wieder wohler. Die nächsten zwei Tage gab es keine Vorkommnisse und als sich Vanessa am Abend vor ihrer Abreise müde ins Bett legte, schlief sie umgehend ein.
„Klopf, klopf, klopf …"
Innerhalb einer zehntel Sekunde katapultierte es Vanessa aus ihrem Tiefschlaf in die „Hallo-Wach-Phase". Irgendjemand klopfte in einem fort an eine Scheibe, vermutlich im Bereich des Wohn- oder Esszimmers.
„Klopf, klopf, klopf, …"
Es klang gespenstisch, so, als ob jemand in Panik geraten war, vielleicht um sein Leben fürchtete. Egal, Vanessa war nicht in der Lage nachzusehen. Allerdings hatte sie aus dem letzten Vorfall ihre Lehre gezogen und mittlerweile lag ihr Handy auf dem Nachttisch. Mit zittrigen Fingern versuchte sie den Notruf anzuwählen, was sie erst nach drei Versuchen schaffte. Während das furchterregende Klopfen weiter anhielt, wartete sie angsterfüllt auf Hilfe. Erst als die Polizei eintraf, traute sie sich, ihr Schlafzimmer zu verlassen.

Trotz der Vorkommnisse in der Nacht, landete Vanessa pünktlich auf Mallorca. Aber auch gerade aus diesem Grund war sie froh, nun hier zu sein, weit weg vom Ort des Geschehens. Julian freute sich ebenfalls auf Vanessa, auf ihre Gesellschaft, auf die Abwechslung und die Tatsache, dass etwas Leben in seine große Burg kam. Als der Gong ertönte und ihr strahlendes Gesicht auf dem Monitor der Sprechanlage erschien, konnte er es kaum erwarten, die Tür zu öffnen. Vanessa fiel ihm so um den Hals als ob sie sich schon Jahre nicht mehr gesehen hätten, gab ihm sogar einen Kuss auf den Mund, den Julian allerdings nur zögerlich erwiderte.
„Hattest du einen guten Flug?"
„Bis auf ein paar kleinere Turbulenzen, die mich mittlerweile nicht mehr beunruhigen, lief alles bestens. Ich kann dir gar nicht sagen wie ich mich freue wieder hier zu sein. Schön, dass ich bei dir wohnen darf, danke Julian."
„Welches Appartement möchtest du?"
„Das obere, welches auf der Höhe deines Schlafzimmers liegt, da habe ich die beste Aussicht auf das herrliche Meer."
„Ich möchte dich gerne zum Essen einladen, wir könnten runter zum Hafen fahren und uns dort ein gemütliches Lokal aussuchen. Hast du Lust?"
„Gerne, in einer halben Stunde bin ich fertig, ich möchte mich erst ein wenig frisch machen, ist das in Ordnung?"

„Gut, dann um siebzehn Uhr."
Julian war bereits fertig und wartete auf seiner Veranda. Vanessas Besuch wird mir guttun, dachte er. Obwohl ich mich hier sehr wohl fühle und alle Annehmlichkeiten meines Hauses und der Umgebung genieße, bin ich doch recht einsam. Natürlich kenne ich inzwischen einige nette Nachbarn, die mich, sobald es einen Grund zum Feiern gibt, mit einladen. Aber das ist natürlich etwas anderes, als jemanden im Haus zu haben. Es war seine Burg, die er gerne dauerhaft mit Leben gefüllt hätte. Klar, am meisten sehnte er sich nach einer Freundin, aber er dachte auch weiter. In meinem Alter haben die meisten Männer schon Kinder, so eine richtige Familie zu haben, würde mir auch gefallen.
„Du wirkst so abwesend", stellte Vanessa fest, als sie auf ihn zuschritt.
„An was denkst du gerade?"
„Nichts Wichtiges", log Julian.
„Wie sehe ich aus?", fragte sie, „ist alles aus meiner eigenen Kollektion."
„Wow, du bist ein echtes Talent. Mit den Teilen ziehst du sicher alle Blicke auf dich", staunte Julian.
„Hab schon ein schlechtes Gewissen, dass ich dir nur meinen Pampersbomber anbieten kann. Das passt eigentlich gar nicht zu deinem schicken Outfit."
„Ist kein Problem, ich liebe Gegensätze."
„Dann mal los."
Mit dem Restaurant waren sie sich schnell einig. So saßen sie direkt im Randbereich des Hafens und blickten auf die unzähligen Boote und Yachten, die sich, bedingt durch Wind und Wellen, ständig bewegten und die verschiedensten Geräusche hervorbrachten. Sie entschieden sich für unterschiedliche Fischgerichte, so kam es, dass sie sich gegenseitig Häppchen zum Probieren in den Mund schoben. Vanessa überlegte, wie sie Julian etwas Gutes tun konnte und bot sich an, auf dem Rückweg zu fahren. So konnte sich Julian eine Karaffe Weißwein genehmigen. Während sie das Ein- und Auslaufen der eleganten, großen Yachten beobachteten und sich angeregt unterhielten, verging die Zeit wie im Fluge.
„Fährt sich besser als ich dachte, dein Pampersbomber", musste Vanessa auf dem Heimweg gestehen.
Als sie zuhause ankamen, ging es bereits gegen Mitternacht.
„So, jetzt bin ich wirklich müde", gestand Vanessa. „Es war ein bezaubernder und unvergesslicher Abend, vielen, vielen Dank."
Nachdem sie sich mit einem Gutenachtküsschen verabschiedet hatte, verschwand Vanessa in ihrem Appartement.

Julian musste noch ein wenig herunterkommen. Es war eine Eigenart von ihm, dass er mindestens eine Viertelstunde dazu benötigte, die er gerne nutzte, um einen späten Digestif zu sich zu nehmen. So nahm er in seinem Wohnzimmer Platz, schwenkte seinen Cognac, zog mehrmals den wohlriechenden Duft ein und ließ den Tag zwischen mehreren genießerischen Schlückchen Revue passieren. Auch er hatte den Abend, oder besser gesagt, Vanessa, sehr genossen. Ihre liebevolle Art, ihre Ausstrahlung, ihre Schönheit und die angeregten Gespräche. Sie ist intelligent, witzig, charmant, dachte Julian, dem es eine Freude gewesen war, sich den Abend über mit ihr zu unterhalten. Es war ihm bewusst, dass er sich schon sehr lange nicht mehr so wohl gefühlt hatte wie am heutigen Tag.

Am nächsten Morgen

Julian
Um mir Peinlichkeiten beim morgendlichen Schwimmen zu ersparen, bin ich heute mit Badeshorts angetreten, sicher ist sicher. Den Zeitpunkt wohl genau abgepasst, kommt sie, kurz nachdem ich das Becken betreten habe, im Bademantel auf mich zu.

Vanessa
Ich grüße meinen Gastgeber und stelle fest, dass er heute in Badeshorts schwimmt.
„Wenn ich gewusst hätte, dass du heute bekleidet bist, wäre ich im Bikini gekommen", entschuldige ich mich, währenddessen ich meinen Bademantel ungeniert, direkt vor seinen Augen, über die Schultern nach unten rutschen lasse. Ich registriere seinen kurzen Blick auf meinen Körper, fühle mich ein wenig nackt, aber gut.

Julian
Wenn sie sich heute wieder im Adamskostüm an mich heranmacht, bekommt sie entweder Ärger, oder Sex, denke ich. Während ich weiter meine Bahnen ziehe, ihren nackten Körper noch vor Augen, bekomme ich Konkurrenz. Ich registriere, dass ihr Schwimmstil wohl der bessere ist, da sie regelmäßig an mir vorbeizieht. Alle Achtung, sie ist gut durchtrainiert. Erst nachdem ich mich schwer atmend am Beckenrand festhalte und den Blick über das weite

Meer genieße, bricht auch Vanessa ihr morgendliches Training ab und gesellt sich zu mir.

Vanessa
„Ich beneide dich um diesen Ausblick", gestehe ich ihm wohl schon zum hundertsten Mal, während ich meinen Arm um ihn lege.

Julian
„Ich wusste gar nicht, dass du so durchtrainiert bist", bringe ich meine Bewunderung zum Ausdruck, während ich überlege, wo sich in ihren superschlanken Beinen und Armen irgendwelche Muskeln befinden sollten.
„Du kommst im Wasser schneller voran als ich."
„Ich habe den geringeren Strömungswiderstand, das liegt an deiner Badeshorts", höre ich, während ihre Hand nach unten rutscht und auf meinem Hintern zum Ruhen kommt.

Vanessa
Einerseits tut er mir ein bisschen leid, aber andererseits macht es mir auch Spaß, seine Zurückhaltung auszukosten, denke ich, während meine Hand etwas fester zupackt.

Julian
Verdammt, hätte mich heute Morgen erst selbst befriedigen sollen, denke ich, während ich versuche meine Erregung unter Kontrolle zu halten. Vielleicht sollte ich ihren sexy Hintern ebenfalls begrapschen, sie legt es ja darauf an, Lust hätte ich dazu. Ich diesem Moment denke ich sogar an geilen Sex, aber für eine neue Beziehung ist es mir zu früh. Vielleicht meint sie ich wäre schüchtern, prüde oder sonst etwas, aber darauf kann ich keine Rücksicht nehmen. Vielleicht will sie es auch gar nicht, interpretiere ich ihre liebevolle, freizügige Art einfach falsch.

Vanessa
Ich glaube ihn zu durchschauen, vielleicht fehlt nur der letzte Anstoß. Ob ich noch ein Stückchen weiter gehen kann?, denke ich, während sich meine Hand bereits verselbständigt, sich in seine Badeshorts hineinschleicht, um eins seiner knackigen Bäckchen zu fassen. Er wird mir schon nicht böse sein.
„Ich werde mich jetzt um das Frühstück kümmern", höre ich kurz darauf, und Julian ergreift die Flucht, wieder einmal, schade.

Julian
Ich erinnere mich an das letzte Mal, als mich ihre Blicke ungeniert verfolgten, und fühle mich heute, mit meiner ausgebeulten Badeshorts, nicht wesentlich besser.

Vanessa
Ja, zugegeben, ich bin enttäuscht. Habe sogar schon an heißen Sex gedacht, hätte mich ihm ohne zu zögern hingegeben, aber vielleicht steht er auch gar nicht auf mich, oder braucht noch ein bisschen Zeit, um seine Nadine zu vergessen.

Vanessa entschloss sich, den Pool ebenfalls zu verlassen, um Julian bei den Vorbereitungen zu helfen.
Es gab reichlich Obst, Rührei mit Garnelen, Marmelade von Julians Eltern und aufgebackene Brötchen.
„Sag mal, dein Kaffee ist wirklich köstlich, wie ist der zubereitet?"
„Mittlerweile überbrühe ich zumindest meinen Frühstückskaffee wieder so, wie es zu Omas Zeiten üblich war. Die Bohnen frisch gemahlen in den Papierfilter und einfach übergossen. Zwar etwas aufwendiger als mit einem Vollautomaten, dafür aber hygienisch einwandfrei und auf keinen Fall schlechter."
„Mir ist es in meinem Leben noch nie so gut gegangen", gestand Vanessa zwischen zwei Bissen. „Diese wunderbare Umgebung, deine Gesellschaft, da könnte ich mich echt dran gewöhnen."
„Sieht aus wie Urlaub, aber auch ich muss mich demnächst wieder um meine Arbeit kümmern. Dein Vater wartet bereits auf die ersten Entwürfe. Wer weiß, vielleicht steht er die nächsten Tage spontan vor der Haustür", scherzte Julian. „Heute Vormittag bin ich in meinem Büro beschäftigt, aber für den Nachmittag habe ich eine Überraschung, das heißt, wenn es dich interessiert."
„Ich bin zu allen Schandtaten bereit", erklärte Vanessa mit einem strahlenden Lächeln.
„Bitte packe deine Badesachen ein, es ist gut möglich, dass wir an einem Strand vorbeikommen", bat Julian.
Am Nachmittag, so gegen fünfzehn Uhr, fuhren sie los. Julian steuerte seinen Pampersbomber direkt in den Hafen und hielt auf dem Parkplatz eines

Bootshändlers an. Der Besitzer begrüßte die beiden herzlich und führte sie in seine Halle.

„Hier steht es, das gute Stück", sagte er grinsend und deutete auf ein nagelneues Schlauchboot, welches auf einem Trailer zur Abholung bereit stand.

„Es ist ein „RIB", also die Kombination aus einem Festrumpf- und Schlauchboot. Gut sechs Meter lang, mit einem festen GFK-Rumpf zwischen den Schläuchen und einem feinen Sechszylinder-Außenbordmotor mit zweihundert PS. Das dürfte für eine Spitzengeschwindigkeit von circa fünfundfünfzig Knoten reichen, das sind ungefähr einhundert Kilometer pro Stunde, also verdammt schnell", erklärte der Händler stolz, um Vanessa ein paar Informationen zu geben.

„Ist das dein Boot, Julian?", fragte sie ehrfürchtig.

„Ja, ab sofort ist es mein Boot und wenn du möchtest, dann lassen wir es gleich ins Wasser und machen eine erste Testfahrt."

„Ein bisschen Angst habe ich schon, ich bin noch nie mit so einem Boot unterwegs gewesen."

„Du brauchst keine Angst zu haben. Was die Sicherheit betrifft, habe ich alles an Bord was wichtig ist. Rettungsring, Schwimmwesten, Funkgerät, Signalpistole, Kartennavigation und so weiter."

„Da bin ich ja beruhigt", sagte Vanessa nun etwas erleichtert.

Der Händler war so freundlich das Boot mit einem Traktor ins Wasser zu slippen und am Steg zu vertäuen. Er übergab Julian den Zündschlüssel, wünschte viel Spaß und ließ die beiden alleine zurück. Nachdem Vanessa, die noch immer ein wenig skeptisch dreinblickte, ihre High-Heels abgestreift hatte, half ihr Julian ins Boot.

„Bevor wir hinausfahren gibt es noch etwas ganz Wichtiges zu tun", erklärte Julian und schaute Vanessa fragend an.

„Ich weiß nicht, Julian, um was geht es?"

„Jedes Schiff muss vor der ersten Ausfahrt getauft werden, es bringt sonst Unglück", erläuterte er und nahm eine Flasche alkoholfreien Sekt und zwei Gläser aus seiner Kühlbox.

„Die Flasche können wir natürlich nicht, so wie sonst üblich, auf den Schläuchen zerschlagen", kommentierte er, während er den Korken knallen ließ.

Vanessa durfte das Boot mit Sekt übergießen und anschließend stießen sie an.

„Ich taufe das Boot auf den Namen Vanessa, möge es immer eine Handbreit Wasser unter dem Kiel haben", sprach Julian ehrfürchtig.

„Du bist verrückt, meinen Namen soll das Boot tragen?", fragte Vanessa entzückt.
„Die meisten Boote erhalten weibliche Vornamen. Vanessa fand ich wirklich schön und dieser Name wird mich immer an eine hübsche und lebensfrohe Person erinnern."
Nun kramte Julian zwei Klebeschilder aus seiner Tasche und befestigte sie links und rechts vom Bug, an der Außenseite der Schläuche. Vanessa war total ergriffen und musste sich eine Träne wegwischen.
„Du hast mich wirklich überrascht", gestand sie Julian, gab ihm einen Kuss und drückte ihn herzlich.
„So, jetzt kann es losgehen. Ich befördere dich nun zum Leichtmatrosen und bitte dich, die Leinen zu lösen."
„Aye, Aye, Kapitän", salutierte Vanessa und verrichtete ihre Arbeit. Ganz langsam, nur mit Standgas, steuerte Julian das Boot aus dem Hafen.
„Sag mal läuft der Motor überhaupt?", fragte Vanessa erstaunt, denn außer dem Geplätscher des Wassers war nichts zu hören.
„Ist ein echtes Sahneschnittchen", erklärte Julian, „aber du wirst ihn schon noch hören, wenn ich ordentlich Gas gebe."
Vanessa betrachtete das Boot nun etwas genauer. Vorn im Bug, zwischen den beiden Schläuchen, gab es eine sehr große, gepolsterte Liegefläche, die für zwei bis drei Personen Platz bot. Direkt dahinter befand sich der Steuerstand, mit einer Sitzbank für zwei Personen. Schutz vor Fahrtwind bot eine Scheibe, die allerdings nur wenig breiter war als die Sitzbank selbst.
„Halt dich gut fest", forderte Julian seine Leichtmatrosin auf und legte den Gashebel nach vorn.
Vanessa schrie auf, als sich der Bug kurz anhob. Das Boot schoss mit einem gewaltigem Schub nach vorn und erreichte innerhalb von Sekunden eine Geschwindigkeit, die sich für Vanessa anfühlte, als ob sie fliegen würde. Schon wenige kleine Wellen ließen das Boot komplett abheben, was sie dazu brachte, sich an Julian festzukrallen. So langsam gewöhnte sich Vanessa an die Sprünge und mit der Zeit machte es ihr sogar richtig Spaß. Julian zeigte kurz aufs GPS, das gerade einhundertfünf Kilometer pro Stunde anzeigte. Nach ungefähr zehn Minuten nahm er das Gas wieder ein Stück zurück. So fuhren sie nun in langsamer Gleitfahrt, das waren immer noch vierzig Kilometer pro Stunde, die schöne Küste entlang, um nach einer geeigneten Badebucht zu suchen.
„Dort, der sieht gut aus", sagte Vanessa und deutete auf einen schönen Sandstrand.

Julian steuerte in die Bucht hinein. Bei einer Wassertiefe von circa zwei Metern stellte er den Motor ab, um anschließend den Anker zu werfen.

Vanessa
„Wir sind ganz alleine hier", verkünde ich freudig. Julian erklärt mir, dass dieser Strand auf dem Landweg nur sehr mühsam oder vielleicht auch gar nicht zu erreichen wäre. So wird mir klar, warum sich hier keine Massen tummeln.
„Hast du was dagegen wenn ich FKK mache?", frage ich der Höflichkeit halber und rechtfertige mein Ansinnen mit dem Hinweis, dass ich auch knappe Bademode auf dem Laufsteg vorführe und Bräunungsränder unbedingt vermeiden muss.

Julian
Ist es einfach ihre freizügige Art, ist sie vielleicht exhibitionistisch veranlagt, oder will sie mich ganz bewusst anmachen?, frage ich mich. Natürlich kann ich es ihr nicht verwehren sich nackt zu sonnen und stimme zu.

Vanessa
Ich lege mich bäuchlings auf die große Liegefläche und bringe ihn gleich wieder in Verlegenheit.
„Kannst du mich bitte mit Sonnenmilch eincremen?", frage ich und freue mich bereits seine Hände zu spüren.

Julian
Während ich die Creme zärtlich verteile, fällt mein Blick auf ihr sexy Hinterteil, das ich bisher nicht berührt habe, obwohl ich mit ihrem restlichen Körper längst fertig bin.
„Zier dich nicht so, mein Hintern braucht auch ein bisschen Creme", höre ich. Natürlich lasse ich mich nicht zweimal bitten und massiere an ihren zarten Hinterbacken länger, als es nötig gewesen wäre. Echt geiler Po, denke ich mir und inzwischen ahne ich, dass ich heute schwach werden könnte.

Vanessa
Fühlt sich wirklich verdammt gut an, daran könnte ich mich glatt gewöhnen. Ewig kann es ja nicht weitergehen, denke ich, als er seine geschickten Hände zurückzieht. So biete ich mich an, auch seinen Rücken einzucremen.

„Willst du die Shorts nicht auch ausziehen?", frage ich, als ich am Hosenbund ankomme.
„Ist doch niemand da, der dir etwas weggucken kann."

Julian
Sie zählt sich selbst wohl nicht mit, denke ich, aber leiste ihrer Aufforderung Folge. Wenn sie mit so viel Hingabe vorgeht wie ich, dann werde ich das bestimmt genießen können.
„Du machst das echt gut, ist ja fast wie eine Massage", lobe ich Vanessa, während ich zunehmend entspanne. Nachdem wir uns ein wenig ausgeruht haben, sind wir von der Sonne derart aufgewärmt, dass eine Abkühlung nötig ist. So springen wir direkt vom Boot aus ins kühle Nass, um eine Runde zu schwimmen.

Vanessa
„Hier kann man stehen", rufe ich, um meinem Ziel etwas näher zu kommen, und winke meinen Kapitän zu mir.
„Ich muss dich mal drücken", kündige ich ihm an und kralle ihn mir. „Die Überraschung ist dir echt gelungen, Julian, es ist mehr als nur ein Traum, ich kann es wirklich kaum glauben. Die schöne Bootsfahrt, diese einsame Bucht und so ein unglaublich toller Kapitän."
Eng aneinander geschmiegt, völlig nackt, presse ich ihn an mich und drücke ihm einen zärtlichen Kuss auf die Lippen.

Julian
Ihr Kuss fühlt sich gut an, erfasst mich, meinen ganzen Körper, bis in die Zehenspitzen. Es gibt kein Zurück mehr, ich kann nicht länger widerstehen, egal, ob mein Herz noch für Nadine schlägt oder nicht. Ich ziehe sie an mich und erwidere ihren Kuss. Die Gier nimmt mich ein, immer intensiver, ich spüre ihre Zunge, spüre wie sich ihre Nägel in meinen Po graben, schmerzlich, süß, ein geiler Schmerz, ich vergesse gerade wo ich bin. Es macht mir nichts aus, dass sie es spürt. Ich bin erregt, es ist schön, sehr schön. Unsere Körper pressen sich eng aneinander, das Meerwasser umspült uns zart, die Sonnenstrahlen wärmen unsere Haut. Wir haben uns in den Schoß der Natur begeben, es ist wahnsinnig prickelnd, sehr erotisch. Man müsste die Zeit anhalten können.

Vanessa
Ich atme in Gedanken tief durch, er ist so weit, jetzt, endlich, spüre ich seinen Widerstand schwinden, er genießt es, er hat Lust, ich kann es fühlen. Ich packe sein Genital, verwöhne es, er traut sich ebenfalls, fasst mir zwischen die Beine. Ich lechze vor Gier, spüre seine Finger, ich kämpfe mit mir. Jetzt gleich, hier im Salzwasser? Wird es brennen? Ich habe Angst, lieber später, wir spielen weiter, spielen mit unserer Lust, genießen es

Julian
Oh Mann, nimm sie, jetzt sofort, warum tust du es nicht, ich warte auf ein Zeichen, würde meinem Druck gern nachgeben, vielleicht am Strand? Nein, zu öffentlich, es könnte ein Boot vorbeikommen, ich würde mich nicht wohl fühlen, vielleicht heute Abend.

Den Rest des Nachmittags genossen sie auf der großen Liegefläche des Bootes, während sie sich von den warmen Sonnenstrahlen und dem lauen Lüftchen weiter verwöhnen ließen. Die sanften Bewegungen und das Geräusch des, an den Rumpf weich anschlagenden, Wassers wirkten sehr entspannend, ja sogar beruhigend. Während Julian Vanessas zärtliche Streicheleinheiten genoss, wand sich sein Körper unter ihren elektrisierenden Berührungen. Er dachte nach, wie lange es schon her war, dass er neben einer Frau lag, die es wirklich ernst mit ihm meinte.
Kurz vor Sonnenuntergang lichtete Julian den Anker und hielt Kurs auf den Hafen. Die letzte halbe Stunde ließ er den Motor nur mit Standgas laufen, was circa Schrittgeschwindigkeit entsprach. So war es ihnen möglich, den herrlichen Sonnenuntergang direkt vom offenen Meer aus zu bewundern, welches sich nun immer weiter beruhigte. Die prächtigen Rot- und Orangetöne spiegelten sich tausendfach in den kleinen Kabbelwellen, welche die Strahlen flackernd zum Leben erweckten. Als die Sonne im Meer versank, wurde es merklich frischer. Vanessa kuschelte sich eng an Julian, der das Boot sicher in den Hafen steuerte.
„Ich glaube die Kaimauer schwankt etwas", stellte Vanessa fest, als sie wieder festen Boden unter die Füße bekam.
„Nein, das täuscht, du schwankst, bist wohl ein wenig seekrank", erwiderte Julian lächelnd und drückte Vanessa kurz.

Als sie auf „Burg Julian" ankamen, bot sich Vanessa an, etwas Schnelles zu kochen. Sie öffnete den Kühlschrank, um zu prüfen, welche Zutaten zur Verfügung standen.
„Omelett, Julian, magst du Omelett?", rief sie ins Esszimmer.
„Sehr gerne, es gibt leider fast nichts, das ich nicht mag. Wenn ich ein Tier wäre, dann würde ich zur Gattung der Allesfresser gehören."
„Na denn, gut zu wissen", sprach Vanessa.
Während sie in der Küche werkelte, checkte Julian seine E-Mails. Vanessas Vater erkundigte sich nach den Entwürfen und entschuldigte sich gleichzeitig für seine Ungeduld. Da muss ich mich morgen unbedingt mit befassen, nahm sich Julian vor. Er hatte ohnehin schon ein schlechtes Gewissen, obwohl der Kauf des Grundstücks noch nicht rechtskräftig war. Mittlerweile roch es verführerisch aus der Küche. Vanessa röstete zuerst Zwiebeln und Speck, gab dann frische Pilze und Krabben dazu und nun folgten sechs Eier. Nach fünfzehn Minuten stellte sie die dampfende Pfanne vor Julians Nase auf den Esstisch.
„Sieht echt köstlich aus", lobte er Vanessa.
„Hast du vielleicht einen Weißwein kühl?"
„Ja sicher, ich leiste mir den Luxus eines separaten Getränkekühlschranks, der ist für alle Eventualitäten gerüstet", antwortete Julian und sprang sogleich auf.
Kurz darauf hoben sie die Gläser und stießen an.
„Auf deine neue Vanessa, es ist ein herrliches Boot, schön, dass du es auf meinen Namen getauft hast."
„Es war mir eine Ehre", bestätigte Julian.
Nach dem ersten Schluck des trockenen, aber trotzdem fruchtigen Weißweins, blickten sie sich tief in die Augen. Es fühlte sich alles sehr vertraut an, so, als ob sie sich schon sehr lange kennen würden. Wir haben die gleichen Interessen, die gleiche Wellenlänge, den gleichen Geschmack, ist das nicht Vorsehung?, überlegte Vanessa, während sie den ersten Bissen zu sich nahm, ihr Blick aber immer noch auf Julian gerichtet war.
„Ist echt köstlich, was du da gezaubert hast", lobte er seine Köchin.
„Es ist schon lange her, dass ich von einer Frau bekocht wurde."
„Richtig Kochen kann man das nicht nennen", relativierte Vanessa. „Aber ich bin sehr froh, wenn ich als Gast auch etwas zu deinem Wohl beitragen kann."
„Abräumen ist jetzt aber mein Job", erklärte Julian.

„Ich warte im Wohnzimmer auf dich, bis gleich", strahlte ihn Vanessa mit einem einladenden Lächeln an.
Während Julian das Geschirr einräumte, dachte er über ihre Worte nach, die für ihn unmissverständlich klangen.

Julian
Ja, ich habe Lust diese heiße Frau zu vernaschen, mich auf sie einzulassen. Ich mag sie sehr, weiß aber nicht, ob es Liebe ist. Ich will sie nicht verletzen, es ist sehr schmerzhaft wenn die Liebe nicht erwidert wird. Will sie wirklich Sex, soll ich ihr an die Wäsche gehen? Ich werde es tun, langsam, vorsichtig werde ich Stück für Stück von ihr nehmen, sie kann ja nein sagen, wenn es ihr nicht passt.

Vanessa
Ich lade ihn ein, liege auf dem Rücken, meinen Oberkörper ein wenig auf die Seite gedreht, leicht aufgerichtet und auf dem Ellbogen abgestützt, die Beine nur ganz leicht gespreizt, setze ich den verführerischsten Blick auf den ich drauf habe und warte geduldig.

Julian
Ich bin bereit, trotzdem nervös. Mein Gott, wie lange ist es her, dass ich Sex mit einer Frau hatte. Gut, dass man es nicht verlernen kann, dafür hat die Natur schon gesorgt. Ich erblicke sie auf meiner Spielwiese, einer großen, komplett mit Polstern ausgelegten Nische des Wohnzimmers. Ja, sie will. Es ist unschwer zu erkennen, sie ist nackt, splitternackt, liegt da wie eine Diva. Meine Augen wandern, wandern zwischen ihrem verführerischen Blick, ihren Brüsten und ihren geöffneten Schenkeln hin und her. Geil, verdammt geil, ruft mein zweites Ich, los, zieh dich aus, gib es ihr. Ich reiße mir die Klamotten vom Leib, bereit sie sofort zu begatten, halt, langsam, nicht so schnell, ich muss mich zusammenreißen. Ihre Schenkel öffnen sich weiter, sie macht mich wahnsinnig, ich werfe mich in ihren Schoß.

Vanessa
Ich bin so bereit wie nie, hoffe er kommt gleich zur Sache. Mein Unterleib bebt, spürt ihn bereits, er küsst mich, knabbert an meinen Ohrläppchen, saugt an meinem Hals, meinen Nippeln, küsst meinen Nabel, ich winde mich, wie eine Schlange. Mädchen bist du geil, er macht mich wahnsinnig, rutscht nach unten, packt meine Fesseln, küsst die Innenseite meiner Schenkel, ich zucke,

als ob tausend Blitze in meinen Unterleib einschlagen, bin feucht wie nie, bereit wie nie, seine Zunge berührt mein blankes Geschlecht, ich erzittere, stöhne auf.
„Gibs mir, jetzt gleich", höre ich mich betteln und endlich spüre ich ihn tief in mir. Schlagartig wird mein Körper von einem süßen Prickeln eingenommen, mein Orgasmus stürmt rasend auf mich zu, ich komme, ich habe das Gefühl alles zusammenzuschreien. Endlich, endlich ist es geschehen.

Julian
Ein paar Atemzüge später beruhigt sich mein Puls wieder, ich stütze mich ab. Unter mir wirkt sie so zart, so zerbrechlich, wie eine Puppe. Ihr Blick spiegelt tiefste Zufriedenheit wider, ich habe wohl alles richtig gemacht.
„Es war schön mit dir, sehr schön", lobt sie mich. Ich denke ebenso.

Vanessa
Er verharrt weiter zwischen meinen Schenkeln, ich genieße dieses schöne Gefühl, packe seinen knackigen Po, halte ihn fest, nehme Julian in Besitz. So könnte es ewig bleiben.

Lange standen sie unter dem warmen, weichen Strahl der Kopfbrause, während sie sich wortlos liebkosten und streichelten. Endlich konnte sich Julian ganz entspannen. Er dachte nicht mehr darüber nach, ob es richtig war oder nicht. Es fühlte sich gut an und er beschloss, es so anzunehmen, wie es vom Schicksal vorgezeichnet war. Nach einem anstrengenden, sehr schönen und intensiven Tag, schliefen sie eng aneinander gekuschelt ein.
Als Vanessa am nächsten Morgen die Vorhänge aufzog, erstrahlte das Schlafzimmer in der kräftigen Morgensonne. Es ging bereits gegen zehn Uhr, aber so richtig wach war Julian noch nicht. Erst als ihm Vanessa die Decke mit einem Ruck wegzog, kam er endlich zu sich.
„Erst Schwimmen oder erst Frühstücken?", fragte Vanessa, während sich Julian noch die Augen rieb.
„Erst Schwimmen", schlug er vor. „Im frischen Wasser bin ich gleich hellwach."
„Hier lang", bat er Vanessa, die schon dabei war, den Weg zur Treppe einzuschlagen. „Es gibt auch einen anderen Weg."
„Und jetzt?", fragte Vanessa, als sie vor der verschlossenen Tür des Turms standen. Mit stolzem Blick drückte Julian den Knopf, der sich direkt neben der Tür befand und sogleich verschwand diese seitlich in der Wand.

„Du bist vollkommen verrückt", sprach Vanessa ehrfürchtig vor sich hin, während sie in die Öffnung hineinschaute. Ja, es war keine Einbildung. Direkt vor ihren Augen befand sich eine Rutsche, die allerdings in ein dunkles Nichts führte. Erst als Julian den Lichtschalter betätigte, erstrahlte ein täuschend echt aussehender, nächtlicher, tiefblauer Sternenhimmel, inklusive eines strahlenden Mondes. Vanessa fühlte sich direkt im Weltall schwebend, was ihr einen Schauder über den Rücken jagte. Seitlich befand sich eine kleine Duschkabine mit hunderten türkisfarbenen, kleinen LEDs, in Wand und Decke eingelassen.

„Brauchst du noch Anweisungen, oder weißt du was zu tun ist?", fragte Julian amüsiert. Sie duschten kurz und nun stand Vanessa vor der Rutsche.

„Ist das nicht ein wenig trocken, für meinen nackten Hintern?", fragte sie. Julian grinste und drückte einen weiteren Knopf. Sofort sprudelte warmes Wasser aus mehreren Düsen in den Zugang zur Rutsche, welches sich seinen Weg rauschend nach unten bahnte.

„Los geht's, du zuerst", forderte er Vanessa auf und gab ihr einen Klaps auf den Po.

Vanessa verschwand in der Rutsche, die spindelförmig nach unten führte. Obwohl es sich nur um Sekunden handelte, bekam sie mit, dass der nächtliche Himmel, im Verlauf der einzelnen Windungen aufhellte, um auf einen morgendlichen Sonnenaufgang zu wechseln. Kurz vor dem Auslauf in den Pool enthielt die Rutsche ein fast senkrechtes Teilstück. Als Vanessa aufschrie, war es für Julian das Zeichen, dass sie soeben diesen Bereich passierte, beziehungsweise durchflog. Nun rutschte auch er hinterher und schoss mit hoher Geschwindigkeit in den Pool hinein. Vanessa kam strahlend auf ihn zu und umarmte ihn.

„Du bist wirklich verrückt, ein echter Kindskopf, aber ein süßer."

Julian nahm das Kompliment mit einem breiten Grinsen entgegen.

„Sobald du komplett erwachsen bist, ist es aus mit lustig", erklärte er. „Dann holt dich der Ernst des Lebens ein. Wenn ich wenigstens ab und zu Kind sein darf, dann versetzt es mich zurück in eine meist unbeschwerte Zeit, ohne Ängste und Sorgen. Natürlich empfindet man auch als Kind nicht alles lustig, aber man ist in der Lage im Hier und Jetzt zu leben, was mir, zugegeben, in der letzten Zeit immer seltener gelingt. Das ist etwas, das viele Erwachsene vielleicht gar nicht mehr können."

Nach einigen Bahnen frühstückten sie ausgiebig, wobei sie die Zeit vergaßen. Da es inzwischen schon Richtung elf Uhr ging, beschlossen sie, das Mittagessen ausfallen zu lassen. Julian war ganz froh darum, denn es wurde

höchste Zeit, dass er sich um die Entwürfe für Sabine und Thomas kümmerte. Vanessa nutzte die Gelegenheit und fuhr zu ihrem zukünftigen Zuhause, um sich das Grundstück und die Villa nochmals ganz in Ruhe anzusehen.
Es war gegen vierzehn Uhr, als das Telefon klingelte. Julian war so in seine Entwürfe vertieft, dass er abnahm, ohne auf das Display zu achten.
„Hallo Julian, ich bin´s, Nadine. Wie geht es dir?"
„Mir geht es gut, und selbst?"
„Ja, ist alles in Ordnung bei mir, man kämpft sich so durchs Leben."
Nun gab es eine kleine Pause. Am liebsten hätte Julian gleich aufgelegt, aber er spürte es gerade in diesem Augenblick sehr intensiv, dass seine Liebe zu Nadine noch immer nicht erloschen war. Sofort drängten sich die schönen Augenblicke in den Vordergrund, die er glücklich mit ihr verbringen durfte. Selbst am Telefon spürte er ihre unheimliche Aura, allerdings war auch der tiefe Schmerz sogleich präsent, den seine erste und einzige Liebe hinterlassen hatte. Warum ruft sie mich eigentlich an, wenn sie mich nicht liebt, oder sich gegen eine feste Beziehung wehrt?, fragte sich Julian. Sie hatte es zwar nicht direkt gesagt, aber die Aussage, dass sie nicht zusammenpassen würden, war bei ihm angekommen.
„Was willst du von mir, Nadine?", fragte er in einem versöhnlichen Ton.
„Ich wollte einfach nur hören, dass es dir gut geht, Julian."
„Nadine, ich verstehe dich nicht, du hast mich vor die Tür gesetzt und mir damit den größten Schmerz zugefügt, den ich je in meinem Leben ertragen musste. Ich wäre dir sehr dankbar, wenn du mich nicht mehr anrufen würdest. Mit jedem deiner Anrufe reißt du die Wunde erneut auf. Es fällt mir wirklich schwer, dich zu vergessen, mein Herz frei zu machen für eine neue Liebe. Bitte, bitte, mache es mir nicht noch schwerer."
„Es tut mir sehr leid, Julian, ich wollte dich nicht verletzen. Ich weiß selbst nicht, warum ich meine Gefühle nicht richtig einordnen kann, aber ich werde versuchen, deinen Wunsch zu respektieren."
„Danke Nadine."
Es gab wieder eine kleine Pause, aber Julian mochte nichts mehr sagen. Nadine räusperte sich kurz, bevor sie sich verabschiedete.
„Tut mir wirklich sehr leid, Julian, ich wünsche dir alles Gute für die Zukunft, dass du mich vergessen kannst und vielleicht eine neue Liebe findest. Du hast etwas Besseres verdient, als eine durchgeknallte Frau wie mich, die selbst nicht weiß was sie will. Mach´s gut, tschüss."

Es knackte in der Leitung und weg war sie. Julian hielt den Hörer noch immer krampfhaft an sein Ohr gedrückt, so, als ob er die Trennung nicht wahrhaben wollte. Es ist echt deprimierend, dass ich sie nicht vergessen kann, dachte er. Vermutlich war es ein Fehler von mir, Vanessa Hoffnungen zu machen. Er saß wie angewurzelt an seinem Schreibtisch, konnte sich aber nicht mehr auf seine Entwürfe konzentrieren. So ging er nach draußen, um sich mit einem Blick über das weite Meer abzulenken.

Warum ist das mit der Liebe so kompliziert?, überlegte er. Warum ist es so schwer, die große Liebe zu vergessen? Was hat sich die Natur nur dabei gedacht? Sie muss doch auch „Plan B" vorgesehen haben, wenn die Liebe nicht erwidert wird. Was ist das nur, was einen so gefangen hält, warum kann man nicht einfach einen Haken setzen und sich auf eine andere Frau konzentrieren? Julian war klar, dass er keine Antwort finden würde. Nur die Zeit, so hoffte er zumindest, war auf seiner Seite und würde helfen, seine Wunden zu heilen. Als er an Vanessa dachte, kamen sehr unterschiedliche Gefühle in ihm auf. Ja, er spürte nicht nur große Sympathie für sie, sondern auch eine gewisse Anziehungskraft, vielleicht war es sogar der Beginn einer neuen Liebe, aber er konnte es zurzeit nicht richtig einordnen. Nur aus diesem Grund hielt er sich die ganze Zeit zurück, war er so zögerlich, sich auf Vanessa einzulassen. Aber es war ihm bewusst, dass mittlerweile genau das schon passiert war, was er verhindern oder zumindest hinauszögern wollte.

Als sie mich gestern nackt in meinem Wohnzimmer erwartete, da hätte ich sie unmöglich abweisen können, überlegte er. Nach unserem schönen Nachmittag wäre es sicher eine große Enttäuschung für sie gewesen. Allerdings war ich gar nicht in der Lage nein zu sagen, dessen bin ich mir natürlich bewusst. Als sie ihre Beine einladend öffnete, war es um mich, als Mann, bereits geschehen. Ich müsste eigentlich der glücklichste Mensch auf Erden sein. Das Problem ist, dass sich Glück leider nicht nur über Sex und materielle Dinge definiert. Man kann alles haben und doch arm sein.

Julian wusste, dass er nicht in der Stimmung war, weiter an den Entwürfen zu arbeiten. Daher beschloss er, in den Hafen zu fahren, um eine Runde mit seinem RIB zu drehen. Die See zeigte sich von ihrer besten Seite, so war es nicht nötig, auf die Wellen zu achten. Julian ließ das Boot mit konstanter Geschwindigkeit dahingleiten, während ihm der warme Fahrtwind um die Ohren wehte. Eigentlich müsste ich das in vollen Zügen genießen können, überlegte er. Aber ich fühle mich gerade jetzt, in diesem Moment, ebenso einsam wie in den vergangenen Jahren. Warum öffne ich mein Herz nicht einfach für Vanessa? Es war so schön mit ihr zusammen, warum

versuche ich es nicht wenigstens? Es gibt sicher auch eine Art von Liebe, die langsam wächst, die sich erst im Laufe der Zeit festigt und intensiviert. Vielleicht war das mit Nadine gar keine Liebe, vielleicht war das nur ein von der Natur aus gesteuerter, chemischer Prozess, der aus dem Ruder gelaufen ist, versuchte er seine erste große Liebe herunterzuspielen.
Julian steuerte die Bucht an, die er bereits mit Vanessa besucht hatte. Er schwamm eine Runde im frischen Wasser, was ihm sehr guttat, das Gefühl der Einsamkeit blieb aber. Während er an der entsprechenden Stelle verweilte, kamen die Erinnerungen wieder, als sie sich in den Armen hielten und sich, vom Meerwasser umspült, gegenseitig zärtlich liebkosten. Diese Gedanken weckten in Julian eine starke Sehnsucht nach Vanessa. Er ließ sich in den warmen Sand der Bucht fallen, um sich zu erden und über seine Lage nachzudenken. Dort döste er längere Zeit vor sich hin, ohne in seinen Überlegungen weiterzukommen, bis er schließlich einnickte. Als er wieder aufwachte, wusste er nicht um die Zeit, aber der Sonne nach zu urteilen, ging es bereits in Richtung Abend. Das Meer zeigte sich nach wie vor sehr ruhig, so konnte er den Hebel erneut voll auf den Tisch legen, was Vollgas bedeutete. Bei dieser Geschwindigkeit schwebte das Boot förmlich über dem Wasser.

Ein richtiges Männerspielzeug, echt geiler Ritt, dachte Julian, während ihm ein leichtes Grinsen auf dem Gesicht stand. Sein T-Shirt flatterte, als ob es ein Tornado erfasst hätte, und schon nach kurzer Zeit, verabschiedete sich seine Mütze, die versank, bevor er sie wieder aus dem Wasser fischen konnte. Während der langsamen Fahrt innerhalb des Hafens beschloss er, im Laufe des Abends mit Vanessa zu reden. Er wollte ihr seine Sicht der Dinge darlegen und sie selbst entscheiden lassen, ob sie das Risiko einer Partnerschaft mit ihm eingehen wollte. Es ist besser, wenn ich ehrlich zu ihr bin, alles andere wäre unfair und würde mir nur unruhige Nächte bescheren, überlegte er sich.

Kapitel 6: Wandel der Gefühle

Als Julian seinen Wagen in der Garage abstellte, war es bereits neunzehn Uhr.
„Wie siehst du denn aus, warst du auf einer Baustelle?", fragte Vanessa, die ihn bereits erwartete.
„Wie kommst du denn auf diese Idee?", antwortete Julian verdutzt.

„Deine Haare sind voller Sand und verbrannt bist du auch. Wie ein Maurer, der den ganzen Tag in der Sonne stand."
„Ich habe etwas für uns gekocht, aber du kannst ruhig erst duschen gehen", schlug Vanessa vor.
Als Julian auf die Veranda hinaustrat, saß Vanessa schon erwartungsvoll am Tisch.
„Ich bin begeistert, du hast den Tisch wirklich toll dekoriert, aber es ist doch nicht nötig, dass du dir so viel Arbeit machst. Wo hast du denn die schönen Dekoartikel her?"
„Nachdem ich bei dir nichts Brauchbares gefunden habe, war ich ein wenig bummeln. Das Auge isst schließlich mit."
„Man sieht gleich, dass du ein geschicktes Händchen für solche Sachen hast. Kein Wunder, dass du so eine erfolgreiche Designerin bist", lobte er sie.
Mit einem Grinsen auf dem Gesicht, nahm Vanessa den Weißwein aus dem Kühler und fragte Julian, der Höflichkeit halber:
„Darf ich den öffnen? Er stand in deinem Kühlschrank."
„Ja gern, aber du musst mich nicht fragen", antwortete Julian lächelnd.
„Ich bin hier nur Gast und da gehört es sich so", erklärte Vanessa.
„Fühl dich wie zuhause, was Wein betrifft, kannst du bei mir nichts falsch machen, ich habe keine verborgenen Schätze. Ich trinke am liebsten frischen Weißwein oder nur wenige Jahre alten Rotwein. Zum Wohl, auf einen schönen Abend."
„Zum Wohl Julian, schön, dass ich bei dir sein darf."
Als Vorspeise servierte Vanessa einen knackigen, gemischten Salat mit Focaccia-Fladenbrot, das herrlich nach Oliven und Kräutern duftete. Danach folgte der Hauptgang, bestehend aus Dorade, mit frischen Kräutern gefüllt, an Reis und einer hellen Soße. Die Nachspeise musste ein bisschen warten, denn es schmeckte so gut, dass sie beide über den Hunger hinaus aßen. Ein Gläschen Williams-Birnenbrand tat gut und schaffte etwas Luft für den bunten Obstteller, den Vanessa aus heimischen und exotischen Früchten angerichtet hatte.
„Du hast wirklich viele Talente, Vanessa. So verwöhnt zu werden, da könnte ich mich echt dran gewöhnen."
„Es spricht nichts dagegen, ich verwöhne dich sehr gern, auch auf anderen Gebieten", bot Vanessa mit einem leidenschaftlichen Blick an.
Julian wusste, dass er es nicht mehr länger hinauszögern konnte, ihr seine Bedenken zu äußern. Nach einer kurzen Pause, nahm er allen Mut zusammen.

„Vanessa, ich muss mit dir reden, bevor es zu spät ist. Du weißt, dass mein Herz noch nicht ganz frei ist. Ich habe die unglückliche Beziehung zu Nadine nach wie vor nicht endgültig überwunden. Ja, wir sind getrennt, daran wird sich auch in Zukunft nichts mehr ändern. Aber als sie mich neulich anrief, spürte ich, dass meine Liebe zu ihr nicht gänzlich erloschen ist. Es gibt einige schmerzhafte Wunden in meinem Herzen, die bisher nicht verheilt sind. Ich wollte es dir schon die ganze Zeit sagen, aber ich hatte immer Angst davor, dich zu verletzen. Jetzt ist es eigentlich schon zu spät, um darüber zu reden. Wir haben bereits miteinander geschlafen, was sich für mich auch richtig anfühlte. Ich konnte gar nicht anders, als meinen Gefühlen freien Lauf zu lassen."

Julian hoffte, dass er sie mit seinen Worten nicht zu sehr verletzt hatte. Vanessa dachte kurz nach, bevor sie sich dazu äußerte.

„Ich kann es verstehen, Julian. Du wirst viel Zeit brauchen, um das zu verarbeiten, was passiert ist. Die Zeit heilt Wunden, heißt es ja immer. Du hast es eben selbst gesagt, dass es sich richtig angefühlt hat. Ich verstehe ja, dass du vorsichtig bist, aber vielleicht kannst du besser vergessen, wenn du bereit bist, eine neue Beziehung einzugehen."

„Du hast bestimmt Recht, Vanessa, aber ..."

Noch bevor er den Satz beenden konnte, unterbrach Vanessa.

„Julian, ich muss dir gestehen, ich liebe dich."

Einen Moment lang war es ganz still. Vanessa sah Julian tief in die Augen und er konnte es spüren.

„Julian, ich meine es wirklich ernst. Natürlich kennen wir uns noch nicht sehr lange und vielleicht war es nicht die Liebe auf den ersten Blick, aber es gibt auch eine Liebe, die langsam wächst, die einen von Tag zu Tag mehr einnimmt, die vielleicht sogar stärker, dauerhafter und letztendlich leidenschaftlicher sein kann, als die Liebe auf den ersten Blick."

„Du hast natürlich Recht, Vanessa, darauf hoffe ich sehr. Ja, ich spüre es auch, du hast mein Herz schon zu einem großen Teil erobert. Mein Gefühl sagt ja, wahrscheinlich ist es bereits so etwas wie Liebe, was ich in mir fühle, aber ich habe wahnsinnige Angst, dich zu enttäuschen. Du bist eine tolle Frau, ehrlich, offen, intelligent, kreativ, wahnsinnig schön und äußerst liebenswert. Du hast es nicht verdient an jemanden zu geraten, der sich seiner Gefühle nicht sicher ist. Ich möchte das Risiko nicht eingehen, dich irgendwann einmal zu verletzen, wenn sich herausstellen sollte, dass meine Liebe zu dir nicht stark genug ist für ein ganzes Leben. Ich weiß, wie schmerzhaft das sein kann."

Für einen kurzen Augenblick fühlte es sich für Vanessa an, als ob sie den Kampf um Julian verloren hätte. Dabei spürte sie es schon ganz deutlich, dass sie ihn sehr liebte, dass sie sich ein Leben ohne ihn nicht mehr vorstellen konnte und wollte. Das, was er eben gesagt hatte, schreckte sie aber nicht wirklich ab. Im Gegenteil, eigentlich fand sie es gut, dass er so ehrlich zu ihr war. Von ihrer Seite aus fühlte sich alles gut und richtig an, so lag es ihr fern aufzugeben. Sie war einfach nicht in der Lage loszulassen, zumindest nicht zum jetzigen Zeitpunkt.

„Es freut mich sehr, Julian, dass ich dein Herz schon zu einem Teil erobern konnte. Mehr erwarte ich im Moment auch gar nicht, aber ich möchte dir sagen, dass ich, trotz deiner Bedenken, bereit dazu bin, es mit dir zu versuchen. Ich sehe keinen anderen Weg, als es auszuprobieren. Ich habe keine Angst davor, wenn sich herausstellt, dass ich den Platz in deinem Herzen nicht ganz einnehmen kann. Ich habe nur Angst davor, es nicht zu versuchen, diese Chance einfach zu vergeben."

Julian atmete tief durch. Das, was er eben gehört hatte, war so etwas wie ein Freibrief. Kauf ohne Risiko, inklusive Rückgaberecht, wie beim Internethandel. Es war schön zu hören, aber er nahm sich vor, vorsichtig zu sein. Es war ihm schon klar, dass das nicht einfach sein würde. Würde er nein sagen, wenn sie das nächste Mal mit ihm schlafen wollte? Sicher nicht. Eigentlich war ihm bewusst, dass er nur alles oder nichts bekommen konnte. Aber ihre frische Beziehung jetzt zu beenden, das war für Julian ebenso wenig vorstellbar. Er spürte es deutlich, dass seine Liebe zu Vanessa von Tag zu Tag stärker wurde, wie eine kleine Pflanze, die nur ein bisschen Zeit braucht, bis sie heranwächst und aufblüht, auch wenn es nicht mit dem Gefühl zu vergleichen war, das er für Nadine empfunden hatte.

„Vermutlich hast du Recht, Vanessa. Das, was du eben gesagt hast, ehrt dich sehr. Auch mein Herz sagt: Lass dich darauf ein. Ich glaube schon, dass ich in dich verliebt bin und dass du mich in deinen Bann gezogen hast. Trotzdem mache ich mir Sorgen, dass ich dich irgendwann einmal enttäuschen könnte. Es ist mir wichtig, dass du das weißt."

„Das freut mich, Julian, dann ist doch alles gut", sagte Vanessa erleichtert, stand auf und setzte sich auf seinen Schoß.

Julian
Es fühlt sich gut an, wenn sie auf meinem Schoß sitzt. Ich genieße ihre enge Umarmung, die vielen zärtlichen Küsse, die in meinen ganzen Körper ausstrahlen, die mich, nicht nur oberflächlich, berühren. Heute werde ich nicht

dagegen ankämpfen, werde versuchen mich zu entspannen. Ich spüre, wie sich meine Gedanken lösen, sich meine Sinne voll und ganz auf ihre Anwesenheit richten. Ihre weichen Lippen fühlen sich gut an, ich küsse sie, immer intensiver und leidenschaftlicher, meine Hände wühlen in ihren kurzen Haaren, mein Unterleib regt sich, ich habe Lust auf diese Frau, große Lust.

Vanessa
„Bist du bereit für eine zweite Nachspeise?", hauche ich ihm ins Ohr, um mich danach zärtlich an ihm festzubeißen.

Julian
Mein Ohr sendet Blitze aus, die über die Schulter zucken, mich noch geiler machen, als ich ohnehin schon bin.
„Nicht nur bereit, ich bin ganz heiß darauf, dich zu vernaschen", gestehe ich, während meine Hand unter ihre Bluse gleitet, um nackte Haut zu fühlen.

Vanessa
Ich nehme ihn an die Hand, führe ihn die Treppe nach oben, während sich unsere lüsternen Blicke wieder und wieder treffen. Wir sind am Ziel, im Schlafzimmer, er steht vor mir, erwartungsvoll, ich will ihn selbst entkleiden, Stück für Stück nehme ich von ihm.

Julian
Es fühlt sich komisch an, ich so nackt, sie bekleidet. „Wenn Männer geil sind, können sie es nicht verbergen", höre ich und fühle gleichzeitig wie sie mein Glied packt. Sie lächelt mich an, während ich ihren harten Griff zwischen den Beinen weiter spüre. Mir wird ganz schlecht vor Lust, ich öffne ihre Bluse, sie lässt nicht locker, ich muss ein erstes Stöhnen unterdrücken, öffne den Verschluss ihres BHs.

Vanessa
Er ist hart wie Stahl, es fröstelt mich, während seine Hände meinen Busen zärtlich umschließen, er spielt mit meinen harten Nippeln, endlich öffnet er den Reißverschluss meines Rocks, er fällt, ich schnicke ihn auf die Seite.

Julian
Sie macht mich verrückt, noch immer spüre ich ihren harten Griff, schiebe ihr Höschen ein Stück nach unten, um ihren nackten Po zu berühren.

Vanessa
Ich lasse mein Höschen fallen, werfe mich bäuchlings aufs Bett, lasse ihn leiden, ich will weiter genießen.

Julian
Ich knie mich zwischen ihre Beine, küsse ihren Hals, küsse mich abwärts, meine Lippen berühren ihre Lenden, ihren zarten Po-Speck, den ich vorsichtig anknabbere. Ich höre ihr lustvolles Quieken, beiße zu, mehrmals, bis ihr Hintern mit Abdrücken übersät ist. Ich kann nicht mehr, drehe sie um, blicke in ihre erwartungsvollen, feurigen Augen, jetzt oder nie, ich werfe mich auf sie, beglücke uns, lasse meiner Lust freien Lauf.

Vanessa
Mein Orgasmus donnert heran, unaufhaltsam, überflutet mich, eine große Welle der Gefühle streckt mich nieder, entspannt mich.

Julian
„Besser als jede andere Nachspeise", gebe ich von mir, nachdem sich mein Puls wieder etwas beruhigt hat.
„Du hast mir immer noch nicht verraten wo du heute Nachmittag warst", höre ich von Vanessa, während wir noch vereint sind. Die Ablenkung gefällt mir gar nicht, ich antworte trotzdem.
„Ich konnte mich einfach nicht mehr auf meine Arbeit konzentrieren, so hatte ich mich dazu entschlossen, aufs Meer hinauszufahren, um mich abzulenken."

Vanessa
„Dann konntest du ja eben schon den zweiten, heißen Ritt auf Vanessa genießen", sage ich, aber er reagiert nicht, versteht meine Andeutung wohl nicht.
„Na du warst es doch, der das Schlauchboot nach mir benannt hat", helfe ich ihm auf die Sprünge und nun scheint der Groschen zu fallen.

Julian
„Der Ritt heute Nachmittag war nicht annähernd so heiß, wie dieser eben", versichere ich Vanessa, während meine Lust beim Gedanken an den letzten

Ritt erneut aufkeimt. Ihr Blick verrät mir, dass sie meinen Harten bereits fühlt, ich vergrabe meine Hände unter ihrem Hintern.

Vanessa
Ich fühle seine Zunge auf meinen Brustwarzen, fühle, wie sich seine Männlichkeit erneut regt.
„Willst du es mir nochmal besorgen? Los, gib es mir", fordere ich ihn auf, bereits in Gedanken an einen neuen süßen Höhepunkt.

Julian
Ihre Einladung und die Vorstellung, eine dritte Nachspeise zu genießen, lassen meine Lust schlagartig explodieren. Zum ersten Mal in meinem Leben komme ich ein zweites Mal.

„Daran könnte ich mich glatt gewöhnen", schwärmte Vanessa, als sie anschließend gemeinsam unter der Dusche standen und sie ihm prüfend zwischen die Beine packte.
„Finger weg, der braucht jetzt eine Pause."
„Hat er sein Pulver verschossen?"
„Für heute schon."
„Du hast dich ganz schön verbrannt", stellte Vanessa fest, während sie Julian zärtlich abtrocknete.
„Warum benutzt du eigentlich keine Sonnencreme?", fragte sie und gab sich die Antwort gleich selbst: „Männer eben, sie sind der Meinung, dass das alles unnötiger Firlefanz ist."
„Wir sind da eben etwas leichtsinniger, wir haben es gern, wenn sich Frauen um uns sorgen. Wir brauchen für einige Dinge immer eine extra Einladung."
„Eigentlich ist es schon zu spät, aber schaden kann es nicht, wenn ich dich mit After-Sun-Lotion eincreme."
„Siehst du, jetzt bekomme ich wegen meines Leichtsinns noch eine gratis Massage von dir", grinste Julian und gab ihr ein Küsschen.

Die nachfolgende Nacht verlief sehr unruhig für Vanessa. Ganz plötzlich kehrte das Klopfen zurück. Ihre wahnsinnige Angst ließ sie erstarren, lähmte sie in einer Phase, die irgendwo zwischen Schlaf und Wachsein lag.
„Klopf, klopf, klopf ..."
Immer wieder hallte es erbarmungslos in ihrem Kopf.
„Klopf, klopf, klopf ..."

Vanessa fühlte sich wie gelähmt, unfähig sich zu bewegen, unfähig zu schreien. Sie rang mit sich selbst, bis sie endlich mit rasendem Puls aufwachte und versuchte, sich mit einem Schrei von ihrer schrecklichen Angst zu befreien.
Es war nur ein Traum, aber kein gewöhnlicher Traum. Er hatte Vanessa gezwungen, die schlimmste Nacht ihres Lebens erneut zu durchleben.
Julian wusste von ihren schrecklichen Träumen. Er drückte Vanessa an sich, bis sie sich beruhigte und wieder einschlief.
Als sie am nächsten Morgen in Julians Bett aufwachte, war sie zwar nicht ausgeschlafen, trotzdem freute sie sich auf den bevorstehenden Tag. Vanessa fühlte sich an diesem Ort, bei Julian, sehr geborgen. Obwohl er schon aufgestanden war, spürte sie seine Nähe und wälzte sich noch einige Male zufrieden hin und her, bis sie es schließlich schaffte aufzustehen. Julian stand bereits in der Küche und presste gerade frischen Orangensaft. Während er weiter werkelte, küsste ihn Vanessa zärtlich im Nacken.
„Du bist ja unersättlich", stellte Julian fest. „Aber jetzt gibt es andere Kost und arbeiten muss ich ja auch etwas, sonst bekomme ich Ärger mit deinen Eltern. Erst die Arbeit, dann das Spiel, das kennst du sicherlich auch."
„Schade, aber Vorfreude ist ja bekanntlich die schönste Freude", versuchte sich Vanessa die Situation schönzureden, während sie über ihre Worte nachdachte. „Wenn ich mir vorstelle, dass meine ganzen Wünsche sofort in Erfüllung gingen, dann wäre das Leben nur halb so schön und auch nur halb so spannend", musste sie zugeben.
Vanessa ging Julian an die Hand und nahm das Frühstücksgeschirr aus dem Schrank.
„Wir frühstücken heute im Esszimmer", schlug Julian vor.
„Aber draußen ist es doch viel schöner?"
„Vertraue mir, es gibt eine Überraschung", kündigte Julian geheimnisvoll an und sie folgte seiner Anweisung.
Nun saßen sie am gedeckten Tisch und Vanessa blickte Julian erwartungsvoll in die Augen.
„Und nun, wo ist deine Überraschung? Ich bin wirklich sehr gespannt."
Julian drückte ihr eine Fernbedienung in die Hand und wies sie an, einen bestimmten Knopf zu drücken. Vanessa schrie kurz auf und ließ den Knopf sofort wieder los, als sie einen ersten Ruck verspürte.
„Du musst länger drücken, keine Angst, es wird dir nichts passieren."
„O.K.", antwortete Vanessa und drückte den Knopf erneut.

„Wow, was ist das denn?", fragte sie erstaunt, als sich der kreisförmige Boden des Esszimmers herauslöste und nach oben fuhr. Jetzt verstand Vanessa, warum der Essbereich mit einem runden Geländer versehen war. Sie hielt es zuerst nur als eine optische Abgrenzung, aber nun war klar, dass es der Sicherheit diente. Der ganze Essbereich hob sich langsam, über die zwei Etagen der Galerie hinweg, nach oben, während sich die Dachverglasung bereits seitlich wegschob. Vanessa fehlten die Worte, als sich die runde Plattform durch die Öffnung hindurchschob und ein kleines Stück über dem Dach zum Stehen kam. Der Ausblick war atemberaubend, selbst das Hinterland konnte man von hier aus überschauen. Vanessa sprang auf, um die Aussicht zu genießen, während sie noch immer ihre Hand auf den Mund presste.
„Das ist völlig verrückt, das ist der pure Wahnsinn. Das ist echt abgefahren, was du dir hier ausgedacht hast", stammelte sie ehrfürchtig.
Julian stand ebenso auf, umarmte sie und gab ihr einen Kuss.
„Danke für das Kompliment", sagte er.
„Technisch gesehen, und auch finanziell, war es eine echte Herausforderung. Das Ganze geht über riesige Hydraulikzylinder, die im Boden des Erdgeschosses versenkt sind. Aber ich möchte dich nicht mit technischen Details langweilen. Wie du siehst, war es der Mühe wert."
„Du bist wirklich ein Kindskopf, aber gerade das ist ja das geniale an dir. Kein normaler Mensch wäre auf so eine grandiose Idee gekommen. Ein Essplatz über dem Dach des Hauses."
„Komm, wir fangen an, sonst werden die Eier kalt", schlug Julian vor und rückte ihr den Stuhl zurecht.
Vanessa war innerlich völlig aufgewühlt. Abgesehen von ihrem schrecklichen Traum, war die letzte Nacht in Julians Bett sehr schön gewesen. Körper an Körper durfte sie seine Nähe spüren und nun, am frühen Morgen, gab es diese herrliche Überraschung. Vanessa liebte es zu Frühstücken, für sie war es die wichtigste Mahlzeit des Tages. Heute, gemeinsam mit Julian, genoss sie es umso mehr. Rundum kein störendes Hindernis, einfach nichts, als diese phantastische Aussicht. Die Plattform vermittelte ihr das Gefühl auf einem frei stehenden, hohen Turm zu sitzen.
„Hier möchte ich ewig bleiben", sagte Vanessa mit verklärtem Blick.
„Es ist noch schöner geworden, als ich es mir vorgestellt habe", gab Julian zu. „Aber so langsam wird es Zeit, dass ich an die Arbeit gehe."
„Na gut, dann werde ich uns mal in den Alltag zurückbeamen", kommentierte Vanessa, während sie den „Ab-Knopf" auf der Fernbedienung betätigte.

„Sag mal, hast du schlecht geträumt heute Nacht?", fragte Julian unvermittelt.
„Hast du etwas mitbekommen?", fragte Vanessa zurück.
„Ja, dein Schrei war nicht zu überhören, es fühlte sich an, als ob du große Angst gehabt hättest."
„Du hast Recht, ich hatte wirklich große Angst und es war schön, dass du mich in die Arme genommen hast, ich habe mich dabei sehr sicher gefühlt."
Vanessa überlegte eine Weile, ob sie Julian einweihen sollte. Warum eigentlich nicht, vielleicht hilft es mir, wenn ich darüber rede, dachte sie und erzählte von den schlimmen Vorkommnissen.
„Selbst ich würde Gänsehaut bekommen, wenn es mitten in der Nacht plötzlich stürmisch an mein Fenster klopfen würde", gab Julian zu.
„Es war kein Mensch, der an meine Scheibe geklopft hat. Irgendjemand hat sich einen makabren Scherz auf meine Kosten erlaubt und ein batteriebetriebenes Stofftier dafür missbraucht. Er hat einen Stein am Arm eines Bären befestigt, dessen batteriebetriebene Bewegung dafür gesorgt hat, dass der Stein permanent gegen die Scheibe geschlagen wurde."
„Wer macht denn so etwas? Hast du Feinde?"
„Nicht, dass ich wüsste, vielleicht ein Neider, oder einfach ein Irrer", antwortete Vanessa resigniert, während ihr ein paar Tränen über die Wangen liefen. Sie fühlte sich in dieser Angelegenheit völlig hilflos, denn die Polizei hatte bis jetzt keine einzige verwertbare Spur. Selbst die rund um das Haus angeordneten Strahler konnten den Vorfall nicht verhindern. Mittlerweile fühlte sie sich in ihren Räumen nicht mehr sicher, so zog sie schon in Erwägung, für eine Weile zu ihren Eltern zu ziehen.
Julian drückte Vanessa fest an sich. Es tat ihr sehr gut, sich an seinen starken Schultern anlehnen zu können, was den Abschied umso schwerer machte.

Nachdem Vanessa zuhause eingetroffen war, schaute sie sich ängstlich um. Sie war sehr froh, dass es draußen noch hell war, was ihr zumindest etwas Sicherheit vermittelte. Trotzdem beschlich sie ein komisches Gefühl. Es waren wieder einzelne Gegenstände, dieses Mal in ihrem Wohnzimmer, die nicht so korrekt standen, wie sonst üblich. Vanessa zweifelte schon an ihrem Verstand. Das ist doch grotesk, warum sollte jemand meine Sachen um wenige Zentimeter verschieben? Kann es sein, dass sich immer dann, wenn ich nicht da bin, hier irgendjemand einquartiert? Nein, das war absolut nicht vorstellbar. Vanessa griff zum Telefon, um ihre Mutter anzurufen. Diese schaute

während ihrer Abwesenheit ab und zu nach dem Rechten, aber sie versicherte, keinen einzigen Gegenstand im Wohnzimmer berührt zu haben.
Vielleicht bin ich einfach nur durcheinander, versuchte sie die Sache zu erklären, aber Vanessas Mutter fühlte die Angst ihrer Tochter und bot an, diese Nacht bei ihr im Haus zu schlafen, was Vanessa beruhigte. Sie machten sich einen schönen Abend und gegen dreiundzwanzig Uhr beschlossen sie ins Bett zu gehen. Vanessa nutzte das Bad zuerst, während ihre Mutter noch etwas durch das Fernsehprogramm zappte. Als sie den Spiegelschrank öffnete, war es, als springe sie der Tod höchst persönlich an. Ihr Körper erstarrte schlagartig, sie versuchte händeringend Luft zu holen, während sie in eine gruselige, blutüberströmte, täuschend echt aussehende Gesichtsmaske blickte, die ihr, zu allem Schreck, sogleich entgegen fiel.
Nachdem sie endlich wieder Luft bekam und ihr hysterischer, markerschütternder Schrei durch das Haus hallte, fiel ihrer Mutter die Fernbedienung aus der Hand. Vanessa kam angerannt, sank vor ihren Augen auf dem Boden zusammen und schluchzte jämmerlich. Noch in der gleichen Nacht, nachdem die Polizei den Vorfall aufgenommen hatte, packte Vanessa ihre Sachen und fuhr mit ihrer Mutter ins Elternhaus. Der Entschluss war gefallen, ihr Wohnhaus für die nächsten Tage nicht mehr zu betreten. Es gab keinerlei Einbruchsspuren, so ging die Polizei davon aus, dass der Täter oder die Täterin in der Lage war, den Schließzylinder entweder mit einem entsprechenden Werkzeug oder mit einem passenden Schlüssel zu öffnen. Vanessa hatte schon oft darüber nachgedacht, aber es gab niemanden, außer ihrer Mutter, der einen Schlüssel für ihre Wohnung besaß. Trotzdem ließ sie das Schloss erneut auswechseln.

Über die folgenden zwei Wochen waren Vanessa und Julian sehr beschäftigt. Vanessa brachte ihre Entwürfe für die nächsten Modeschauen zur Vollendung und jettete, aus diesem Grund, alle paar Tage zwischen Julian und der Firma ihrer Eltern hin und her. Auch Julian war voll in seine Pläne vertieft. Sabine und Thomas kamen regelmäßig auf die Insel, um die Entwürfe der Villa mit ihm zu besprechen. Ihre Beziehung behielten Julian und Vanessa zurzeit noch für sich. Es war alles zu frisch, um es an die große Glocke zu hängen. Sie wollten erst abwarten, wie es sich weiter entwickeln würde.
Vanessa war mit ihrer neuen Kollektion fertig und nun kam der Moment, vor dem sie sich fürchtete. Die nächsten drei Wochen waren mehrere Modeschauen in verschiedenen Ländern geplant, was bedeutete, dass sie ihren geliebten Julian für die nächsten drei Wochen nicht sehen würde. Zum

Abschied wünschte sie sich eine Fahrt mit dem Schlauchboot, zu ihrer einsamen Bucht, die sie inzwischen regelmäßig anliefen. Julian versprach ihr eine Überraschung, die allerdings unschwer zu durchschauen war. Vanessa tat so, als ob sie nichts mitbekommen würde, als er die große Kühlbox im RIB verstaute und an das Bordnetz anschloss. Inzwischen waren sie ein eingespieltes Team. Vanessa verrichtete ihre Aufgaben als Leichtmatrosin so zuverlässig, dass sie keine Ansage von Julian mehr benötigte. Selbst die wichtigsten Knoten gingen ihr mittlerweile gut von der Hand.
„Heute fährst du", schlug Julian vor. Er schaltete auf Leerlauf und bot ihr den Platz hinterm Steuer an.
„Ich kann das doch nicht", wehrte Vanessa ab und zierte sich, das Steuer zu übernehmen. Aber Julian kam von der anderen Seite und schob sie, Hintern an Hintern, einfach hinters Steuerrad. Das Boot befand sich noch in der Hafenausfahrt, trieb aber bereits in Richtung der Liegeplätze ab.
„Wenn du nicht endlich übernimmst, dann gibt es eine Kollision", warnte Julian.
„Was muss ich machen?"
„Nimm das Lenkrad in die linke Hand und mit der Rechten übernimmst du den Schalt- und Gashebel. Du drückst den roten Sperrknopf und legst den Hebel ein Stück nach vorn um."
Vanessa erschrak ein wenig, als der Vorwärtsgang einrastete und das Boot Fahrt aufnahm.
„Nimm den Hebel etwas zurück, du bist schon so schnell, dass das Boot Wellen wirft, und dies kommt im Hafen nicht gut an."
„Aye, Aye, Sir", salutierte Vanessa und schob den Hebel auf Standgas zurück. Mit der Lenkung hatte sie allerdings Probleme. Es fühlte sich ganz anders an, wie sie es vom Autofahren gewohnt war. Das Boot machte eben nicht genau das, was sie mit dem Steuerrad vorgab. Es reagierte nur verzögert, ziemlich schwammig, und selbst wenn sie das Steuerrad festhielt, entwickelte das Boot, bedingt durch Wind und Strömungen, ein gewisses Eigenleben.
„Man könnte meinen du wärst besoffen", stichelte Julian, was ihm sogleich einen angedeuteten Faustschlag auf die Schulter einbrachte.
„Ist halt ein Mädchen, die sind von Natur aus immer ein bisschen flatterhafter als Jungen, kein Wunder, dass das Boot nicht geradeaus läuft", zündelte er weiter.
Es dauerte ein paar Sekunden, bis Vanessa verstand, dass es sich auf den Bootsnamen bezog.

„Das war aber fies, jetzt bin ich beleidigt", sagte sie trotzig, aber nicht mit dem nötigen Ernst.
„Ich werde es wieder gutmachen", versprach Julian und gab ihr einen zärtlichen Kuss auf die Wange, was ihm einen versöhnlichen Blick einbrachte.
Direkt nach der Hafenausfahrt schob Vanessa den Gashebel langsam nach vorn, und wenige Minuten später, waren sie schon sehr flott unterwegs.
„Bitte nicht mehr als dreißig Knoten", bat Julian, der sich bei Vanessas hoher Geschwindigkeit nicht sehr wohl fühlte.
„Typisch Mann, wenn sie nicht selbst am Steuer sitzen, machen sie sich gleich in die Hose."
„Das hat gesessen", gab Julian zu, „aber ich muss sagen, du hast Recht. Ich fühle mich am wohlsten, wenn ich selbst hinterm Steuer sitze, aber ich bin da sicherlich keine Ausnahme."
An der Einfahrt zur Bucht übernahm Julian das Steuer. Dicht unter der Wasseroberfläche gab es einige Felsbrocken, die geschickt umfahren werden mussten. Julian stoppte den Motor kurz vor dem Ufer und trimmte den Antrieb ganz nach oben. So konnten sie das Schlauchboot mit vereinten Kräften auf den Sandstrand ziehen. Fast wie abgesprochen, ließen sie sich in den, von der Sonne aufgeheizten, Sand fallen, um die angenehme Wärme mit ihren Körpern aufzusaugen. Vanessa schloss ihre Augen, um diesen schönen Moment zu genießen, trotzdem musste sie ständig daran denken, dass es sich heute um eine Abschiedsfahrt handelte. Zwar nur für wenige Wochen, aber diese wenigen Wochen würden sich wie eine Ewigkeit anfühlen, da war sich Vanessa sicher.
Wird seine Liebe Bestand haben?, wird er mich so vermissen wie ich ihn?, fragte sie sich. Ich weiß es nicht, ich selbst habe ihn aufgefordert alles geschehen zu lassen, ihn aufgefordert, sich auf mich einzulassen, mich sozusagen zu testen, inklusive Rückgaberecht. Aber wie schlimm wäre es für mich, wenn er mir sagen würde, dass seine Liebe zu schwach ist, dass er meinem Glück nicht im Wege stehen möchte. Ich darf ihm gar nicht sagen wie schlimm das für mich wäre, ein Weltuntergang sozusagen. Aber es gibt gar keinen Anlass darüber nachzudenken, es bleibt mir nichts anderes übrig, als es abzuwarten, abzuwarten wie sich alles entwickelt, ob ich in der Lage bin das Feuer in seinem Herzen so richtig zu entfachen. Sex und Liebe können zweierlei Sachen sein, Sex setzt Liebe nicht immer voraus. Wenn wir guten Sex haben bedeutet das nicht zwangsweise, dass er mich liebt. Ich werde meine Bedenken jedenfalls nicht äußern, werde unseren letzten Tag einfach genießen, egal was mich in Zukunft noch erwartet.

Vanessa
Ich wende mich hin zu Julian, sauge mich an seinen Lippen fest, wälze mich mit ihm küssend im Sand, denke schon wieder an Sex, vielleicht ein letztes Mal vor meiner Abreise.

Julian
„Ich brauche eine Abkühlung", offenbare ich und renne sogleich ins kühle Nass. Sie tapst mir hinterher, sieht aus, wie ein paniertes Schnitzel. Wir bespritzen uns wie zwei kleine Kinder, bis wir uns versöhnlich in die Arme nehmen. Alles, nur keinen Sex in der Öffentlichkeit, denke ich, während meine Hände sich verselbständigen und die Gelegenheit nutzen, in ihr Bikinihöschen hineinzugleiten, wo sie ihre zarten Hinterbacken zu fassen bekommen.
„Du hast Sand in deinem Höschen", merke ich an. „Dann kannst du meinen Hintern ein wenig peelen", antwortet sie.
„Dein Po ist so zart, der hat das eigentlich gar nicht nötig", stelle ich fest, während ich trotzdem liebevoll massiere. Noch bevor ich es richtig mitbekomme, zieht sie ihr Bikini-Oberteil aus und schleudert es an den Strand. Ihr nackter Busen schwimmt nun direkt vor mir, schimmert durch die Oberfläche des Wassers hindurch. Sie schiebt meine Shorts nach unten, in Gedanken wehre ich mich, ich weiß allerdings schon genau wie das enden wird. Mein zweites Ich siegt, ich lasse es geschehen, es fühlt sich gut an, wenn er so frei schwimmt, nichts klemmt, kein Druck auf den Eiern. Mein Gott, wenn es hier Fische gibt, die ihn mit Beute verwechseln, du heiliger Bimbam, da hätten die Glocken schnell ausgeläutet. Aua, ich erschrecke, Entwarnung, es war nur ihre Hand. „Ist was?", fragt sie. „Alles gut", antworte ich, will ihr meine Befürchtungen nicht offenbaren.

Vanessa
„Du darfst auch", muss ich ihn auffordern, bis er endlich mein Höschen nach unten schiebt. Unter seinem Protest werfe ich unsere Badebekleidung an den Strand, damit wir uns ungestört miteinander beschäftigen können. Ich drücke ihn an mich, will seine Erregung auf meinem Geschlecht spüren.

Julian
Nein, ich traue mich nicht, nicht hier in der Öffentlichkeit. Ich versuche mich mit Gedanken an komplizierte Hauspläne abzulenken, aber ihn, zwischen

meinen Beinen, interessiert es nicht, er hört nicht auf mich, signalisiert Bereitschaft. Auch meine Hände scheinen nicht zu mir zu gehören, sie umfassen ihren Busen, der sich im Wasser noch zarter anfühlt als sonst, ich spiele mit ihren Brustwarzen.

Vanessa
„Wenn es kein Salzwasser wäre, könntest du mich gleich hier nehmen", sage ich, um seine Lust weiter anzuheizen. Gerade während ich abermals mit einem harten Griff zupacke, entdecke ich eine große Yacht, die sich fast lautlos in unsere Bucht hineinschiebt.
„Schnell, wir müssen raus", höre ich Julian drängen, dem die Panik bereits ins Gesicht geschrieben steht.
„Bleib ganz cool", versuche ich ihn zu beruhigen, während ich weiter mit seinem Geschlecht spiele.

Julian
„Verdammter Mist", fluche ich, als ich höre wie die Ankerkette rasselt. „Wie sollen wir jetzt unbeobachtet aus dem Wasser kommen?", frage ich vorwurfsvoll. „So erregt wie ich bin, kann ich nicht einfach vor allen Leuten an Land gehen und du bist schließlich auch nackt", erörtere ich unser Problem so, als ob Vanessa nichts mitbekommen hätte.

Vanessa
„Bleib ganz ruhig Julian, wir warten ab, ob sie länger bleiben und wenn ja, dann gehe ich einfach so ans Ufer. Was ist schon dabei, wenn sie einen nackten Frauenhintern sehen. Ich kann dir deine Badehose zuwerfen."

Julian
Ihr Vorschlag lässt mich aufatmen, obwohl ich es trotzdem peinlich genug finden würde, wenn sie Vanessas nackten Hintern sehen könnten. „So, jetzt haben wir den Salat", sage ich, als plötzlich Kinder mit Taucherbrillen an der Reling erscheinen und ohne zu zögern ins Wasser springen. Vanessa zeigt Erbarmen und schwimmt in Richtung des Ufers. Ich bin sicher, dass es nicht nur meine lüsternen Blicke sind, die sie verfolgen, als sie in aller Ruhe aus dem Wasser watet. Wenn im Leben nichts passieren würde, hätte man ja nichts zu erzählen, denke ich, während ich hoffe, dass Vanessa ihre Blöße möglichst bald bedeckt und mich aus meiner peinlichen Situation befreit. Wo

sind die Kinder?, frage ich mich, während ich mir vorstelle, wie meine Silhouette wohl gerade aussieht. Alle untergetaucht, na toll.
Erleichtert stelle ich fest, dass auch er, zwischen meinen Beinen, erkannt hat, dass im Moment nichts zu holen ist und Pause macht. Ich konzentriere mich wieder auf Vanessa. Nein, was tut sie? Ja, sie wirft mir meine Badeshorts zu, Entwarnung, aber hätte sie sich nicht erst bekleiden können? Dass nun auch alle ihre Vorderseite sehen können, ist ihr wohl egal. Während ich in Richtung Ufer wate, wäscht sie in aller Ruhe ihren Bikini aus, um anschließend nackt zu ihren Sachen zu schlendern und sich ausgiebig abzutrocknen. Sie macht es extra, sie lässt mich leiden, sie weiß genau wie peinlich mir das ist.
„Bist ein böses Mädchen", schimpfe ich, während sie mich angrinst. Sie scheint mich nicht wirklich ernst zu nehmen.

Vanessa
„Männer mögen böse Mädchen", kontere ich, obwohl ich sicher bin, dass ich ein braves Mädchen bin.
„Hättest zumindest deine Vorderseite nicht zeigen müssen", wirft er mir vor.
„Wieso, sieht die etwa nicht gut aus? Mehr als meinen Busen und einen kleinen, nackten Schlitz gab es nicht zu sehen. Kennt doch jeder", spiele ich die Angelegenheit herunter, um noch eins draufzusetzen.
Jetzt ist er sprachlos, ich habe Mitgefühl.
„Tut mir leid, wenn ich dich in Verlegenheit gebracht habe, aber ich bin es so gewohnt. Was glaubst du, wieviel Rücksicht beim Umziehen während der Modeschauen genommen wird?"

Julian
Einerseits war es mir peinlich, denke ich, aber andererseits war es ein erotischer Moment, dem ich irgendwie doch etwas abgewinnen konnte.
„Dann werden wir uns eben erst dem Essen widmen", schlage ich vor und packe meine Köstlichkeiten aus. Saftige Früchte, wohlriechende Käsewürfel, knuspriges Weißbrot und natürlich eisgekühlten Champagner.
„Auf dich, Vanessa."

Vanessa
„Auf uns, Julian."
Ich komme ihm, mit einer großen Erdbeere zwischen den Zähnen, entgegen, unsere Lippen berühren sich, ich spüre schon wieder dieses Ziehen in meinem Unterleib.

Julian
Schmeckt nach mehr, denke ich, während ich gerade mein eigenes Wortspiel analysiere. Nach salzigem Meer, nach mehr Erdbeeren, oder nach mehr Vanessa. Am liebsten würde ich natürlich Vanessa vernaschen, was allerdings noch warten muss. Es fällt schwer, ihr intensiver Zungenkuss lässt meine Leidenschaft erneut aufflammen.
„Ich bin ganz heiß auf dich", gestehe ich.
„Wollen wir warten, oder willst du es gleich vor allen Leuten machen?", fragt sie provokant.
„Ich denke die Antwort kann ich mir schenken, aber du bist schon ein kleines Luder, sieht man dir gar nicht an."
Im Moment bleibt uns keine andere Wahl, als brav zu bleiben. Es wird passieren, ich weiß es genau, ich wollte es nicht, nicht hier am Strand, sozusagen in der Öffentlichkeit. Wir liegen geschützt im Schatten, versuchen ein kleines Nickerchen zu machen. Vergebens, zumindest ich kann meine lüsternen Gedanken nicht abschalten, kann meine Hand nicht von ihr lassen, berühre sie da, wo ich rankomme, sie lässt mich gewähren.

Vanessa
Als ich aufwache, schläft er, die Hand in meinem Höschen. Ich genieße es, es fühlt sich gut an, ich lasse ihn weiterschlafen. Ich mache mir Gedanken, er ist mein größtes Glück. Ihn zu verlieren wäre das Schlimmste, was mir passieren könnte. Ich denke an seine Worte, seine Zweifel, seine Vorsicht, was unsere Beziehung betrifft. Bin mir seiner Liebe nicht wirklich sicher, tröste mich mit dem Gedanken an die glücklichen Stunden, die ich bisher mit ihm verbringen durfte, die mir niemand mehr wegnehmen kann. Hoffe, dass sich alles gut entwickelt, sich seine Liebe festigt.
Die große Yacht schiebt sich aufs Meer hinaus, wir sind endlich alleine, ich fasse ihm in den Beinausschnitt, hole sein Geschlecht heraus, verwöhne ihn, bis er aufwacht.

Julian
Mein erster Blick gilt der Yacht. Sie ist weit weg, wir sind unter uns, ich bin schlagartig bereit. Vanessa macht sich nackt, liegt erwartungsvoll vor mir, der Anblick ihrer schönen Brüste, ihres Geschlechts macht mich rasend vor Lust, ich werfe mich auf sie, komme gleich zur Sache. Kurz darauf stöhnen

wir unseren Orgasmus in die Natur hinaus. Vereint mit ihr, bleibe ich noch lange in ihrem Schoß liegen.
Vanessa räuspert sich irgendwann.
„Ging doch ganz gut, hier in der freien Natur, hat irgendwie seinen Reiz", sagt sie.
Obwohl ich in dieser Hinsicht etwas schüchtern bin, gestehe ich mir ein, dass auch ich, zumindest für die wichtigen Sekunden, alles um mich herum vergessen habe.
„Es hätte aber auch jemand von der Landseite aus kommen und plötzlich vor uns stehen können", trage ich meine Bedenken vor.
„Nachdem du mich mit der Badeshorts genommen hast, hätte dir ohnehin niemand deinen Hintern weggucken können", kontert sie.
Süß, liebevoll und trotzdem frech, denke ich, keine schlechte Kombination. Ich verwöhne Vanessa noch ein wenig, berühre ihre Nippel mit meiner Zunge.

Vanessa
Ich genieße seine Zärtlichkeiten, aber so langsam wird er mir zu schwer. Ich nutze die Gelegenheit, um erneut das böse Mädchen zu spielen.
„Da kommt ein Schlauchboot in unsere Bucht", schocke ich ihn und er springt auf, wie von der Tarantel gestochen.
Sein Blick sagt tausend Worte, aber ich grinse ihn nur an.

Am nächsten Morgen verrann die Zeit, zumindest gefühlt, viel schneller als sonst. Im rasenden Tempo nahte die Stunde des Abschieds, vor der sich Vanessa so sehr fürchtete. Als der Zeitpunkt gekommen war und sie Julian innig an sich drückte, standen ihr Tränen in den Augen. Sie küssten sich ein letztes Mal und Julian nutzte die Gelegenheit, um seine Hände unter ihr kurzes Röckchen zu schieben und ihren Po zu fühlen.
„Jetzt gibt es leider nichts mehr", sagte Vanessa, während sich der Taxifahrer bereits mit der Hupe ankündigte.
Julian fühlte ihre Hand auf seinem Schritt.
„Der muss jetzt erst mal für eine Zeit lang alleine zurechtkommen, aber da gibt es sicherlich Möglichkeiten", sagte sie mit einem Augenzwinkern.
„Mach dich los, sonst verpasst du deinen Flieger", beendete Julian die Abschiedszeremonie, und gab ihr einen Klaps auf den Po hinterher.
Julian winkte so lange, bis der Sichtkontakt abriss.

Während er auf seiner Veranda einen Kaffee trank, dachte er über seine jetzige Situation nach. Es hatte sich gut entwickelt mit Vanessa, mittlerweile fühlte sich alles viel intensiver an. Wenn sie nicht da war, dann spürte er das Vakuum ganz deutlich. Er glaubte fest daran, dass es sich um Liebe handelte, dass sich ihre Beziehung weiter entwickeln würde und dass seine Entscheidung für Vanessa richtig war. Im Gegensatz zu Nadine war sie sehr zuverlässig und unkompliziert, was für Julian eine gute Basis darstellte.
Nun lagen drei lange Wochen vor ihm, die er einsam auf „Burg Julian" verbringen musste, aber dies brachte auch einen Vorteil mit sich. Endlich würde er sich auf seine Arbeit konzentrieren können. Sabine und Thomas waren inzwischen stolze Eigentümer der alten Villa und erwarteten von ihm, die Pläne möglichst rasch zur Vollendung zu bringen. Sie befürworteten seinen Vorschlag, zuerst das Gästehaus provisorisch zu renovieren, um das schöne Anwesen schon in naher Zukunft nutzbar zu machen. Später, nach Fertigstellung des Haupthauses, sollte die Umgestaltung und Renovierung des Gästehauses folgen. Die Handwerker waren bereits für Anfang der kommenden Woche bestellt und wurden, auf Verlangen von Thomas, extra aus Deutschland eingeflogen, was Julian allerdings sehr begrüßte.

Die Präsentation ihrer neuen Kollektion forderte zwar Vanessas ganze Aufmerksamkeit, trotzdem nahm sie sich Zeit, mindestens ein oder zwei Mal am Tag, bei Julian anzurufen. Sie spürten es beide, wie sehr sie sich vermissten und es kostete sie jedes Mal große Überwindung, den Hörer aufzulegen.
Eines Morgens, Vanessa steuerte gerade auf die Firmeneinfahrt zu, sah sie ihren Ex-Freund am Rand der Fahrbahn stehen, der ihr ein Handzeichen zum Anhalten gab. Sie ließ die rechte Seitenscheibe herunter und fragte ohne jegliche Begrüßung:
„Was willst du von mir?"
„Hi Vanessa, ich muss mit dir reden!"
„Ich wüsste nicht, was es noch zu reden gäbe", antwortete Vanessa und legte ihren Finger schon auf den Schließtaster der Scheibe.
„Halt, warte, vielleicht ist es nur zu deinem Vorteil, wenn du dir meinen Vorschlag anhörst", sagte er in einem Ton, der Vanessa aufhorchen ließ.
So verabredeten sie sich für die Mittagspause. Eigentlich wollte Vanessa ihren Ex-Freund nie wiedersehen. Schon die Vorstellung, mit ihm an einem Tisch zu sitzen, bereitete ihr Unbehagen. Trotzdem gab es etwas, das sie dazu bewegte mit ihm zu sprechen. Eine Ahnung, ein Bauchgefühl, das darauf hindeutete, dass es wichtig sein könnte. Den ganzen Morgen über musste

Vanessa darüber nachdenken, was er mit den Worten „nur zu deinem Vorteil" meinte. Irgendwie beschlich sie der Gedanke, dass er etwas mit diesen schrecklichen Vorkommnissen zu tun haben könnte.

Als sie das Restaurant betrat, wartete er bereits ungeduldig. Vanessa ließ sich grußlos nieder und fragte direkt:

„Was willst du von mir?"

Er brauchte ein paar Sekunden, bis er seine unglaubliche Forderung stellte.

„Ich möchte gerne hunderttausend Euro von dir."

„Ich glaube du hast nicht mehr alle Tassen im Schrank", entfuhr es Vanessa spontan.

„Überlege doch mal, für dich ist das nur ein Taschengeld, für mich ist es der Start in ein neues Leben", argumentierte er.

„Aus welchem Grund sollte ich dir Geld geben?", fragte Vanessa ziemlich fassungslos.

„Du könntest mit deiner guten Tat in Zukunft wieder ruhiger schlafen", untermauerte er seine zweideutige Forderung, was bei Vanessa den Groschen fallen ließ.

„Das ist Erpressung", platzte sie heraus, obwohl sie noch immer nicht glauben konnte, dass sich ihre Vermutung soeben, mit seinen Worten, bestätigt hatte.

„Du steckst hinter den ganzen schrecklichen Vorkommnissen", stellte sie fest, während sie ihm ansehen konnte, dass ihre Vermutung stimmte.

„Du kannst es Erpressung nennen, ich nenne es eine gute Tat. Überlege dir gut, ob du in Zukunft wieder in Ruhe leben möchtest oder nicht."

Jetzt war alles klar. Vanessa sprang auf, schlug ihm zum Abschied vor allen Gästen heftig auf die Wange, kippte ihm seinen heißen Kaffee zwischen die Beine und verließ das Restaurant schnellen Schrittes.

Zuerst telefonierte sie mit dem zuständigen Kommissar, um einen Termin für den späten Nachmittag zu vereinbaren. Als Vanessa ihr Wohnhaus das erste Mal seit Tagen wieder betrat, beschlich sie ein komisches Gefühl. Dass sie wusste, wer hinter den Aktionen steckte, war zwar irgendwie beruhigend, trotzdem spürte sie diese wahnsinnige Angst, dass wieder etwas Schlimmes passieren könnte. Vanessa schaute sich um und bereits nach wenigen Sekunden war klar, dass er erneut hier war. Sie erschauderte, als sie die Zeitung auf dem Esstisch liegen sah. Vanessa besaß kein Zeitungsabonnement und ging davon aus, dass es sich um einen gezielten Hinweis handelte. Es war eine schreckliche Tatsache, dass trotz des neuen Schlosses schon wieder jemand, vermutlich ihr Ex, in die Wohnung eingedrungen war. Vanessa berührte die Zeitung nicht, aber es war leicht zu erkennen, dass sie vom heutigen Tag stammte. „So ein Schwein", zischte sie, das hier ist der Hinweis, dass er sich sicher fühlt, dass es nicht aufhören wird und dass er mein Haus zu jeder Zeit betreten kann, egal wie viele neue Schlösser ich noch einbaue.

Nachdem sie die Angelegenheit ausführlich mit dem Kommissar besprochen hatte, versprach dieser, ihren Ex-Freund zu vernehmen, obwohl bis jetzt keine verwertbaren Beweise vorlagen. Die nachfolgende Untersuchung ergab, dass der Täter mit großer Wahrscheinlichkeit über die Haustür ein- und ausgegangen war. Keiner der Nachbarn hatte etwas bemerkt, was jedoch nicht verwunderte, da die meisten Grundstücke rundum mit großen Sträuchern oder Bäumen begrünt waren. Trotz der Tatsache, dass Vanessas Schlüssel nur mit einem Sicherungsschein nachbestellt werden konnte, riet der Kommissar, ein neues Schloss einzubauen und den Schlüsselbund danach nirgends unbeobachtet liegen zu lassen.

Eines Nachmittags, gegen vierzehn Uhr, klingelte das Telefon. Als Julian den Namen auf seinem Display las, beschloss er, nicht ranzugehen. Es war genau die Zeit, in der sich Nadine gerne meldete. Als der Anrufbeantworter ansprang, lauschte Julian gespannt, aber sie legte wieder auf, um es eine Viertelstunde später erneut zu versuchen. Wenn es etwas Wichtiges wäre, dann würde sie aufs Band sprechen, überlegte er und ließ sie es noch weitere Male versuchen, bis er sich schließlich erbarmte abzunehmen.
„Nadine, was gibt es Wichtiges?", fragte er genervt, ohne Begrüßung.
„Hi Julian", meldete sie sich in einem Ton, der bei ihm eine gewisse Besorgnis auslöste.
„Ist etwas, Nadine?", fragte Julian, nun ein bisschen freundlicher.
„Schön, deine Stimme zu hören, Julian, ich vermisse dich, ich fühle mich sehr einsam ohne dich."
Noch vor wenigen Monaten wäre Julian sehr froh um diese Worte gewesen, hätte sich vermutlich in das nächste Abenteuer mit dieser verrückten, durchgeknallten Nadine begeben, aber mittlerweile, so dachte er zumindest bis zu diesem Anruf, wäre das Kapitel von seiner Seite aus abgeschlossen gewesen. Vielleicht sollte ich ihr von meiner neuen Liebe erzählen, vielleicht begreift sie es dann, dass es endgültig vorbei ist.
„Erinnerst du dich an unser letztes Telefonat? Du hast mir gewünscht, dass ich dich vergessen kann, dass ich eine neue Liebe finde. Ja, ich glaube dieser Wunsch ist für mich in Erfüllung gegangen. Ich habe eine neue Liebe gefunden und ich bin glücklich."

Nun war es still in der Leitung. Julian wartete, aber es dauerte eine Weile bis Nadine begriffen hatte. In ihrem tiefsten Inneren war es ihre Vorstellung, dass Julian nur ihr gehörte, obwohl sie es nie gewagt hatte, den Schritt in eine gemeinsame Zukunft mit ihm zu gehen. Jetzt, plötzlich und unerwartet, war es sehr schmerzhaft für sie zu hören, dass er sich in eine andere Frau verliebt haben sollte. Sie konnte es nicht wirklich glauben, sie wusste doch, dass er sie noch immer liebte, dass er sie nie vergessen würde.

„Ich liebe dich, Julian, ich bin mir nun ganz sicher. Ich glaube es war ein Fehler von mir, dass ich dich weggeschickt habe. Vielleicht war ich damals noch nicht reif genug, vielleicht hatte ich einfach Angst, mich für ein ganzes Leben zu binden, ich weiß es nicht. Bitte, Julian, komm zu mir zurück", flehte sie ihn an.

Jetzt war es Julian, dem die Worte fehlten. Eigentlich hätte er Nadine ordentlich in den Senkel stellen müssen, aber wirklich grob konnte er nicht mit ihr umgehen. Ohne Vanessa wäre er nun an einem Punkt angekommen, an dem er vermutlich schwach geworden wäre, obwohl er genau wusste, dass es ein Fehler wäre, sich erneut in das Abenteuer Nadine zu stürzen.

„Ich kann es Vanessa nicht antun, Nadine, ich liebe sie und sie hat es nicht verdient, so behandelt zu werden, wie du mich in der Vergangenheit behandelt hast. Sie braucht Sicherheit, ebenso wie ich und diese möchte ich ihr geben. Deshalb werde ich sie nicht verletzen. Wir passen sehr gut zusammen und daran wird sich nichts ändern, verstehst du das?"

Nadine konnte nicht glauben, dass er sich tatsächlich in eine andere Frau verliebt hatte, das war etwas, das in ihren Gedanken keinen Platz fand. Julian wartete gespannt auf ihre Antwort, aber es tat sich nichts. Wenige Sekunden später hörte er ein Knacken in der Leitung. Nadine hatte einfach aufgelegt. Julian machte sich Sorgen, denn so einfach aufzugeben, war nicht Nadines Art. Wenn sie etwas wollte, dann kämpfte sie zumindest darum. So wählte Julian ihre Nummer, aber trotz Freizeichen ging sie nicht dran. Er versuchte es wieder und wieder, leider ohne Erfolg. Mittlerweile drückte sie ihn einfach weg. Julian überlegte, ob er etwas für sie tun konnte. Mal schnell rüber jetten, das wäre natürlich überreagiert gewesen. Julian machte sich zwar Gedanken um Nadine, aber er war nicht ihr Kindermädchen, außerdem war sie alt genug, um ihr Leben in den Griff zu bekommen. Im Laufe des Nachmittags versuchte er es weitere Male, aber Nadine zeigte ihm die kalte Schulter.

Am nächsten Morgen wurde Julian bereits um sieben Uhr durch einen Anruf aufgeschreckt. Als er aufs Display seines Telefons schaute, war er einerseits verärgert, andererseits aber froh, dass sich Nadine meldete. Es war nur eine

Ahnung gewesen, der Gedanke, dass sie sich vielleicht etwas antun könnte, nachdem sie das Gespräch am Vortag beendet hatte, ohne ein einziges Wort zu sagen.
„Guten Morgen Nadine", meldete er sich noch im Halbschlaf.
Auf der anderen Seite waren allerdings nur undefinierbare Geräusche zu hören. Es klang so, als ob Nadine versuchte das Telefon in die Hand zu nehmen, aber nicht in der Lage dazu gewesen wäre.
„Nadine, Nadine, was ist los mit dir, melde dich doch endlich", sprach Julian besorgt und plötzlich hellwach ins Telefon.
Nach weiteren Geräuschen war nun endlich ihre Stimme zu hören.
„Es geht mir nicht gut, ich will nicht mehr leben", flüsterte sie so leise ins Telefon, dass Julian nicht sicher war, ob er sie richtig verstanden hatte.
„Hast du was genommen?", fragte er aufgeregt.
Die Antwort kam erst nach weiteren, undefinierbaren Geräuschen.
„Tabletten, Tabletten, Julian, viele, sehr viele, du musst mir helfen."
„Bist du zuhause?"
„Ja."
„Pass auf, ich rufe einen Krankenwagen, wenn du aufmachen kannst, dann mach auf, hast du verstanden?"
Nachdem keine Antwort mehr kam, fragte Julian noch mehrmals nach, aber es war nichts mehr zu vernehmen.
Julian wollte die Verbindung halten, so rannte er mit seinem Handy nach unten, um den Rettungsdienst vom Büro aus zu alarmieren. Er gab auch an, dass die Tür eventuell geöffnet werden müsste. Nachdem er nun wieder sein Handy ans Ohr legte, war die Verbindung getrennt. Julian versuchte es erneut, mehrmals, aber Nadine nahm nicht ab. Was kann ich tun?, überlegte er krampfhaft. Ich könnte natürlich meine Kumpels anrufen, die bei ihr in der Nähe wohnen und sie darum bitten, sich um sie zu kümmern, aber liegt es denn nicht eher in meiner Verantwortung? Was ist, wenn sie nicht überlebt?

    Sein Entschluss stand rasch fest. Er hatte gar keine andere Wahl, als sich schnellstmöglich ins Flugzeug zu setzen und sich um Nadine zu kümmern, egal was ihn erwartete. Er hatte Glück, dass es kurzfristig noch einen freien Platz gab. Nun stand er am Terminal und telefonierte mit dem Rettungsdienst, um Näheres zu erfahren. An sich durften sie keine Auskünfte erteilen, aber so viel ließ die Leitstelle durchblicken, dass sie Nadine nicht mit ins Krankenhaus nehmen mussten. Julian war natürlich erleichtert und versuchte sie direkt im Anschluss daran zu erreichen, allerdings wieder ohne

Erfolg. Beruhige dich, dachte er, wenn sie die Sanitäter nicht mitgenommen haben, dann kann es nicht so schlimm gewesen sein.

Endlich stand Julian vor Nadines Haustür und während er die Klingeltaste drückte, pochte sein Herz vor Aufregung. Nadine öffnete rasch und stand nun freudestrahlend vor ihm. Sie wirkte wenig überrascht, sah ganz und gar nicht aus, als ob sie dem Tod gerade erst von der Schippe gesprungen wäre. Julian ließ sie vorerst gewähren, er löste ihre Umarmung erst nach mehreren Minuten.
„Darf ich reinkommen?", fragte er schließlich.
„Entschuldigung, ich bin so froh, dass du da bist."
Während sie sich nun bei einem Espresso gegenübersaßen, konnte er Nadine förmlich ansehen, dass etwas nicht stimmte. Sie wäre eine sehr schlechte Pokerspielerin, man könnte ihr jedes Blatt vom Gesicht ablesen, dachte er, so auch jetzt, in diesem Augenblick. Nadine war sozusagen ins Gesicht geschrieben, dass sie etwas ausgefressen hatte. Sie schaute drein wie ein kleines Mädchen, das darauf wartete, gleich fürchterlich ausgeschimpft zu werden.
„Hast du mir alles nur vorgespielt?", fragte Julian frei heraus.
„Nein Julian, ich hatte aus Kummer zu viel getrunken, mir ging es wirklich schlecht", verteidigte sich Nadine.
„Was ist mit den Tabletten? Hast du keine Tabletten genommen?"
„Doch, es ist die Wahrheit, ich musste einige Tabletten gegen meinen Kater nehmen."
Als Nadine in Julians verblüfftes und zugleich finsteres Gesicht blickte, fing sie an zu heulen.
„Ich wollte nicht, dass es so kommt, ich habe dich einfach so sehr vermisst, ich wollte dir keine Sorgen bereiten", schluchzte sie so herzzerreißend, dass sich Julians Wut schnell wieder verflüchtigte. Sie tat ihm leid, eine Frau, die nicht weiß was sie will, die ihr Leben nicht in den Griff bekommt, die nur dann etwas vermisst, wenn es nicht mehr zu haben ist, völlig unberechenbar obendrein, dachte er sich.
„Nadine, du bist krank, du musst dir helfen lassen. Ich kann in Zukunft nicht mehr für dich da sein, das musst du akzeptieren, es ist aus zwischen uns, endgültig."
Nadine schaute Julian enttäuscht und mit tränenüberströmtem Gesicht an, was nicht spurlos an ihm vorüberging. Allerdings ließ er sich nichts anmerken. Julian wusste, dass er ihr unter keinen Umständen Hoffnungen machen durfte.

„Du bist krank, du solltest einen Psychiater aufsuchen", schlug er vor.
Nadine fühlte, dass der Kampf um Julian verloren war.
„Vielleicht hast du Recht, vielleicht bin ich wirklich ein Fall für die Klapse", antwortete sie resigniert.
„Sag das nicht so abwertend, du bist nicht verrückt, es gibt viele Menschen, die sich in Psychotherapie begeben, die sich hinterher wieder besser fühlen, die ihr Leben wieder in den Griff bekommen", argumentierte Julian, obwohl er keine Ahnung hatte, wie die Erfolgsaussichten in diesen Bereichen waren.

Im Laufe des Nachmittags vereinbarte er einen Termin bei einer Psychologin und rang Nadine das Versprechen ab, diesen wirklich wahrzunehmen. Gegen achtzehn Uhr verabschiedete sich Julian mit dem Hinweis, dass er seinen Flieger noch bekommen müsse, obwohl er bis dahin noch keinen Rückflug gebucht hatte.

„Kann ich mich darauf verlassen, dass das nie wieder vorkommt?", fragte Julian zum Abschied.

Die Antwort fiel Nadine sehr schwer, aber sie versprach es Julian, der es mit Erleichterung aufnahm. Einen Rückflug gab es für den heutigen Tag leider nicht mehr, so übernachtete er in einem Hotel, um am nächsten Morgen nach Mallorca zurückzufliegen. Vanessa gegenüber würde er den Vorfall besser verschweigen, zu diesem Entschluss kam er im Laufe des Abends. Julian wollte ihr keine Sorgen machen, ihre frische Beziehung nicht unnötig belasten. Das, was geschehen war, war typisch für Nadine. Erst handeln, dann denken. Einfach sehr impulsiv und danach: „Ups, ist mir so passiert, ich kann nichts dafür." Eigentlich müsste ich richtig wütend auf sie sein, aber trotz der vertanen Zeit und des teuren Fluges bin ich ihr nicht wirklich böse, dachte Julian.

Die drei Wochen, die er alleine verbringen musste, vergingen wie im Fluge, was auch Vanessa, die ebenfalls sehr in ihre Arbeit vertieft war, so empfand. Im Laufe der nächsten zwei Tage konnte Julian die Renovierung des Gästehauses von Sabine und Thomas abschließen, so war es nicht verwunderlich, dass Vanessas Eltern zusammen mit ihr im Flugzeug saßen. Als Treffpunkt war Burg Julian vereinbart und pünktlich um elf Uhr klingelte es. Es fiel Julian schwer, Vanessa nur mit Küsschen links und rechts zu begrüßen, denn ihre Eltern waren nach wie vor nicht über ihre Beziehung informiert. Wie gerne hätte er sie umarmt, angefasst, auf den Mund geküsst und gleich vernascht. Aber sie hatten vereinbart, noch etwas zu warten, um sich ganz sicher über ihre gemeinsame Zukunft zu sein.

„Kommt rein, ich lade euch zum Brunch ein", sagte Julian mit einer Geste in Richtung Veranda. Der Caterer war gerade dabei seine Arbeit zu vollenden, bedankte sich kurz darauf für das Trinkgeld und verschwand.
„Du hast echt keine Kosten und Mühen gescheut, das sieht phantastisch aus", stellte Vanessa mit leuchtenden Augen fest.
„Das Buffet ist eröffnet", verkündete Julian, währenddessen er den Champagner ausschenkte.
„Auf eine gute Zusammenarbeit, Vanessa, Sabine, Thomas."
„Sag bitte Tom zu mir, alle sagen Tom, das klingt sonst so fremd in meinen Ohren."
„Also Tom, auf eine gute Zusammenarbeit", wiederholte Julian.
„Du hast hier den ganzen Tag Urlaub", stellte Tom fest.
„Wenn das so wäre, dann könntest du heute nicht in dein frisch renoviertes Gästehaus einziehen", konterte Julian mit einem Grinsen.
„War nur ein Scherz, aber das Ambiente ist traumhaft und vermittelt einfach nur Urlaubsfeeling. Ich freue mich schon sehr auf unser neues Domizil, das uns eine ähnlich phantastische Aussicht bietet."
Vanessa und Julian versuchten sich unauffällig zu verhalten, aber sie kamen nicht umhin, sich lüsterne Blicke zuzuwerfen. Sabine erkannte sofort, was sich zwischen ihrer Tochter und Julian abspielte, ließ sich aber nichts anmerken.
Gegen vierzehn Uhr wurde Tom ungeduldig und schlug vor, nun endlich ihr neues Anwesen zu besichtigen. Beim Eintreten ins Gästehaus waren sie alle einen Moment lang sprachlos vor Begeisterung.
„Das ist mehr als eine provisorische Renovierung. Du bist ein richtiger Künstler, Julian. Da sieht man, was man mit ein paar Farben und Dekorationsartikeln so alles bewirken kann", lobte Sabine ihren Architekten.
„Ich lasse euch jetzt erst mal ankommen", verabschiedete sich Julian mit einem hilflosen Blick in Richtung Vanessa.
„Wenn du heute Nachmittag zuhause bist, dann würde ich gerne ein paar Sachen aus dem Appartement holen", rettete Vanessa die Situation und Julian erstrahlte.
Auf dem Nachhauseweg konnte Julian an nichts anderes denken, als daran, Vanessa in Kürze in die Arme zu schließen. Er überlegte schon an welchem Ort sie es tun sollten, aber eigentlich war es egal. Hauptsache es würde möglichst bald passieren. Er schwamm ein paar Bahnen, um sich abzukühlen, denn auf seine Arbeit konnte er sich im Moment nicht konzentrieren. Es

dauerte eine ganze Weile, bis Vanessa endlich mit einem Grinsen in der Tür stand.

Julian
„Hast mich ganz schön lange zappeln lassen", beschwere ich mich mit vorwurfsvollem Blick.
„Aber jetzt bin ich ja da. Wo willst du mich verwöhnen?", fragt sie völlig unverblümt, ohne auf meinen Vorwurf zu reagieren, während sie schon beginnt meinen Gürtel zu öffnen. In wenigen Sekunden stehen wir nackt voreinander. Ich umarme sie, presse ihren Körper an mich, küsse sie leidenschaftlich, was meine Erregung ins Unermessliche steigert.
„Komm mit", fordere ich sie auf und führe sie zu meiner Liegewiese im Wohnzimmer, dem Ort, wo es das allererste Mal passierte.

Vanessa
Ich lasse mich bäuchlings auf das Polster fallen, möchte erst etwas verwöhnt werden, die Zeit anhalten, Vorfreude genießen.

Julian
Ich knie vor der Liegewiese nieder, nehme ihre zierlichen Füße in die Hände und genieße das, was ich sehe.
„Geiler Anblick", kommentiere ich, als ich über ihren schmalen, ein Meter fünfundachtzig großen Körper und die Rundungen ihres Pos nach oben blicke.

Vanessa
Mit jedem seiner zärtlichen Küsse auf meinen Fußsohlen zucke ich zusammen. Es ist so intensiv, so schön, kaum auszuhalten. Ich komme mir vor, als ob ich unter Strom stehe. Er kommt zu mir, kniet sich neben mich, ich fühle seine Küsse im Nacken, krümme mich, während sie meinen Rücken bis zum Ansatz meiner Po-Spalte hinunterwandern. Ich nutze die Gelegenheit, packe währenddessen seine Männlichkeit, verwöhne ihn.
„Ich kann nicht länger warten", gesteht er.
„Ich auch nicht", erwidere ich und gehe in den Vierfüßer-Stand, um die Stellung vorzugeben.

Julian
Geiler Anblick, ich packe sie an ihrer schlanken Taille, ziehe sie ganz an mich heran, Vanessa stöhnt auf. Mit jedem Stoß berühre ich ihren zarten Hintern, bis wir gemeinsam kommen.
„Es war sehr schön", haucht sie. „Ich habe das über die letzten Wochen sehr vermisst."
„Nur den Sex?", frage ich.
„Natürlich nicht, das weißt du doch", antwortet sie, noch auf allen Vieren kniend, während ich durch meinen lüsternen Blick auf ihren sexy Po schon wieder abgelenkt bin.
„An diese Stellung könnte ich mich glatt gewöhnen", schwärme ich, während ich ihre Po-Backen streichele.

Vanessa
„Wir können nicht ewig so verharren", stelle ich fest und löse mich.
„Jetzt duschen, dann über die Rutsche rein ins Poolvergnügen", schlage ich vor und ziehe Julian hinter mir her.
Ich liege sicher in seinem Schoß, während wir unter dem nächtlichen Sternenhimmel und dem sich anschließenden Sonnenaufgang abwärts rutschen, um mit einem spitzen Schrei durch das kurze Fallstück und anschließend in den Pool zu schießen.

Während sie ihre Bahnen schwammen, überlegten sie, wie sie den restlichen Tag gestalten könnten.
„Am liebsten würde ich mit dem RIB aufs Meer hinausfahren und anschließend im Hafen zu Abend essen. Das volle Programm", schlug Vanessa vor und strahlte Julian begeistert an.
„Ein heißer Ritt auf Vanessa, da bin ich sofort dabei", ging er freudig auf den Vorschlag ein.
Am späten Abend, nach einem sehr intensiven Tag, verabschiedete sich Vanessa.
„Es war schön mit dir, Julian, sehen wir uns morgen wieder?"
„Was den Umbau betrifft, so habe ich einiges mit deinen Eltern zu besprechen, ich denke wir sehen uns ohnehin dort. Ansonsten telefonieren wir miteinander."
„Vielleicht sollte ich es meinen Eltern sagen, dass wir beide zusammen sind."

„Wir sprechen bei Gelegenheit nochmals darüber, Vanessa. Bis morgen, mein Schatz."
„Das hört sich so gut an, Julian. Mein Schatz, das habe ich schon lange nicht mehr gehört. Ich liebe dich. Gute Nacht."
Sie küssten sich ein letztes Mal und damit ging ein ereignisreicher und sehr schöner Tag zu Ende. Als Julian die Haustür hinter Vanessa schloss, war es zwar schon spät, aber um das Bett aufzusuchen doch etwas zu früh. Julian schenkte sich einen edlen Cognac ein und lehnte sich in seinem Sessel zurück, um seinen Gedanken freien Lauf zu lassen. Ja, es ist schön mit Vanessa, sie ist ein toller Mensch. Ich denke, es ist wirklich Liebe, was uns verbindet. Trotzdem ist alles ganz anders als ich es mit Nadine erlebt habe. Nicht so gewaltig, nicht so, dass die Schmetterlinge in meinem Bauch verrücktspielen, aber ich vermisse Vanessa sehr, wenn sie nicht da ist. Sie ist äußerst liebevoll und im Gegensatz zu Nadine ein wenig leichter zu durchschauen. Ich weiß, dass sie mich liebt, dass sie mit mir zusammen sein möchte, dass sie nicht heute ja und morgen nein zu unserer Beziehung sagt. Sie ist eine tolle Frau und ich hoffe, dass ich mich in meinen Gefühlen zu ihr nicht getäuscht habe.
Meine Erfahrungen in Sache Liebe sind wirklich begrenzt, basieren lediglich auf einer einzigen, unglücklichen Beziehung zu Nadine. Alles andere waren reine Sexbeziehungen. Aber ich kann deswegen nicht für alle Zukunft abstinent bleiben. Vanessa hat Recht, wenn sie sagt, ich muss es ausprobieren, ob sich mein Herz öffnet. Vielleicht mache ich mir auch zu viele Sorgen. Wenn es nicht auf Dauer sein sollte, dann habe ich mir wenigstens nichts vorzuwerfen. Warum sollten wir Vanessas Eltern eigentlich nicht informieren, frage ich mich. Vanessa jeden Abend nach Hause zu schicken und unsere Beziehung vor Sabine und Tom zu verstecken, ist auf Dauer keine gute Lösung. Ich würde mir schon wünschen, abends eng aneinander gekuschelt mit Vanessa einzuschlafen und den Morgen mit ihrem Lächeln, einem Guten-Morgen-Kuss, oder vielleicht sogar mit ein wenig mehr versüßt zu bekommen.
Nach einer für beide unruhigen Nacht klingelte Julian, gegen zehn Uhr, bei Sabine und Tom.
„Guten Morgen Julian, freut mich dich zu sehen, komm rein. Willst du erst etwas frühstücken?"
„Nein danke, ich bin zum Arbeiten gekommen, das heißt, wenn du bereit bist, Tom."
„Ich bin immer zu allen Schandtaten bereit, Julian, wo fangen wir an?"

Julian nahm seinen Notizblock aus der Tasche, um die geplanten Arbeiten direkt vor Ort zu besprechen. Gegen dreizehn Uhr rief Sabine die beiden zum Mittagstisch.
„Vielen Dank für die Einladung, Sabine, aber das wäre doch nicht nötig gewesen."
„Keine Widerrede, Julian, wer arbeitet muss auch Essen. Wir haben uns zwar rein geschäftlich kennengelernt, aber inzwischen habe ich fast das Gefühl, dass wir einen Sohn dazu bekommen haben."
„Dann lasse ich mich nicht länger bitte. Danke Sabine."
Am Tisch traf Julian auf Vanessa, die er mit Küsschen auf die Wangen begrüßte.
„Du kannst ihr ruhig einen richtigen Kuss geben, oder meint ihr beiden Turteltäubchen, ich hätte euer Techtelmechtel nicht mitbekommen?", fragte Sabine.
Damit hatten Vanessa und Julian nicht gerechnet, was sie beide etwas erröten ließ.
„Wir wollten damit noch warten, es erschien uns ein wenig zu früh, um euch zu informieren, Mama."
„Du bist erwachsen, Vanessa, wir werden euch nicht hineinreden, aber ich bin froh, dass Julian der Auserwählte ist", betonte Sabine ausdrücklich.
Im Laufe des Mittagessens lockerte sich die Situation schnell auf und bevor es wieder an die Arbeit ging, traute sich Julian, seiner Vanessa einen Kuss auf den Mund zu geben.
„So sieht das schon besser aus", kommentierte Sabine grinsend, bevor die beiden Männer wieder im Haupthaus verschwanden.
„Meinst du ich habe das nicht schon längst bemerkt?"
„Ja Mama, eigentlich habe ich es geahnt, dass du etwas mitbekommen hast. Aber wir wollten uns erst ganz sicher sein mit unserer Beziehung, bevor wir es verkünden. Aber nun hat sich das ja ohnehin erledigt."
Sabine drückte ihre Tochter innig.
„Ich bin sicher, er ist der Richtige für dich. Ich kenne keinen hübscheren, liebenswerteren, intelligenteren und interessanteren Mann, als deinen Julian."
„Du hältst ja große Stücke auf ihn und du hast Recht mit dem, was du eben gesagt hast. Aber das ist nicht der Grund, weshalb wir noch ein bisschen warten wollten. Julians Herz schlägt noch immer, zumindest teilweise, für seine erste große Liebe. Sie haben sich zwar getrennt und er möchte Nadine,

die ihn wohl nur benutzte, auch nicht mehr sehen, aber ich spüre, dass ihn die Angelegenheit noch immer sehr beschäftigt."
„Dann lasst euch Zeit. Ich würde mich jedenfalls sehr über so einen Schwiegersohn freuen. Ich könnte mir gar keinen besseren vorstellen."
„Dann brauchen wir uns ab sofort nicht mehr zu verstecken", stellte Vanessa erfreut fest und sehnte sich schon danach, die nächste Nacht bei Julian zu verbringen.
Die Kaffee- und Kuchenpause, am späten Nachmittag, mutierte zu einem Arbeitsgespräch, das keinen Platz für Privates ließ. Vanessa begleitete Julian im Anschluss nach draußen, wo sie sich ungestört umarmen und küssen konnten.
„Darf ich heute bei dir schlafen?", fragte sie erwartungsvoll.
„Ich freue mich auf dich, aber ich habe noch ein paar organisatorische Dinge zu erledigen, damit es mit eurer Villa zügig weitergeht. So ab neunzehn Uhr bin ich fertig. Bis gleich, meine schlanke Gazelle."
Als sich Vanessa am Abend für Julian umkleidete und nackt vorm Spiegel stand, überlegte sie, wie das mit der schlanken Gazelle wohl gemeint war. War es ein Kompliment? Ist er vielleicht der Meinung, dass ich zu mager bin? Sicher, richtig dicke Möpse habe ich nicht zu bieten, aber schlecht bestückt bin ich auch nicht. Nachdem sie die Spiegeltüren ihres Kleiderschrankes in die richtige Position gebracht hatte, konnte sie ihre Rückseite betrachten. Im Vergleich zu unseren Models auf dem Laufsteg habe ich einen richtig fetten Hintern, aber im Vergleich zu anderen Frauen ist er vermutlich nicht wirklich füllig. Ich hoffe, es war keine Anspielung darauf, dass zu wenig an mir dran ist, sorgte sie sich.

 Vanessa erschien pünktlich um neunzehn Uhr bei Julian. Es war noch sehr warm, deshalb entschieden sie sich für einen schattigen Platz auf der Veranda. Julian zündete eine Kerze an und stellte verschiedene, verlockende Knabbereien auf den Tisch.
„Bei den Temperaturen empfehle ich einen Rotwein."
„Ja gerne, ich bin in dieser Hinsicht völlig unproblematisch. Es gibt leider kaum ein alkoholisches Getränk, das mir nicht schmeckt", erläuterte Vanessa.
Nach dem ersten Anstoßen lehnten sie sich zurück und genossen den traumhaften Ausblick.
„Wir sind echt privilegiert, es macht mir fast ein schlechtes Gewissen", begann Vanessa.

„Ich weiß was du meinst. Auch ich habe mir schon Gedanken darüber gemacht, wie unterschiedlich der Reichtum auf unserer Erde verteilt ist. Aber es ist nun mal so, selbst in unserem Heimatland Deutschland sind die Politiker fast ausnahmslos mit dem Kapital verflochten und niemand hat ein wirkliches Interesse, etwas daran zu ändern. Jeder einzelne der unzähligen Abgeordneten ist ein Vertreter des Volkes und sollte nur dem Wohle des Volkes verpflichtet sein. Natürlich bedeutet das auch, dass die Wirtschaft laufen muss und entsprechende Rahmendbedingungen erforderlich sind, aber nicht, dass es die Wirtschaft ist, die bestimmt wo es lang geht. Die Verteilung des Vermögens belegt eindeutig, dass diese Tatsache, wider besseres Wissen, einfach ignoriert wird. Die Reichen werden immer reicher und die Armen immer ärmer. Ich wäre bereit mehr Steuern zu zahlen, wenn es denen zugutekäme, die keine Lobby haben und sich, schon alleine aus diesem Grund, nicht durchsetzen können."
„So ist die Welt eben, aber wir werden es nicht ändern", stellte Vanessa abschließend fest.
„Vielleicht sollte ich meinem Ex-Freund die einhunderttausend Euro einfach geben und es als gute Tat ansehen", schlug sie vor, während sie Julian, der inzwischen über die Angelegenheit informiert war, fragend in die Augen blickte.
„Erstens ist er nicht arm, zweitens würdest du nur seine kriminelle Laufbahn fördern", antwortete Julian.
„Es muss jemanden geben, der Zugriff auf deinen Schlüssel hat, vielleicht in der Firma, in deinem Büro."
„Mein Büro betritt in meiner Abwesenheit eigentlich nur meine Sekretärin, aber sie ist schon seit zehn Jahren bei uns angestellt und genießt mein vollstes Vertrauen", erklärte Vanessa.
„Lass dir einfach eine Überwachungskamera installieren und dann lässt du deinen Schlüsselbund öfter mal unbeobachtet im Büro liegen, so wirst du schnell erfahren, ob es dort jemanden gibt, der einen Abdruck anfertigt", schlug Julian vor.
„Ich werde darüber nachdenken", versprach Vanessa.
„Willst du nicht zugreifen?", fragte Julian, um vom Thema abzulenken und deutete gleichzeitig auf die verschiedenen Schälchen mit Erdnüssen, Chips und anderen Knabbereien.
„Oder hast du eher Lust auf etwas Süßes?"
„Danke Julian, ich mag das alles sehr gerne, aber ich muss auf meine Figur achten, ich bin im Moment die Dickste auf dem Laufsteg."

„Du meinst die am wenigsten schlanke."
Nach einer kurzen Pause fragte Julian:
„Würdest du auch mal für mich laufen, gleich hier und jetzt?"
Vanessa blickte ihn erstaunt an.
„Ich habe doch gar nichts von meiner Kollektion mit dabei."
„Wenn du nackt gehen würdest, nur mit deinen hohen Schuhen, könntest du mich auch begeistern", forderte sie Julian mit einem lüsternen Blick auf.
Vanessa überlegte kurz, aber es gab nichts was dagegen sprach, Julian ein wenig heiß zu machen.
„Hast du Musik hier draußen?"
„Kein Problem", antwortete Julian und zückte sein Handy, um die Stereoanlage zu starten.
Vanessa verschwand und kam kurz darauf im Bademantel zurück.
„Wo ist der Catwalk?"
„Du kannst am Rand des Pools entlanglaufen."
Vanessa stand bereit, um ihren Walk mit dem nächsten Musikstück zu starteten. Im schneeweißen Bademantel schritt sie auf Julian zu, posierte direkt vor ihm, indem sie ihren Bademantel kurz öffnete und wieder schloss. Julian applaudierte, während er schon daran dachte, dass sie gleich die Hüllen fallen lassen würde. Vor ihrem nächsten Walk steifte Vanessa den Bademantel ab und stand nun splitternackt, nur mit ihren High-Heels bereit. Sie lief mit einem äußerst eleganten Schritt auf Julian zu, machte eine Pose und ging zum Ausgangspunkt zurück. Julian genoss es, ihrem wackelnden Hintern nachzusehen. Die Vorstellung endete damit, dass sich Vanessa auf seinen Schoß setzte.

Vanessa
„Und, wie war mein Walk?", frage ich, um die Lorbeeren zu ernten.

Julian
„Toll, wie du deine Schuhe präsentiert hast, ich habe nur auf die Schuhe geachtet", versuche ich ein bisschen zu sticheln und ernte auch gleich einen entsprechenden Blick, der mich veranlasst, sofort die Wahrheit zu verraten.
„Natürlich habe ich nur auf dich geschaut, auf deine weiblichen Attribute, danke, das hast du wirklich toll gemacht", lobe ich sie, während sich mein Blick auf ihre Brüste richtet, die sich direkt vor meinem Gesicht befinden. Meine Hände umfassen ihren Po, ich gebe ihr einen Klaps auf die Hinterbacken und fasse nun zwischen ihre gespreizten Schenkel.

Vanessa
Schon wieder überkommt es mich, fällt die Lust über mich her. Seine geschickten Finger stimulieren mich so heftig, dass ich es kaum abwarten kann. Ich will es, jetzt sofort. Ich stehe auf, ziehe ihn hinter mir her, beuge mich über den Terrassentisch und recke ihm kess meinen Hintern entgegen, während ich mich mit den Ellbogen abstütze.
„Gibs mir, jetzt gleich", unterstütze ich meinen visuellen Anreiz zusätzlich mit Worten.

Julian
Als Mann kommt mir diese Aufforderung sehr entgegen. Nichts lieber als geiler Sex ohne langes Rumgeplänkel, denke ich. Ihre Einladung und dieser Anblick dulden keinen Aufschub. Ich schaffe es gerade noch meine Hose so weit wie nötig nach unten zu schieben, bevor ich in sie eindringe, um uns, während ich ihre Brüste in meinen Händen halte, erneut zu beglücken.
„Bist ein geiler Bock", höre ich, bin mir aber nicht sicher, ob sie es ernst meint. Ich beschließe es als Lob für die gute Arbeit aufzufassen.
„Greif zu, Vanessa", fordere ich sie auf und deute auf die Knabbereien, nachdem wir wieder auf der Veranda sitzen.
„Sieht aus, als ob du mich ein wenig mästen wolltest", antwortet sie mit einer abwehrenden Handbewegung.
„Das war zwar nicht mein Gedanke, aber ein paar Pfund mehr könntest du schon vertragen", erläutere ich, während ich im gleichen Moment schon ahne, dass ich mit dieser Ansage ins Fettnäpfchen getreten bin.

Vanessa
Ich schaue gekränkt aus der Wäsche, bin es auch, zumindest im Ansatz.
„Sind dir meine Möpse zu klein oder mein Po zu mager?", frage ich frei heraus.

Julian
„Nein, Vanessa, das wollte ich damit nicht sagen", beschwichtige ich sie.
„Aber gemeint hast du es so", entgegnet sie mir sofort.
Ich überlege, wohl wissend, dass ich nicht viel Zeit zum Überlegen habe. Klar, als Mann würde ich lieber etwas mehr in den Händen halten, aber es ist für unsere Beziehung nicht wichtig.

„Vanessa, du hast wirklich einen sexy Körper, von deiner Größe und deiner Figur können die meisten Mädchen nur träumen. Ich meine es doch nur gut mit dir. Du sollst nicht eins von den Models werden, die völlig abgemagert auf den Laufstegen dahinwandeln, als ob sie von einem anderen Stern kämen. Die einzigen, die dafür verantwortlich sind, sind die tatterigen, verknöcherten „Old School Modeschöpfer" mit ihren kranken Gehirnen.
Du bist eine erfolgreiche Designerin und musst deine eigene Mode nicht selbst vorführen. Überlass das lieber den jungen Models, oder laufe für mich, so wie eben. Ist es nicht unüblich, dass eine Designerin selbst mitläuft?"

Vanessa
„Üblich oder nicht üblich, darum geht es nicht. Jeder Designer bestimmt selbst, wie die Modeschau abläuft. Mir macht es einfach Spaß, meine allerschönsten Sachen selbst zu präsentieren", verteidige ich mich in der Hoffnung, dass er mich versteht.

Julian
„Das kannst du ja auch, wenn du so bleibst wie du bist. Du musst nicht abnehmen, musst dich mit deiner perfekten Figur nicht verstecken. Ich finde es wird höchste Zeit, dass sich die Modedesigner einig sind und die klapprigen Skelette von den Laufstegen verbannen. Das würde vielen jungen Mädchen die Magersucht ersparen", versuche ich meine Befürchtungen zu begründen.

Vanessa
Seine Worte klingen versöhnlich, er meint es ehrlich, meint es nur gut mit mir. Vielleicht habe ich einfach überreagiert.
„Ja, ich verstehe dich Julian, aber wir sollten uns deswegen nicht streiten", lenke ich ein und picke demonstrativ ein paar Erdnüsse und Chips aus den Schälchen.

Vanessa pendelte die nächsten Wochen zwischen der Villa ihrer Eltern und Burg Julian hin und her, bis er ihr anbot, zu ihm zu ziehen. Sie war sehr froh um dieses Angebot, das sie gerne annahm. Die meisten Nächte verbrachte sie ohnehin schon bei Julian. Ihre wenigen Sachen, die sie auf die Insel mitgebracht hatte, waren schnell umgeräumt. Sie genossen es sehr, möglichst viel Zeit miteinander zu verbringen, sich abends eng aneinander zu kuscheln, um den nächsten Morgen mit einem gemeinsamen Frühstück zu beginnen.

Sie fühlten sich schon wie ein richtiges Ehepaar, alles lief rund, sie passten perfekt zusammen und auch Julian war inzwischen sicher, dass er sich in Sachen Vanessa richtig entschieden hatte. Nach wie vor flog sie für drei bis vier Tage pro Woche nach Deutschland, um die Produktion ihrer Entwürfe zu überwachen und die entsprechenden Modeschauen zu organisieren. Obwohl sie es als ziemlich abwegig empfand, befolgte sie Julians Ratschlag mit der Überwachungskamera, die inzwischen versteckt im Büro angebracht war.

Bereits am zweiten Tag, nachdem sie ihr Büro mit der Ankündigung verlassen hatte, dass sie für mindestens eine Stunde unterwegs sein würde, passierte es. Als Vanessa die Aufzeichnung am Abend abspielte, musste sie fassungslos mit ansehen, wie ihre Sekretärin, die bis dahin ihr vollstes Vertrauen genoss, das Büro mit ängstlichen Blicken betrat. In ihrer Hand hielt sie zwei flache Schachteln, die sie öffnete und auf dem Schreibtisch ablegte. Vanessas Herz pochte heftig, als sie mit ansehen musste, wie sie den Haustürschlüssel vom Schlüsselbund löste und mehrere Abdrücke anfertigte. Sie konnte es kaum glauben, dass ihre Sekretärin, zu der sie mittlerweile ein sehr persönliches Verhältnis pflegte, die sozusagen schon zur Familie gehörte, zu so einer Tat in der Lage war. Vanessa war sofort klar, dass sie das Bindeglied zu ihrem Ex-Freund sein musste. Wie dieser einen Schlüssel mit Sicherungscode nachmachen konnte war ihr zwar ein Rätsel, aber er musste wohl eine Möglichkeit gefunden haben.

Noch am gleichen Abend ließ Vanessa den Schlüsseldienst kommen, um ihr Haustürschloss erneut auswechseln zu lassen. Es war die erste Nacht, in der sie wieder etwas ruhiger schlafen konnte. Auch wenn es ihr Ex-Freund nochmals schaffen würde sie zu erschrecken, war sich Vanessa zumindest sicher, dass er ihr nichts antun würde, das traute sie ihm nun doch nicht zu.

Als sie ihre Sekretärin am nächsten Tag zur Rede stellte, brach sie sofort in Tränen aus. „Er hat mich dazu gezwungen", gab sie rasch zu, „aber ich hätte es trotzdem nicht tun dürfen, es war dumm von mir, bitte verzeih mir Vanessa", bat sie schluchzend. Es stellte sich schnell heraus, dass sich Vanessas Ex-Freund an sie herangemacht hatte, um sie schamlos auszunutzen und ihre Liebe für seine Zwecke zu missbrauchen. Vanessas Sekretärin wusste, dass ihr nur eine Möglichkeit blieb, nämlich ihre Kündigung auszusprechen, was sie unverzüglich tat. Vanessa empfand zwar Mitleid, trotzdem nahm sie die Kündigung an. Das Vertrauensverhältnis war unwiederbringlich zerstört, so gab es leider keine Alternative.

Vanessa informierte den Kommissar, der sich sehr erleichtert zeigte, dass es nun endlich einen Anhaltspunkt gab. Ihr Vater war außer sich vor Zorn, als er von der Sache hörte und informierte, ohne Vanessas Wissen, den Chef des Werkschutzes, mit dem er nun schon seit Jahren zusammenarbeitete. Dieser versprach, Vanessas Ex-Freund einen Denkzettel zu verpassen, damit er nicht nochmal auf dumme Gedanken kommen würde.
Als Vanessa ihren Ex auf dem Polizeipräsidium erblickte, sah er schwer gezeichnet aus. Sie sah seinen vorwurfsvollen Blick auf sich ruhen, aber Vanessa konnte sich keinen Reim darauf machen. Es war offensichtlich, dass er eine ordentliche Abreibung bekommen hatte. Er sah aus, als ob er an einer Schlägerei beteiligt gewesen wäre und, das war offensichtlich, den Kürzeren gezogen hatte. Vanessa war zwar gegen jegliche Gewalt, aber insgeheim kam schon etwas Schadenfreude in ihr auf, als sie seine blauen Flecken, sein geschwollenes Auge und die ganzen Hautabschürfungen an seinen Armen und im Gesicht erblickte. Er saß da wie ein Häufchen Elend, sah wirklich äußerst mitgenommen aus, trotzdem kam kein Fünkchen Mitleid in Vanessa auf, die in diesem Moment daran denken musste, was er ihr fürchterliches angetan hatte. Sie wäre nie auf die Idee gekommen, dass ihr Vater für den Zustand ihres Ex verantwortlich war. Tom hatte sich ohnehin vorgenommen, die Sache zu verschweigen, da er wusste, dass Vanessa auf keinen Fall mit seiner Vorgehensweise einverstanden gewesen wäre.
Während Vanessa am Abend mit Julian telefonierte, fiel ihm ein Stein vom Herzen. Er freute sich für sie, dass nun endlich Gewissheit herrschte, dass sie nun wieder ruhig schlafen konnte und gleichzeitig fiel auch von ihm eine schwere Last.

Ein Jahr später waren die Arbeiten an Sabines und Toms Villa abgeschlossen. Der Termin für die Einweihungsfeier stand bereits fest, als Vanessa ihre Bitte vortrug.
„Julian, wir sind inzwischen schon über ein Jahr zusammen. Wenn du dir deiner Liebe zu mir sicher bist, dann würde ich mich gerne mit dir verloben. Die Einweihung der Villa wäre ein schöner Rahmen, um es zu verkünden. Meine Eltern würden sich bestimmt sehr darüber freuen."
Für Julian kam Vanessas Anliegen sehr überraschend. Er hatte bis jetzt noch nicht über solche Dinge wie Verlobung oder Hochzeit nachgedacht. Julian empfand alles gut so, wie es jetzt war. Natürlich konnte er verstehen, dass es sich Vanessa von Herzen wünschte, aber wie sollte er sich nun verhalten?

Ein Nein, das war sicher, würde sie als persönliche Niederlage ansehen. Julian war klar, dass es nur eine Antwort für ihn gab.
„Ja Vanessa, ich bin einverstanden, dass wir uns verloben, aber muss es denn gleich in so einem großen Kreis stattfinden?"
„Es muss nicht, Julian, aber ich würde mich sehr freuen, wenn du mir diesen Wunsch erfüllen könntest", bat Vanessa mit erwartungsvollem Blick.
Was spricht eigentlich dagegen, überlegte Julian, der diesem liebevollen Blick ohnehin nicht widerstehen konnte.
„Wenn dir so viel daran liegt, mein Schatz, dann ist es mir eine Ehre, dir diesen Wunsch zu erfüllen", antwortete er und nahm Vanessa in den Arm.
„Du bist auch ein Schatz", bestätigte sie und küsste ihn zärtlich.
„Wollen wir die Ringe gemeinsam aussuchen? Dann kann ich mir sicher sein, dass sie dir gefallen und dass dir dein Ring im entscheidenden Moment auch passt."
Im Laufe der nächsten Tage schauten sie sich in verschiedenen Juweliergeschäften um und wurden fündig. Vanessas Ring musste auf ihre schmalen, zarten Finger angepasst werden, aber schon zwei Tage später lagen die Ringe sicher in Julians Safe.
Eine Woche darauf stand die Einweihung kurz bevor. Von Seiten Vanessas und ihrer Eltern waren circa fünfzig Gäste geladen. Dazu gehörten auch einige Geschäftspartner, zu denen sie persönliche Kontakte pflegten. Julian lud nur seine Eltern ein und auf Bitten von Tom, auch Marina und Claus. Hätten sie ihre Finca nicht verkauft, so gäbe es jetzt keine Einweihung und ich hätte diesen schönen Fleck wohl nie entdeckt, das waren Toms Worte. Am Tag der Einweihung, einem Samstag, waren die Gäste für achtzehn Uhr geladen. Als Julian auf seine Uhr schaute, blieb gerade noch eine gute Stunde bis zum offiziellen Beginn, aber Vanessa war noch nicht von ihren Eltern zurückgekehrt.

Julian

„Ja endlich, wo bleibst du denn?", mit diesen Worten empfange ich sie ungeduldig an der Haustür und denke mir: Typisch Frau, immer auf den letzten Drücker, keiner Schuld bewusst, ganz und gar nicht nervös, die Ruhe weg. Ich darf gar nicht daran denken, wie lange sie sich im Bad aufhalten wird, wenn sie sich so perfekt schminkt, wie sie es als Model gewohnt ist. Mir ist schon jetzt vollkommen klar, dass wir zu spät kommen werden und wenn ich eins hasse, dann ist es Unpünktlichkeit.

Vanessa
Der Arme, ich sehe ihm an, dass er unter Strom steht, ich muss ihn ein wenig beruhigen.
„Bleib cool, Julian, es ist kein Geschäftstermin, meine Eltern werden die Party nicht ohne uns eröffnen. Du kannst mir ja beim Ausziehen helfen, dann bin ich schneller", fordere ich Julian auf.

Julian
Ich zögere kurz, überlege, ob sie etwas im Schilde führt. Will sie mich heiß machen, will sie mich necken, verführen, oder soll es wirklich der Zeitersparnis dienen?
Aber egal, eine Frau auszuziehen, das kann nicht falsch sein, sagt mir mein zweites Ich, das an ganz andere Dinge denkt, als Zeitersparnis.
Als sie nackt vor mir steht, flüchtet sie nicht ins Bad, um sich zu schminken, sondern wirft mir einen Blick zu, der mich fertig macht, der mir zu verstehen gibt, dass es schönere Dinge gibt als Eile. Innerhalb von Sekunden ist mein Widerstand gebrochen, warum soll ich das Klischee, „Männer sind schwanzgesteuert", nicht auch bedienen?
In meinem Unterleib zuckt es, meine Hände krallen sich in ihre zarten Po-Backen, ich drücke sie eng an mich, knabbere an ihrem Ohrläppchen, bis sich ihr Körper krümmt.
„Das Spiel, das du hier mit mir treibst, kann auch zu Verzögerungen führen", flüstere ich ihr zu, während ich mich von ihrem Ohr abwärts, in Richtung Hals küsse.

Vanessa
Seine Lippen auf meinem Hals elektrisieren mich, wecken die Lust in mir, ich vergesse alles um mich herum. Er küsst sich zwischen meinem Busen hindurch nach unten, seine Zunge berührt meinen Nabel, erneut zuckt mein Körper zusammen, ich öffne meine Beine, hoffe er küsst sich weiter nach unten, ich hätte Lust mich von seiner Zunge verwöhnen zu lassen, ja, ich glaube er fühlt es. Seine Zungenspitze hält Kurs auf mein Geschlecht, noch wenige Zentimeter, ich kann es kaum erwarten. Er ist angekommen, ich fühle seine Zunge, ganz zart, nur äußerlich, er lässt mich leiden, hat plötzlich alle Zeit der Welt, ich zerfließe vor Sehnsucht. Endlich, sie ist in mir, verwöhnt mich, schrecklich schön, meine Finger krallen sich in seine Haare, ich komme, unaufhaltsam, alleine, ohne ihn, Wahnsinn.

Julian
Ich habe die Zeit vergessen, egal, ich hoffe sie belohnt mich. Jetzt stehe ich, sie kniet vor mir nieder, schiebt meine Shorts nach unten, befreit meine Männlichkeit.
„Jetzt darfst du genießen", höre ich ihre verheißungsvolle Stimme.
Ich könnte schon einen Orgasmus bekommen, nur weil ich daran denke. Während ihre warmen, weichen, feuchten Lippen mein Geschlecht zart umschließen, ihre Zunge mit meiner Lust spielt, sich ihre Hände in meinen Hintern krallen, vergehen nur wenige Sekunden, bis ich zum Höhepunkt komme.
„Geil, das war verdammt geil", gestehe ich, als ich wieder klar denken kann.
Ich bereue nichts, es ist einfach so geschehen, völlig planlos.
„Jetzt aber schnell", fordere ich Vanessa auf und renne mit ihr im Laufschritt ins Bad.

Kurz nach achtzehn Uhr standen sie vor dem großen Spiegel im Eingangsbereich und musterten sich.
„Passt alles, wir müssen los", sagte Julian fordernd.
„Hast du das Geschenk für meine Eltern und die Ringe?", fragte Vanessa, nachdem sie schon im Wagen saßen.
„Verdammt, das kommt davon, wenn man nur Sex im Kopf hat, anstatt sich in Ruhe fertig zu machen", antwortete Julian grinsend und sprang nochmals aus dem Wagen, um die Sachen zu holen. Während der Fahrt fühlten sie sich, als ob sie gerade erst aus der Sauna gestiegen wären. Sie schwitzten ordentlich nach, was selbst die geöffneten Fenster und die gleichzeitig auf höchster Stufe laufende Klimaanlage nicht verhindern konnten. Als sie Vanessas Mutter begrüßten, war ihr anzusehen, dass ihre Gehirnrädchen ratterten, dass sie den Grund der Verspätung ganz sicher richtig interpretierte.
„Du hast noch ganz rote Wangen, mein Kind", war ihr Kommentar, der ihr Wissen verriet, mit dem sie die beiden etwas in Verlegenheit brachte.
Nachdem sie auch Vanessas Vater und Julians Eltern begrüßt hatten und alle Anwesenden mit einem Glas Champagner versorgt waren, bat Tom die Gäste kurz um ihre Aufmerksamkeit. Es gab eine fünfzehnminütige Rede, in der Tom zuerst die Gäste vorstellte, zumal sich viele untereinander nicht kannten. Er erzählte wie es dazu kam, dass es sie an diesen Ort verschlagen hatte und bedankte sich dabei auch bei Marina und Claus, die am Anfang der Kette standen. Danach stellte er Julian als verantwortlichen Architekten vor, lobte seine Kompetenz, seine Zuverlässigkeit, seine Menschlichkeit und auch

seinen Ideenreichtum, der die neue Villa erst zu dem gemacht hätte, was sie nun darstellte. Anschließend überraschte er Julian damit, dass er ihn an das Rednerpult heranwinkte und bat, ein paar Worte zu sagen. Es war zwar nicht ungewöhnlich, dass der Architekt zur Einweihung eine Rede hielt, aber in diesem Fall war Julian nicht darauf vorbereitet. So musste er improvisieren, was ihm allerdings nicht sonderlich schwer fiel.
„Vielen Dank des vollmundigen Lobes auf meine Person. Aber ich, als Architekt, bin nicht alleine dafür verantwortlich, was hier Wunderbares entstanden ist. Es ist auch eurer Kreativität zu verdanken, liebe Sabine, lieber Thomas und liebe Vanessa, dass die Villa zu einem Gesamtkunstwerk geworden ist. Auch ich konnte von euren Ideen profitieren. Trotz deines ehrgeizigen Zeitplans, danke ich dir, Thomas, dass du die Geduld aufgebracht hast, die nötig war, um die Villa wirklich bis zur letzten Ecke, bis zum allerletzten Quadratzentimeter durchzugestalten. Nochmals vielen Dank für euer Vertrauen in meine Person. Ihr wart sehr angenehme Bauherren, so, wie sie sich ein Architekt nur wünschen kann."
Vanessa strich ihrem Julian über den Kopf und lobte ihn.
„Das, was du eben gesagt hast, haben wir natürlich sehr gerne gehört. Aber auch mein Papa hat Recht. Du bist als Architekt wirklich die beste Wahl für uns gewesen."
Sabine eröffnete das Buffet, was die Gäste mit Applaus begrüßten. Es herrschte eine sehr lockere, entspannte Atmosphäre. Julian gesellte sich mit Vanessa nach und nach an die unterschiedlichen Bistrotische, damit sie ihm die Gäste persönlich vorstellen konnte. Es gab viel Lob für ihn, aber auch die Aussicht, weitere Aufträge zu erlangen. Insgesamt drei Gäste bekundeten ihren Wunsch, sich eine ebenso tolle Villa als Feriensitz oder Altersruhesitz auf irgendeinem schönen Fleck der Erde bauen zu wollen und baten Julian um Gespräche, die er sogleich für den nächsten Vormittag terminierte. Nach dem Essen gab es eine Führung, die Tom und Julian für die Gäste durchführten. Diese erstreckte sich etwas über eine Stunde und nachdem sich die Gesellschaft auf der Veranda wieder zusammengefunden hatte, war die Dämmerung schon hereingebrochen.
Sie staunten nicht schlecht, als sie die unzähligen Gläser mit den flackernden Teelichtern erblickten. Das ganze Anwesen war in ein warmes, heimeliges Licht getaucht und der Schätzung nach, waren es mehrere Hundert lodernde Flammen, die das Anwesen verzauberten. Jetzt war Julian klar, warum Vanessa so spät von der Villa zurückgekehrt war. Er war sich ziemlich sicher, dass dies ihre Handschrift war.

„Schatzi, hallo", tönte es durch die Lautsprecher.
Es war Vanessa, die am Rednerpult stand, der allerdings nicht bewusst war, dass das Mikrofon schon eingeschaltet war. Es gab mehrere Schatzis, die sich umdrehten, was ihr ein Lächeln aufs Gesicht zauberte.
„Sorry, liebe Gäste, ich hatte eigentlich nur Julian gemeint", entschuldigte sie sich lächelnd und winkte ihn mit einer Geste heran.
„Liebe Eltern, liebe Gäste, Julian ist nicht nur der Architekt dieser wunderschönen Villa, Julian ist inzwischen ein Familienmitglied geworden. Viele wissen es schon und einem Teil von euch ist es sicherlich bereits aufgefallen, wir lieben uns, wir sind ein Paar. Es ist nun schon gut ein Jahr her, dass unser gemeinsamer Lebensweg begann."
Vanessa war etwas aufgeregt, aber nach einer kurzen schöpferischen Pause und einem tiefen Atemzug, fuhr sie fort.
„Liebe Eltern, liebe Gäste, ich freue mich, dass ich unsere Verlobung in diesem Kreis bekanntgeben darf."
Während sie sich küssten und gegenseitig die Ringe ansteckten, gab es begeisternden Applaus.
Nun wendete sich Julian dem Mikrofon zu.
„Danke, danke, für euren Applaus. Die Kellner sind schon unterwegs, bitte bedient euch. Wir würden sehr gerne auf ein Glas Champagner mit euch anstoßen."
Julian, dem anzusehen war, dass er sehr gerührt war, nahm Vanessa in die Arme und küsste sie.
„Das mit den vielen Kerzen hast du wirklich toll gemacht. Das ganze Anwesen wirkt wie verzaubert."
„Zusammen mit dem Gärtner habe ich Stunden verbracht, um die dreihundert Gläser passend zu verteilen. Zum Glück half das gesamte Personal während der Besichtigung mit, sämtliche Teelichter anzuzünden."
Nachdem Sabine und Thomas gratuliert und das Verlobungspaar mit allen Gästen angestoßen hatte, gab Vanessa der Band ein Zeichen, die sogleich in moderater Lautstärke aufspielte.
„Bitte der Herr", forderte sie Julian auf, der sich selbst eher als Tanzmuffel bezeichnete. Allerdings hinderte es Vanessa nicht daran, ihn direkt auf die Tanzfläche zu ziehen.
„Häuser planen kannst du auf jeden Fall besser, als tanzen", stellte sie grinsend fest.
„Wenn du mich weiterhin so runterputzt, dann wirst du mich nicht mehr auf der Tanzfläche sehen", scherzte Julian.

„Man kann ja etwas dagegen tun", schlug Vanessa vor, was in Julian keine große Begeisterung erweckte.

Nachdem sich nun mehrere Gäste auf der Tanzfläche einfanden, fühlte sich auch Julian wohler und schaffte es, ein wenig aus sich herauszukommen. Es floss reichlich Champagner, der dafür sorgte, dass die ohnehin gute Stimmung immer ausgelassener wurde. Erst am frühen Morgen, so gegen drei Uhr, löste sich die Party auf. Vanessa und Julian waren sehr froh, nun endlich ins Bett zu kommen.

„Es war ein wunderbarer Abend", bedankte sich Julian.

„Schön, dass ich ihn mit dir verbringen durfte", antwortete Vanessa mit einem verliebten Blick.

Am späten Vormittag gab es ein gemeinsames Frühstück, danach reisten die ersten Gäste bereits ab. Julian führte am Nachmittag mit den drei Parteien Gespräche, mit denen er sich bereits am Vorabend abgesprochen hatte. Es kristallisierte sich heraus, dass es alle ernst meinten und der erste Auftrag war sozusagen in trockenen Tüchern. Julian sollte sich um die Beschaffung eines geeigneten Grundstücks oder einer Villa im Umfeld des Starnberger Sees kümmern.

Eine Woche später war Abschied nehmen angesagt. Vanessa flog für voraussichtlich vierzehn Tage zurück nach Deutschland. Ihre nächste Kollektion war kurz vor der Präsentation, zu diesem Zeitpunkt war es notwendig jede Minute in der Firma zu verbringen.

„In zwei Wochen sehen wir uns wieder", verabschiedete sich Vanessa. Während sie Julian durch die Haare strich, küsste sie ihn ein letztes Mal und verschwand winkend in der Abflughalle. Als sich Julian zuhause an seinem riesigen Schreibtisch niederließ, kam er sich in seiner Burg ziemlich einsam vor. Ja, Vanessa war zu einem Teil seines Lebens geworden und er war sicher, dass er sie sehr vermissen würde. Aber es hatte auch etwas Gutes an sich, denn er konnte sich nun voll auf seinen neuen Auftrag konzentrieren. So nahm er sich für heute vor, alle in Frage kommenden Makler zu kontaktieren. Als die Türglocke ertönte, schaute Julian auf seine Uhr. Es war gerade Elf, um diese Uhrzeit konnte es eigentlich nur der Bauer sein, welcher ihn täglich mit frischem Obst und Gemüse belieferte.

Julian
Ich öffne die Tür, um meine Kiste wie gewohnt entgegen zu nehmen, aber es ist nicht der Bauer, der vor der Tür steht, sondern eine bildhübsche, junge Frau, die mich anstrahlt wie die aufgehende Sonne. Ihr Blick trifft mich wie ein Blitz, der meinen ganzen Körper durchzuckt. Ich spürte sofort, dass es sich um einen magischen Augenblick handelt, einen Augenblick, in dem gerade etwas Unerklärliches passiert, etwas, dem ich mich nicht entziehen kann. Ich fühle, dass es der jungen Frau ebenso ergeht, denn sie steht mit ihrer Kiste da, wie angewurzelt. Erst nachdem sie sich kurz räuspert, findet sie Worte.

Lisa
„Hallo, ich bin Lisa. Ich bin für die nächsten Wochen zu Besuch bei meinem Vater und helfe ihm in dieser Zeit, die Bestellungen auszuliefern", stottere ich schon fast, während ich gerade nicht verstehen kann, was dieser umwerfend gutaussehende, mich vollkommen einnehmende Mann mit mir macht.

Julian
Auch ich stehe irgendwie auf dem Schlauch, benötigte einige Zeit, um auf die Idee zu kommen, mich vorzustellen.
„Ich bin Julian, vielen Dank für die Lieferung."

Lisa
„Sie müssen mir die Kiste schon abnehmen", erinnere ich meinen Kunden, da er keine Anstalten macht die Ware an sich zu nehmen.

Julian
„Entschuldigung", stammele ich kurz und taste nach der Kiste, während ich meinen Blick auch weiterhin nicht von Lisas magischen Augen lösen kann. Ich erschrecke, als mir die Kiste plötzlich aus den Händen rutscht. Wir reagieren beide gleichzeitig, um die Ware zu retten und stoßen ungeschickt mit unseren Köpfen zusammen.
„Aua, Sorry", wir entschuldigen uns gegenseitig und amüsieren uns, trotz des schmerzlichen Zusammenstoßes.

Lisa
Während wir uns anlächeln kommt es mir vor wie ein Wink des Schicksals, ein Zeichen, ein erster, ungewollter Körperkontakt. Ich fühle mich ganz

komisch, mein ganzer Körper ist plötzlich von einer, mir bisher völlig unbekannten, Energie geladen. Ich möchte ihn küssen, auf der Stelle, mit der Kiste in den Händen könnte er sich kaum wehren, ich kann mich nur mit Mühe im Zaum halten.

Julian
Ich muss das beenden, bevor etwas Schreckliches passiert, was ich hinterher ganz bestimmt bereue. Nach einem „Tschüss, Danke", schließe ich hastig die Haustür.
Ich bin mir sicher, dass Lisa ebenso erstarrt vor der Tür steht, wie ich dahinter. Intuitiv schalte ich die Kamera der Sprechanlage ein und sehe, dass sie direkt in die Linse blickt.
Ich erschrecke, fühle mich ertappt, es kommt mir so vor, als ob sie mir tief in die Augen schaut, als ob sie genau weiß, dass ich sie beobachte. Als ich mich in meinem Büro niederlasse, fühle ich mich wie erschlagen.
Was war das eben, was ist da gerade mit mir passiert?, frage ich mich, aber finde keine Erklärung. Nur eines ist mir klar: Diese außergewöhnliche Frau übt eine magische Anziehungskraft auf mich aus. Ich versuche mich an ihr Gesicht zu erinnern, aber ich schaffe es nicht, es sind alleine ihre Augen, die sich in mein Gedächtnis eingebrannt haben. Ich muss mich ablenken, beschließe ich, und versuche mich auf meine Arbeit zu konzentrieren.

Während es am nächsten Tag wieder auf elf Uhr zuging, wusste Julian nicht, ob er sich freuen oder eher fürchten sollte. Als es klingelte, schreckte er förmlich auf. Wovor habe ich eigentlich Angst, überlegte er, während er noch zögernd an der Haustür stand und den Drücker bereits in der Hand hielt. Es ist doch nur eine nette junge Frau. Er fasste sich ein Herz, öffnete die Tür und bemühte sich ganz normal und locker zu wirken.
„Guten Morgen Lisa", grüßte er.
Aber bereits mit ihren drei Worten „Guten Morgen Julian", war es aus mit seiner Coolness. Sie trafen wie eine starke Hitzewelle auf seinen Körper, der er sich nicht erwehren konnte. Es gab nur eins, Ware übernehmen, tschüss und Tür zu. Aber auch heute war es wie ein innerer Zwang, dass er die Türkamera anschaltete und in ihre magischen Augen blickte. Julian sah es deutlich, dass es ihr ebenso erging wie ihm. Ich glaube, ich träume gerade, versuchte er sich einzureden. Das, was zwischen uns beiden vorgeht, das kann und darf es nicht geben. Ja, es war schon eine Art von Angst, die in ihm

aufkam. Er musste an Vanessa denken, um die er sich große Sorgen machte. Gerade erst hatten sie sich verlobt, es fühlte sich alles so gut an. Sie hatten sich aufeinander eingespielt, ihr Leben eingerichtet und daran durfte sich auf keinen Fall etwas ändern. Kurz entschlossen rief er bei Lisas Vater an und bat ihn, dass Lisa die Kiste in den nächsten Tagen einfach an der Haustür abstellen sollte, da er geschäftlich unterwegs sein würde. Als er am Abend mit Vanessa telefonierte, spürte er diese Vertrautheit wieder, die zwischen ihnen herrschte. Das ist mein Leben, dachte er. Du darfst es nicht zerstören, du darfst Vanessa nicht enttäuschen.

„Du wirkst heute so abwesend, ist irgendetwas passiert?", fragte Vanessa plötzlich und riss Julian damit aus seinen Gedanken.

„Tut mir leid, ich war gerade noch ein wenig abgelenkt. Mein neuer Auftrag, du weißt ja wie es ist, wenn man sich voll reinhängt", versuchte er sich zu entschuldigen.

„Sollte ja auch kein Vorwurf sein. Ich vermisse dich sehr, Schatz."

„Ich dich auch."

Nachdem sie sich verabschiedet hatten, lehnte sich Julian in seinem Chefsessel weit zurück. Es war die Wahrheit, er vermisste Vanessa wirklich sehr. Er durfte ihre Beziehung nicht aufs Spiel setzen.

Am Tag darauf saß er wieder in seinem vertrauten Büro und versuchte sich auf seine Arbeit zu konzentrieren. Bereits ab zehn Uhr dreißig kreisten seine Gedanken jedoch immer um das gleiche Thema. Er wusste, dass sie wieder läuten würde, aber er war nicht da. Er würde an seinem Schreibtisch sitzen bleiben und warten, bis sie gehen würde. Obwohl er damit rechnete, schreckte er auf, als die Glocke ertönte. Bleib ganz ruhig, dachte er sich, aber sein Puls raste bereits. Hände auf den Tisch, sitzen bleiben und abwarten war angesagt. Er schaffte es jedoch nicht, dieses Wesen komplett zu ignorieren. Es war wie ein innerer Zwang, so drückte er den entsprechenden Knopf, um die Kamera der Sprechanlage zu aktivieren. Eine Sekunde später sah er ihr Gesicht auf dem Monitor. Er erschrak förmlich, fühlte sich wieder einmal ertappt, als er ihr direkt in die Augen blickte. Es war Lisa anzusehen, dass sie es spürte. Sie wusste, dass er anwesend war und sie wusste ebenso, dass er ihr gerade in die Augen blickte. Als ihre vollen Lippen so nahe kamen, dass sie seinen ganzen Monitor ausfüllten und sich zu einem Kuss formten, schaltete er die Kamera hastig ab.

Julian fühlte es nicht, aber er sah, dass seine Hände zitterten. Nicht nur das, er war innerlich völlig aufgewühlt. Erst als ihr Dreirad mit dem knatternden

Zweitaktmotor davonfuhr, war er wieder in der Lage klar zu denken. Er ging nach draußen, um die Kiste hereinzuholen, die er nun in der Küche abstellte. Julian wusste nicht wirklich warum, aber er durchsuchte sie instinktiv und wurde fündig. Ein ganz kleines, rosafarbenes Kuvert steckte zwischen den Tomaten. Mit zitternden Händen riss er es auf, zog das kleine Zettelchen heraus und klappte es auf. Da waren sie wieder, diese prallen Lippen, zu einem Kussmund geformt, aus rotem Lippenstift. Darunter standen nur drei Worte:
„Ich liebe dich."
So sehr er sich bemühte sich ihrer Aura zu entziehen, sich mit allen möglichen Dingen abzulenken, er schaffte es nicht. Wie kann sie das so einfach sagen, sie kennt mich doch gar nicht, dachte er. Sie muss verrückt sein, so einfach geht das nicht. Aber er wusste, dass es die Wahrheit war, weil er selbst das gleiche, unglaubliche Gefühl empfand. Schon alleine ihr Blick hatte ausgereicht, das zu vermitteln, was auf dem Zettel geschrieben stand. Ein Blick sagt mehr als tausend Worte, das traf in diesem Fall absolut zu, aber dieses Wesen war tabu für ihn. Spontan rannte er in Richtung seines Pools und sprang mitsamt Shorts und T-Shirt hinein, um in die Wirklichkeit zurückzukehren. Das frische Wasser erdete ihn und nach gefühlten einhundert geschwommenen Bahnen, ging es Julian wieder besser.
Als er sich am Abend schlafen legte, spürte er seine innere Unruhe wieder. Er konnte sich nicht erklären, warum ihn gerade diese Lisa so sehr beschäftigte. Je länger er darüber nachdachte, umso mehr wurde ihm klar, dass es nicht die Angst vor Lisa war, sondern die Angst davor, schwach zu werden. Es war die Angst vor sich selbst, die Angst davor, einen unverzeihlichen Fehler zu begehen. Als das Telefon klingelte, schreckte Julian auf. Es war Vanessa, die ihm auf seinem Handydisplay entgegenlächelte. In der Regel meldete sie sich zu dieser späten Stunde nicht mehr, aber Julian war heute auch etwas früher zu Bett gegangen als sonst üblich.
„Hast du schon geschlafen, Julian?"
„Ich habe mich gerade hingelegt, bin aber noch wach gewesen. Ist irgendetwas passiert?"
„Nein, tut mir leid, dass ich dich zu dieser Zeit störe, es war so etwas wie eine innere Eingebung, die Sehnsucht, deine Stimme zu hören. Geht es dir gut?"
„Es ist alles in Ordnung, Vanessa."
„Liebst du mich?"
„Ich liebe dich Vanessa."

„Ich dich auch. Dann gute Nacht, träum was Schönes von mir", verabschiedete sie sich und gab einen Kuss durch den Hörer.
Julian fühlte sich nicht wirklich gut nach diesem Anruf. Er fühlte sich schuldig für etwas, das gar nicht geschehen war. Hatte er eben die Wahrheit gesagt? Hatte er seine Verlobte gerade eben belogen? Er wusste es selbst nicht mehr was richtig und falsch war. Seine Gedanken plagten ihn bis tief in die Nacht hinein, bis er endlich seinen Schlaf fand.

Am nächsten Tag, nach einem ordentlichen Frühstück und zwei Tassen starkem Kaffee, fühlte sich Julian wieder voller Tatendrang. Er war sich ganz sicher, dass er Lisa heute nicht wiedersehen würde, weder die Tür öffnen, noch die Kamera einschalten würde. Er überlegte sogar sein Haus zu verlassen, aber diese Idee kam ihm, für einen erwachsenen Mann, ziemlich lächerlich vor. Trotzdem rutschte er bereits um zehn Uhr nervös auf seinem Chefsessel hin und her.

Julian
Ich schrecke auf, als es um punkt Elf läutet. Mein Vorsatz, mich ihrem Bann zu entziehen, löst sich schlagartig in Nichts auf, im Gegenteil, diese unheimliche Macht erfasst mich umso mehr. Ich fühle mich wie ein zappelnder Fisch an der Leine eines Anglers, der gnadenlos hingezogen wird, zu diesem unheimlichen Wesen, um mit Haut und Haaren verschlungen zu werden.
Schon stehe ich an der Haustür, öffne sie rein mechanisch, ohne dass ich es möchte, wie eine durch Fäden gesteuerte Marionette. Da steht sie, splitternackt, direkt vor mir, ich halluziniere, ganz sicher, ich halluziniere. Es ist ein Angriff, ein ungleicher Angriff mit unschlagbaren Waffen. Ihre weiblichen Rundungen, ihre vollen Brüste, ihre unheimliche Ausstrahlung, ich habe verloren, es ist wirklich ein ungleicher Kampf, ich besitze nichts, um mich zu verteidigen.
Möchte ich mich denn wehren? Ist es nicht besser, sich kampflos zu ergeben? Nein, es ist bestimmt nur ein Traum, ein Traum, den ich gerne zu Ende träumen möchte. Sie kommt auf mich zu, diese unheimliche Fee, ein Märchen, es muss ein Märchen sein. Sie krallt sich mein Hemd, zieht mich erbarmungslos an sich heran, ich spüre ihre vollen Lippen auf den meinen, sie saugt mich aus, nein, kein Märchen, ein Vampir vielleicht, sie ist ein Vampir aus einer fremden Welt, mit überirdischen Kräften. Meine Knöpfe fliegen davon, ich fühle Hände, Hände an meinem nackten Oberkörper, Hände, die

sich an meinem Gürtel zu schaffen machen. Ich schwitze, ich koche, ich bin heiß. Bitte hör nicht auf, du süßer Traum.
Plötzlich bin ich nackt, ebenso nackt wie dieses Fabelwesen, sie springt mich an, ich packe ihre füllingen Hinterbacken, alles regt sich in mir, bitte geh weiter, du süßer, geiler Traum. Ich schreite in Richtung Küche, ihr süßer Hintern sitzt plötzlich auf der Arbeitsplatte. Die Fee lehnt sich nach hinten, bietet sich an, stützt sich mit ihren Ellbogen ab, spreizt ihre Beine, zeigt ihre Versuchung. Es ist ein Film, es ist ein Film, das ist nur Fernsehsex, ich führe ihre Beine über meine Schultern, ja, so läuft es im Fernsehen, hör nicht auf du geiler Traum, nicht in diesem Moment, kurz vor der Vollendung. Jetzt bist du dran, du unwiderstehliches Weib, ich dringe ein, in die süße Höhle, geil, geil, diese vollen Möpse, Stoß und Stoß und Stoß, hör nicht auf du süßer Orgasmus, halt an, halt an. Ernüchterung.
„Hallo, ich bin es, Lisa, erkennst du mich nicht wieder", spricht es, das Fabelwesen und sie scheint mich zu meinen. Es hörte sich gerade an wie im richtigen Leben.
„Ja natürlich, Lisa", stottere ich verdutzt, während sich mein Traum ganz plötzlich verabschiedet.
Ich ahne schon, etwas Fürchterliches ist geschehen, es war weder Film noch Traum, noch sonst etwas Unerklärliches. Sie fühlt sich echt an, warm und weich, ein Mensch aus Fleisch und Blut. Intuitiv nehme ich meine Hände von ihren füllingen Brüsten. Es war einfach ein Fick, ein geiler Fick, der geilste Fick meines Lebens, Punkt.
Noch immer stehe ich zwischen ihren gespreizten Schenkeln, ziemlich sprachlos, willenlos, und weiß mir nicht zu helfen.

Lisa
Was habe ich getan?, frage ich mich. Ich bin verrückt, wir sind verrückt, das was geschehen ist, ist verrückt, aber unbeschreiblich schön gewesen. Ich richte mich auf, drücke ihn an mich, presse meine Lippen auf die seinen, möchte ihn für immer festhalten.

Julian
Ich weiß, es wird mein Leben verändern.
Ich spüre ihre Lippen, ihre leidenschaftlichen Küsse, ihren warmen Körper, der sich an mich schmiegt. Noch immer bin ich in ihr, mag mich nicht lösen. Es fühlt sich an wie Himmel und Hölle zugleich.
„Wir müssen reden", höre ich mich sagen.

Lisa
Ich kann im Moment nicht denken.
„Ich muss weiter", antworte ich, um der Situation zu entkommen.
„Willst du noch duschen?", fragt er.
Ich nehme dankend an und bitte ihn in der Zwischenzeit meine Kleidung von der Ladefläche des Dreirads zu holen.
Wenig später drücke ich ihm einen Zettel mit meiner Handynummer in die Hand und verabschiede mich.

Julian
„Tschüss, du geiler Bock", sprach das Wesen und entschwand, noch bevor ich einen Gruß über die Lippen bringe. Hilflos sinke ich auf dem Eingangspodest nieder und blicke der Wolke aus Staub und Abgasen hinterher, die das Dreirad hinterlässt.
Noch immer sitze ich da wie angewurzelt, ich muss nachdenken, herausfinden was das eben war, was mit mir passiert ist. Ich wollte das nicht, habe versucht mich zu wehren, bin einfach schwach geworden und das Schlimme daran ist, dass ich es nicht bereue. Vanessa, es tut mir leid, ich wollte dich nicht verletzen. Ich weiß nicht wie es mit uns beiden weitergehen soll. War das mit Lisa einfach nur Sex? Nein, war es nicht, ich weiß die Antwort bereits, tief in meinem Herzen spüre ich es. Es war nicht nur Sex, es gibt etwas zwischen uns, das ich mir nicht erklären kann. Ist das etwa die wahre Liebe? Liebe ich Vanessa vielleicht nicht wirklich? Habe ich Liebe mit Zuneigung verwechselt?
Am späten Abend nehme ich den Zettel mit ihrer Telefonnummer zur Hand und rufe sie an.
„Julian?" meldet sie sich.
„Ja, ich bin es, hallo Lisa. Ich muss dringend für mehrere Tage ins Ausland, können wir am Montagabend miteinander reden?"
„Ich bin da", antwortet sie knapp.
Ich schlage als Treffpunkt einen abgelegenen Parkplatz vor. Neutrales Gebiet sozusagen und weit genug von meiner Burg entfernt.

Kapitel 7: Wahre Liebe?

Die nächsten Tage war Julian sehr eingespannt. Er besichtigte alle Grundstücke und Villen rund um den Starnberger See, die für seinen Bauherrn in Frage kamen. Die Verhandlungen waren sehr umfangreich und gestalteten sich als schwierig. Allerdings kristallisierten sich im Laufe der Gespräche zwei Objekte heraus, die er seinen Auftraggebern vorstellen wollte. Als Vanessa am Abend anrief, war sie enttäuscht von Julian.
„Warum hast du mir nicht gesagt, dass du in Deutschland bist? Ich bin nur eine knappe Autostunde von dir entfernt und hätte dich heute besuchen können, aber jetzt ist es leider schon zu spät", beschwerte sie sich.
„Tut mir leid, ich habe im Moment so viel um die Ohren, ich wusste nicht ob Zeit für dich bleiben würde."
„Ein oder zwei Stunden am Abend wirst du doch für deinen Schatz erübrigen können. Wie sieht es morgen aus?", fragte sie gekränkt.
„Ab zwanzig Uhr müsste es möglich sein, das kann ich mir einrichten", antwortete Julian, dem nicht wohl bei der Sache war. Das Gespräch mit Lisa stand noch bevor und er hatte keinerlei Vorstellung, was er sich davon erwartete. Das was passiert war, konnte er im Moment nicht einordnen. Julian wusste nicht wirklich wo er stand, aber er ahnte bereits, dass sein Herz auch für Lisa schlug. Vielleicht sogar mehr als das. Er verglich es mit seiner ersten großen Liebe zu Nadine. Damals war er so sehr verliebt, oder besser gesagt, verschossen gewesen, dass rationale Überlegungen nicht mehr möglich waren. Die Gefühle bekamen Oberhand und drängten den gesunden Menschenverstand in den Hintergrund. Allerdings war die Liebe damals nur einseitig und Nadine empfand nicht das Gleiche für ihn.
Natürlich hatte er Angst, dass es Vanessa spüren oder ihm sogar ansehen würde, dass es etwas zu verschweigen gab. Er war fremd gegangen, ohne es geplant zu haben, eigentlich gegen den eigenen Willen. Vanessa würde es ganz anders sehen, so wie jeder Außenstehende. Er hatte eine andere Frau gebumst, Punkt, aus. Aber er war noch nicht so weit, mit Vanessa darüber zu reden, es war alles viel zu frisch. Julian besaß im Moment weder den Mut dazu, noch war er sich über seine eigenen Gefühle im Klaren. Nur eins war ihm bewusst, er war nicht in der Lage diese Lisa aus seinen Gedanken zu verbannen.
Am nächsten Abend, kurz vor zwanzig Uhr, klingelte das Zimmertelefon und die Rezeption meldete Vanessa an. Wenig später klopfte es an der

Zimmertür. Julian spürte wie sich sein Herzschlag beschleunigte, aber nicht aus Liebe, sondern weil er nervös war, wie vor einer Klausur in seiner Studienzeit. Noch während er vor der Tür stand und den Drücker in der Hand hielt, klopfte es ein zweites Mal.
„Na endlich, hab schon gedacht du bist nicht da", sprach Vanessa, während sie mit offenen Armen strahlend auf Julian zuging.
Arm in Arm, standen sie im Türrahmen und für Vanessa fühlte es sich an, als ob sie sich schon über Monate nicht gesehen hätten. Sie küsste Julian zärtlich und er erwiderte ihre Küsse, währenddessen ihn sein schlechtes Gewissen plagte.
„Ich habe dich sehr vermisst, Julian. Schön, dass ich bei dir sein kann. Aber du wirkst so abwesend, ist irgendetwas?"
„Nein, alles in Ordnung, ich bin nur ein wenig gestresst. Ich könnte frische Luft gebrauchen. Wollen wir ein Stück am See entlanglaufen?"
„Gute Idee, etwas Bewegung würde auch mir guttun, der Abend ist ja noch lang genug", stellte Vanessa fest und lächelte Julian erwartungsvoll an.
Die Andeutung von Vanessa war eindeutig. Die Vorstellung, dass sie später noch mehr von ihm erwartete, war einerseits eine sehr schöne Vorstellung, aber gleichzeitig schlug ihm der Gedanke daran auf den Magen. Es war sein schlechtes Gewissen, das ihn nun umso heftiger plagte. Hand in Hand schlenderten sie am See entlang. Das Wetter zeigte sich nicht gerade von seiner besten Seite, weshalb nur sehr wenige Spaziergänger unterwegs waren. Vanessa fröstelte, als der frische Wind ihre Kleidung durchdrang.
„Nicht gerade besonders gemütlich heute", stellte sie fest, während sie sich an Julian anschmiegte.
Trotzdem konnte sie diesen Spaziergang genießen. Sie liebte das Knirschen der feinen Kieselsteine, den fischigen Geruch des Seewassers, aber in erster Linie die Nähe zu Julian.
„Da vorn ist ein schönes Restaurant mit Blick auf den See. Wir könnten dort zu Abend essen und uns dabei ein bisschen aufwärmen", schlug Julian vor.
Während sie sich gegenseitig Kostproben des vorzüglichen Essens in den Mund schoben, trafen sich ihre Blicke immer wieder. Wie soll ich ihr widerstehen?, fragte sich Julian. Ich kann ihr ansehen, wie sehr sie mich liebt. Ihre Augen, ihr warmherziger Blick, dem auch ich mich nicht zu entziehen vermag. Natürlich liebe ich Vanessa, hätte ich mich sonst mit ihr verlobt? Sie ist so liebenswert, so sympathisch, aber vermutlich auch sehr zerbrechlich. Es ist unser beider Leben, das ich aufs Spiel gesetzt habe. Vielleicht ist diese Lisa nur eine Nymphomanin, auf die ich hereingefallen bin? Nein, es hat sich

ganz anders angefühlt. Ich habe Angst davor, dass es das ist, was ich tief in meinem Inneren bereits spüre. Ich muss es Lisa sagen, dass ich sie nicht mehr sehen kann. Ich möchte Vanessa nicht verletzen, aber könnte sie mir jemals verzeihen, dass ich mit einer Frau geschlafen habe die ich gar nicht kenne, sozusagen mit einer völlig fremden Frau, ganz spontan? Dass wir uns wie zwei sexgierige Monster verschlungen haben? Würde sie mir das verzeihen? Aber das ist nicht das Ausschlaggebende, überlegte Julian. Ich könnte es Vanessa weder auf Dauer verheimlichen, noch könnte ich es ihr beichten. Vielleicht bleibt mir gar nichts anderes übrig, als mich von ihr zu trennen.
„Schatz, wo bist du?"
„Entschuldige, ich bin heute etwas neben der Spur, tut mir leid."
„Wollen wir gehen? Vielleicht kann ich dich im Bettchen ein wenig von deinem Alltag ablenken?", schlug Vanessa mit verheißungsvollem Blick vor.
So machten sie sich auf den Weg zum Hotel. Vanessa war gut gelaunt, sie strahlte es förmlich aus, dass sie sich auf den Rest des Abends freute.

Julian
Mir ist schon zum jetzigen Zeitpunkt klar, dass ich ihrem Angebot nicht widerstehen kann. Ich weiß, dass ich nicht in der Lage sein werde, sie abzuweisen. Welche Ausrede steht einem Mann zur Verfügung?, frage ich mich. Die klassische Migräne ist von den Frauen besetzt, die würde sie bestimmt nicht gelten lassen und wenn ich mich geistig so sehr ablenken könnte, um eine Erektion zu verhindern, wüsste sie ohnehin Mittel, ihn schnell zum Stehen zu bringen. Noch bevor ich mit meinen Überlegungen am Ende bin, ist es so weit. Ich stehe nackt vor dem Bett und Vanessa hebt die Decke einladend für mich an. Es gibt kein Entrinnen mehr.

Vanessa
Ich sehe ihm an, dass seine Gedanken nicht frei sind, knipse das Licht aus, um alles auszublenden was ihn ablenken könnte, damit er besser abschalten kann und um unseren Gefühlen möglichst viel Raum zu geben. Ich werde ihn schon in Stimmung bringen, denke ich mir, rutsche ein Stück nach unten, unter die Decke und schiebe seine Beine mit meinen Füßen auseinander. Ich küsse mich von seinem Hals abwärts, über seine Brustwarzen, seinen Nabel ganz langsam weiter nach unten. Er scheint sich zu entspannen, ich bin am Zentrum der Lust angekommen, spiele mit seinem Geschlecht, das langsam Form annimmt. Stülpe meine Lippen über seine Eichel, sauge, bringe meine Zunge zum Einsatz.

Julian
Meine Lenden zucken, meine Lust drängt sich unweigerlich in den Vordergrund, ich wollte nicht mit ihr schlafen, Wahnsinn, was ihre vollen Lippen anrichten, wollte erst mit Lisa sprechen, nein, sie saugt, ihre Zunge berührt ihn, meine Nervenbahnen zucken, meine Lust explodiert schlagartig, Flucht nach vorn, es gibt kein Zurück mehr, ich denke nur an mich, lasse meinen Orgasmus kommen.
„Sorry, dass du nichts davon hattest, ich konnte mich nicht mehr zurückhalten", entschuldige ich mich und bin nun froh, dass es keinen richtigen Sex geben wird.

Vanessa
„Dass du so schnell kommst, damit habe ich wirklich nicht gerechnet. Es liegt wohl an der langen Abstinenz", sage ich, um ihm ein schlechtes Gewissen zu ersparen.
„Du kannst es mir auch auf diese Art besorgen", schlage ich vor und rolle mich auf den Rücken. Er rutscht unter der Decke nach unten, ich fühle seinen festen Griff an meinen Fesseln, er öffnet meine Beine, fixiert mich. Einen Moment lang passiert nichts, jede Sekunde warte ich auf seine Berührung, er lässt mich warten, ich krümme mich schon vor Lust, ein Blitz durchzuckt mich, als ich seine Lippen spüre, mich seine Zunge verwöhnt. Ich bäume mich auf, während mich die Welle der Lust überrollt.
„Es war so schön, dass ich es kaum aushalten konnte", lobe ich ihn, während wir uns eng aneinander kuscheln und kurz darauf Arm in Arm einschlafen.
Als Julian am nächsten Morgen aufwachte, schlief Vanessa noch. Ihr hübsches Gesicht strahlte Zufriedenheit aus, Geborgenheit, aber auch Verletzlichkeit. So sah es Julian zumindest, wodurch sich sein schlechtes Gewissen erneut meldete. Aber er wusste, dass Vanessa direkt nach dem Frühstück abreisen würde, was ihn ein wenig beruhigte. Bis zum nächsten Zusammentreffen blieben ihm ein paar Tage Zeit, die er nutzen musste, um die unglückliche Situation zu bereinigen.
„Bleib sauber", rief ihm Vanessa beim Abschied zu, worüber Julian kurz erschrak, aber er war sicher, dass es sich nur um eine Floskel handelte und keine Anspielung darauf war, dass sie etwas ahnte.

Die Besichtigungen und Verhandlungen am Starnberger See waren vorläufig abgeschlossen. Nun lag es an Julians Auftraggeber zu entscheiden, welchem der beiden in Frage kommenden Anwesen er den Vorzug geben wollte. Nachdem Julian die Vor- und Nachteile der Objekte ausführlich dargestellt hatte, gab es vorerst nichts mehr zu tun. So konnte er nach Hause fliegen, um andere Aufträge in Angriff zu nehmen und seine privaten Probleme zu lösen.

Am Sonntagabend klingelte das Telefon. Julian vermutete einen Anruf von Vanessa und nahm das Gespräch an, ohne auf das Display zu schauen.

„Hallo!"
Es meldete sich niemand, aber er hörte den gleichmäßigen Atem. Julians Puls schoss schlagartig in die Höhe und er verspürte sogleich ein Gefühl in seinem Körper, das ihn vollkommen einnahm, ein Gefühl, das er nicht wirklich beschreiben konnte. Er wusste nicht, ob es sich um Wohlsein, Unwohlsein oder vielleicht sogar um unbändiges sexuelles Verlangen handelte. Ja, sie musste es sein. Diese unglaubliche Fee, deren Zauber er sich nicht entziehen konnte, die ihn vollkommen in ihren Bann zog. Er blickte auf die übertragene Telefonnummer und sah, dass ihn sein Gefühl nicht täuschte.
„Lisa?"
„Ich vermisse dich so sehr."
„Lisa, so geht das nicht."
„Ich begehre dich Julian, ich kann vor Sehnsucht nach dir schon nicht mehr schlafen."
„Es geht nicht Lisa, ich kann nicht, ich bin gebunden."
„Ich weiß es von meinem Vater, aber ich kann meine Gefühle deshalb nicht einfach abstellen, ich liebe dich."
„Bitte Lisa, lassen wir es für heute, wir sehen uns morgen, wie vereinbart."
„Gute Nacht Julian, ich werde von dir träumen."
„Gute Nacht Lisa."

Julian musste sich kurz schütteln. Er hatte Gänsehaut, nicht nur auf den Armen, sondern am ganzen Körper. Er war über sich selbst verärgert, weil er nicht in der Lage war, sich der Aura dieses Wesens zu entziehen. Er sah einfach keinen gangbaren Weg. Julian bereute, dass es passiert war, trotzdem war dieser sexuelle Überfall eine unglaublich schöne und magische Erfahrung gewesen, an die er sich sehr gerne erinnerte. Er versuchte zwar, sie zu verdrängen, aber dieser unglaubliche Film lief in seinen Gedanken immer wieder von neuem ab, so sehr er sich auch wehrte. Julian musste in dieser Nacht an Lisa, aber auch an Vanessa denken. Als er am nächsten Morgen

aufwachte, wusste er nicht, ob er seine nächtlichen Gedanken in die Kategorie Traum oder Albtraum einordnen sollte. Kann es sein, dass ich zwei Menschen liebe?, überlegte er. Vielleicht ist es ein Fehler der Natur, dass ein Mensch, welcher liebt, trotzdem empfänglich ist für eine weitere Liebe.
Warum gibt es eigentlich keine Liebesrezeptoren, die an den entsprechenden Hormonen andocken und sie für eine weitere Liebe blockieren? Aber bei Lisa fühlt sie sich so anders an, so massiv, so kraftvoll, so, als ob ich mich nicht dagegen wehren könnte. Eine Liebe, die einen schon im ersten Augenblick erfasst wie die Welle eines Tsunami, gnadenlos, ohne Erbarmen. Eine Liebe, die man spürt, noch bevor man ein Wort miteinander gesprochen hat. Eine Liebe, die schon da ist, noch bevor man sich kennengelernt hat. Eine Liebe, der man sich nicht entziehen kann. Ist das die wahre Liebe? Ist es das, was ich bei Lisa spüre? Ich fühle mich in ihrer Anwesenheit völlig handlungsunfähig, willenlos, gefangen wie in einem Käfig, nur wir zwei, ganz nah beieinander, ohne Aussicht auf Entkommen. Ist das was ich für Vanessa empfinde denn wirklich Liebe? Eine Liebe, die sich ganz langsam entwickelt hat, die ich aber ebenso spüre? Ich vermisse Vanessa, wenn sie nicht da ist, ich fühle mich gut, wenn sie in meinen Armen liegt. Bisher war ich mir ganz sicher, dass unsere Verlobung der richtige Schritt war, aber inzwischen weiß ich gar nichts mehr.
Julian beschloss, sich mit Arbeit abzulenken und nicht weiter zu philosophieren. Es war ihm klar, dass es für das Treffen mit Lisa am heutigen Abend keinen Plan geben konnte. Er wusste seine Gefühle ja selbst nicht einzuordnen. So war er der Überzeugung, dass sich, in der kurzen Zeit bis dahin, nichts mehr an dieser Tatsache ändern würde. Bereits am Nachmittag rutschte er nervös auf seinem Chefsessel hin und her. Eine Stunde vor dem vereinbarten Zeitpunkt entschloss er sich, den Weg bis zum Parkplatz zu Fuß zu gehen. Vielleicht erdet mich das wieder ein wenig, war seine Überlegung. Er lief sehr gerne und nach dem Büroalltag konnte etwas Bewegung ohnehin nicht schaden.
Kurz vor achtzehn Uhr kam er am vereinbarten Treffpunkt an. Der Parkplatz lag sehr günstig, am Rande der Felsen und wurde in erster Linie als Aussichtspunkt genutzt. Er bot einen herrlichen Blick auf das Meer und die angrenzenden Felsformationen. Julian kannte den schmalen Pfad, der über verschiedene Felsbrocken hinunter zum kleinen Strand führte. Ihn zu begehen war sehr mühsam, weshalb der Strand nur selten genutzt wurde. Julian blickte über das weite Meer, aber er sah es nicht. Er war so in Gedanken, dass er erschrak, als Lisa, die ebenso zu Fuß kam, plötzlich hinter ihm stand.

Julian
Ich habe sie nicht kommen gehört, kann ihre Anwesenheit jedoch spüren. Schon als ich mich umdrehe, bricht mein Widerstand in sich zusammen. Ich fühle mich zu schwach, der Versuchung zu entsagen. Sind es ihre großen, runden, bernsteinfarbenen Augen, ist es ihr Gesicht, ihre Körperhaltung, oder ihre Ausstrahlung, die mich gefangen nehmen? Ich weiß es nicht warum mich diese Frau so in ihren Bann zieht, mich völlig wehrlos macht. Als sie sich an mich schmiegt, lasse ich es einfach geschehen. Sie umarmt mich, drückt mich, küsst mich leidenschaftlich, ich küsse zurück, das Feuer brennt. Ich weiß, wir werden uns gleich wieder die Kleidung vom Leib reißen, ohne ein Wort miteinander zu reden, ich habe meine Hände nicht mehr unter Kontrolle.

Lisa
Obwohl ich es lieber geschehen lassen würde, nehme ich seine Hände von meinem Hintern.
„Wir sind zum Reden hier", unterbreche ich unser Tun, für das wir keine Worte bräuchten.
„Ich liebe dich Julian, ich liebe dich mehr als alles auf der Welt", sage ich ihm direkt ins Gesicht und ich spüre, dass er keine Sekunde an meinen Worten zweifelt.

Julian
Verdammt, sie spricht die Wahrheit, ich weiß es, weil ich ebenso unheilbar vom Virus der Liebe befallen bin wie sie. Ich kann sie nicht belügen, ihr sagen, dass ich sie nicht liebe, ihr sagen, dass alles ein Missverständnis, ein Fehler war. Sie verdient es, die Wahrheit zu erfahren.
„Lisa, ich liebe dich auch, ich bin verrückt nach dir, ich denke im Moment nur noch an dich, aber es geht nicht, ich kann und darf es nicht zulassen. Gerade erst habe ich mich verlobt. Bis zu dem Zeitpunkt, als ich dich das erste Mal sah, war meine Welt noch in Ordnung. Ich war der Überzeugung, dass ich Vanessa, meine Verlobte, wirklich liebe. Ich darf sie nicht verletzen, es wäre ungerecht ihr gegenüber, ich kann nicht glauben, dass ich mich so getäuscht haben soll."

Lisa
„Gegen die wirkliche Liebe bist du machtlos, Julian. Du kannst nicht dagegen ankämpfen, nicht auf Dauer. Ich bin sicher, du spürst es ebenso wie ich. Auch für mich ist dieses unbeschreibliche Gefühl ganz neu. Schon vom ersten Augenblick an habe ich gespürt, dass es etwas ganz anderes ist, als das, was ich bisher erfahren durfte. Es kam so plötzlich, so intensiv, so gewaltig, es nimmt mich gefangen, ich kann es nicht beeinflussen. Es gibt sie wirklich, die Liebe auf den ersten Blick."
Ich sehe ihm an, was in ihm vorgeht. Er liebt mich, ja, aber er wird mir einen Korb geben. Er ist ein guter Mensch, ich weiß es. Er wird seine Verlobte nicht vor die Tür setzen, jedenfalls nicht von jetzt auf gleich.

Julian
„Es tut mir sehr leid, Lisa, aber ich darf in diesem Fall keine Rücksicht auf meine Gefühle nehmen. Ich kann Vanessa nicht enttäuschen, es würde sie aus der Bahn werfen. Erst vor Kurzem habe ich ihr den Verlobungsring über den Finger gestreift. Wir sind nun über ein Jahr zusammen und ich weigere mich zu glauben, dass das alles falsch gewesen sein soll."
„War es das, was du mir sagen wolltest?", fragt sie mich mit Tränen in den Augen.
Ich fühle ihren Schmerz, der auch mein Schmerz ist, aber es blieb mir nichts anderes übrig, als hart zu bleiben.
„Nein, es ist nicht das, was ich dir sagen wollte, es ist das, was ich dir sagen muss. Wir können uns nicht mehr sehen."
Noch immer liegt sie in meinen Armen. Ich komme nicht umhin, ihr einen Abschiedskuss zu geben, der jedoch völlig außer Kontrolle gerät. Schon wieder spüre ich diese Machtlosigkeit, ich will es nicht, ich will es doch, gleich wird es wieder passieren, hier und jetzt, direkt auf dem Parkplatz.
Aber es ist Lisa, die sich löst, die stark bleibt, die mich nicht erneut verführen möchte.
„Ich liebe dich, ich werde auf dich warten", sagt sie und geht, ohne sich nochmals umzudrehen.
Ich blickte ihr sehnsüchtig hinterher, würde sie am liebsten festhalten. Meine Knie zittern und ihre Worte hallen in meinem Kopf noch lange nach. Ich fühle mich schwach, suche nach einer Sitzgelegenheit. Ein Felsbrocken bietet sich an und nun sitze ich da und blicke erneut über das glitzernde Meer. Du hast es richtig gemacht, bestätigte ich mir, obwohl ich weiß, dass in diesem Fall richtig auch gleichzeitig falsch ist. Ich muss mich wieder ganz auf

Vanessa konzentrieren, nehme ich mir vor, fühle mich aber beim Gedanken an Vanessa nicht wohl. Ich bin fremdgegangen und es war nicht einfach nur Sex, das ist das Schlimme daran. Es wäre unfair, es ihr zu verschweigen, aber sagen kann ich es auch nicht. Es gibt keinen Ausweg für mich, stelle ich fest. Glück plus neues Glück ergibt Unglück, so lautet in diesem Fall die Formel.

Über die nächsten Tage versuchte Julian etwas Abstand zu Lisa zu gewinnen, sie aus seinen Gedanken zu verbannen, um genügend Raum für Vanessa zu lassen, aber es gelang ihm nicht wirklich. Vanessa meldete sich fast jeden Tag, um ihre Sehnsucht und Liebe zu bekunden. Julian bemühte sich unbeschwert zu klingen und sich nichts anmerken zu lassen, aber sicher war er nicht, ob ihm das gelang. Das Wochenende kam schneller als erwartet und als er am Freitag auf die Flugdaten starrte, wurde ihm klar, dass nur noch wenig Zeit zur Verfügung stand. Vanessas Rückflug nach Mallorca war für Samstagnachmittag um vierzehn Uhr gebucht. Julian wusste nach wie vor nicht wie es weitergehen sollte. Er freute sich zwar auf Vanessa, aber die Sehnsucht nach Lisa machte ihn schier verrückt. Obwohl er sich dagegen sträubte, beschloss er Lisa anzurufen. Es war der letzte Tag, die letzte Gelegenheit bevor Vanessa wieder zurückkam.

Kapitel 8: Stich ins Herz

„Entschuldigung Lisa, ich weiß, dass ich das nicht tun sollte, aber ich habe Sehnsucht nach dir. Ich weiß, dass ich von dir nicht verlangen kann zu kommen, um dich danach wieder wegzuschicken. Aber ich liebe dich, obwohl wir nicht zusammenleben können. Ich musste dich anrufen, es war wie ein innerer Zwang. Vielleicht ist es das Beste, wenn du nein sagst."
Julian konnte ihre Antwort kaum abwarten, presste den Hörer ans Ohr, aber es dauerte, bis sich Lisa endlich äußerte.
„Nein Julian, ich werde nicht nein sagen, dafür bin ich viel zu schwach. Ich kann dich verstehen, aber selbst wenn ich weiß, dass du mich hinterher nicht mehr sehen kannst, werde ich zu dir kommen. Ich liebe dich und die äußeren Umstände werden nichts daran ändern."
Es klickte in der Leitung und Julian wusste, dass sie bereits unterwegs war. Verzeih mir Vanessa, sagte er und versuchte sich auf Lisa zu konzentrieren.

Endlich konnte sich Vanessa ihren Traum erfüllen. Ihr neues Mini Cabrio stand direkt am Flughafen bereit. In leuchtendem Rot strahlte es sie an und weckte gute Erinnerungen an ihr erstes Auto, das ebenfalls ein Mini war. Mensch ist das gewachsen, dachte sie, aber es sieht noch immer bezaubernd aus. Die Schlüssel waren vom Händler an vereinbarter Stelle hinterlegt worden, so konnte Vanessa ohne große Verzögerung starten. Das ist genau das richtige Auto für diese Insel, dachte sie, während sich das Dach öffnete. Nur wenige Sekunden später wehte ihr der Fahrtwind um die Ohren, was sie an die Tour mit Julians RIB erinnerte.

Julian
Circa zwanzig Minuten nach unserem Telefonat läutet die Türglocke. Ich bin völlig aufgewühlt, stehe, mit der Hand am Drücker, vor der geschlossenen Haustür und denke unwillkürlich an den Moment, als sie so vor mir stand, wie Gott sie erschuf.
Nein, dieses Mal ist sie nicht nackt. Ihre großen, runden Augen strahlen mich an, als ob ich das größte Glück auf Erden wäre.
Auch ich spüre sie wieder, diese unheimliche, magische Anziehungskraft, der ich nichts entgegenzusetzen in der Lage bin. Wir suchen nicht lange nach Worten, verschlingen uns bereits mit gierigen Blicken. Sie schmiegt sich an mich, wir küssen uns leidenschaftlich. Ich fühle wie ihre Hände unter mein Hemd gleiten, krümme mich unter ihren gierigen, trotzdem zarten Streicheleinheiten.

Lisa
Seine Hände schieben sich unter mein Shirt, verwöhnen meinen Rücken, ich bekomme Gänsehaut. Er löst den Verschluss des BHs, ich fühle wie seine Hände nach vorn wandern, unter die Körbchen gleiten, meine Brüste umschließen. Er spielt mit meinen Nippeln, während sich unsere Zungen berühren.

Julian
Oh Mann, ihr fülliger, warmer, weicher Busen macht mich fertig, ich fühle ihre harten Brustwarzen in meinen Handflächen, von denen eine Art Spannung auszugehen scheint die meinen ganzen Körper elektrisiert, durchflutet. Ich will sie sehen, schiebe ihr Shirt nach oben, um die Objekte der Begierde zu befreien.

Lisa
Er saugt an meinen Nippeln, verwöhnt sie mit zarten Bissen, das macht mich wahnsinnig. Ich halte es nicht mehr aus, reiße mir die Kleidung vom Leib, genieße es, Julian Stück für Stück zu entkleiden, während ich zwischendurch immer wieder seine Hände auf meinem Po spüre. Julian ist bereit, sehr bereit, unschwer zu erkennen. Ich packe seine Männlichkeit mit einem festen Griff.

Julian
Ich zucke zusammen, könnte schier explodieren vor Lust, als sie mir zwischen die Beine fasst. Nein, nicht jetzt schon, ich streife ihre Hand ab, drehe Lisa um, blicke lüstern auf ihren Hintern, berühre ihn.

Lisa
Er steht hinter mir, drückt sich an mich, ein Arm umfasst mich, fixiert meinen Oberkörper unterhalb meines Busens, ich bin ihm ausgeliefert. Sein anderer Arm umfasst mich ebenfalls, tiefer, seine Hand legt sich auf mein Geschlecht, ich bin wehrlos, er berührt meine Klitoris, verwöhnt mich, seine Finger dringen ein, ich stöhne, ich werde wahnsinnig vor Lust, möchte nicht schon hier kommen. Kurz darauf finden wir uns im Wohnzimmer wieder, auf dem Läufer. Er liegt auf dem Rücken, ich will ihn dominieren, knie rittlings über ihm, wie eine Reiterin, die falsch herum auf dem Pferd sitzt.

Julian
Verdammt geil, ich habe ihren fülligen Hintern direkt vor meinen Augen, berühre ihn, während sie sich meinen Harten einführt. Sie beherrscht mich, hat mich in der Zange, bestimmt den Rhythmus, ich kann ihr nur wenig mit meinem Becken entgegenkommen, sie macht mich wahnsinnig, bringt mich an die Grenze des Erträglichen.

Vanessa
Ich bin einen Tag früher dran, habe es vor Sehnsucht nach Julian einfach nicht mehr ausgehalten und meinen Flug umgebucht. Meine Kollektion ist so weit fertig, ich muss am letzten Tag nicht mehr in der Firma sein. Er weiß nichts davon, ich glaube er fühlt sich einsam, ich werde ihn überraschen, hoffentlich ist er zuhause. Echt toll, dieses Auto, fährt sich wie ein Gokart, stelle ich fest, als ich die schmale und kurvige Schotterstraße nach oben fahre. Ich bin gerade sehr glücklich, durch das neue Auto und die Freude

darauf, Julian gleich in die Arme zu schließen. Bisschen spät dran, unser Lieferant, er kommt doch eigentlich schon am Vormittag, wundere ich mich, als ich das Dreirad vor Julians Villa entdecke. Egal, er wird bestimmt gleich wieder verschwunden sein, hoffe ich, während ich aussteige. Ich wundere mich erneut, als ich erblicke, dass sich keine einzige Kiste auf der Ladefläche befindet, naja, vielleicht gibt es nur etwas zu besprechen.

In freudiger Erwartung krame ich den Hausschlüssel aus meiner Tasche, meine Hände zittern, ich bin ein wenig aufgeregt, ähnlich wie eine Jugendliche vor ihrem ersten Date. Ich freue mich so sehr, wir haben uns schließlich mehrere Wochen nicht gesehen, nicht mehr gespürt, da darf man schon vor Freude etwas aufgeregt sein.

Ich werde ihn überraschen, ziehe die Tür in den Rahmen, um möglichst leise aufzuschließen, schleiche mich hinein, drücke den Drücker zuerst nach unten, bevor ich die Tür andrücke und ihn wieder leise nach oben kommen lasse. Ich drehe mich um, will mich hineinschleichen, wundere mich über die Unordnung. Julians Kleidungsstücke liegen über den Flur verteilt. Vielleicht hat er mich kommen gesehen und empfängt mich nackt, um es mir sogleich zu besorgen, spinne ich mir zusammen. Ich erschrecke, nachdem ich festgestellt habe, dass es sich nicht nur um Julians Kleidung handelt, erst als ich den BH entdecke, bin ich in der Lage eins und eins zusammenzuzählen, während ich nun auch die dazugehörigen Geräusche vernehme. Mein Puls schießt in die Höhe, verdammt, denke ich, es kann nicht das sein, was ich vermute, es muss eine Erklärung geben, hoffe ich und pirsche mich leise heran.

Julian
Sie macht mich fertig, reitet mich, geiler Ritt, geiler Hintern, direkt vor meinen Augen, ich berühre ihn, kann nichts beeinflussen, werde gleich kommen.

Vanessa
Verdammt, es gibt eine Erklärung, Ficken, einfach Ficken, dieser Saubock. Da liegt er, auf unserem Läufer, seine Hände auf ihrem unglaublich füllingen Hintern, sie reitet ihn wild, sitzt in der falschen Richtung. Ich höre ihr schreckliches Stöhnen, stehe mit offenem Mund da, bringe kein Wort heraus, schreie innerlich.

Lisa
Ich bin so weit, packe seine Kronjuwelen, genehmige mir den letzten Stoß, ich komme, Wahnsinn.

Vanessa
Es passiert direkt vor meinen Augen, ich halte mir den Mund zu, kann nicht mehr denken, Flucht ist angesagt. Ich haste lautlos nach draußen, kann nicht gegen meine Tränen ankämpfen, ich müsste vor Wut die Haustür zuschlagen, schaffe es nicht, verschwinde lautlos. Ich drehe den Zündschlüssel, einfach weg von hier, schnell weg, egal wohin. Die Reifen scharren, mein Verstand blockiert noch immer, ich donnere die Schotterpiste in Richtung Tal, mein Verstand meldet sich wieder.
Bin ich ihm doch zu mager? Der Mini rutscht in den Kurven wie ein Staubwedel, egal, im Moment ist mir alles egal. Jetzt hat er sie, eine richtige Frau, eine Frau, an der ordentlich was dran ist. Ich muss die Lenkung hektisch korrigieren, draller Arsch, fette Möpse, eine echte Pornoprinzessin, genau das, worauf Männer abfahren, all das, was ich nicht habe. Ich erschrecke, als das Heck ausbricht, ich kann den Wagen abfangen, fahre so weiter, egal, mein Leben ist ohnehin zerstört, ich hätte es mir gleich denken können, es ist zu wenig dran an mir. Du fieser Arsch, Julian, du Rammeloschi, du Tittendachs, du Fremdstecher, du, du …, schon gehen mir die Schimpfwörter aus. Das Heck wedelt wie beim Skifahren, ich muss mich abreagieren.

Lisa
Ich bin noch ganz außer Atem, es ist Schwerstarbeit, wenn man die Rolle des Mannes übernimmt, ich atme mehrmals tief durch.
„Dein Rücken ist echt entzückend", schmeichelt er mir, während seine Hände noch immer an meinem Po herumfummeln.
„Meinst du meinen Rücken oder meinen Hintern?", frage ich.
„Wenn ich ehrlich bin, dein unglaublich geiler, sexy Po ist noch entzückender. Übrigens, du könntest meine Eier langsam wieder loslassen", antwortet er.
Nach dem Abendessen und einem zweiten Mal verabschiede ich mich schweren Herzens.
„Ich gehe jetzt, obwohl ich lieber bleiben würde. Ich weiß, es ist nicht möglich, bis irgendwann einmal, ich warte auf dich. Ich liebe dich, Julian, tschüss."
Nach einem letzten Kuss mache ich mich auf den Heimweg.

Julian
Es ist alles schon wieder vorbei, weg ist sie. Ich sitze in meinem Sessel und denke nach. Es wäre schön, wenn das mit Lisa nur ein Traum wäre, ein Traum, den ich jeden Tag aufs Neue träumen könnte, ohne Vanessa damit zu betrügen. Aber es ist die Realität, süß wie Honig und schrecklich zugleich. Ich weiß, ich kann es nicht beeinflussen, es ist Schicksal, ich kann mich nicht dagegen wehren, aber ich werde eine Entscheidung treffen müssen, schon bald, es wird mir nicht erspart bleiben.

Julian war in seinem Sessel eingeschlafen. Kurz nach einundzwanzig Uhr schreckte ihn das Klingeln seines Telefons auf.
„Ist Vanessa bei dir?", fragte Tom aufgeregt und ohne Begrüßung.
„Ich mache mir Sorgen, sie hat sich bis jetzt noch nicht bei uns gemeldet!"
„Beruhige dich Tom, sie kommt erst morgen, du hast dich vertan."
„Sie ist also nicht bei dir?"
„Nein, warum sollte sie. Ihr Flug geht erst morgen."
„Sie wollte dich überraschen, Julian, sie hätte bereits am späten Nachmittag bei dir eintreffen müssen."
„Vanessa war nicht da", erklärte Julian erneut, während er über die Situation nachdachte.
„Wollte sie mit dem Taxi kommen?"
„Nein, sie wollte am Flughafen ihr neues Auto abholen und dich danach überraschen. Vermutlich hat sie vergessen ihr Handy aufzuladen, ich versuche sie schon seit dem Nachmittag zu erreichen, aber es meldet sich nur die Mailbox. Es muss etwas passiert sein, sie würde uns doch nicht im Unklaren lassen."
Natürlich war Julian sehr überrascht. Er überlegte, welche Möglichkeiten es gab. Vielleicht eine Panne, vielleicht hat sie ihr Auto nicht bekommen, vielleicht eine Flugverspätung. Sie mussten der Reihe nach vorgehen.
„Ich fahre die Straße ab und du versuchst den Autohändler zu erreichen. Ansonsten kannst du zumindest über die Flugnummer nachsehen, ob die Ankunft planmäßig war", schlug Julian vor.
„Wir bleiben in Kontakt", antwortete Tom und legte sogleich auf.
Es war ein ungutes Gefühl, das Julian beschlich. War sie vielleicht schon hier? Aber dann hätte ich sie doch angetroffen, überlegte er. Es sei denn,

Vanessa hätte Lisa gesehen und wäre wieder unbemerkt verschwunden, hoffentlich ist nichts Schlimmes passiert.
Julian schnappte sich die Autoschlüssel und fuhr den Schotterweg in Richtung Tal. Es war eine Strecke, auf der man sich konzentrieren musste, denn sie führte immer wieder an steilen Abhängen entlang. Julian schaute abwechselnd nach links und nach rechts. An Stellen, die vom Auto aus nicht einsehbar waren, stieg er aus, um hinunter zu blicken. Julians Handy klingelte, es war Tom.
„Ich habe den Autohändler erreicht, Vanessa hat das Auto pünktlich abgeholt, sie muss also hier sein."
Mit dem Handy am Ohr, fuhr Julian im Schritttempo weiter.
„Wo kann sie nur sein?", fragte Tom ungeduldig und auch Julian überlegte krampfhaft, ob es eine harmlose Erklärung geben konnte.
„Ich weiß es nicht, Tom, aber warte mal."
Julians Puls schoss schlagartig in die Höhe. Die bogenförmigen Spuren, die in den Schotter des Weges eingefräst waren, deuteten auf einen Pkw hin. Sie führten nach links, über den Rand des Weges hinweg, direkt auf einen Abhang zu.
„Julian, warum sagst du nichts mehr?"
„Warte Tom, bleib dran."
Julian hielt an, um über die Böschung nach unten zu blicken. Als er ungefähr fünfzig Meter tiefer ein rotes Auto erblickte, das hochkant auf der Fahrerseite lag, blieb ihm fast das Herz stehen.
„Tom, ruf schnell den Rettungsdienst an, ein roter Mini, ein Unfall. Er liegt circa fünfzig Meter unterhalb der Straße, in einer Schlucht. Ich melde mich gleich wieder."
Julian steckte sein Handy in die Tasche und kletterte den Abhang hastig hinunter. Um keine Zeit zu verlieren, rutschte er die steilen, felsigen Bereiche zum Teil auf seinem Hosenboden hinunter. Die scharfkantigen Steine, die sich, beim Versuch seinen Schwung abzubremsen, in seine Hände schnitten, spürte er in diesem Moment nicht. Endlich war er unten angelangt. Der Mini stand hochkant, auf der Seite, an einen schwachen Baum angelehnt, der sich durch den Druck des Fahrzeuges schon bedrohlich durchbog. Julian kroch unter dem Baum durch, und in diesem Augenblick bestätigte sich seine schlimmste Vermutung.
„Vanessa, Vanessa!", schrie er panisch, als er sie im Bereich des Fahrersitzes liegen sah. Sie war halb aus dem Wagen herausgerutscht und lag völlig

bewegungslos da. In ihren Haaren und auf ihrer Stirn klebte angetrocknetes Blut.
„Vanessa, Vanessa!", rief Julian mehrfach, während er sie vorsichtig an der Schulter schüttelte.
Ihre Augen waren geschlossen, aber ihre Lippen öffneten sich.
„Verschwinde Julian, ich will dich nie wieder sehen", flüsterte sie, um danach komplett zu verstummen.
Den Inhalt des Satzes registrierte Julian nur am Rande, er war einfach nur froh, dass sie lebte, dass sie ansprechbar war. Während Julians Handy pausenlos klingelte, knarrte der dünne Baum bedrohlich. Es gab keine andere Wahl, er musste seine Angst überwinden und Vanessa möglichst schnell aus dem Gefahrenbereich bringen. Angeschnallt war sie nicht, was die Sache etwas einfacher gestaltete. Er hob ihren Oberkörper ganz vorsichtig an, zog sie ganz langsam, Stück für Stück, aus dem offenen Wagen heraus und legte sie auf einem ebenen, felsfreien, Stück ab. Nur wenige Sekunden später hörte er den Baum bersten und der Mini kippte zur Dachseite hin um.
Während Julian kurz durchatmete, überlegte er, was er tun könnte. Vanessa war zwar ansprechbar, machte aber keine Anstalten sich zu bewegen. Der Ausdruck „stabile Seitenlage" fiel Julian zwar noch ein, aber wie sie auszuführen war, wusste er nicht mehr genau. Stabil sah es zwar nicht aus, aber irgendwie hatte er es geschafft, Vanessa seitlich zu lagern, ohne dass ihr Körper wieder zurückrollte. Nachdem er sich nochmals vergewissert hatte, dass sie normal atmete, war er mit seinem Können am Ende. Mehr konnte er im Moment nicht tun, außer Vanessa bei Bewusstsein zu halten, indem er mit ihr redete. Aber sie antwortete nicht, weil sie nicht konnte, oder weil sie nicht wollte, er wusste es nicht. Julians Handy klingelte unablässig. Es war Tom, der es permanent versuchte.
„Sie hatte einen Unfall, aber sie ist bei Bewusstsein", sagte Julian kurz.
„Der Krankenwagen kommt gerade, ich muss Schluss machen, wir sehen uns im Krankenhaus."
Die Bergung Vanessas gestaltete sich als schwierig, aber mit vereinten Kräften schafften sie es, die Trage, über einen kleinen Umweg, nach oben zu transportieren.
Sabine und Tom warteten schon ungeduldig, als der Rettungswagen im Krankenhaus eintraf. Julian kam direkt hinterher, aber Vanessa war bereits in der Notaufnahme verschwunden. Sie musste zuerst verschiedene Untersuchungen über sich ergehen lassen. Ihre Platzwunde am Kopf wurde zwischendurch versorgt und mit mehreren Stichen genäht.

Über die nächsten drei Stunden bangten sie gemeinsam um Vanessas Gesundheit. Sabine und Tom vermuteten einen Fahrfehler als Ursache des Unfalls. Neues Auto, schlechter Weg, einmal nicht aufgepasst und schon ist es passiert, waren ihre Gedanken. Julian hielt sich zurück, er konnte ihnen nicht erzählen was er als Auslöser vermutete. Ja, er machte sich große Vorwürfe und wünschte sich nichts mehr, als dass Vanessa keine bleibenden Schäden von sich tragen würde. Wenn sich seine Vermutung bewahrheiten sollte, dann war das alles seine Schuld. Es wurde ihm ganz heiß, als die Spuren des Minis erneut vor seinem geistigen Auge auftauchten. Warum war ihm das nicht schon früher eingefallen, selbst als Laie war klar erkennbar, dass das Auto von oben, also von seiner Burg aus, gekommen sein musste. Sie hat wohl doch etwas mitbekommen, mein Gott, vielleicht war sie sogar im Haus, hat alles gesehen und ist in Panik geflüchtet, bevor der Unfall passiert ist. Nach circa drei unendlich langen, zermürbenden Stunden kam der Oberarzt, um Entwarnung zu geben.
„Sie brauchen sich keine Sorgen mehr zu machen, es ist nicht so schlimm, wie es im ersten Moment aussah. Wir konnten keine inneren Verletzungen feststellen. Allerdings hat sich Vanessa ein Schleudertrauma zugezogen, welches ihr starke Kopf- und Nackenschmerzen verursacht. Sie schläft zurzeit, braucht jetzt erst etwas Ruhe. Kommen Sie besser morgen wieder."
Es war Glück im Unglück. Nun konnten sie alle tief durchatmen. Julian schlug vor, dass er über Nacht bleiben würde und riet Sabine und Tom nach Hause zu gehen.
Am frühen Morgen, um sechs Uhr, begann der hektische Alltag im Krankenhaus. Vanessa bekam gerade Frühstück, als Julian an der offenen Zimmertür klopfte. Er wartete einen Moment, bis sie alleine waren und setzte sich dann zu ihr ans Bett. Die ganze Nacht über hatte er Zeit gehabt, um nachzudenken, trotzdem wusste er nicht wie er beginnen sollte. Er versuchte ihre Hand zu berühren, aber sie zog sie rasch unter ihre Decke.
„Wie geht es dir, Vanessa?", fragte Julian vorsichtig.
„Beschissen, einfach beschissen, aber nicht wegen des Unfalls, sondern wegen dir. Du kannst verschwinden, du Hurenbock, ich will dich nie wieder sehen, zisch ab."
Vanessa zog sich die Decke vors Gesicht und sprach kein einziges Wort mehr. Julians Herz pochte wild, er versuchte alles, um mit ihr ins Gespräch zu kommen, aber leider ohne Erfolg. Nachdem seine Anwesenheit hier unerwünscht war und er Vanessa nicht weiter belasten wollte, fuhr Julian mit

weichen Knien nach Hause. Er wusste nicht genau, was sie gesehen hatte, aber er befürchtete das Schlimmste.

Als Lisa gegen elf Uhr mit der Obstkiste klingelte, rechnete sie damit, dass vielleicht Vanessa die Tür öffnen würde, aber es war Julian, der ziemlich übernächtigt aussah.
„Ist etwas passiert?", fragte sie besorgt.
„Vanessa ist gestern Abend verunglückt, aber es geht ihr den Umständen entsprechend ganz gut, vermute ich jedenfalls."
„Du weißt es nicht genau?"
„Nein."
„Sie will mich weder sehen, noch mit mir sprechen. Sie ist einen Tag früher zurückgekommen, um mich zu überraschen. Ich glaube, sie hat uns beide gesehen. Sie hat wohl die Flucht ergriffen und ist dabei von der Straße abgekommen."
„Es tut mir sehr leid, das wollte ich nicht."
„Am besten du kommst vorerst nicht mehr."
„Verstehe", sagte Lisa traurig, stellte Julian die Kiste vor die Füße und fuhr davon.
Julian versuchte es unzählige Male auf Vanessas Handy, aber sie ging nicht dran. Ich kann es ihr nicht verübeln, dachte er, ich hätte mich gar nicht auf Lisa einlassen dürfen. Ja, natürlich liebe ich Vanessa, aber eben nicht so wie Lisa. Vielleicht war es von vorn herein falsch, es mit Vanessa zu versuchen, mich von ihr dazu überreden zu lassen, meine Zweifel hinten anzustellen. Erst durch Lisa habe ich erfahren, dass es eine Liebe gibt, die stärker ist, eine Liebe, die einen vom ersten Augenblick an vollkommen einnimmt, eine Liebe, die keine Worte braucht. Aber ich kann und darf Vanessa zum jetzigen Zeitpunkt nicht verlassen. Falls sie mich zurückhaben möchte, dann muss ich zu ihr halten, obwohl das, was ich ihr angetan habe, eigentlich unverzeihlich ist. Vanessas Unglück bereitete auch Julian Schmerzen. Er verstand es natürlich, dass sie ihn nicht sprechen wollte. Deshalb blieb ihm nichts anderes übrig, als es vorerst zu akzeptieren und seine Informationen über Sabine und Thomas zu beziehen. Sie ahnten natürlich, dass zwischen den beiden etwas vorgefallen war und verhielten sich eher kühl gegenüber Julian. Trotzdem bekam er die gewünschten Auskünfte über Vanessas Genesungszustand. Körperlich schien es ihr ganz gut zu gehen, lediglich das Schleudertrauma verursachte ihr noch ein wenig Nackenschmerzen, die jedoch am Abklingen waren.

Vanessa stand viel Zeit zur Verfügung, um nachzudenken. Natürlich war sie noch immer wütend auf Julian, aber sie machte sich inzwischen auch selbst Vorwürfe. Sie wusste, dass er sie sozusagen vor sich selbst gewarnt hatte. Vanessa erinnerte sich noch gut an das, was er ihr am Anfang offenbart hatte. Dass er seine Gefühle nicht einordnen konnte, dass sein Herz noch nicht frei war. Vielleicht hätte ich ihn nicht ermutigen sollen, dachte sie. Vielleicht hat er gerade jetzt die große Liebe, die Liebe auf den ersten Blick gefunden, aber vielleicht waren es auch nur sexuelle Gelüste, das Verlangen etwas mehr in den Händen zu halten. Dieses Sexmonster ist wirklich wesentlich fülliger als ich. Sie hat genau das zu bieten, von dem die meisten Männer träumen. Busen, Busen, Busen und einen drallen, geilen Hintern. Welcher Mann wird da nicht schwach, versuchte sie Julians Ausrutscher zu entschuldigen.

In ein oder zwei Tagen sollte Vanessa entlassen werden, aber es fühlte sich für sie an, als ob sie kein Zuhause mehr hätte. Zu Julian konnte sie nicht und von ihren Eltern wollte sie nicht ständig betüddelt werden. Die einzige Person die sie etwas aufbaute war Christian, der Oberarzt. Es lag an seiner positiven Ausstrahlung, die Vanessa ein wenig Lebensmut zurückgab. Er sah, wie sehr sie litt und opferte jeden Tag seine Nachmittagspause, um Vanessa auf einen Cappuccino einzuladen, was ihr, zumindest ein bisschen, Ablenkung bescherte. Christian schlug vor, dass sie, solange sie es als notwendig erachten würde, in die leerstehende Ferienwohnung seiner Eltern einziehen könnte. Vanessa empfand es als gute Lösung und nahm dankbar an.
Nachdem Julian Vanessa telefonisch nicht erreichte, versuchte er es über WhatsApp. Aber erst nachdem sie entlassen und in die Ferienwohnung eingezogen war, kam ihre Antwort:
„Vielleicht ist es besser, wenn wir uns aussprechen. Heute Abend bei mir. Egal wann du kommst, ich bin da." Ihre neue Adresse stand mit dabei.
Endlich bekomme ich eine Chance sie zu sehen und mit ihr zu sprechen, dachte Julian. Aber ich habe auch Angst davor, Vanessa unter die Augen zu treten. Natürlich ist es meine Schuld, die Sache mit Lisa und dass dieser schreckliche Unfall passiert ist. Aber was soll ich tun, wir müssen miteinander reden.
In dem Moment, als er vor ihrer Tür stand, wäre er am liebsten wieder weggelaufen. Während er nach einer Klingel suchte, machte er mehrere tiefe Atemzüge. Er fand stattdessen einen großen Eisenring, mit dem er vorsichtig klopfte.

„Hallo Vanessa", grüßte er zaghaft und bemühte sich, ihr einen Kuss auf die Wange zu geben, den sie allerdings verhinderte.

„Für dich", sagte er, während er ihr einen großen Blumenstrauß vor die Nase hielt, der ihn allerdings gerade in diesem Augenblick daran erinnerte, dass er nun auch zu den Männern gehörte, die nach einem Seitensprung mit Blumen auftauchten.

„Danke, kannst dich setzen. Willst du etwas trinken?"

Julian nahm ein Wasser und lehnte sich zurück. Er sah keinen Hass in Vanessas Augen. Sie schaute eher gekränkt als wütend.

„Ich habe euch gesehen, dich und deine Sexgöttin. Muss ein richtig geiler Fick gewesen sein. Das hat mich an meinen letzten Freund erinnert. Bin ich dir zu mager? Sind dir mein Hintern und meine Brüste zu wenig?, oder hast du mich die ganze Zeit ohnehin nur benutzt weil keine andere Frau zur Verfügung stand? Vielleicht liebst du mich auch gar nicht."

Es war das erste Mal, dass Julian eine Frau weinen sah. Seinen Versuch, sie in den Arm zu nehmen, sie zu trösten, erstickte sie mit einer eindeutigen Abwehrhaltung schon im Keim.

„Das was passiert ist tut mir sehr leid. Was du eben gesagt hast, dass ich dich nicht liebe, das stimmt nicht. Ich habe dir nie etwas vorgespielt. Bis zu dem Zeitpunkt, als ich Lisa das erste Mal sah, war ich sehr glücklich. Ich war sicher, dass unsere Verlobung ein Schritt in die richtige Richtung war. In meinem bisherigen Leben, bevor ich dich kennengelernt habe, gab es nur eine einzige unglückliche Beziehung, die nur ein paar Monate hielt. Ich wusste nicht wirklich was Liebe ist. Als wir uns das erste Mal gesehen haben, war mein Herz noch gefangen. Erst durch dich habe ich mich für eine neue Beziehung geöffnet. Bis vor wenigen Tagen fühlte sich alles so richtig an. Seitdem Lisa in mein Leben getreten ist, kenne ich mich selbst nicht mehr. Ich weiß nicht, was mit mir passiert ist. Ich wollte das alles nicht, aber ich war Lisa gegenüber so willenlos. Sie hat mich derart in ihren Bann gezogen, dass ich nicht nein sagen konnte. Ich weiß nicht was das mit ihr ist. Ich weiß im Moment selbst nicht wo ich stehe. Ich wünschte, ich könnte dir etwas anderes sagen. Was ich dir angetan habe, tut mir sehr leid. Ich wünschte, ich könnte es rückgängig machen."

Julian sah ihren verliebten Blick, was ihn noch mehr schmerzte.

„Es war kein schöner Anblick für mich, als ich euch gesehen habe. Du warst der Auslöser dafür, dass ich von der Straße abgekommen bin, aber du warst vielleicht auch mein Lebensretter. Vermutlich hätte mich der Wagen

zerquetscht, wenn du mich nicht, kurz vor dem Umknicken des Baumes, herausgezogen hättest. Danke dafür."
Es klang alles sehr versöhnlich für Julian, aber es war ihm bewusst, selbst wenn sie ihm verzeihen würde, er könnte nicht einfach an ihre bisherige Beziehung anknüpfen. Er musste sich zuerst selbst im Klaren darüber sein, wie es um seine Gefühle stand. Vanessa spürte, dass Julian zwischen zwei Fronten geraten war.
„Ich weiß nicht ob ich dir jemals verzeihen kann, aber bevor ich darüber nachdenke, solltest du dich entscheiden, ob du mit mir oder mit dieser Lisa zusammenleben möchtest. Melde dich, wenn du so weit bist."
Julian wusste, dass Vanessa die Wahrheit gesagt hatte. Es macht keinen Sinn ihr zu sagen: Ich liebe dich, gibst du mir eine neue Chance?, ich werde Lisa nie mehr wiedersehen. Ich sollte sie nicht belügen, dachte er.
„Du hast Recht", antwortete Julian, „ich bin im Moment ziemlich durcheinander, vermutlich weiß ich selbst nicht, was der richtige Weg für mich ist."
Als sie sich verabschiedeten, konnte Vanessa nicht umhin, Julian kurz zu umarmen. Er sah ihre Tränen, es waren Tränen des Schmerzes. Julian war sich seiner Schuld bewusst, er war es, der diese wunderbare Frau hintergangen und damit sehr verletzt hatte. Sie hat es wirklich nicht verdient, dass sie betrogen wird, dachte er.

Die nächsten Tage fühlten sich beide nicht wohl. Vanessa hatte sich bei ihrem Gespräch nicht anmerken lassen, wie sehr sie sich ihr altes Leben zurückwünschte. Natürlich, Julian war fremdgegangen, aber es war anders, als sie es mit ihrem letzten Freund erlebt hatte, dem das alles egal schien was passiert war und ob sie sich trennten oder nicht. Mit Julian war es eine andere Sache. Sie waren auf gleicher Ebene, tickten sehr ähnlich, liebten die gleichen Dinge und hatten im Prinzip die gleiche Lebenseinstellung. Julian war sehr verlässlich, eigentlich ganz und gar nicht der Typ, der fremdging.
Vanessa versuchte seinen Fehltritt etwas abzuwerten, indem sie es rein auf die sexuelle Ebene bezog. Vielleicht verwechselt er seine, aus der Bahn geratenen, sexuellen Gelüste mit Liebe, dachte sie. Vermutlich ist diese vollbusige und mit einem sehr weiblichen Hintern ausgestattete Lisa nur ein Sexobjekt für ihn. Ich kann mir nicht vorstellen, dass er sich in wenigen Tagen so in sie verschossen hat. Vielleicht sollte ich doch ein paar Kilogramm zulegen und meine Brüste operieren lassen, damit er etwas mehr in die Hände bekommt. Er ist eben auch nur ein Mann. Vanessa konnte sich nicht vorstellen, dass alles, von jetzt auf gleich, vorbei sein sollte, was ihr Leben mit

Julian über die ganze gemeinsame Zeit hinweg ausgemacht hatte. Ja, sie liebte ihn und es war auch bei ihr eine Liebe, die im Laufe der Zeit gewachsen war, eine Liebe, die sich von Tag zu Tag stärker angefühlt hatte, derer sie sich von Tag zu Tag sicherer fühlte.

Lisa war über den Stand der Dinge informiert. Sie telefonierte regelmäßig mit Julian, aber sie traf ihn nicht. Es lag ihr fern, ihn zu bedrängen. Auch sie brauchte Klarheit, obwohl sie es längst spürte, dass Julian ebenso verschossen in sie war wie umgekehrt. Allerdings wartete sie darauf, dass er die Entscheidung von sich aus treffen würde, in der Hoffnung, dass sie zu ihren Gunsten ausfiel. Vanessa tat ihr sehr leid, natürlich war es keine Absicht gewesen, sie zu verletzen. Für Lisa war es einfach Liebe auf den ersten Blick. Dies war ihr von der allerersten Sekunde an bewusst gewesen, schon als ihr Julian die Tür öffnete. Lisa hatte sich ebenso wenig im Griff gehabt wie Julian, als er sie spontan in der Küche vernaschte. Jeden Tag kam sie in Versuchung, diesen Moment noch einmal zu erleben, sich vor seiner Haustür auszuziehen und ihn über sich herfallen zu lassen, wie ein wildes Tier.

Eine Woche später war Julian etwas zur Ruhe gekommen. Er konnte seine Gefühle nun besser einschätzen, was die Situation für ihn nicht leichter machte. Ja, er liebte Vanessa, ganz sicher. Aber das, was er für Lisa empfand, war mehr als Liebe. Julian hätte es nicht beschreiben können, aber er spürte es ganz eindeutig. Zwar konnte er sich nicht sicher sein, ob dieses Gefühl anhalten würde, aber mit Vanessa zusammenzuleben und in Gedanken ständig bei Lisa zu sein, das wäre nicht ehrlich gewesen. Julian wollte Vanessa auf keinen Fall ein weiteres Mal enttäuschen. Es wäre ein Kampf gewesen, kleine Liebe gegen große Liebe. Natürlich hatte Julian Angst davor, Vanessa die Wahrheit zu sagen, aber er sah keinen anderen Ausweg. Schwierige Entscheidungen lange hinauszuzögern, war nicht sein Ding. Er wusste, dass er da früher oder später durch musste und vereinbarte ein Treffen mit Vanessa. Schon am Telefon spürte er, dass sie sich auf seinen Besuch freute, was die Sache für ihn nur noch schwerer machte. Sie sagte es zwar nicht, aber es fühlte sich für Julian so an, als ob sie ihm gerne eine zweite Chance geben würde.

Kapitel 9: Bittere Wahrheit

Julian klopfte an der Haustür. Der letzte Klopfer ging ins Leere, da Vanessa bereits öffnete.
„Hallo Julian", begrüßte sie ihn mit ihrer zarten Stimme. Dieses Mal wurde Julian gedrückt und bekam ein Küsschen auf die Wange.
„Hallo Vanessa, wie geht es dir?"
„So, wie es einer betrogenen und einsamen Frau geht", antwortete sie mit einem tiefen Seufzer, aber ihr Gesichtsausdruck wirkte eher versöhnlich, als feindselig.
Vanessa war gerichtet. Auf dem Küchentisch stand etwas Kuchen und eine Kanne Tee. Julian beobachtete sie, während sie einschenkte. Er konnte ihr ansehen, dass sie sich Hoffnungen machte, was die Sache für ihn umso schwerer gestaltete. Vanessa nahm nun ebenso Platz und blickte ihm in die Augen.
„Bevor du was sagst, Julian, solltest du wissen, wie ich zu einer zukünftigen Beziehung stehe. Ich habe lange darüber nachgedacht, ob ich dir verzeihen kann. Natürlich werde ich das, was passiert ist, nie vergessen, aber ich bin sicher, dass ich es verkraften würde. Ich weiß, dass du nicht nach einer Frau gesucht hast, um fremd zu gehen, dafür kenne ich dich wirklich gut genug. Es ist passiert, aber wenn du dir deiner Gefühle inzwischen sicher bist und sich dein Herz für mich entschieden hat, dann würde ich dir gerne eine zweite Chance geben. Du sollst es wissen, damit du keine Angst hast, mich darum zu bitten. Wenn du willst, dann lasse ich das mit dem Modeln und konzentriere mich in Zukunft nur noch auf meine Kollektionen. Dann muss ich nicht mehr fasten und vielleicht gefällt es dir besser, wenn ich etwas fülliger bin."
Julian atmete tief durch, bevor er antwortete.
„Schön, dass du das gesagt hast, aber es ist nicht passiert, weil du zu mager bist. Du hast es nicht nötig, deine Seele zu verkaufen. Du bist eine wunderbare Frau, an der es wirklich nicht das Geringste auszusetzen gibt. Dies war nicht der Grund, warum es passiert ist. Das, was ich jetzt sage, Vanessa, das ist auch für mich nicht einfach. Ich habe dir wirklich nichts vorgemacht. Ich liebe dich und bis zu dem Zeitpunkt, als Lisa für ihren Vater eingesprungen ist und ich sie das erste Mal gesehen habe, war alles in Ordnung. Aber durch sie habe ich erfahren, dass es eine andere Liebe gibt, eine Liebe, deren Anziehungskraft so stark ist, dass man sich ihr nicht entziehen kann. Ich liebe dich Vanessa, das ist die Wahrheit, aber ich liebe Lisa auf eine Art und

Weise, die mir keine Wahl lässt. Ich möchte dich kein zweites Mal betrügen, deshalb bleibt mir nur ein einziger Weg, der Weg, mich für Lisa zu entscheiden. Es ist keine Entscheidung gegen dich, aber ich kann es nicht riskieren, dich nochmals zu verletzen."

„Du gibst uns keine Chance mehr?"

„Es geht leider nicht, Vanessa", antwortete Julian, der ihrem Blick inzwischen nicht mehr standhielt.

Es waren seine eigenen Worte, die auch ihn selbst hart trafen, aber er sorgte sich eher um Vanessa. Julian war bewusst, dass ihr Leben, mit eben diesen, seinen Worten, erneut aus den Fugen geraten war. Noch ehe er seine Gedanken zu Ende gebracht hatte, antwortete Vanessa.

„Mach´s gut Julian, viel Glück für dein weiteres Leben."

Sie ging nicht auf Julians Worte ein, machte keinen Versuch ihn am Gehen zu hindern, was die Sache für ihn noch schmerzlicher gestaltete. Julian verstand, dass es Zeit war, zu gehen. Vanessa sackte hinter der Tür zusammen und schluchzte hemmungslos. Auch Julian ging mit Tränen in den Augen. Alles wäre so viel einfacher gewesen, wenn sie mir nicht zu verstehen gegeben hätte, dass sie bereit war, mir eine zweite Chance einzuräumen. Es tat Julian selbst weh, dass er die Frau, die er eben verlassen hatte obwohl er sie liebte, ein zweites Mal verletzt hatte. Er wünschte sich, Lisa nie kennengelernt zu haben, aber es war passiert, das Schicksal hatte es so vorherbestimmt.

Julian überlegte lange, ob er direkt, so ganz übergangslos, von einer Frau zur nächsten wechseln konnte. Aber es ergab keinen Sinn, sich selbst und auch Lisa länger leiden zu lassen. Am späten Abend meldete sich Julian bei Lisa, um mit ihr über die gemeinsame Zukunft zu sprechen.

„Hallo Lisa, ich hoffe, ich habe dich nicht geweckt?"

„Nein Julian, ich habe auf deinen Anruf gewartet. Es ist schlimm für mich, nicht zu wissen, wie es mit uns weitergeht."

„Ich habe mich von Vanessa getrennt. Du weißt, ich liebe sie auch, aber mit dir ist es etwas ganz anderes. Es ist mehr als nur Liebe, du fehlst mir jede Sekunde des Tages, in der du nicht bei mir bist. In meinem Herzen ist nur noch Platz für dich, Lisa. Wenn es auch dein Wunsch ist, dann möchte ich gerne mit dir zusammenleben."

Es herrschte einen Moment lang Stille, worüber sich Julian sogleich Sorgen machte.

„Ich bin sehr froh diese Worte von dir zu hören. Es ist genau das, was ich mir wünsche. Wir kennen uns zwar erst ein paar Tage, aber ich empfinde

ebenso für dich. Ein Gefühl, das sich kaum beschreiben lässt. Auch mein Herz schlägt einzig und alleine für dich. Vanessa tut mir sehr leid, ich wollte ihr Leben nicht zerstören. Das mit dir, ist einfach passiert, ich konnte mich nicht dagegen wehren, ich konnte mich nicht gegen das entscheiden, was mir mein Herz sagt. Ich habe große Sehnsucht nach dir, aber vielleicht ist es besser, wenn wir uns diese Woche nicht sehen. Aus Respekt gegenüber Vanessa, falls du verstehst was ich meine."
„Ich vermisse dich sehr, aber du hast Recht, das war auch mein Gedanke. Wir telefonieren miteinander, ich liebe dich, schlaf schön."
„Ich liebe dich auch, gute Nacht."
Die nächsten Tage gab es kein Obst und Gemüse für Julian. Sie wussten beide, dass sie sich nicht hätten beherrschen können und hielten sich an ihre Abmachung.

Kapitel 10: Die Katastrophe

„Die Hoffnung stirbt zuletzt." Als Julian sie verlassen hatte, waren es diese Worte, die ihr zuerst in den Sinn kamen. Es waren bereits zwei Tage vergangen, aber Vanessa dachte noch immer über diesen Gedanken nach. Ihre Hoffnung, auf ein Leben mit Julian, war definitiv gestorben. Es würde keinen Abend mehr geben, an dem sie, eng aneinander gekuschelt, neben ihm einschlafen könnte, kein Morgen, an dem er sie wachküssen würde, kein Tag, an dem er sie mit seinem strahlenden Lächeln anstecken würde, keinen Augenblick der Liebe, in dem sie sich ihm ganz hingeben könnte. Ich habe verstanden, Julian, dachte sie. Du liebst mich zwar, aber dieser vollbusigen Lisa bist du verfallen. Hätte sie nicht bei ihrem Vater ausgeholfen, wäre das alles nicht passiert. Aber sie hat ihn kennengelernt und nicht gezögert, mir Julian wegzunehmen. Was nützt es mir, wenn er mich liebt, ich bin jetzt nur noch zweite Wahl, ausrangiert, aufs Abstellgleis. Gegen Lisa komme ich, zumindest was meine Figur betrifft, nicht an.
Vanessa stand nackt vorm Spiegel und betrachtete ihren Körper. Vielleicht bin ich doch zu mager, dachte sie. Sie fühlte ihre Hüftknochen und ihre Rippen, die etwas hervortraten, hob ihren Busen an, der ihre Hände nur knapp ausfüllte und drehte sich um, um ihren Hintern zu betrachten. Viel ist wirklich nicht dran an ihm, trotzdem war ich bisher überzeugt von meiner Figur, zumindest bis ich Julian kennengelernt habe. Ob wohl alle Männer lieber ein

wenig mehr in ihren Händen halten? Darf´s ein bisschen mehr sein, wie in der Metzgerei? Beim Ausgehen soll die Frau schlank, groß und auf hohen Hacken daherkommen, aber im Bett erwarten die Herren dann gerne etwas mehr Fülle. Diese Lisa hat irgendwie alles, sie ist groß, hat Taille und gleichzeitig die Rundungen, die für Männer wichtig sind.
Ich hasse diese Frau, die Frau, die mir meinen Verlobten weggeschnappt hat. Die Frau, die jetzt die Beine für Julian breit macht, die Frau, die mich meines glücklichen Lebens beraubt hat. Vanessa sank vor dem Spiegel zusammen, wie ein Häufchen Elend. Ich sehe einfach keine Perspektive mehr. Mein Plan, eine gemeinsame Zukunft mit Julian, ist zusammengefallen wie ein Kartenhaus. Mit ihm hätte ich mir vorstellen können Kinder zu bekommen, eine richtige Familie zu haben. Es war der perfekte Mann, mit dem ich gerne mein ganzes Leben verbracht hätte. Es ist vorbei, Julian geht einen anderen Weg und es liegt nicht in meiner Macht dies zu ändern. Ich habe einfach kein Glück mit Männern. Ich kann mein Leben im Moment kaum ertragen, es macht mir keine Freude mehr, im Gegenteil, es ist mir zur Last geworden. Vanessa saß noch immer auf dem Boden und sah die Tränen in ihrem Spiegelbild kullern. Ihre Schminke war inzwischen komplett verlaufen und verwischt. Ich sehe wirklich schrecklich aus, dachte sie entsetzt.

Auch für Julian war das Geschehene eine schwere Last, aber er freute sich auf ein Leben mit Lisa. Vielleicht wäre es besser gewesen, wenn ich damals nein zu Vanessa gesagt hätte, dann wäre ihr das Leid erspart geblieben, überlegte er. Aber es war schön mit ihr zusammen. Wir hatten wirklich eine schöne Zeit, das ist es ja, was die Sache umso schwerer macht. Weiß denn jeder der eine Frau kennenlernt sofort, ob es die große Liebe ist? Ich habe selbst erfahren, dass es die eine und auch die andere Liebe gibt. Eine Liebe, die man fühlt, aber auch ein Liebe, die einen erfasst, wie ein Orkan. Eine Liebe, die einen vollkommen einnimmt, der man sich nicht entziehen kann. Lisa ist meine große Liebe. Eine Liebe, die man nicht mit Worten beschreiben kann. Eine Liebe, die nur derjenige beurteilen kann, der sie am eigenen Leib erfahren durfte. Es gibt keinen Augenblick, in dem ich Lisa nicht bei mir wünsche, eng umschlungen, in meinen Armen, Herz an Herz.

Vanessa war unterwegs, um Lebensmittel und verschiedene andere Sachen einzukaufen, vielleicht auch, um sich etwas abzulenken, um endlich wieder nach draußen zu kommen, um ins Leben zurückzufinden. Als sie in der Drogerie vor all den Dingen stand, die sie bisher immer geliebt und gerne

einkauft hatte, wurde ihr bewusst, dass es niemanden gab, für den sie sich hübsch machen konnte. Wieder spürte sie einen Stich in ihrem Herzen, dessen Schmerz sich fast unerträglich anfühlte. Ein paar Regale weiter klebte ihr Blick plötzlich an einem Päckchen Rasierklingen. Ich wusste gar nicht, dass es diese Klingen noch gibt, dachte sie. Vielleicht ist es ein Wink des Schicksals. Ob es wohl sehr schmerzhaft ist? Vermutlich sind sie so scharf, dass man es kaum merkt. Vanessa legte ein Päckchen in ihren Einkaufskorb, das gab ihr zumindest eine gewisse Sicherheit. Immerhin war es ein Ausweg, den sie nutzen konnte, wenn sie des Lebens vollends müde sein würde. Während sie mit ihrem Korb am Eingang ihrer Ferienwohnung stand, um die Tür aufzuschließen, kam Christian des Weges, um seine Eltern im Nachbarhaus zu besuchen. Er schritt voller Elan auf Vanessa zu und gab ihr die Hand.
„Wie geht es Ihnen?"
„Gut, gut, danke der Nachfrage", antwortete sie schüchtern, aber ihre Verzweiflung und Hilflosigkeit war ihr ins Gesicht geschrieben.
„Wenn ich etwas für Sie tun kann, dann melden Sie sich bitte bei mir, Vanessa, sie wissen ja, wie sie mich erreichen können."
„Danke für das Angebot, ist lieb gemeint."
Nachdem Vanessa an ihrem Küchentisch Platz genommen hatte, dachte sie über Christians Worte nach. Es ist wirklich freundlich von ihm, dass er sich angeboten hat, aber wie schnell sagt man das so einfach dahin, ohne wirklich zu wissen, dass nicht bei allen Schmerzen Hilfe möglich ist. In dieser Angelegenheit kann er mir nicht weiterhelfen, ich kann es nur selbst tun. Außer meinem Julian habe ich alles was das Leben lebenswert macht. Einen Beruf, der mich erfüllt, der mir Anerkennung zuteilwerden lässt, einen gesicherten und ordentlichen Verdienst, ein wunderschönes Appartement im Haus meiner Eltern und viele andere, materielle Dinge. Aber ich habe keine Freude mehr daran. Sie sind für mich nichts mehr wert, zumindest gerade jetzt, in diesem Moment. Sie können mir meine Lebensfreude nicht zurückbringen. Diese Dinge sind nur dann wichtig, wenn man jemanden hat, den man liebt, jemanden, der die eigene Liebe erwidert, wenn man eine gemeinsame Zukunft hat.
Nun lebe ich hier, einsam und alleine in dieser Ferienwohnung, die mir Christians Eltern freundlicherweise überließen. Natürlich könnte ich auch in meinem eigenen Appartement im Haus meiner Eltern wohnen, aber dort erinnert mich einfach alles zu sehr an Julian. Die ganze Villa und auch die Inneneinrichtung tragen zum großen Teil die Handschrift Julians. Ich muss mich ablenken, wegkommen von diesem Thema, dachte sie und begann

damit, ihre Einkäufe auszupacken. Als letztes erschien, ganz unten im Korb, das kleine Päckchen mit den Rasierklingen. Vielleicht war es ein Fehler, sie einzukaufen, überlegte sie. Trotzdem öffnete sie das Päckchen und nahm eine Klinge heraus.

Julian dachte, jeden Tag aufs Neue, über seine Situation nach. Es hilft Vanessa nicht, wenn ich mich weiterhin von Lisa fernhalte. Ich kann ohne sie nicht mehr sein, ich sehne mich so sehr nach ihrer Nähe. Es ergibt keinen Sinn, Lisa und mich für das zu bestrafen, was passiert ist, überlegte er und entschloss sich, zum Hörer zu greifen.
„Lisa hier, hallo Julian, schön, dass du dich meldest."
„Ich liebe dich, Lisa, du fehlst mir so sehr. Können wir uns sehen?"
„Ich komme fast um vor Sehnsucht nach dir, Julian. Wo wollen wir uns treffen?"
„Würdest du zu mir kommen?"
„Bist du dir sicher?"
„Ja, unsere Enthaltsamkeit macht es für Vanessa nicht leichter."
„Du hast Recht, so sehr ich sie bedaure, wir können auf Dauer keine Rücksicht nehmen."

Noch immer saß Vanessa am Küchentisch. Es war ihrem Zittern geschuldet, dass die erste Linie ziemlich zackig aussah. Eine feine, rote Linie auf ihrem Unterarm. Es tat nicht weh, der Schmerz in ihrem Herzen fühlte sich viel schlimmer an. Sie blickte aus dem Fenster hinaus, sah die wunderschöne Natur. Der Himmel zeigte sich wolkenlos, die Sonne schien kräftig, aber ihre Strahlen berührten Vanessa nicht. In ihrem Leben war es dunkel, es war Nacht, sie sah einfach kein Licht am Ende des Tunnels. So zog sie die Klinge ein zweites Mal ganz langsam über ihren Arm. Es war ein Schmerz, der sie von ihrem eigentlichen Schmerz abzulenken schien. Vanessa hatte sich so sehr darauf konzentriert, dass sie alles um sich herum vergaß.

Als Lisa klingelte, stand Julian bereits hinter der Haustür. Sehr gerne erinnerte er sich an den Tag zurück, als sie plötzlich und unerwartet nackt vor ihm stand. Der Tag, an dem das Unglaubliche geschehen war, der Tag, von dem er noch immer nicht sicher war, ob es sich nicht doch nur um einen Traum gehandelt hatte. Dieses Mal war sie bekleidet. Sie stürzte sich nicht direkt auf ihn, sondern stand einfach nur da und blickte ihm in die Augen. Julian konnte es ihr ansehen, was sie für ihn empfand. Ihre Augen leuchteten

vor Sehnsucht, als sie zaghaft aufeinander zugingen, um sich zu umarmen. Es war ein Augenblick, der keiner Worte bedurfte. Julian drückte Lisa fest an sich, und so, eng aneinander geschlungen, blieben sie lange stehen. Es war ein glücklicher, aber auch ein trauriger Moment. Ihre Lippen berührten sich zärtlich. Es war keine sexuelle Leidenschaft, die sie in diesem Moment verspürten, es war etwas anderes. Es war einfach Liebe, die über ihre Lippen den Körper des anderen erfasste. Füreinander da zu sein, den anderen zu spüren, das war alles, was sie im Moment brauchten.
„Komm erst mal rein, Lisa", schlug Julian vor, während er ihr die Tränen von den Wangen wischte.

Der zweite Strich war kerzengerade, fast wie mit dem Lineal gezogen. Wie Perlen an der Schnur reihten sich die roten Blutströpfchen aneinander, deren Leuchtkraft schon dabei war, ein wenig nachzulassen. Nur zwei Schnitte und ich bin erlöst, nur zwei Schnitte und ich werde keine Schmerzen mehr spüren, nur zwei Schnitte und die Last des Lebens wird von mir abfallen, mit nur zwei Schnitten kann ich Julian aus meinen Gedanken verbannen, dachte Vanessa, während ihre Hände wieder anfingen zu zittern.

Draußen auf der Veranda stand Julians Hollywoodschaukel. Anstelle einer Sitzbank besaß sie eine riesige Liegefläche, welche für zwei Personen gut ausreichte. Eng aneinandergeschmiegt schaukelten Lisa und Julian sanft hin und her. Während sie sich küssten, strich die warme Meeresbrise zärtlich über ihre Haut. Sie waren vollkommen nackt, aber der Gedanke an Sex kam nicht auf. Es war ein anderes Verlangen das sie heute spürten. Das Verlangen nach Nähe, den anderen ganz eng bei sich zu haben, sich zarte Streicheleinheiten zu geben und sich mit Küssen zu verwöhnen.

Christian verabschiedete sich von seinen Eltern. Beim Blick auf seine Armbanduhr staunte er darüber wie schnell die Zeit verronnen war. Wenn ich mich beeile, dann schaffe ich es gerade noch rechtzeitig zu meinem Spätdienst, dachte er. Während Christian schnellen Schrittes an der Ferienwohnung vorbeiging, kam ihm Vanessa in den Sinn. Es war mehr als Mitleid was er für sie empfand. Obwohl er als Arzt täglich mit dem Leid der Patienten umgehen musste, war es im Fall Vanessa ein Schmerz, der ihn persönlich traf.
Während ihres Aufenthaltes im Krankenhaus hatte er fast alle Pausen geopfert, um sie aufzumuntern, was sie damals dankbar angenommen hatte. Es

war zwar nicht seine Aufgabe sich persönlich um Patienten zu kümmern, aber bei Vanessa konnte er nicht anders. Sie wirkte so verletzlich und er hatte ihre tiefe Verzweiflung gespürt. Als ich sie vorhin an der Haustür begrüßt habe, sah sie ebenso verzweifelt aus wie damals, obwohl sie versucht hat sich nichts anmerken zu lassen, dachte Christian. Er schaute erneut auf seine Uhr, aber eigentlich war keine Zeit mehr zum Umkehren. Was soll ich tun? Klingeln, um anschließend sofort wieder zu verschwinden? Ich werde sie morgen besuchen, wenn ich etwas mehr Zeit für sie erübrigen kann, beschloss er und ging.

„Vanessa tut mir wirklich leid", sagte Lisa. „Wir haben ihre heile Welt von jetzt auf gleich zerstört. Es ist so ziemlich das Schlimmste, was einer Frau passieren kann. Aber als ich dich das erste Mal gesehen habe, war es bereits um mich geschehen. Ich habe sofort gespürt, dass wir zusammen gehören. Noch nie in meinem Leben war ich so sicher, die große Liebe gefunden zu haben."
„Mir geht es ähnlich", antwortete Julian.
„Ich mache mir ernsthafte Sorgen um ihre Zukunft, aber ich habe keine Möglichkeit Vanessa beizustehen. Davon abgesehen, sie würde es auch nicht wollen."

Vanessas Blick war starr auf ihr Handgelenk gerichtet, während sie die Hand zur Faust ballte. Ihre Adern traten nun deutlich hervor. Wenigstens einen Vorteil hat es, dass ich so mager bin, dachte sie. Die Hand, in der sie die Rasierklinge krampfhaft festhielt, zitterte noch immer, aber ihre Gedanken waren klar. Ich muss erst zur Ruhe kommen, beschloss sie und wartete darauf, dass sich ihre Hand beruhigen würde. Sie brauchte nur wenige Minuten dazu und die Vorstellung, dass sie nichts anderes tun musste, als ein Arzt, der sein Skalpell sauber und akkurat ansetzt, half ihr dabei. Die Ecke der Rasierklinge drückte ihre Ader bereits stark ein. Vanessa wusste, dass es sich nur noch um einen Augenblick handeln konnte, bis sie die Wandung durchdringen würde.

Julian
„Sag mal Lisa, gehst du eigentlich immer so vor, wenn du einen Mann näher kennenlernen willst?"

Lisa
„Wie meinst du das?", frage ich erstaunt.
„Na ja, dass du dich nackt vor die Haustür stellst und klingelst", konkretisiert er seine Frage.
„Ach, darauf spielst du an. Nein, natürlich mache ich das nicht bei allen Männern, sondern nur bei den besten Kunden. Das ist mein besonderer Service für alle attraktiven Herren. Obst, Gemüse und Sex dazu. Guter Service und gute Ware, das ist das Wichtigste für unsere Kunden, hat mir mein Vater mehrfach eingebläut", antwortete ich etwas provokant.

Julian
„Na, du bist mir so ein Früchtchen", stelle ich fest und gebe ihr zur Strafe einen Klaps auf den Po.

Lisa
„Wundert dich das, dass ich ein Früchtchen bin, wenn mein Vater Obstbauer ist?"
„Nein, gar nicht", antwortet er und küsst mich zärtlich auf den Mund. „Süße Früchtchen muss man vernaschen", flüstert er verheißungsvoll. „Ich glaube, dein Klaps auf meinen nackten Hintern hat mich irgendwie angeregt", gestehe ich, worauf er andeutet, dass ich davon auf Wunsch auch mehr bekommen könnte.
Innerhalb weniger Sekunden erwacht die Lust in mir, mehr als das, sie explodiert sozusagen gerade. Mein Verlangen nach Julian nimmt plötzlich meinen ganzen Körper ein, lässt ihn beben, ohne dass ich es beeinflussen kann. Eng umschlungen wälzen wir uns hin und her.

Julian
Mal ist es oben, mal unten, das süße Früchtchen, jetzt wieder oben. Ich nutze die Gelegenheit, um ihren fülligen, sexy Po in die Hände zu nehmen. Ich spüre, wie sich ihr draller Busen auf meinen Oberkörper presst.

Lisa
Ich fühle seine Erregung zwischen unseren Körpern, stöhne bereits in Erwartung dessen, dass er mich gleich verwöhnen wird. Julian wälzt sich nach oben, ich biete mich an, öffne bereitwillig meine Schenkel, lade ihn ein, das zu tun, was er ohnehin nicht mehr zurückhalten kann. Schon der erste Stoß macht mich fertig, ich stöhne erneut auf.

Julian
Ich versuche die Zeit anzuhalten, das schöne Gefühl etwas hinauszuzögern, möglichst lange zu spüren, liege nun bewegungslos auf ihr, küsse sie leidenschaftlich, treibe auch sie damit zum Wahnsinn, bis ich uns erlöse.
„Vermutlich haben sie dich bis zum Hafen runter gehört", kommentiere ich ihren Orgasmus.

Lisa
„Dann kannst du sicher sein, dass du deine Sache gut gemacht hast", stelle ich fest und grinse ihn schelmisch an.
„Die wenigen Sekunden, die du mich hast warten lassen, haben mich vor Verlangen fast umgebracht, aber es war ein schönes Gefühl, dir so ausgeliefert zu sein. Ist es nicht verrückt, was sich die Natur ausgedacht hat, um Mensch und Tier zur Fortpflanzung zu bewegen?"
„Wie meinst du das, habe ich mich jetzt fortgepflanzt? Nimmst du keine Pille?", fragt er mich allen Ernstes.
„Du kannst ganz beruhigt sein, es ist nichts passiert. Genau an diesem Punkt hat es der Mensch geschafft, der Natur einen Strich durch die Rechnung zu machen. Sie sorgt mit chemischen Prozessen, optischen Reizen und vielleicht noch anderen Dingen dafür, dass wir uns anziehend finden, geil aufeinander sind und miteinander schlafen. Aber damit, dass der Mensch das System jemals für sich selbst ausnutzen könnte, hat die Natur nicht gerechnet. Wir nehmen uns die Belohnung, also den Orgasmus, ganz bewusst so oft wir wollen, ohne das zu tun, wofür sie gedacht ist, nämlich Kinder zu zeugen."

Julian
„Du hast Recht, Lisa, so habe ich das noch gar nicht gesehen. Also wenn wir die Natur achten und schätzen, dann dürfen wir es nicht mehr miteinander treiben, zumindest solange du die Pille nimmst", stellte ich amüsiert fest.

Lisa
„Dann würdest du Ärger mit mir bekommen, das kann ich dir schon jetzt versprechen. Aber mal im Ernst, der Mensch ist doch das einzige Tier das weiß, dass es einen Zusammenhang zwischen Sex und Schwangerschaft gibt, oder meinst du, dass zum Beispiel die Affen den Zusammenhang kennen?", frage ich.

Julian
„Interessante Frage, aber kann ich mir nicht vorstellen. Sie rammeln den ganzen Tag, so oft und mit wem sie wollen, ohne zu wissen, was sie damit anrichten, aber so war es von der Natur gewollt. Ich gehe davon aus, dass es keine einzige Tierart gibt, welche die Folgen des Liebesspiels in Zusammenhang mit der Fortpflanzung bringt."
„Wir müssen uns ranhalten", sagt Lisa, während sie mir zwischen die Beine greift. „Irgendwann merkt es die Natur und die Menschen, welche die Natur betrügen, so wie wir gerade, bekommen im Laufe der Evolution keine Belohnung mehr."
„Du hast Recht, Lisa", antworte ich und rolle mich frech nach oben, um mich an ihren vollen Brüsten erneut zu erotisieren. „Sicher ist sicher, das was wir in der Tasche haben, kann uns die Natur nicht mehr nehmen", argumentiere ich und widme mich wieder ihren „anderen schönen Augen."

Lisa
Er macht mich fertig, ich stöhne erneut, als meine harten Nippel von seinen saugenden Lippen verwöhnt werden. Er packt sie vorsichtig mit seinen Zähnen, berührt sie mit seiner Zunge. Mein Körper bäumt sich auf, er dringt ein zweites Mal in meine feuchte Höhle, gibt es mir ordentlich, bis ich fertig bin. So haben wir die Natur ein weiteres Mal betrogen, was ich allerdings nicht bereue.

Die nächste halbe Stunde lagen sie einfach nur regungslos nebeneinander und blickten stumm in den Abendhimmel. Um sich vor dem, langsam frischer werdenden, Wind zu schützen, zogen sie eine Decke über ihre nackten Körper.
„Ist es nicht seltsam?", fragte Julian. „Wir sind uns so nahe, aber wissen eigentlich fast nichts voneinander."
„Wir haben noch unser ganzes Leben vor uns, um uns kennenzulernen. Das macht es spannend, Stück für Stück zu erfahren, wer du wirklich bist. Was du magst, was du nicht magst, wie ich dich ein wenig ärgern kann oder welche Leichen du im Keller vergraben hast", antwortete Lisa.
„Was glaubst du, warum ich hier neu gebaut habe, da war die Sache mit dem Vergraben viel einfacher", nahm Julian den Ball sogleich auf.

Christan befand sich bereits auf dem Weg zur Klinik. Natürlich war er versucht gewesen bei Vanessa zu klopfen, aber was hätte er ihr sagen sollen? Ohne einen bestimmten Grund hätte sie es bestimmt als aufdringlich empfunden. Vielleicht ist es nur beruflich bedingt, dass ich mir um alles und jeden Sorgen mache, dachte er. Trotzdem saß er mit einem schlechten Gewissen am Steuer. Als er im Krankenhaus eintraf, rannte sogleich eine Schwester auf ihn zu. Es war ein dringender Notfall, den er übernehmen musste, was ihn von seinen Gedanken an Vanessa ablenkte.

Sie wusste, was gleich passieren würde und hatte sich darauf eingestellt. Sie erschrak nicht, als der erste Schub ihres Blutes aus der Ader spritzte. Vanessa war erleichtert, dass sie nun am Ende ihres Leidensweges angekommen war.

Die vergangene Nacht war für Christian sehr hart gewesen. Noch nie hatte ihn sein Dienst derart gefordert und er war froh, nun ein paar Stunden schlafen zu können.
Lisa und Julian saßen gerade beim Frühstück und genossen die Pracht der aufgehenden Sonne.
„Ich muss immer noch an deine These über die Natur, die Belohnung und die Evolution denken", sagte Julian.
„Willst du schon wieder Sex?", fragte Lisa mit leuchtenden Augen.
„Nein, nein, der da unten braucht auch mal eine Pause", wehrte er lächelnd ab.
„Ich meine etwas anderes. Wenn die Evolution, irgendwann einmal, die Belohnung, also den Orgasmus, für die Menschen streicht, weil sie das System durchschaut haben, sich also mit der Pille zu wehren wissen, dann wäre die Fortpflanzung reine Arbeit und kein Mann würde mehr einen hochbringen."
Julian brachte seinen Gedanken so ernst vor, dass sich Lisa vor Lachen krümmte.
„Die Evolution ist so langsam, dass wir das sicherlich nicht mehr erleben werden."
Nun lachten sie gemeinsam und es war so ansteckend, dass sie am Ende gar nicht mehr wussten, worüber sie lachten. Nachdem sie sich beruhigt hatten, wischten sie sich ihre Tränen von den Wangen.
„Nun mal zurück zum Ernst des Lebens. Ich kann nur noch eine Woche bei dir bleiben, dann muss ich zurück nach Deutschland", sagte Lisa betrübt.
Das war der Augenblick, in dem Julian erneut realisierte, dass sie nur sehr wenig, oder besser gesagt, nichts voneinander wussten. Bisher dachte er

nicht darüber nach, ob es auch Hindernisse für ein Zusammenleben geben könnte. Es fühlte sich alles so selbstverständlich an, so, als ob es nichts auf der Welt gäbe, das sie jemals trennen könnte. Julian war anzusehen, dass ihn Lisas Ankündigung überrascht hatte. Er wusste zwar, dass sie nur auf die Insel gekommen war, um ihren Vater zu besuchen, trotzdem trafen ihn Lisas Worte wie ein Schlag. Erst jetzt überlegte er, dass ihre Beziehung auch scheitern könnte, wenn niemand bereit sein würde, seinen Wohnort aufzugeben. Lisa blickte in sein sorgenvolles Gesicht.
„Es freut mich zu sehen, dass es dich hart trifft, wenn ich dich vorläufig verlassen muss. Es zeigt mir, wie sehr du mich liebst."
Lisa stand auf und setzte sich auf Julians Schoß, um ihm einen zärtlichen Kuss zu geben und ein wenig Trost zu spenden.
„Wir werden einen Weg finden, der uns beide glücklich macht", versicherte ihm Lisa, obwohl sie noch nicht wusste, wie dieser Weg aussehen würde.
Auch Lisas Magen verkrampfte sich bei der Vorstellung, Julian auf der Insel zurückzulassen. Es war die Angst vor dem Augenblick des Abschieds, auch wenn er nicht für immer sein würde. Als Lisas Handy klingelte, schaute sie zuerst aufs Display.
„Mein Vater", sagte sie und nahm den Anruf an.
Julian kam das Gespräch sehr seltsam vor. Lisa hörte nur zu und bestätigte ab und zu mit „ja" oder „mm". Er sah ihr bereits an, dass etwas passiert sein musste. Nachdem das Gespräch beendet war, konnte sich Lisa kaum mehr auf den Beinen halten. Julian traute sich nicht zu fragen, während er in ihr blasses Gesicht blickte.
„Du musst jetzt ganz stark sein, Julian. Es ist etwas Schlimmes passiert, aber vorweg, Vanessa hat überlebt."
Julian war schlagartig ebenso blass wie Lisa. Er war nicht in der Lage ein einziges Wort hervorzubringen, denn er wusste, dass es nur mit ihm zusammenhängen konnte. Obwohl er nicht wirklich damit gerechnet hatte, war ihm bereits in diesem Augenblick bewusst, was geschehen war.
„Sie hat sich gestern Abend die Pulsadern aufgeschnitten und es muss reines Glück gewesen sein, dass sie überlebt hat. Mein Vater hat es nur zufällig von einem Kunden erfahren, dessen Tochter im Krankenhaus arbeitet."
Julian zitterte am ganzen Körper. Nicht er hatte versucht Vanessa umzubringen, aber er fühlte sich schuldig. Es war eine schwere Last, die plötzlich auf ihm lag und ihn zu erdrücken drohte. Auch Lisa war geschockt. Es dauerte eine ganze Weile bis Julian das Schweigen brach.
„Es ist alles meine Schuld", sagte er zutiefst betroffen.

„Wenn es deine Schuld wäre, dann wäre es auch meine Schuld. Aber das, was passiert ist, ist nicht unsere Schuld. Wenn sich jede Frau umbringen würde deren Beziehung zu Ende ist, dann gäbe es bald keine Frauen mehr auf der Welt", gab Lisa zu bedenken.
„Ich muss zu ihr", sagte Julian und ein paar Sekunden später war er weg.

Ein Blick auf die Uhr verriet Christian, dass es bereits zehn Uhr war. Obwohl er den Schlaf dringend benötigte, schien es ihm nicht möglich zu sein, einzuschlafen. Auch für ihn war es ein Schock gewesen, als Vanessa am gestrigen Abend eingeliefert wurde und gerade er dafür verantwortlich war, ihr Leben zu retten. Es war ihr bedrückter Gesichtsausdruck gewesen, der ihm keine Ruhe gelassen und dazu veranlasst hatte, noch vorm Beginn der Schicht, seine Mutter anzurufen. Er hatte sie darum gebeten, unter irgendeinem Vorwand nach Vanessa zu schauen. Sie hatte an der Tür geklopft und als niemand öffnete, durch das Fenster des Esszimmers geschaut. Vanessa war zwar nicht zu sehen gewesen, aber das Blut auf dem Tisch hatte verraten, dass etwas Schreckliches passiert sein musste. Christians Mutter war zurückgerannt, um die Rettung zu alarmieren und den Ersatzschlüssel der Ferienwohnung zu holen. Vanessa hatte blutüberströmt auf dem Boden gelegen und zum Glück war der Notarzt gerade noch rechtzeitig vor Ort gewesen.

Nachdem Julian in der Klinik eingetroffen war wusste er nicht, ob ihn Vanessa sehen wollte, aber er konnte nicht so tun, als ob nichts passiert wäre. Ihre Eltern kamen ihm gerade entgegen. Tom musste Sabine stützen, deren verheulten Augen das ganze Leid anzusehen war. Sie würdigten Julian keines Blickes, was er in diesem Augenblick verstehen konnte. Seine Bemühungen, mit Vanessa zu sprechen, blieben jedoch erfolglos, denn der Zutritt in diese Abteilung des Krankenhauses wurde ihm leider verwehrt.

Erst vier Tage später durfte Julian Vanessa besuchen. Er saß mindestens eine Stunde vor Vanessas Zimmer, bis er es wagte, vorsichtig zu klopfen. Auch beim zweiten Mal war nichts zu hören, trotzdem öffnete er die Tür. Vanessa drehte sich sogleich von ihm weg, was keine Einladung zum Reden darstellte. Julian nahm sich einen Stuhl und setzte sich ans Bett. Was sagt man in so einer Situation, dachte er. Vielleicht reicht es auch, wenn ich einfach nur da bin. Er versuchte sich vorzustellen, was in ihrem Kopf vorging. Wie fühlt man sich, wenn man denkt, das Leben ist beendet und sogleich wieder in die Welt zurückgeholt wird? Ich bin froh, dass sie gerettet wurde, aber wie empfindet sie das? Julian kam mit seinen Gedanken nicht

weiter und saß die nächste halbe Stunde einfach stumm an ihrem Bett. Schließlich traute er sich doch, die übliche Frage zu stellen.
„Wie geht es dir, Vanessa?"
Eigentlich erwartete er nicht, dass sie mit ihm sprechen würde, umso mehr wunderte er sich über ihre Antwort.
„Wie geht es jemandem, der von den Toten auferstanden ist. Beschissen."
Vanessa drehte sich nun um und blickte ihm direkt in die Augen. Sie sah schwer gezeichnet aus, aber Julian spürte keinen Hass. Sie sah eher versöhnlich aus, was ihn dazu veranlasste, ihre Hand in die seine zu nehmen.
„Was habe ich nur angerichtet", sagte Julian, während ihm Tränen über die Wangen liefen. Er konnte sich nicht daran erinnern, dass er jemals vor einer Frau weinen musste. Auch Vanessa kullerten Tränen aus den Augen.
„Bitte versprich mir, dass du das nie wieder tust. Ich bin sicher, du wirst mich irgendwann einmal vergessen können und eine neue glückliche Beziehung haben."
„Ich kann dich verstehen, Julian, ich kann verstehen, dass du Angst hast. Aber ich kann es dir nicht versprechen. Ich sehe keinen Sinn mehr in meinem Leben und ich glaube nicht mehr an mein Glück. Zu oft bin ich schon enttäuscht worden. Ich habe einfach nicht mehr die nötige Kraft, um den täglichen Kampf durchzustehen, den mir das Leben abfordert. Ich will nicht dir und auch nicht Lisa die Schuld geben. Für das, was passiert ist, kann vermutlich niemand etwas. Aber ich bin es, die das Schicksal erneut getroffen hat, die damit leben muss und das fällt mir sehr schwer."
Julian wusste keine Antwort darauf, er konnte Vanessas Worte wirklich nachvollziehen. Zu sagen, „es wird wieder alles gut", das wäre zu einfach gewesen. Nach einer kleinen Pause redete Vanessa weiter.
„Ich könnte mir nichts Schöneres vorstellen, als wenn du zu mir zurückkehren würdest."
Es überraschte Julian nicht, er hatte selbst schon darüber nachgedacht, ihr genau das anzubieten. Er wollte nicht dafür verantwortlich sein, dass sich Vanessa, demnächst dann vielleicht mit Erfolg, das Leben nehmen würde. Aber wäre das der richtige Weg?, überlegte er. Sicher nicht, aber ein anderer Weg zeichnete sich zurzeit nicht ab. Es war gegen sechzehn Uhr, als sich Julian verabschiedete. Sie waren sehr freundschaftlich miteinander umgegangen. Es war Julian nicht entgangen, dass ihn Vanessa noch immer liebte. Natürlich spürte auch er, dass seine Liebe zu ihr nicht gänzlich erloschen war.
„Warte Julian, ich muss dir etwas sagen."

Es klang so, als ob sie sich kaum traute, weil Vanessa ein wenig zögerte, bevor sie ihre drei schwerwiegenden Worte hervorbrachte.
„Ich bin schwanger."
Julian war nicht sicher ob er es richtig verstanden hatte, obwohl diese drei Worte in seinem Kopf mehrfach nachhallten, wie das Echo in einem Gebirge. Trotzdem fragte er nochmals nach.
„Du bist schwanger? Von mir?"
„Ja, Julian, von dir."
Diese Worte trafen ihn so hart wie ein Faustschlag ins Gesicht. Was er eben erfuhr, dessen war er sich sofort bewusst, würde sein ganzes Leben verändern. Tausende Gedanken schossen ihm wie schmerzhafte Pfeile durch den Kopf, aber er wusste bereits jetzt, dass ihm nichts anderes übrigbleiben würde, als sich seiner Verantwortung zu stellen. Seine Gedanken überschlugen sich förmlich. Julian war nicht mehr in der Lage, sie in geordnete Bahnen zu lenken. Er wusste nicht, was er in diesem Augenblick sagen sollte, so ergriff er wortlos die Flucht. Julian fuhr völlig ziellos über die Insel, bis er sich entschloss, auf dem nächsten Parkplatz anzuhalten, um nachzudenken. Zuerst kam ihm Lisa in den Sinn, was sollte er ihr sagen? Seiner großen Liebe gleich wieder kündigen? Bei diesem Gedanken wurde ihm richtig übel, das war ein Thema, über das er im Moment gar nicht nachdenken konnte. Julian fühlte sich mit dieser Situation überfordert, hoffnungslos überfordert. Er war noch immer ziemlich durcheinander, in seinen Gedanken herrschte einzig und alleine Chaos. Deshalb entschloss er sich ganz spontan zum Hafen zu fahren. Er wollte weg, einfach weg, hinaus aufs Meer, um dort vielleicht wieder einen klaren Gedanken fassen zu können. Während er aus dem Hafen hinausfuhr merkte er nicht wie schnell er unterwegs war. Sein RIB warf hohe Wellen, was die vertäuten Boote heftig aufschaukeln ließ. Erst als er ein Signal von einem wütenden Skipper bekam, verringerte er seine Fahrt und gab ein Zeichen der Entschuldigung.
Gleich am Hafenausgang legte Julian den Gashebel auf den Tisch, was Vollgas bedeutete. Durch die Kraft des großen Motors schoss das leichte RIB los wie eine Rakete, sodass es ihn ordentlich in den Sitz presste. Mit einem kurzen Blick auf die Tankuhr versicherte er sich, dass der Bootshändler, wie von ihm beauftragt, die Kraftstofftanks befüllt hatte. Das GPS zeigte im Moment einhundert Kilometer pro Stunde an, so dass er bei dieser Geschwindigkeit eher über das Wasser flog, als fuhr. Nur der hintere Teil des Rumpfes konnte noch Kontakt mit dem Wasser halten.

Bei der Ausfahrt aus dem Hafen schien das Meer glatt, wie die Oberfläche eines Badesees, aber dies hatte sich draußen sehr schnell geändert. Es überraschte Julian nicht, denn das war eher die Regel, als die Ausnahme. Bereits kleinere Wellen ließen das RIB komplett abheben und wieder hart auf die Wasseroberfläche auftreffen, die sich bei dieser Geschwindigkeit unnachgiebig wie Beton verhielt. Trotz Sonnenbrille tränten Julians Augen vom Fahrtwind, der sich kalt anfühlte. Als seine Basecap davonflog, registrierte er es zwar, aber er reagierte nicht. Mit fliegenden Haaren hielt er stur geradeaus, ohne eine bestimmte Richtung zu verfolgen. Der Seegang war inzwischen etwas rauer, was Julian veranlasste aufzustehen, um die heftigen Bootsbewegungen besser abfedern zu können. Trotzdem lag der Gashebel noch immer komplett nach vorn umgelegt.

Julian machten die widrigen Umstände nichts aus, im Gegenteil, er brauchte die Herausforderung, weil es ihn ein wenig ablenkte. Bei jedem Auftreffen des Bootes auf die Wasseroberfläche sprühte es einen Salzwassernebel über den Fahrstand, dessen Scheibe sich nach und nach mit angetrockneten Salzkristallen überzog. Es war befreiend für Julian, er spürte sich wieder, den scharfen Fahrtwind, den Geruch des Meeres nach Fisch und Algen, den salzigen Geschmack des Wassers auf seiner Zunge. Der Rausch der Geschwindigkeit erfasste ihn, überlagerte seine Gedanken an alles Schreckliche was sich ereignet hatte.

Die Cockpitscheibe war inzwischen so sehr von Salz verkrustet, dass Julian eine Formation von mehreren großen, schräg verlaufenden Wellen übersah, die es erfordert hätten, das Gas rasch zurückzunehmen. Als er in sie hineinfuhr, hob das Boot mit einem gewaltigen Satz ab und befand sich nun komplett im Freiflug. Der Propeller bekam keinen Widerstand mehr, wodurch der Motor aufheulte und bis zum Drehzahlbegrenzer hineindrehte. Julian realisierte bereits, dass die Landung hart werden würde, so blieb ihm nichts anderes übrig, als sich krampfhaft am Steuerrad festzuhalten. Der Bug ging nach unten, um direkt auf einen schräg verlaufenden, beängstigend großen Wellenkamm aufzutreffen. Es gab einen mächtigen Schlag, der das Boot derart verzögerte, dass es Julian nach vorn schleuderte. Der Bug verfing sich in der Welle und änderte so abrupt die Richtung, dass es Julian schräg nach vorn, am Lenkrad vorbei katapultierte. Seine Hände verloren den Halt, lösten sich vom Steuerrad und fast im gleichen Augenblick schlug er mit seinem Brustkorb direkt auf den Stahlhandlauf auf, der die Cockpitscheibe umfasste. Die Verzögerung und Richtungsänderung des Schlauchbootes waren so enorm, dass es ihn hinausschleuderte. Der Schmerz in Julians Brustkorb stach so heftig, dass er für einen Moment lang keine Luft mehr bekam. Als sein Körper auf die Wasseroberfläche auftraf, fühlte es sich an, als ob es ihn in Stücke zerreißen würde.

Das Wasser, zusammen mit einem Heer von Luftblasen, umschloss ihn gänzlich, verschlang ihn geradezu und sorgte dafür, dass er die Orientierung verlor. Julian wusste nicht mehr wo oben und unten war und drohte bereits zu ertrinken. Sein Gleichgewichtssinn hatte ihn gänzlich verlassen und erst nachdem sich die Luftblasen verflüchtigt hatten, sah er das Licht, das ihm den Weg nach oben wies. Nachdem er aufgetaucht war brauchte er ein paar Sekunden bis er in der Lage war, einen tiefen Atemzug zu nehmen. Noch nie in seinem Leben hatte er so viel Salzwasser verschluckt, sodass er mehrfach ausspeien musste. Erst jetzt spürte er den stechenden Schmerz auf der rechten Seite seines Brustkorbs wieder. Sein rechter Arm fiel somit aus und er musste sich mit den Beinen und dem linken Arm über Wasser halten.

Das Schlauchboot war erst nach circa fünfzig Metern zum Stehen gekommen, und er dankte Gott, dass er sich die Spiralschnur am Handgelenk befestigt hatte, die zur Schaltbox des Motors führte und eben für solche Fälle konzipiert war. Durch diese Schnur wurde ein Schalter ausgelöst, der den Motor stoppte. Es war Julian sofort bewusst, dass ihm keine Zeit zur Verfügung stand, um sich auszuruhen. Nachdem er seinen rechten Arm nicht bewegen konnte, entschied er sich für die Rückenlage, in der er am schnellsten vorwärtskommen würde.

Er schwamm mühsam auf sein RIB zu, aber der Abstand zum Boot verringerte sich nur unwesentlich. Es war der Wind, der das leichte Schlauchboot mit den großen Wülsten, von ihm weg, auf das offene Meer hinaustrieb. Während sich Julian mit allen Kräften bemühte, überlegte er bereits, ob er vom Wasser aus die Badeleiter nach unten klappen könnte, und wenn ja, ob er überhaupt in der Lage wäre, sie mit seiner Verletzung zu erklimmen. Aber er war ziemlich sicher, dass er das schaffen würde. Mit diesem Ziel kämpfte er sich mühsam an sein Boot heran. Es waren nur noch etwa zehn Meter zu überwinden, als seine Kräfte nachließen und sich der Abstand plötzlich nicht mehr verringerte. Im Gegenteil, der Wind trieb das RIB schneller vor sich her, als Julian schwimmen konnte.

Erst jetzt schaute er sich nach dem Ufer um. Er wusste nicht wo genau er sich befand, er war völlig planlos unterwegs gewesen. Nachdem er sich umgedreht hatte, konnte er das Ufer zwar sehen, aber es war so weit entfernt, dass er sich nicht vorstellen konnte, es vor der Dunkelheit zu erreichen. Ein letzter Versuch an das Schlauchboot heranzukommen scheiterte ebenfalls, weshalb ihm nichts anderes übrigblieb, als eine Entscheidung zu fällen. Entweder zu hoffen, dass der Wind rechtzeitig abflaute, was gegen Abend häufig der Fall war, oder zu versuchen, die Küste zu erreichen. Aber darauf zu warten, dass sich der Wind legte, bedeutete gleichzeitig die Chance aufzugeben, das Land schwimmend zu erreichen. Julian war zwar ein guter Schwimmer, aber mit seiner Verletzung war er stark beeinträchtigt und die Entfernung zum Ufer schien ihm, auch zum jetzigen Zeitpunkt, schon fast unüberbrückbar.

Er wusste, dass er keine Zeit mehr vertrödeln durfte und entschied sich, in Richtung der Küste zu schwimmen. Auf dem Rücken, mit den Beinen strampelnd und mit einem Arm unterstützend, versuchte er so rasch wie möglich vorwärts zu kommen. Es war Julian bewusst, dass er seine Kräfte einteilen musste. Zu schnell zu schwimmen konnte ebenso das Aus bedeuten wie zu langsam zu schwimmen und in der Nacht die Orientierung zu verlieren. Er konnte die Küste in Rückenlage zwar nicht sehen, aber es war ihm möglich, sich an der bereits sehr tief stehenden Sonne zu orientieren und die Richtung weitgehend einzuhalten. In der Hoffnung, dass ihm vielleicht ein anderer Bootsfahrer zu Hilfe kommen würde, hielt er in regelmäßigen Abständen Ausschau. Bisher konnte er allerdings kein Boot in der Nähe entdecken. Julian wusste, dass seine Chancen nicht besonders gut standen. Seine Schmerzen im Brustkorb waren so heftig, dass er vermutete, mehrere Rippen gebrochen oder zumindest angebrochen zu haben. Die Entfernung zum Ufer schien schier endlos und Julian wusste, dass man sie in der Regel sogar unterschätzt, dass es meist weiter ist, als es das Auge suggeriert.

Was ist, wenn es eine Rippe in die Lunge gedrückt hat und es Einblutungen gibt?, überlegte er. Ich darf nicht an so etwas denken, ich muss mich auf mein Ziel konzentrieren, das Ufer zu erreichen, ermutigte er sich. Trotzdem konnte er seine Gedanken nicht einfach abschalten. So wie ich unterwegs war, war es ganz schön leichtsinnig, überlegte er weiter. Julian wusste, dass es drei wichtige Sicherheitsmaßnahmen gab, von denen er nur eine beachtet hatte, nämlich die Spiralschnur an seinem Handgelenk zu befestigen, die den Motor für den Fall stoppte, dass der Fahrer über Bord ging. Er durfte gar nicht daran denken was hätte passieren können, wenn er auch das nicht befolgt hätte. Sein RIB wäre einfach weitergefahren und zur Gefahr für andere geworden. Im besten Fall wäre es, irgendwo auf dem offenen Meer, mit leerem Tank liegen geblieben, aber es hätte ebenso einen Schwimmer überfahren, eine Kollision verursachen, oder an irgendeinem Felsen zerschellen können. Obwohl der Motor gestoppt und er im Moment mit ganz anderen Problemen

zu kämpfen hatte, musste er über diesen Fall nachdenken. Julian war erleichtert, dass er mit seinem leichtsinnigen Verhalten zumindest niemand anderen in Gefahr gebracht hatte.
Die Sicherheitsvorkehrung Nummer zwei wäre zumindest bei der Geschwindigkeit angebracht gewesen, mit der er unterwegs war. Julian wusste, dass es Schlauchbootkapitänen öfter passierte, ungewollt über Bord zu gehen. Seine Schwimmweste, die nun fein säuberlich in einer Kiste im RIB verstaut war, hatte er leider nicht angelegt. Vielleicht war die Entscheidung, die Weste nicht anzulegen, eine Entscheidung über Leben und Tod gewesen. Aber es war keine bewusste Entscheidung von mir, dachte er. Ich war vollkommen durcheinander, als ich an Bord ging. Ich konnte zu diesem Zeitpunkt gar nicht klar denken, ich bin einfach losgefahren. Nun wunderte er sich sogar darüber, dass er die Notstoppschnur an seinem Handgelenk befestigt hatte. Julian schwamm, unter starken Schmerzen, kontinuierlich weiter, aber immer wenn er stoppte und nach dem rettenden Ufer schaute, sah es so aus, als ob sich nichts verändert hätte. Seine Hoffnung, das Ufer lebend zu erreichen, schwand von Minute zu Minute. Er realisierte inzwischen, dass die Entfernung zum Land tatsächlich wesentlich größer sein musste, als er sie eingeschätzt hatte, aber es blieb ihm keine Wahl.
Während er zielstrebig auf das Ufer zuschwamm, dachte er über Regel Nummer drei nach, die er mit seinem Sportbootführerschein auf den Weg bekommen hatte. „Wenn du auf die See hinausfährst solltest du immer eine Person an Land informieren, dass du hinausfährst und möglichst auch wohin du fährst." Das war ein Satz, den ihm der Fahrlehrer ans Herz gelegt hatte. Natürlich gab es in seinem Fall niemand der wusste, dass er und wo er mit seinem Boot unterwegs war. Er wusste ja selbst nicht an welcher Stelle er sich zurzeit befand. Selbst wenn ich diese Regel beachtet hätte, würde sich frühestens nach Einbruch der Dunkelheit jemand Sorgen machen, was mir ohnehin nichts mehr nutzen würde.

Lisa musste über die letzten Tage hinweg oft an Vanessa denken, so auch heute. Wie verzweifelt muss man sein, wenn man den Mut aufbringt, sein Leben eigenhändig zu beenden? Ich habe ihr das genommen, was ihr bisheriges Leben ausmachte. Das Wichtigste, das man besitzen kann, einen Menschen, den man liebt. Würde ich ohne Julian weiterleben wollen?, fragte sie sich. Ich kann mir ein Leben ohne ihn auch nicht mehr vorstellen. Es gibt zwei Dinge, die unabhängig voneinander das Glück eines Menschen beeinflussen, so auch bei mir. Das Leben, das ich bisher geführt habe, mit allem was dazu gehört. Menschen, die mir nahe stehen, mein Beruf, mein ganzes Umfeld, sämtliche materiellen Annehmlichkeiten, sie bilden eine Seite meines Lebensglücks. Meine Beziehung zu Julian, einem Menschen, den ich von Herzen liebe, das ist die andere Seite meines Glücks. Er ist ein Mensch, der die Schmetterlinge in meinem Bauch tanzen lässt, ein Mensch, den ich schon nach wenigen Sekunden vermisse, ein Mensch, an den ich mich gerne anlehne, den ich nah bei mir haben möchte, den ich küssen, herzen und lieben kann. Es ist genau das Glück, welches man durch nichts anderes auf der Welt ersetzen kann. Lisa wusste, dass dieser Teil ihres Lebens ins Wanken geraten war.

Wie würde Julian auf den Suizidversuch von Vanessa reagieren? Sie ahnte es bereits. Nie würde er die Verantwortung tragen wollen, dass es Vanessa das nächste Mal vielleicht gelingen würde, sich ins Jenseits zu befördern. Wer weiß, vielleicht würde er mich sogar aufgeben, um ihr Leben zu schützen. Sie musste an ihre Worte denken, mit denen sie Julian beruhigt hatte. Niemand ist schuld, sagte ich, trotzdem spüre auch ich diese Schuld in mir. Ich weiß, ich habe sie mir nicht selbst aufgebürdet, es war einfach Schicksal, niemand kann etwas dafür. Lisa schaute ungeduldig auf ihre Uhr. Julian durfte Vanessa heute das erste Mal besuchen. Inzwischen war er schon mehrere Stunden weg, aber sie wollte ihn nicht bedrängen. Er wird bald zurück sein, dachte sie und verkniff sich einen Anruf auf seinem Handy.

Die Sonne versank langsam, aber kontinuierlich im Meer. In einer anderen Situation wäre Julian sehr dankbar gewesen, ein solch schönes Abendrot zu erleben. Aber zum jetzigen Zeitpunkt kam der Sonnenuntergang sehr ungünstig. Seine Kräfte waren größtenteils aufgezehrt und die Küste rückte nur unwesentlich näher an ihn heran. Julian überlegte, wie lange ein Mensch in dieser Situation durchzuhalten vermochte. Das Wasser fühlte sich beim Baden zwar angenehm warm an, aber er war diesem Element bereits seit über einer Stunde ausgesetzt. Es saugte das letzte bisschen Wärme gnadenlos aus seinem kraftlosen Körper. Bin ich in der Lage noch eine Stunde oder zwei, drei Stunden, vielleicht sogar die ganze Nacht im Wasser durchzuhalten?, fragte er sich. Er wusste es nicht, aber er ahnte bereits, dass er bald an seine Grenzen stoßen würde. Unverletzt wären meine Chancen sicherlich sehr gut gewesen, dachte er, obwohl ihm dieser Gedanke nicht weiterhalf.

Julian kam in seinem Zustand nur sehr langsam voran. Er wusste, dass es in erster Linie ein Kampf gegen die Kälte sein würde, ein Kampf auf Leben und Tod. Die Hoffnung, dass ihn jemand entdecken könnte, schwand mit jeder

Minute, während sich der Himmel bereits verdunkelte. Gnadenlos, wie ein Krake, nahm die Dunkelheit Stück für Stück das letzte Licht ein, das die kleinen Kabbelwellen, Julians Situation völlig unangemessen, tänzerisch widerspiegelten. Immer öfter zog es ihn nach unten, musste er Wasser schlucken. Seine Schmerzen im Brustkorb raubten ihm fast die Sinne, trotzdem versuchte er nun, auch seinen rechten Arm mit einzusetzen. Ein Stich, wie mit einem Dolch in die Brust, verwies ihn jedoch gnadenlos in die Schranken. Selbst die Bewegungen mit seinem linken, inzwischen ziemlich kraftlosen Arm, steigerten seine Schmerzen ins Unermessliche. Julian spürte, dass auch dieser Arm nicht mehr lange durchhalten würde.

Noch war die Küstenlinie schwach zu erkennen, aber sie schien Julian mittlerweile, in Anbetracht seines Zustands, unerreichbar. Inzwischen fühlte er sich wie in Trance, seine Gedanken waren nicht mehr klar, sondern bestanden aus vielen einzelnen Bruchstücken verschiedenster Lebensabschnitte, die sich überlagerten, die verschwammen und sich unweigerlich vermischten, wie Milch mit Kaffee. Als er plötzlich Lisa spürte, die ihm erschienen war wie eine Fee aus einer fremden Welt, fühlte er sich geborgen. Sie lag auf ihm, nackt, warm und weich, gab ihre Wärme an seinen Körper ab und er vergaß alles, was um ihn herum geschah. Julian fühlte sich vereint mit ihr, seiner großen Liebe, schloss seine Arme um sie, fühlte ihren zarten, füllligen Po. Der liebliche Duft ihres Körpers, ihres Parfüms, hielten ihn in einer unwirklichen Welt voller Gedanken gefangen. Plötzlich fühlte sich alles so real an, dass er begann mit ihr zu sprechen. „Ich liebe dich, Lisa, ich liebe dich mehr als alles andere auf der Welt", flüsterte er ihr zwischen zwei zärtlichen Küssen zu, aber Lisa hielt ihm nur den Finger auf den Mund. „Ich liebe dich auch, mehr als alles andere auf der Welt, aber unsere gemeinsame Zeit ist zu Ende. Wir wissen es beide. Ich bin gekommen, um Abschied zu nehmen."
Während Lisa sanft aus seinen Gedanken entschwand, traf ihn die Kälte hart. Es fühlte sich an, als ob er im Polarmeer, zwischen kühlen Eisblöcken, sinnlos um sein Überleben kämpfen würde. Es gab zwar keine Eisbären und das Wasser war durch die tägliche Sonneneinstrahlung auf Badetemperatur aufgewärmt, trotzdem fühlte es sich auf seiner Haut an, als ob es aus lauter Eiswürfeln bestehen und ihm die letzte Wärme gnadenlos aus dem Körper saugen würde.

Nadine war dem Ratschlag von Julian gefolgt und hatte sich in psychiatrische Behandlung begeben. Zwei Mal pro Woche saß sie bei Frau Lorenz entspannt im Sessel, um sich ihr gegenüber voll und ganz zu öffnen. Es gab nichts, was sie nicht interessierte, so breitete Nadine ihr ganzes Leben vor ihr aus, von der Kindheit an, bis zu dem Zeitpunkt, als sie Julian, unter Vorspiegelung falscher Tatsachen, dazu gebracht hatte, in großer Sorge alles liegen zu lassen, um nach ihr zu sehen.

„Im Hier und Jetzt leben", das waren die Worte von Frau Lorenz, die ihr noch immer in den Ohren lagen. Sie hatte Nadine verständlich gemacht, dass es nötig war, den Blick nach vorn zu richten, sich neue Perspektiven zu eröffnen, um die Vergangenheit bewältigen zu können. Nadine war ziemlich durcheinander, sie fand einfach kein neues Lebensmodell, wusste selbst nicht, was sie wirklich wollte und was sie vom Leben erwartete. Es war ihr nicht klar, ob sie Julian inzwischen mehr liebte als je zuvor, oder ob sie ihn nur begehrte, weil er sich nun mit einer anderen Frau vergnügte.

Nadines Gefühle waren sehr wechselhaft, so gab es Momente, in denen sie vor Sehnsucht nach ihm weinte, aber auch Momente, in denen sogar Hass in ihr aufkam. Sie kannte diese dunkle Seite bisher nicht, weshalb sie sich Sorgen machte. Auch Frau Lorenz wusste, wie sie über Julian dachte, wusste, dass sie ihn liebte, wusste auch um ihren Hass, der zwar nur sehr selten durchdrang, aber tief in ihr schlummerte. Nadine bekam keine konkreten Ratschläge wie sie ihre Zukunft gestalten sollte. Das war etwas, das sie selbst in die Hand nehmen musste. Trotzdem war sie froh um diese Termine, dankbar, dass sie sich jede Woche alles von der Seele reden konnte, dass jemand da war, bei dem sie ein offenes Ohr für ihre Sorgen und Nöte fand.

Julian spürte es deutlich, dass er seinem Ende bereits sehr nahegekommen war. Während er mittlerweile rein mechanisch weiterschwamm, langsam, mühsam, sich zäh Zentimeter für Zentimeter erkämpfte, musste er über sein Leben nachdenken. Der Gedanke, dass er nun Vater würde, elektrisierte ihn förmlich. Ein Vater, der sein Kind nie sehen würde und ein Kind, das ohne Vater aufwachsen müsste. Dies war ein schrecklicher Gedanke. Natürlich hätte er zu seinem Kind gestanden, natürlich hätte er Vanessa gefragt, ob er zu ihr zurückkehren dürfte.

Als er an Lisa dachte, spürte er wieder diese Wärme, diese Geborgenheit und das Gefühl, verrückt nach ihr zu sein. Julians Schmerzen wurden einen Moment lang durch die tanzenden Schmetterlinge verdrängt, die seine Gedanken an Lisa hervorriefen. Ein schönes Gefühl in einer aussichtslosen Lage, dachte er. Es wäre der größte Schmerz ihr sagen zu müssen, dass es aus sein würde. So oder so, es wäre eine unerträglich Situation. Gerade im Moment sieht es ohnehin so aus, dass dir diese Entscheidung erspart bleibt, überlegte er, während er weiterhin um jeden Zentimeter rang. Julian fror fürchterlich, mittlerweile zitterte sein Körper so heftig, dass er dafür mehr Energie verbrauchte, als er für seinen Vortrieb verwenden konnte. Jetzt, genau in diesem Augenblick, spürte er deutlich, dass ihn seine Kräfte bald gänzlich verlassen würden, dass er den Kampf verlieren würde, dass er sein Kind wohl nie in seinen Armen halten würde, dass er weder Vanessa noch Lisa jemals wiedersehen würde. Inzwischen konnte er nur noch seine Beine bewegen, aber auch diese erschlafften unweigerlich, kamen an ihre Grenzen. Julian war nicht mehr in der Lage einzuschätzen, ob er vorwärts kam, in welche Richtung er schwamm und wo sich das Ufer befand. Sein Körper ermüdete vollends, seine Kräfte waren verzehrt, selbst zum Denken fehlte ihm mittlerweile die Energie. So trieb er ziellos seinem Ende entgegen.

Lisa kam inzwischen fast um vor Sorgen. Sie konnte an nichts anderes mehr denken, als an Julian. Mittlerweile brach die Dämmerung herein, höchste Zeit, ihn anzurufen. Sie musste wissen ob er noch bei ihr war, wissen, ob er vielleicht schon schwach geworden war, wissen, ob es für sie in Julians Zukunft noch einen Platz geben würde. Ihre Finger zitterten, als sie es auf seinem Handy versuchte, aber es meldete sich nur die Mailbox. Ja, sie ahnte es bereits. Er traut sich vermutlich nicht mit mir zu sprechen, was soll er mir sagen? Es muss sehr schwer für ihn sein, dachte Lisa, die sich versuchte in seine Situation hineinzuversetzen. Julian wird sein Handy ausgeschaltet haben, vielleicht schafft er es nicht, mir das zu sagen, was er mir sagen muss. Vielleicht weiß er bereits, dass er mir damit das Herz brechen würde, vielleicht auch sein eigenes. Lisa versuchte es weitere Male, aber es meldete sich nur die Mailbox.

Julian trieb noch immer in Rückenlage auf der Wasseroberfläche. Mittlerweile musste er seine ganzen Kräfte nur dafür aufwenden, um nicht unterzugehen. Er versuchte zwar weiterhin voranzukommen, aber die Sonne war inzwischen versunken, mit ihr die Wärme des Tages verebbt und somit sein leuchtender Orientierungspunkt erloschen. Julian blickte in einen düsteren Himmel, der nur spärliches Licht spendete. Die wenigen Sterne und die schmale Sichel des Mondes boten sich an, ihm die Richtung zu weisen, trotzdem war er orientierungslos. Julian konnte die Stellung des Mondes nicht mehr der Richtung des Ufers zuordnen, weshalb ihm nichts anderes übrig blieb, als sich über Wasser zu halten und seinem sicheren, schrecklichen Ende entgegenzusehen.

Als sich Lisa entschloss, Julian auf die Mailbox zu sprechen, war es bereits gegen zehn Uhr abends.
„Ich bin es, Lisa, bitte, bitte, melde dich, Julian. Ich komme fast um vor Sorgen. Egal was du mir zu sagen hast, hab keine Angst um mich, ich werde es verkraften. Ich kann verstehen, wie schlimm die Situation für dich sein muss, aber bitte ruf mich an, damit ich sicher sein kann, dass nichts Schlimmes mit dir passiert ist. Ich liebe dich."
Lisa ließ sich in einen Sessel fallen. Sie fühlte sich von den Ereignissen wie erschlagen. Ihr Körper wirkte schwer wie Blei und die furchtbaren Sorgen fraßen sie förmlich von innen heraus auf. Sie überlegte, was sie tun könnte. Vielleicht sollte ich ins Krankenhaus fahren, um nachzuschauen, ob er sich bei Vanessa aufhält. Nein, ein Zusammentreffen zu dritt wäre unvorteilhaft. Ich könnte Vanessa zumindest anrufen, sie kann nicht mehr, als mich abweisen, dachte Lisa. Sie schaute im Rufnummernspeicher von Julians Telefon nach, um sich Vanessas Handynummer zu notieren.
Nun saß sie wieder in Julians Sessel, in dem sie sich, zumindest etwas, geborgen fühlte. Den Finger auf der grünen Taste, den Blick auf Vanessas Nummer im Display, zögerte sie jedoch. Lisa war nicht schüchtern, auch nicht ängstlich, aber sich dazu durchzuringen, Vanessa anzurufen, schien ihr fast unmöglich. Es kam ihr so vor, als ob sich ihr Finger nicht ihren Gedanken unterordnen wollte, um den Knopf zu drücken. In Wahrheit war es genau anders herum, es waren ihre Gedanken, die verhinderten, dass ihr Finger die Taste mit dem grünen Symbol drückte. Sie hasste sich selbst dafür, dass sie sich nicht traute. So legte sie das Telefon auf die Seite, um über andere Möglichkeiten nachzudenken.

Die Sterne drehten sich, seine Augen brannten wie Feuer, immer wieder verschluckte er sich am salzigen, abscheulich schmeckenden Meerwasser. Seine Kräfte waren vollends verzehrt, sein Körper ausgekühlt, ohne jegliche Energie, ohne jeglichen Lebensmut. Immer häufiger wurde Julians Gesicht überspült, gnadenlos und unerbittlich, Welle für Welle eingenommen, im Namen des Todes. Gerade in diesem Moment traf ihn die Erkenntnis hart, dass es keine Möglichkeit mehr gab, sich von seinen Lieben zu verabschieden. Seine Mutter, sein Vater, wie gerne hätte er ihnen Dank ausgesprochen, für all das, was sie bisher in ihrem Leben für ihn getan hatten, all das, was man als Kind für selbstverständlich erachtet. Wie gerne hätte er sie zum Abschied nochmals gedrückt, ihnen das Leid erspart, dass ihr Sohn früher ging, als sie selbst. Es muss das Schrecklichste sein, was Eltern passieren kann.

Ja, einen Augenblick lang dachte er nur an sein Ende, an den Tod, aber mit diesem Gedanken wollte er keinen Abschied von einer Welt nehmen, die er erst vor kurzem kennengelernt hatte, die er gerade erst bewusst zu genießen verstanden hatte, in der er sich erst vor ein paar Tagen unsterblich verliebt hatte. Julian dachte an Lisa, an die wenigen Momente, die ihm mit ihr zusammen vergönnt waren. An den Augenblick, als sie splitternackt vor seiner Tür stand und ihn wie eine gnadenlose Hitzewelle erfasste, an ihr unglaublich einnehmendes Wesen, an ihren tollen Körper, an die Schmetterlinge, die sie in seinem Bauch zum Tanzen brachte, ihre fast magischen Anziehungskräfte, aber auch daran, dass ihr sein Tod einen unglaublichen Schlag versetzen würde. Es tut mir sehr leid, Lisa, war sein letzter Gedanke, als er beschloss aufzugeben und einen letzten, friedlichen Atemzug unter Wasser zu nehmen, um diesem unerbittlichen, schrecklichen Kampf ums Überleben ein Ende zu bereiten.

Mittlerweile ging es auf elf Uhr zu. Vanessa wälzte sich in ihrem Krankenbett hin und her. Ihr schlechtes Gewissen belastete sie sehr. Sie wusste, dass sich Julian für ihren Suizidversuch verantwortlich, oder zumindest mit schuldig fühlte. Hätte ich ihm das mit dem Kind in dieser schwierigen Situation sagen dürfen?, überlegte sie. Was ist, wenn auch er so geschockt war wie ich damals, als ich ihn mit dieser Lisa erwischt habe und mit meinem Auto kopflos davongerauscht und in den Abgrund gestürzt bin? Als ich das mit dem Kind gesagt habe, ist er einfach weggegangen, oder besser gesagt, er ist geflüchtet. Hoffentlich ist Julian nichts passiert, hoffentlich hat er sich nichts angetan. Je länger sie darüber nachdachte, umso mehr Sorgen machte sie sich um ihn.

Kurz vor zwölf Uhr klingelte Julians Telefon. Lisa schreckte aus ihrem Halbschlaf auf und rannte, so schnell sie konnte, darauf zu. Sie war so hastig, dass ihr das Mobilteil zwei Mal aus der Hand fiel, bis sie es endlich zu fassen bekam.
„Hallo", schrie Lisa erwartungsvoll ins Telefon, aber es meldete sich niemand.
„Bist du es, Julian?", fragte sie vorsichtig, aber es war noch immer nichts zu hören. Lisa horchte gespannt in den Hörer und nun vernahm sie es, ein leises Atmen, bis es kurz danach knackte. Lisa machte sich wahnsinnige Sorgen.

Sie wusste, dass es Julian sein musste. Vermutlich war ihm etwas passiert, aber warum war die Verbindung abgebrochen? Mit zitternden Fingern wählte sie Julians Handy an, aber es meldete sich erneut nur die Mailbox. Vielleicht war es gar nicht Julian, aber wer sonst sollte um diese Uhrzeit hier anrufen?, überlegte sie. Erst jetzt kam ihr die Idee nachzuschauen, ob der Anrufer auf Julians Telefon gespeichert war. Über die Liste der letzten Anrufer konnte sie die Telefonnummer herausfinden. Als sie den dazugehörigen Namen las, schoss ihr Puls schlagartig in die Höhe. Es war Vanessa, die Julian sprechen wollte, was gleichzeitig bedeutete, dass er sich nicht bei ihr aufhielt. Was wollte sie um diese Uhrzeit von ihm? War ihre Beziehung doch nicht beendet, haben sie hinter meinem Rücken telefoniert, sich vielleicht gesehen, oder sogar miteinander geschlafen? Lisa war vollkommen durcheinander, aber nachdem sie wieder in der Lage war einen klaren Gedanken zu fassen, kam sie zum Entschluss, dass ihr Julian mit Sicherheit nichts vorgemacht hatte. Aber was zum Teufel wollte Vanessa um diese Uhrzeit von ihm? Vielleicht macht sie sich nur Sorgen, wollte hören, ob es ihm gut geht? Ich muss sie anrufen, vielleicht weiß sie, wo er sich aufhalten könnte, sie kennt ihn schon etwas länger als ich und kann mir sicherlich einen Hinweis geben.

„Vanessa, ich bin es, Lisa, tut mir leid, dass ich dich jetzt störe. Julian ist nicht zurückgekommen, ich mache mir große Sorgen. Weißt du vielleicht wo ich ihn finden kann?"

Aber es kam keine Antwort von Vanessa, sie legte einfach auf, ohne ein Wort zu sagen. Lisa sank resigniert auf ihrem Stuhl zusammen. Es ist mir schon klar, dachte sie, dass es für Vanessa nicht einfach ist, mit mir zu sprechen, aber ich kann in dieser Situation leider keine Rücksicht nehmen. Sie drückte die Wahlwiederholung und presste den Hörer fest ans Ohr, aber Vanessa nahm nicht ab. Nach drei Versuchen entschloss sie sich, die Mailbox zu besprechen.

„Ich bin es wieder, Lisa, bitte, bitte, Vanessa, ruf mich zurück. Ich mache mir große Sorgen um Julian. Er wollte dich heute Nachmittag besuchen, aber er ist nicht zurückgekommen. Ich kann ihn schon seit Stunden nicht erreichen und gemeldet hat er sich auch nicht. Vanessa, bitte, bitte, ruf zurück, vielleicht ist etwas Schlimmes passiert."

Bevor Lisa auflegte, wartete sie noch eine Weile, aber Vanessa nahm das Gespräch nicht an. Mehr als versuchen kann ich es nicht, dachte sie, so blieb ihr nichts anderes übrig, als auf Vanessas Rückruf zu hoffen. Es dauerte fast eine halbe Stunde, bis sie von einem Anruf aufgeschreckt wurde. Während sie mit zitternden Fingern nach dem Telefon griff, las sie am Display den Namen Vanessa.

„Ich bin es, Vanessa, tut mir leid, dass ich nicht gleich mit dir gesprochen habe, aber auch ich mache mir Sorgen."

„War er bei dir?", fragte Lisa ungeduldig.

„Er war da, aber nicht sehr lange und ist ziemlich überstürzt davongeeilt", antwortete Vanessa, ohne die Sache mit dem Kind zu erwähnen.

„Ist etwas vorgefallen?", erkundigte sich Lisa, worauf Stille in der Leitung herrschte.

Vanessa überlegte, aber sie ging nicht darauf ein.

„Ich mache mir Sorgen, da er sich nicht wenigstens bei einem von uns gemeldet hat. Das ist nicht seine Art. Er würde uns nie unnötig im Unklaren lassen, er würde nicht wollen, dass wir uns Sorgen um ihn machen."

„Hast du eine Idee wo er sein könnte?", fragte Lisa.

„Ich habe zwar eine Idee, aber das ist ziemlich unwahrscheinlich. Wenn es ihm nicht gut geht, oder wenn er sich von irgendwelchen Problemen ablenken will, dann fährt er mit seinem RIB aufs Meer hinaus, um sich frischen Wind um die Nase wehen zu lassen. Aber dafür ist es jetzt zu spät, er war noch nie um diese Uhrzeit draußen, normalerweise kommt er spätestens zum Sonnenuntergang zurück."

„Hast du eine andere Idee wo er stecken könnte?"

„Leider nein. Meine Eltern sind zurzeit nicht gut auf ihn zu sprechen, deshalb schließe ich aus, dass er dort ist. Ansonsten gibt es niemanden auf der Insel, zu dem er einen persönlichen Kontakt pflegt, bei dem er sich um diese Uhrzeit aufhalten würde."

„Wenn draußen auf dem Meer etwas passiert ist?", fragte Lisa, die inzwischen kreidebleich am Telefon saß.

Vanessa überlegte, und je länger sie nachdachte, umso wahrscheinlicher war das, was Lisa vermutete.

„Ja, ich kann mir vorstellen, dass er mit dem Boot unterwegs ist, aber es muss nicht gleich etwas Schlimmes passiert sein. Vielleicht ist ihm nur das Benzin ausgegangen oder der Motor hat gestreikt. Handyverbindung gibt es dort draußen nicht überall. Es ist auch möglich, dass er in einer Bucht vor Anker ging und am Strand eingeschlafen ist, vielleicht liegt sein Handy im RIB und er hört es deshalb nicht", sagte Vanessa.

„Kannst du mir erklären wo sich der Liegeplatz seines Bootes befindet?", fragte Lisa.

„Ich weiß zwar wo es liegt, wir waren öfters zusammen unterwegs, aber wie soll ich es dir beschreiben? Da liegen so viele Boote, dass es für jemanden, der den Hafen nicht kennt, fast unmöglich ist einen Liegeplatz zu finden, wenn das Boot nicht da ist", erklärte Vanessa.
„Ich muss es versuchen, vielleicht treffe ich auf einem der Boote noch jemanden an der wach ist, den ich fragen kann."
Lisa klang sehr verzweifelt, aber auch Vanessa schloss nicht aus, dass etwas Schlimmes passiert sein könnte.
„Hat das Boot einen Namen?", fragte Lisa.
Die Antwort kam ein wenig verzögert und sehr verhalten.
„Vanessa, es heißt Vanessa, wir haben es auf meinen Namen getauft."
Das war wie ein Stich in Lisas Herz. Sein Boot, mit dem Namen Vanessas. Diese Tatsache schmerzte sehr, zeigte es doch, dass er mit ihr sehr glücklich gewesen sein musste. Vielleicht war es noch nicht vorbei, vielleicht war er mit dem Boot weggefahren, um sich an die schönen Zeiten mit ihr zu erinnern, überlegte Lisa.
„Ich komm mit, es gibt keine andere Möglichkeit, ich kann dir nicht erklären wo sein Boot liegt", schlug Vanessa vor.
Lisa überlegte kurz, sie wären ein seltsames Gespann, zwei Frauen, die den gleichen Mann lieben. Aber es ging im Moment nicht um sie beide, es ging um Julian.
„Kannst du das Krankenhaus so einfach verlassen, fühlst du dich in der Lage dazu?", fragte Lisa.
„Ich denke schon. Es wird nicht einfach sein, aber ich kenne eine Möglichkeit. Komm bitte zum Haupteingang, ich werde da sein", antwortete Vanessa, die inzwischen wieder neuen Lebensmut schöpfte.
Lisa schwang sich ins Tuk-Tuk und holperte den steinigen Schotterweg nach unten. Vor dem Eingang des Krankenhauses stand eine sehr große, schlanke Frau mit kurzen Haaren, bei der sie davon ausging, dass es sich um Vanessa handelte. Die Tür war kaum geschlossen, als Lisa schon davonbrauste. Sie kannte den Weg zum Hafen, so blieb ihr eine Unterhaltung mit Vanessa erspart.
Ihre weißen Verbände an den Handgelenken leuchteten im Dunkel des Führerhauses. Die Vorstellung, dass Vanessa ihr Leben beenden wollte, sich wirklich die Pulsadern aufgeschnitten hatte, bescherte Lisa Gänsehaut. Wie verzweifelt muss sie wohl gewesen sein, sich so etwas anzutun, dachte sie erneut. Vanessa tut mir wirklich leid, wir lieben den gleichen Mann, aber er hat sich für mich entschieden, dachte ich zumindest bis jetzt. Lisa wusste

nicht mehr so recht ob Julians Entscheidung nach Vanessas Suizidversuch noch Bestand haben würde.
Als sie am Hafen ankamen, deutete Vanessa stumm in Richtung des Liegeplatzes. Sie mussten über mehrere Stege laufen, bis sie endlich vor einem verlassenen Platz standen. Es war das erste Mal, dass sie sich bewusst in die Augen schauten. Sie konnten sich gegenseitig ansehen, wie besorgt sie um diesen Umstand waren. Lisa fasste sich ein Herz und umarmte Vanessa, die es geschehen ließ.
„Was können wir tun?", fragte Lisa, während sich beide die Tränen von den Wangen wischten.
„Wir sollten die Polizei rufen, sie haben mehrere Boote und es gibt sicher einen Seenotrettungskreuzer, den sie verständigen können", schlug Vanessa vor.
Die fünfzehn Minuten, die sie warten mussten, kamen ihnen wie eine Ewigkeit vor. Die Polizei nahm die Sache ernst und versicherte den beiden, dass sie sich umgehend um die Angelegenheit kümmern würden.
„Sie können hier nichts mehr tun, am besten Sie gehen nach Hause", empfahl ihnen der Einsatzleiter. „Wir melden uns bei Ihnen, sobald wir etwas erfahren."
Er gab ihnen abschließend seine Telefonnummer, und kurz darauf standen sie verlassen am Steg.
„Ich muss mich setzen", sagte Vanessa und deutete auf eine Bank.
Sie zitterten beide gleichermaßen, nicht nur, weil sie mit ihren kurzen Ärmeln froren, sondern auch aus Angst um Julian. Er war wirklich mit dem Boot hinausgefahren, das war die Realität, die schreckliche Wahrheit. Jetzt war es Vanessa, die sich vorsichtig an Lisa anlehnte. Sie waren ja keine direkten Feinde, im Moment teilten sie das gleiche Leid. Nach einer halben Stunde, als die Kälte unerträglich wurde, brachen sie auf. Wortlos fuhr Lisa in Richtung des Krankenhauses, um Vanessa zurückzubringen. Mit knatterndem Motor stand das Tuk-Tuk vor dem Haupteingang, aber Vanessa machte keine Anstalten auszusteigen. Als Lisa ihr in die Augen blickte, wusste sie sofort um ihr Ansinnen.
„Sei mir nicht böse, ich kann dich nicht mitnehmen."
Vanessa war erstaunt, wie feinfühlig diese Lisa war. Ja, es wäre ihr Wunsch gewesen, mit zu Julians Burg zu fahren, aber sie hätte es nicht gewagt, Lisa direkt zu fragen. Sie hielt die Hand schon am Türöffner, als sich Lisa zu ihr wendete:
„Ist etwas vorgefallen zwischen euch?"

Sie konnte an Vanessas Gesicht direkt ablesen, dass etwas passiert sein musste und nach kurzem Zögern antwortete Vanessa mit gesenktem Haupt: „Ich habe Julian gesagt, dass ich ein Kind von ihm erwarte, kurz darauf war er verschwunden."
Lisa bekam keine Gelegenheit mehr, um sich zu äußern, denn jetzt war es Vanessa, die durch den Eingang des Krankenhauses floh. Schon nach wenigen Metern musste Lisa wieder anhalten, um sich zu beruhigen. Jetzt war ihr klar, dass Julian in seiner Verzweiflung einfach davongerannt war. Auch für sie ergab sich nun eine neue Situation. Er hat gar keine andere Möglichkeit mehr, als sich von mir abzuwenden, dachte Lisa verzweifelt. Julian ist ein Mensch, der sich seiner Verantwortung stellen wird, auch wenn es nicht sein Wunsch ist, mit Vanessa zusammenzuleben, so wird er es schon alleine seines Kindes wegen tun. Lisa fröstelte es am ganzen Körper, ihr Rücken und ihre Arme waren mit Gänsehaut überzogen. Nun war es endgültig aus mit Julian, dessen war sie sich bewusst. Erst nach einer halben Stunde fühlte sie sich in der Lage zu Julians Villa zurückzufahren. Lisa war fix und fertig und legte sich aufs Sofa, um sich ein bisschen auszuruhen, aber einschlafen konnte sie in dieser Situation nicht. Natürlich fieberte sie einem entlastenden Anruf entgegen. Sie hoffte, dass nichts Schlimmes passiert war und dass es Julian gut ging.
Aber es waren nicht nur die Sorgen um ihn, die sie belasteten, es waren auch die Sorgen, die sie sich um ihr eigenes Leben machte. Ein Leben, das erst vor wenigen Tagen eine Wendung erfahren hatte, die ihr das größte Glück bescherte das ihr jemals widerfahren war. Nur einige Augenblicke später stand sie bereits vor einem riesigen Scherbenhaufen. Der Kampf um Julian schien mittlerweile aussichtslos. Vanessa besaß mit ihrem Kind einen Joker, gegen den sie nicht ankommen konnte, egal wie sehr er sie liebte. Ihre starken Kopfschmerzen zwangen Lisa irgendwann dazu, diese Gedanken nicht mehr weiter zu verfolgen. Ich kann nichts für uns tun, ich kann nur der Dinge harren die auf mich zukommen, und abwarten, wie sich Julian entscheiden wird. Es liegt nicht mehr in meiner Macht, unsere Zukunft zu beeinflussen, dachte Lisa, bevor sie erschöpft einschlief.
Im Laufe der Nacht suchte die Polizei sämtliche in der Nähe befindlichen Küstenstreifen mit Scheinwerfern ab. Allerdings gab es keinerlei Hinweise die auf einen Unfall hindeuteten. Auch weiter draußen wurde kein Boot gesichtet, das dem Julians entsprach. Selbst über das Radar konnte nichts geortet werden, was allerdings wenig aussagekräftig war. Julians RIB zählte zu den Booten, die Radarstrahlen in der Regel nur unzureichend reflektierten,

so gab es auch damit keine Gewissheit. Lisa meldete sich am frühen Morgen bei der Polizei, die ihr jedoch keine positive Nachricht vermelden konnte. Mittlerweile war sie sich ganz sicher, dass Julian etwas passiert sein musste. Lisa wählte Vanessa an, die sofort abnahm.
„Hast du was von ihm gehört?", fragte Lisa.
„Nein, du wohl auch nicht", stellte sie betroffen fest.
Eine Weile herrschte Stille, bis Lisa erneut fragte.
„Gibt es denn keinen Ort, wo er sich mit seinem Boot aufhalten könnte, eine Bucht vielleicht, oder einen anderen Hafen?"
„Es gibt eine Bucht, hier in der Nähe, die wir öfter angelaufen haben, aber an dieser Stelle wäre sein RIB längst gefunden worden. Was die anderen Häfen der Insel betrifft, da bin ich mir sicher, dass sich die Polizei, zumindest jetzt, wo es gerade hell wird, auch dort nach seinem Boot umsehen wird. Mit dem roten Schlauch ist es sehr auffällig und kaum zu übersehen."
„Was können wir tun?", fragte Lisa resigniert.
Wieder herrschte Stille in der Leitung.
„Vielleicht kann uns mein Vater weiterhelfen. Er besitzt ein kleines Kajütboot, das auf einem Trailer in der Garage steht. Ich werde ihn fragen, ob das Boot einsatzbereit ist. Ich melde mich gleich wieder."
Lisa hatte seit dem gestrigen Abend nichts mehr gegessen, trotzdem brachte sie keinen Bissen hinunter. Sie trank lediglich zwei Tassen Kaffee, um richtig wach zu werden. Kurz darauf klingelte das Telefon.
„Mein Papa wird uns helfen. Er ist zwar dagegen, dass ich das Krankenhaus verlasse, aber er akzeptiert meinen Wunsch, mich an der Suchaktion zu beteiligen. Kannst du mich im Krankenhaus abholen? Paps könnte das Boot in der Zwischenzeit zu Wasser lassen, so wären wir schneller draußen."
„Ich bin gleich da", antwortete Lisa und schnappte sich im Hinausgehen ihre Jacke.
Als sie im Hafen ankamen, lag das Kajütboot bereits am Steg und Vanessas Papa zog mit seinem Auto gerade den Bootstrailer aus dem Wasser.
„Ich bin Tom", stellte er sich kurz vor. „Und du bist wohl Lisa?"
„Ich bin Lisa", sagte sie schüchtern. „Danke, dass Sie uns helfen."
Tom war Lisa nicht sehr wohl gesonnen, aber er ließ sich nichts anmerken. Er wusste, dass es sich um Julians neue Freundin handelte, aber unter diesen besonderen Umständen ging es nicht um persönliche Befindlichkeiten, sondern einzig und alleine darum, zu helfen.
Der Motor lief bereits, während Vanessa die Leinen löste. Auf Anweisung von Tom trugen alle Schwimmwesten. Während der Ausfahrt aus dem Hafen

kamen sie überein, dass eine Suche auf dem offenen Meer keinen Sinn machen würde. Sie erachteten es ohnehin als wahrscheinlicher, Julian an einem Strand oder in irgendeiner Bucht zu finden. Tom bog an der Hafenausfahrt nach Backbord ab, es war die Richtung, die Julian, nach Aussage von Vanessa, in der Regel einschlug. In langsamer Fahrt und so nah am Ufer wie möglich fuhren sie den Küstenstreifen ab, um Ausschau nach Julian, dem Boot, oder irgendeinem Gegenstand zu halten, der auf seinen Verbleib hinweisen könnte. Die Sicht war gut und die See äußerst ruhig, was ihnen sehr entgegen kam. Allerdings konnten sie rein gar nichts finden, was auf Julian hindeutete. Erst gegen zwölf Uhr steuerten sie den nächsten Hafen an, um das Boot aufzutanken und sich mit Getränken und etwas Essbarem zu versorgen. Bisher gab es keinen Hinweis auf Julian. In den Bereichen mit Handyempfang versuchten sie ihn alle halbe Stunde anzurufen, aber es meldete sich nach wie vor nur die Mailbox. Mittlerweile waren sie so weit vom Heimathafen entfernt, dass es eher unwahrscheinlich war, ihn in dieser Gegend aufzufinden, aber Julians Boot war äußerst schnell und mit großen Tanks ausgestattet, deshalb war es nicht ganz auszuschließen, dass er diese Entfernung zurückgelegt hatte.

Erst gegen sechzehn Uhr waren sie an einem Punkt angelangt, den Julian bis zum Abend eigentlich nicht mehr erreicht haben konnte. Tom wendete das Boot, um in schneller Gleitfahrt zurückzufahren. Es war höchste Zeit, denn sie wollten den Heimathafen vor Einbruch der Dunkelheit erreichen. Zwischendurch war allerdings noch ein weiterer Tankstopp notwendig. Erst kurz vor ihrer Ankunft sah Lisa auf ihrem Handy den Anrufversuch des Einsatzleiters. Das Geräusch des Motors und des vom Rumpf aufspritzenden Wassers war die Ursache dafür, dass sie den Klingelton nicht gehört hatte. Es gab keine Nachricht auf der Mailbox, was Lisa als schlechtes Zeichen deutete. Eine freudige Mitteilung hätte die Polizei sicherlich auch auf die Mailbox gesprochen, dachte sie in diesem Moment.

Noch während sie in den Hafen einliefen, drückte sie mit zitternden Fingern auf Rückruf. Bereits beim ersten Klingelzeichen nahm der Einsatzleiter ab. Er konnte leider keine guten Nachrichten übermitteln. Er informierte Lisa, dass Julians RIB, vor circa einer Stunde, weit außerhalb der Drei-Meilen-Zone von einer großen Motoryacht verlassen aufgefunden und nach Absprache mit der Polizei in Schlepptau genommen wurde. Die entsprechende Yacht war gerade dabei den Hafen anzulaufen und wurde schon in wenigen Minuten erwartet.

Lisa war leichenblass, weshalb ihr Tom und Vanessa die schlechte Nachricht bereits am Gesicht ablesen konnten. Sie saß zusammengesunken auf der Heckbank und zitterte am ganzen Körper.
„Sie haben sein Boot verlassen aufgefunden, weit draußen auf dem Meer", schluchzte sie, mit Tränen in den Augen.
Tom hängte ihr eine Decke um, aber Lisa zitterte weiter.
„Das klingt nicht besonders gut, aber wir dürfen die Hoffnung nicht aufgeben", versuchte Tom die beiden Frauen zu beruhigen.
Auch Vanessa fing an zu weinen. Sie war gerade nicht in der Lage etwas zu sagen, denn sie fühlte sich mitverantwortlich für Julians Unglück. Erst in diesem Augenblick konnte sie nachempfinden, wie schlimm es ist, sich um das Leben eines Menschen sorgen zu müssen. Während sie ihr Boot vertäuten, passierte die große Yacht, mit dem roten RIB im Schlepptau, gerade den Hafeneingang. Dass es Julians Schlauchboot war, ließ sich am Bootsnamen „Vanessa" leicht ablesen. Zumindest im ersten Augenblick, sah es völlig unversehrt aus, was eine Kollision mit einem anderen Boot oder einem Felsen weitgehend ausschloss. Als die Polizei das RIB näher in Augenschein nahm, fiel sofort auf, dass der Schlüssel noch im Zündschloss steckte, aber der Notstoppschalter des Motors in der ausgelösten Stellung stand. Dies deutete mit hoher Wahrscheinlichkeit darauf hin, dass der Bootsführer unabsichtlich über Bord gegangen war.
Auch Tom machte sich seine Gedanken. Wenn er aus Versehen über Bord gegangen wäre, durch eine größere Welle oder ein riskantes Fahrmanöver, dann wäre es doch kein Problem gewesen das Boot, das durch den Notstoppschalter angehalten wurde, wieder schwimmend zu erreichen. Aber vielleicht hat er sich verletzt, ist mit dem Kopf irgendwo angestoßen und ohnmächtig über Bord gegangen. Dann wäre es von Bedeutung gewesen ob er eine Schwimmweste trug oder nicht.
Tom fragte seine Tochter ob sie wüsste, wie viele Schwimmwesten Julian an Bord mitführte. Vanessa konnte sich daran erinnern, dass es vier Stück waren, allerdings lagen die Westen, inklusive des Rettungsrings, noch alle in der Kiste unter dem Sitz. Als sich Vanessa und Lisa in ihre verheulten Augen schauten, dachten sie das Gleiche. Sie spürten, dass sie ihn beide sehr liebten und wussten, dass die Überlebenschancen von Julian mittlerweile sehr gering waren. Gemäß den Angaben der Polizei, verließ er den Hafen bereits vor mehr als vierundzwanzig Stunden. Es gab mehrere Bootseigner, die sich an das Schlauchboot erinnerten, das bei der Ausfahrt alle vertäuten Boote zum Schaukeln brachte. Tom, Vanessa und Lisa verweilten eine weitere halbe

Stunde im Hafen, aber es gab nichts mehr, was sie tun konnten. Wir können es morgen früh nochmal versuchen, bot Tom an. Anschließend ließ sich Vanessa von ihrem Vater am Krankenhaus absetzen.
Lisa war unendlich traurig. Als sie Julians Burg betrat, konnte sie seine Aura spüren. Es war ein gespenstisches Gefühl, auf das ihr ganzer Körper, jede einzelne Zelle, reagierte. Sie konnte Julian fühlen, obwohl er nicht da war. Alles was Lisa hier sah, erinnerte sie an die wenigen schönen Stunden, die sie mit ihm verbringen durfte. Gleichzeitig fühlte sich die große Villa auch sehr verlassen an. Lisa öffnete jeden einzelnen Raum, um sich zu vergewissern, ob er sich nicht doch irgendwo im Haus befand.
An diesem Abend fühlte sie sich besonders einsam. Sie wusste zwar nicht, ob ein gemeinsames Leben mit Julian möglich gewesen wäre, aber selbst wenn er sich für Vanessa entschieden hatte, wünschte sie sich nichts sehnlicher, als dass er lebend aufgefunden würde. Lisa wusste, dass sie nicht die ganze Nacht über wach bleiben konnte. Die Zeit war schon weit fortgeschritten, weshalb sie beschloss, sich ein bisschen hinzulegen. Während sie Julians Schlafzimmertür öffnete, fühlte sie sich wie ein Eindringling. Alles was sie hier zu Gesicht bekam sah heute sehr fremd für sie aus. Sie wusste nicht wirklich, ob sie willkommen war, aber sie wollte Julian nahe sein. In seinem Bett war der richtige Platz dafür, der Platz, an dem er sich zu dieser Zeit normalerweise aufhielt. Lisa kuschelte sich in seine Decke und stellte sich vor, dass er hier sein und dass sie ihn spüren würde, ganz nah bei sich. In Gedanken umarmte sie ihn, küsste ihn zärtlich, strich ihm über den Rücken und zog ihn ganz an sich heran. Sie stellte sich vor, dass sie seine Wärme fühlen würde. So konnte sie zumindest ein paar Stunden schlafen.
Als Lisa am nächsten Morgen auf die Uhr schaute, war es circa Sieben. Ihr Handy lag direkt neben ihr, aber es gab keine Nachricht. Die Hoffnung, dass Julian im Laufe der Nacht gefunden würde, hatte sich leider nicht erfüllt. Lisa versuchte ihre schrecklichen Gedanken zu verdrängen, was sich allerdings als aussichtslos herausstellte. Wenn es wirklich ein Unfall war, überlegte sie, dann ist es nach dieser langen Zeit sehr unwahrscheinlich, dass er überlebt hat, es sei denn, er konnte sich ans Ufer retten. Aber auch das war eher unlogisch, denn dort hätten ihn die Rettungskräfte, die wirklich vollen Einsatz zeigten, längst finden müssen.
Kurz vor acht Uhr traf sich Lisa mit Vanessa und Tom. Es war ihnen allen anzusehen, dass sie in der vergangenen Nacht nur wenig Schlaf gefunden hatten. Als sich Lisa und Vanessa in ihre verheulten Augen blickten, spürten sie erneut, dass sie das gleiche Schicksal miteinander teilten.

„Es ist alles meine Schuld, er hat es wegen mir getan", sagte Vanessa. Obwohl es sicherlich mit ihr zusammenhing, wollte ihr Lisa nicht die Schuld geben, im Gegenteil, sie versuchte Vanessa zu beruhigen.
„Es ist nicht deine Schuld, im Leben ist nichts vorhersehbar. Manchmal passieren einfach Dinge mit denen man fertig werden muss."
Lisa spürte das Bedürfnis Vanessa in die Arme zu nehmen. Sie zögerte etwas, tat es dann aber doch und Vanessa ließ es geschehen. Nicht nur die beiden Frauen, sondern auch Tom, musste sich eine Träne abwischen.
„Wir dürfen nicht aufgeben, es ist noch ungewiss, was genau passiert ist. Vielleicht gibt es doch eine andere Erklärung und wir sehen Julian wieder", flüsterte Lisa, während sie Vanessa noch immer in den Armen hielt.
Vanessa nickte, wischte ihre Tränen ab und stieg ins Boot.
„Wir fahren die Küste erneut ab, dieses Mal ganz langsam, es ist unwahrscheinlich, dass er sehr weit gekommen ist. Ich habe heute Vormittag schon mit der Polizei telefoniert und deren Berechnungen nach ist sein Schlauchboot nur durch den ablandigen Wind so weit von der Küste weggetrieben worden. Es könnte gut sein, dass er sich, bei dem was passierte, doch viel näher an der Küste befand als angenommen. Ich habe Ferngläser mitgebracht, damit könnt ihr die unübersichtlichen Uferabschnitte besser absuchen. Vielleicht schaffte es Julian bis zum Ufer zu schwimmen und ist dort an irgendeiner Stelle liegen geblieben, weil ihn die Kräfte verließen."
An den Stellen an denen es die Wassertiefe zuließ, fuhr Tom in die Buchten hinein, so konnten die Frauen aussteigen und auch hinter Felsblöcken, Bäumen und Büschen nachschauen. Sie ließen nichts unversucht, aber die Zeit verrann, ohne dass sie einen Hinweis fanden. Gegen Mittag schlug Tom vor, den nächsten Hafen anzulaufen, um zu tanken und die Suche danach fortzusetzen. Gerade als er das Boot beschleunigen wollte, schrie Lisa aufgeregt: „Halt, Halt, kannst du bitte nochmal wenden? Dort am Felsen, es könnte ein Fuß gewesen sein."
Lisas Aufschrei ließ ihnen förmlich das Blut in den Adern gefrieren.
„Dort, am Felsen", schrie sie erneut, während sie in dessen Richtung deutete. Die beiden Frauen standen mit ihren Ferngläsern an der Reling und starrten auf den Felsen, aber es war nichts zu sehen.
„Vielleicht habe ich schon Halluzinationen", sagte Lisa enttäuscht, während Tom weiter zurückfuhr.
„Da ist etwas", rief Vanessa aufgeregt.
Während sie dem Ufer langsam etwas näher kamen, war es immer deutlicher zu sehen. Ein Fuß, der am Strand hinter einem Felsen herausschaute.

Natürlich war die Hoffnung groß, Julian lebend zu finden, aber wenn dieser Fuß zu ihm gehörte, dann war es klar, dass er das Unglück nicht überlebt haben konnte. Ansonsten hätte er sich ja bemerkbar machen können, das war es, was alle dachten, aber niemand auszusprechen wagte.

Nadine wusste nichts von Julians Verschwinden. Nach wie vor kämpfte sie mit sich selbst, mit den Gedanken an ihre verlorene Liebe, ihrer Vergangenheit, auch mit ihrer Zukunft, für die sich bisher noch kein gangbarer Weg aufzeichnete. Sie wusste um ihre größte Schwäche, ihre andauernde Unentschlossenheit, die sie in den unterschiedlichsten Bereichen ihres Lebens am Vorankommen hinderte. Entscheidungen zu treffen war für Nadine meist eine große Last. Sie überlegte oft tagelang hin und her, ohne wirklich zu einem Ergebnis zu kommen. So sehr sie sich anstrengte, es gab immer ein Für oder Wider, das klare Entscheidungen verhinderte. Teilweise ging es so weit, dass sie wütend auf sich selbst wurde, wütend darauf, heute so und morgen anders zu denken. Eines Tages verpasste sie sich aus Verzweiflung zwei schmerzhafte Ohrfeigen, die jedoch nicht dazu beitrugen, ihren Verstand zu schärfen.

Nadine wusste um ihre positive Ausstrahlung, der kaum ein Mann standhalten konnte. Noch nie war sie als Frau abgewiesen worden, wenn sie sich zu einem Mann hingezogen gefühlt hatte, außer in einem Fall. Als sie bei der Einweihung von Burg Julian versuchte mit dem Burgherrn zu schlafen, bekam sie, zum ersten Mal in ihrem Leben, die kalte Schulter, beziehungsweise den kalten Hintern gezeigt. Sie ließ es sich damals nicht anmerken, aber diese Abweisung war für Nadines Ego nur sehr schwer zu verkraften. Natürlich war ihr bewusst, dass sie während ihrer gemeinsamen Zeit selbst verhindert hatte, dass er zum Zuge kommen konnte. Hätte ich damals die Beine breit gemacht und ja zu unserer Beziehung gesagt, dann wären wir heute ein glückliches Paar, überlegte sich Nadine. Ich könnte mir jeden Tag in den Hintern beißen, bereute sie ihren Fehler. Im Hier und Jetzt zu leben, so wie es Frau Lorenz, ihre Psychologin, immer wieder anregte, war einfach zu fordern, aber für Nadine kaum aufs tägliche Leben zu übertragen.

Es sah nicht aus wie eine richtige Bucht, allerdings war der Meeresgrund an dieser Stelle sandig und Tom konnte das Kajütboot, nachdem er den Motor ganz nach oben getrimmt hatte, einfach auf Grund laufen lassen. Sicherheitshalber warf er den Anker, damit die Wellen das Boot nicht zurück ins Meer tragen konnten. Das Ufer war ziemlich zugewachsen, daher wunderte sich

Tom nicht, dass ihn die Polizei, wenn es denn wirklich Julian sein sollte, vom Helikopter aus nicht entdeckt hatte. Aber noch war nicht klar um wen es sich handelte. Es konnte ebenso jemand sein, der sich gerne an einer einsamen Stelle aufhielt, der zum Schwimmen hier war und nur ein kleines Nickerchen machte. Vanessa und Lisa stiegen über die Badeleiter nach draußen, wo ihnen das Wasser bis zur Hüfte stand. Tom blieb vorerst im Boot, um die Rettungskräfte zu verständigen, wenn sich ihr Verdacht wirklich bestätigen sollte. Je näher Vanessa und Lisa dem Ufer kamen, umso deutlicher war erkennbar, dass es sich nicht nur um einen angespülten Schuh handelte.
Noch bevor sie an Land kamen, war ihnen klar, dass die Größe des Fußes zu Julian passen konnte. Eilig kämpften sie sich durchs Wasser, bis sie schließlich das Ufer erreichten. Obwohl sie wahnsinnige Angst vor dem hatten, was sie erwarten würde, rannten sie so schnell wie möglich auf die Stelle zu. Lisas Herz raste bereits, aber als sie den Mann hinter dem Felsen liegen sah, beschleunigte sich ihr Puls fast bis zur Ohnmacht. Er lag auf dem Bauch, den Kopf zur Seite gedreht, die Bekleidung versandet und mit einer weißen Salzkruste überzogen. Auch Vanessas Puls hämmerte wie verrückt. Der Mann, der hier lag, musste Julian sein, seine dichten, schwarzen Haare waren zwar zerzaust und mit Sand durchsetzt, aber deuteten ebenso wie die passende Figur darauf hin, dass er es wirklich war.
Wie auf Kommando schrien beide seinen Namen, noch bevor sie ihn erreichten, aber er gab kein Lebenszeichen von sich. Lisa ließ sich auf die Knie fallen und während sie ihn vorsichtig an der Schulter berührte, sprach sie ihn mehrfach an. Er sah nicht aus wie ein Lebender, trotzdem versuchte es Lisa weiter. Vanessa musste sich wegdrehen, denn sie fühlte sich nicht in der Lage mit anzusehen, dass sich das bestätigte, was sie dem ersten Anschein nach erwartete. Die Kleidung, ja, obwohl sandig und mit Salz überzogen, es waren genau die Stücke, die Julian bei seinem Besuch im Krankenhaus getragen hatte. In diesem Augenblick sah Vanessa die schlimmste ihrer Vermutungen bereits bestätigt.
„Hilf mir ihn umzudrehen", bat Lisa.
Beim Gedanken daran, vielleicht einen Toten anzufassen, sträubte sich alles in Vanessas Körper. Trotzdem wusste sie, dass ihr keine Wahl blieb, dass sie sich dazu zwingen musste. Noch war sein Gesicht nicht zu sehen, noch gab es keine endgültige Gewissheit, weshalb ihnen ein letztes Fünkchen Hoffnung erhalten blieb. Als sie ihn anpackten und vorsichtig auf den Rücken drehten, war ein Stöhnen zu hören. Ja, es war Julian, und Gott sei Dank hatte sich ihre schlimmste Vermutung nicht bestätigt. Vanessa schrie vor Schreck

und gleichzeitig auch vor Freude. Es kam ihr vor, als ob sie einen Toten zum Leben erweckt hätten. Sie sprang auf, rannte in Richtung des Bootes und schrie hysterisch:
„Es ist Julian, er lebt, er lebt."
Jetzt schrie Lisa.
„Wasser, schnell, bring Wasser."
Tom warf seiner Tochter eine Wasserflasche direkt vor ihre Füße, ins seichte Wasser. Vanessa war noch nie so schnell gerannt wie in diesem Augenblick. Sie war völlig durcheinander und es war ein Glück, dass zumindest Lisa die Ruhe bewahrte. Vanessa reichte ihr die Wasserflasche und Lisa setzte sie mit zitternden Händen an Julians Mund. Es floss mehr daneben als er trinken konnte, aber es funktionierte. Schluck für Schluck nahm er zu sich und als er seine Augen öffnete, war es, als ob ihn zwei Feen anlächelten.
„Lebe ich noch oder seid ihr zwei Engel?", fragte er kaum hörbar.
Die beiden Frauen waren nicht sicher ober er das wirklich ernst meinte, oder ob er in seiner Situation schon zu einem kleinen Scherz bereit war.
„Beides", antwortete Vanessa erleichtert.
„Kannst du dich bewegen?", fragte Vanessa in ihrer Hilflosigkeit, der im gleichen Augenblick bewusst wurde, dass sie sich die Antwort selbst geben konnte. Wenn er in der Lage wäre, sich fortzubewegen, dann würde er hier nicht liegen, dachte sie, während sie sich in diesem Augenblick ziemlich dumm vorkam.
Inzwischen war auch Tom aus dem Boot gestiegen. Er hielt sein Handy nach oben und watete vorsichtig aufs Ufer zu. Nachdem Julian ansprechbar war, konnten sie schnell herausfinden, dass sein Brustkorb stark schmerzte und dies der Hauptgrund dafür war, warum er sich nicht fortbewegen konnte. Tom gab der Rettung eine Situations- und Lagebeschreibung durch, sodass alles Notwendige veranlasst werden konnte. Nachdem die Stelle von Land aus nur sehr schwer zugänglich war, musste der Notarzt mit einem Schlauchboot zu Julian gebracht werden. Eine erste Untersuchung zeigte, dass vermutlich mehrere Rippen gebrochen waren.
Nach der Bergung konnten Lisa und Vanessa im Rettungswagen mitfahren, während Tom sein Boot in den Hafen zurücksteuerte. Es war schon eine seltsame Situation. Vanessa auf der einen Seite, Lisa auf der anderen. Während jede eine Hand von Julian hielt, blickten sie sich stumm in die Augen. Sie liebten ihn beide, aber sie waren nicht böse aufeinander, im Gegenteil, eigentlich fanden sie sich sehr sympathisch, und unter anderen Umständen wären sie vielleicht sogar Freundinnen geworden. Sie hofften für Julian, dass

seine Verletzungen nicht so schwerwiegend sein würden. Trotzdem machten sie sich Gedanken über ihre Zukunft. Für wen würde er sich entscheiden? Dass Lisa die Schmetterlinge in Julians Bauch zum Tanzen gebracht hatte, das wusste Vanessa natürlich. Aber Lisa hingegen vermutete, dass er sich, schon alleine des Kindes wegen, für Vanessa entscheiden würde. Ihre gemeinsamen Tage waren gezählt, das Glück, die große Liebe, die sie beide verspürten, nun zum Scheitern verurteilt.

Nach eingehender Untersuchung bestätigte sich die Vermutung des Notarztes, dass Julian mehrere Rippen gebrochen hatte. Wir werden ihn schon wieder aufpäppeln, beruhigte Oberarzt Christian die beiden Frauen, die sich nun endlich etwas entspannen konnten und tief durchatmeten. Julian musste nicht operiert werden, er bekam lediglich starke Schmerzmittel, damit er ungehindert Ein- und Ausatmen konnte. Laut Christian würde sich der Heilungsprozess allerdings über sechs bis acht Wochen hinziehen. Im Moment fühlte sich Julian ziemlich schwach und müde, deshalb dauerte es nicht lange, bis er einschlief.

Erneut saßen sich Vanessa und Lisa gegenüber, nur durch Julians Krankenbett getrennt. Als sie sich in die Augen blickten, taten sie sich gegenseitig leid. Warum musste alles so kompliziert sein, konnte man nicht einfach einen Mann kennenlernen und lieben, der frei war, ohne irgendwelche Begleitumstände, Altlasten oder sonstige Hinderungsgründe? Sie dachten beide sehr ähnlich über diese Angelegenheit, aber Vanessa fühlte sich ziemlich sicher, dass sie Julian zurückgewinnen konnte. Lisa dagegen wusste um sein Verantwortungsbewusstsein gegenüber dem Kind, daher war sie sicher, dass sie, obwohl sie sich sehr liebten, keine gemeinsame Zukunft haben würden.

Die nächsten Tage und Wochen wechselten sich Vanessa und Lisa mit ihren Besuchen bei Julian ab. Nachdem seine Genesung gute Fortschritte machte und seine Entlassung in absehbarer Zeit bevorstand, versuchte Vanessa eine Klärung herbeizuführen. Sie wusste, dass Lisa noch in Julians Haus wohnte und die Vorstellung, dass sie ihn dort sofort wieder für sich einnehmen konnte, war für Vanessa schrecklich.

„Guten Morgen mein Schatz."
„Guten Morgen Vanessa", antwortete Julian, der sich gerade mit seinem täglichen Atemtraining beschäftigte. Er sah ihr schon an, dass sie etwas auf dem Herzen hatte. Sie lächelte zwar, aber ihr Lächeln wirkte sehr angespannt. Julian bekam einen Kuss auf die Wange und eine enge Umarmung, bevor Vanessa einen Stuhl an sein Bett heranzog.

„Können wir reden?", fragte sie, um eine Einleitung zu finden.
„Ich bin ganz Ohr."
Vanessa wusste nicht so recht, wie sie es ausdrücken sollte und setzte mehrfach an. Julian half ihr nicht, denn er wollte sie unter keinen Umständen beeinflussen. Es war ihm wichtig zu erfahren, wie sich Vanessa ihre Zukunft vorstellte, ob sie sich wirklich wünschte, als Familie mit ihm zusammenzuleben, trotz der Tatsache, dass er Lisa auf eine ganz andere Art und Weise liebte. Sie ist wirklich eine attraktive Frau, dachte sich Julian, während sie ihn mit ihren smaragdgrünen Augen verliebt anschaute.
„Julian, ich möchte nicht naiv sein, ich weiß, dass du diese Lisa liebst, vielleicht sogar mehr als mich. Aber das zwischen uns, das kann doch nicht einfach weg sein. Ich liebe dich und du liebst mich, das kann sich doch nicht geändert haben."
Noch bevor Julian etwas sagen konnte, fuhr Vanessa fort:
„Ich würde mir wünschen, dass wir alles Geschehene vergessen könnten, um einen neuen Anfang zu machen. Wir beide, demnächst mit unserem Kind zusammen. Gemeinsam mit dir durchs Leben gehen, in einer Familie mit Kindern, das wäre mein Wunsch. Auch wenn es mir schwerfallen würde, ich könnte Lisa verzeihen. Ich habe sie kennengelernt und ich muss meine Meinung über sie revidieren."
Vor der alles entscheidenden Frage holte Vanessa nochmals tief Luft. Ihre Aufregung war ihr anzusehen, denn sie wusste, dass die Antwort so oder so ausfallen konnte. Nur ein einziges Wort, das „Ja" oder das „Nein", würde über ihren zukünftigen Lebensweg entscheiden. Sie traute sich nicht, Julian direkt ins Gesicht zu schauen, sondern richtete ihren Blick verschämt nach unten, wie ein kleines Mädchen, bevor sie sich endlich überwinden konnte, ihre Frage zu stellen.
„Kannst du dir vorstellen, wieder mit mir zusammenzuziehen?"
Jetzt war es Julian, der so tief durchatmete, wie es seine Schmerzen zuließen. Vanessas Frage kam wenig überraschend für ihn. Er hatte es schon geahnt, wie sie sich ihre Zukunft vorstellen würde. Einfach war es nicht für Julian, aber seine Antwort stand bereits fest, noch bevor Vanessa ihren Wunsch geäußert hatte, denn er war ein sehr verantwortungsbewusster Mensch. Julian wäre nicht in der Lage gewesen eine Frau, die ein Kind von ihm erwartete, einfach abzuweisen. Mit Vanessa zusammenzuleben war keine Strafe. Tief in seinem Herzen spürte er die Liebe zu ihr, die wegen Lisa natürlich nicht gänzlich erloschen war. Der Gedanke, dass das Herz seines eigenen Kindes in Vanessas Bauch schlug, war für Julian sehr schön. Ein eigenes Kind zu

haben, eine richtige Familie, das fühlte sich gut an. In den letzten Jahren hatte er oft darüber nachgedacht, ob er es jemals schaffen würde die richtige Frau zu finden, Kinder zu haben und ein Leben zu führen, wie es für den Großteil gleichaltriger Männer Alltag war. Ja, er war inzwischen reif genug, um Vater zu werden, um Verantwortung für ein neues Leben zu übernehmen. Aber es gab auch etwas andres, das schon allein für sich Grund genug war, wieder mit ihr zusammenzuziehen. Es war die Verantwortung für Vanessas eigenes Leben. Erst jetzt bemerkte er ihren erwartungsvollen und zugleich sorgenvollen Blick, den sie gerade auf ihn richtete. Er wollte sie nicht mehr lange auf die Folter spannen, zumal er, seiner Ansicht nach, ohnehin keine Wahl hatte. Während Julian antwortete, schaute er ihr tief in die Augen.
„Ja, Vanessa, ich kann es mir vorstellen, dass du wieder bei mir einziehst, dass wir eine richtige Familie werden."
Vanessa kullerten schlagartig die Freudentränen über die Wangen und noch bevor Julian weitersprechen konnte, bekam er gefühlt tausende Küsse, nicht nur auf die Wangen. Nach seinem Ja, traute sie sich wieder, ihn direkt auf den Mund zu küssen. Die Barriere war gefallen, so ließ Vanessa ihren Sehnsüchten freien Lauf. Sie küsste Julian immer leidenschaftlicher und am liebsten hätte sie gleich alles von sich geworfen und wäre nackt unter seine Decke gekrochen. Die Vorstellung, ihm ganz nah zu sein, sich eng an ihn zu kuscheln, löste eine wohlig warme Welle in ihrem Körper aus. Julian konnte sich Vanessas leidenschaftlichem Überfall kaum erwehren. Er war noch nicht fertig mit seinen Ausführungen, weshalb ihm nichts anders übrig blieb, als sich von Vanessas saugenden Lippen zu trennen.
„Vanessa, ich bin noch nicht fertig mit dem, was ich zu sagen habe."
Jetzt kommt das große aber, dachte Vanessa und blickte erschrocken auf.
„Hab keine Angst, Vanessa, ich stehe zu dem, was ich gerade eben gesagt habe. Trotzdem möchte ich, dass du weißt, dass ich dir keine Garantie geben kann. Lisa ist nicht nur ein Seitensprung gewesen, aber ich glaube, du weißt es inzwischen selbst, dass ich sie ebenfalls liebe und sie mich auch. Ich werde alles dafür tun, dass es zwischen dir und mir so wird wie vorher, aber ich weiß nicht ob ich, ob wir, das hinbekommen."
Seine Worte, dass er Lisa ebenfalls liebte, waren stark untertrieben. Julian konnte Vanessa nicht gestehen, dass es sehr viel mehr war, dass er sie vergötterte, wahnsinnig begehrte, dass er verrückt nach ihr war, dass er sich ein Leben ohne Lisa eigentlich gar nicht vorstellen konnte. So versuchte er, sich nichts anmerken zu lassen, was Vanessa unnötig Sorgen bereitet hätte.

Was sie eben hörte, überraschte Vanessa nicht. Sie hatte von Julian nichts anders erwartet, als eine ehrliche Antwort. Trotz des Wermutstropfens „Lisa", konnte sie mit seiner Zusage, es zumindest zu versuchen, gut leben. Sie wollte alles dafür tun, dass er sich mit ihr zusammen wohlfühlen würde und sehnte sich den Tag schon herbei, an dem sie ihn abholen und in seine Burg begleiten durfte.
„Ich freue mich auf dich", gab Vanessa zum Ausdruck.
„Ist mit deiner Schwangerschaft alles in Ordnung, geht es dir gut?", erkundigte sich Julian.
„Trotz der üblichen Begleiterscheinungen fühle ich mich sehr wohl", antwortete Vanessa, die sich endlich auf ihre Zukunft freuen durfte.

Für Julian war die Situation nicht einfach. Nachdem sich Vanessa am gestrigen Tag in freudiger Erwartung verabschiedet hatte, stand ihm heute etwas bevor, das ihm Sorgen bereitete. Es waren nur noch ein paar Tage bis er entlassen würde. Lisa hielt sich nach wie vor in seiner Burg auf, schon alleine deshalb, weil sie sich Julian dort sehr nahe fühlte. Er wusste, dass sie bereits ahnte, was er ihr sagen musste, etwas, das Lisa sehr treffen würde. Als sie in sein Zimmer trat, verkrampfte sich sein Magen schlagartig. Bei dem Gedanken daran, dass er sie enttäuschen musste, wurde ihm richtig übel. Genau in diesem Augenblick gingen ihm die wenigen, aber wahnsinnig intensiven, schönen und liebevollen Momente mit ihr durch den Kopf. Auch dafür, dass er sogleich an den geilsten Sex seines Lebens dachte, schämte er sich nicht. Schon alleine wenn er sich die Situation in Erinnerung rief, als sie nackt vor seiner Haustür stand und damit dieses unglaubliche sexuelle Inferno ausgelöst hatte, bekam er einen Harten, so wie jetzt gerade.
Hoffentlich sieht sie es nicht, dachte er, obwohl es durch den Bettbezug unschwer zu verbergen war. Julian hatte das Innenleben aus dem Bezug herausgenommen, da er mit der synthetischen Füllung nur geschwitzt hatte. Ihr intensiver Kuss auf seinen Mund entspannte die Situation nicht und als sie unter die Decke, in seine Hose griff und seine Männlichkeit packte, erübrigte sich seine Frage, ob sie es gesehen hatte oder nicht. In Julians Kopf drehte sich bereits alles. Während sie ihn zärtlich massierte, kam die Angst in ihm auf, dass vielleicht die Schwester oder sonstiges Personal hereinkommen könnte, aber sie ließ nicht locker. Plötzlich war Julian klar, dass sie es tun würde, ja, sie hatte in dieser Hinsicht keine Hemmungen. Sie würde sich seiner einfach bedienen, jetzt, genau in diesem Augenblick, bei nicht abgeschlossener Zimmertür. Julians Herz pochte wild, aber inzwischen war seine

Lust so angeschwollen, dass er nicht mehr in der Lage war, ins Geschehen einzugreifen. Ja, Lisa wollte nochmals Sex mit ihm, ihrer großen Liebe, und sie war vorbereitet. Sie trug einen kurzen Rock, ohne Höschen drunter, und nachdem sich Julian nicht dagegen gewehrt hatte, als sie ihm die Hose nach unten streifte, kroch sie unter seine Decke. Als er schließlich versuchte Bedenken anzumelden, legte sie ihren Finger auf Julians Mund.
„Willst du, dass ich erst die Schwester hole und dich fixieren lasse?" Schon der Gedanke daran, ans Bett gefesselt zu sein, verstärkte seine Lust ins Unermessliche. Es bedurfte keines großen Vorspiels, ihre Lusthöhle war bereits feucht und bereit ihn zu empfangen. Währenddessen sie sich genussvoll auf ihn absenkte, seine harte Männlichkeit in sich spürte, vergaßen sie alles um sich herum. Die Schmerzen in Julians Brustkorb schränkten ihn ein, deshalb überließ er es Lisa, sie beide zum Orgasmus zu führen. Sie stützte sich mit ihren Armen links und rechts von Julians Oberkörper ab, um ihn nicht zu verletzen, was ihm die Möglichkeit bot, ihr das T-Shirt nach oben zu schieben und ihre nackten, frei schwingenden Brüste zu berühren.
Als die Schwester klopfte und im gleichen Moment eintrat, ohne eine Antwort abzuwarten, saß Lisa bereits wieder auf dem Stuhl, der neben Julians Bett stand. An ihren roten Wangen und Julians Schweiß auf der Stirn war unschwer zu erkennen, was sich in diesem Krankenzimmer gerade ereignet hatte. Die Schwester ließ sich allerdings nichts anmerken, gab Julian seine Tabletten und verschwand sogleich wieder, nicht ohne darüber nachzudenken, wie geil Sex in so einer Situation wohl sein musste und wie gut es war, dass sie nicht ein paar Minuten früher in dieses Zimmer gestürzt war.
Julian und Lisa küssten und herzten sich liebevoll, sie konnten kaum voneinander lassen. Lisa spürte allerdings bereits, dass er sich für Vanessa entschieden hatte. Nicht aus Liebe, sondern aus Gründen der Vernunft, was die Sache allerdings nicht leichter machte. Ihr Flug nach Hause war bereits gebucht, denn Lisa wollte Vanessa nach Julians Entlassung nicht im Wege stehen. Sie machte ihr keine Vorwürfe, es war einfach Schicksal, das es zu akzeptieren galt.
„Ich muss mit dir reden", sagte Julian.
Lisa war in Gedanken und benötigte erst ein paar Sekunden, bis sie Julians Worte aufnehmen konnte.
„Nein Julian, es bedarf keiner Worte, ich weiß, was du mir sagen willst, aber ich möchte es nicht hören. Ich möchte von der Liebe meines Lebens keinen Korb bekommen, ich möchte nicht verlassen werden, nicht für eine andere Frau."

Julian starrte mit großen Augen auf Lisa, der bereits Tränen über die Wangen liefen.

„Ich habe Angst, dass sich Vanessa mit meinem Kind zusammen umbringt, wenn ich weiter bei dir bleibe. Es hat nichts mit dir zu tun. Es tut mir leid, dass wir uns unter diesen Umständen kennengelernt haben."

„Ich weiß es selbst, ich verstehe dich, ich würde an deiner Stelle vermutlich genauso handeln", versuchte sie sein schlechtes Gewissen zu beruhigen.

„Mein Flug geht heute Nachmittag. Bitte ruf mich nicht mehr an, ich könnte es nicht ertragen."

Es fühlte sich für Julian an, wie der schlimmste Moment seines Lebens, als er realisierte, dass gerade jetzt der Augenblick des Abschieds gekommen war. Sie ist eine großartige Frau, dachte er. Sie ist so feinfühlig und ehrlich. An ihre Figur, ihren Körper, ihre weiblichen Attribute durfte er jetzt gar nicht denken. Auch er hatte Tränen in den Augen, war nahe dran schwach zu werden. In Gedanken wehrten sie sich beide gegen die Trennung, trotzdem ließen sie es geschehen.

„Ich muss jetzt", riss Lisa Julian aus seinen Gedanken.

Sie umarmten sich ein letztes Mal, sehr innig und unendlich lange, bevor Lisa das Zimmer wortlos verließ. Es war, als ob sie einen großen Teil seines Lebens mit sich nahm. Julian fühlte sich so einsam, so leer wie noch nie in seinem Leben. Mit Lisa ging alles, was er in ihrer Gegenwart spürte, einfach alles, was sein Leben über die letzten Wochen ausgemacht hatte. Alles andere verlor in diesem Moment seine Bedeutung. Das was geschehen war, konnte eigentlich nur ein Traum sein, ein schrecklicher Traum, aber er wusste es besser. Erst Vanessas, dann sein eigener Unfall, die Nachricht, dass er Vater wurde, das abrupte Ende seiner großen Liebe, all das war bittere Wirklichkeit.

Wie vielversprechend war sein Neuanfang auf der Insel gewesen, wie gut hatte sich alles entwickelt, aber warum musste es so ein Ende nehmen? Es war das erste Mal seit vielen Jahren, dass er weinen musste, seinen Tränen freien Lauf ließ. Auch Lisa hatte den Mittelpunkt ihres Lebens verloren. Zusammengekauert saß sie, heulend, auf einer Parkbank vor der Klinik. Während Oberarzt Christian zu seinem Dienstantritt an ihr vorbeilief, sah er das ganze Elend. Er wusste um die Angelegenheit, fragte, ob er sich neben sie setzen dürfe, was Lisa mit einer schwachen Handbewegung zuließ. Nachdem er ihr ein Taschentuch gereicht hatte, beruhigte sich Lisa etwas. Christian fragte nicht warum sie weinte, er wusste es ohnehin und wollte auch nicht indiskret sein. Es entging ihm nicht, dass Lisa eine besondere Frau war, eine

Frau mit Ausstrahlung, hübsch und sehr weiblich. Selbst die verlaufene Schminke konnte ihr schönes Gesicht nicht entstellen.

„Die Zeit heilt Wunden", versuchte er Lisa zu trösten. „Es läuft leider nicht alles so im Leben, wie man es sich wünscht. Hier in der Klinik bekommt man das jeden Tag zu spüren und die Grenzen zwischen dem, was einem wichtig oder unwichtig erscheint, definieren sich im Laufe eines Lebens immer wieder neu. Man bekommt plötzlich einen anderen Blickwinkel auf die Welt."

Ja, Lisa hoffte natürlich, dass sie die Trennung irgendwann einmal verkraften würde, aber es fühlte sich im Moment ganz anders an. Sie spürte bereits heute, dass weder Monate noch Jahre ausreichen würden, um ihre große Liebe zu vergessen, die ihr gerade eben erst begegnet war. Einerseits wünschte sie sich, sie hätte Julian nie kennengelernt, andererseits war sie sehr dankbar um die Momente, die sie mit ihm zusammen verbringen durfte. Wenigstens habe ich erfahren, was wirkliche Liebe ist, dachte sie. Verliebt war ich schon öfters, aber noch nie war es so intensiv, so leidenschaftlich, so wahnsinnig schön, wie mit Julian. Was richtige Liebe ist kann man wohl erst beurteilen, wenn man sie am eigenen Körper spürt. Sie nimmt einen vollkommen ein, man gerät geradezu in den Bann eines Menschen, man möchte jeden Augenblick seines Lebens mit ihm verbringen und es geht einem schlecht, wenn er sich verabschiedet und man ist am Boden zerstört, wenn er einen verlässt.

„Kommen Sie alleine zurecht?", fragte Christian vorsichtig.

„Danke, es geht schon wieder. Gibt es Tabletten gegen Herzschmerzen, Herr Doktor?"

Christian sah den Anflug eines leichten Grinsens auf ihrem verheulten Gesicht, das sie noch attraktiver und sympathischer machte.

„Leider nein, dagegen hat die Pharmaindustrie noch keine Pillen im Programm. So, ich muss jetzt, mein Dienst beginnt in wenigen Minuten. Alles Gute für die Zukunft, Kopf hoch", wünschte er Lisa und verabschiedete sich.

Kapitel 11: Verkehrte Welt

Vanessa strahlte, als sie Julian von der Klinik abholte. Seine Verletzungen waren zwar nicht ganz verheilt, aber es gab nichts mehr, was die Ärzte für ihn tun konnten. Es war eine schöne Vorstellung für Vanessa, die nächsten

Tage für ihren Liebsten zu sorgen. Ihre Mitarbeiter waren informiert, dass sie die kommende Woche nicht zur Verfügung stand und nur gestört werden durfte, wenn es etwas Dringendes zu entscheiden gab. So konnte sie sich voll auf den Beginn ihres neuen Lebens konzentrieren. An den Zeitpunkt anzuknüpfen, an dem sie glücklich waren, an dem Julian Lisa noch nicht kannte, das war ihr Ziel, und sie wollte alles dafür tun, damit dies gelänge.
Ja, natürlich plagte sie ihr schlechtes Gewissen. Gegenüber Julian, aber auch gegenüber Lisa, denn sie war nicht ganz fair vorgegangen. Lisa tat ihr sehr leid, sie war wirklich ein besonderes Wesen, wie eine Fee aus einer anderen Welt. Selbst Vanessa fühlte ihre außergewöhnliche Ausstrahlung und wurde in ihren Bann gezogen. Sie konnte zu gut verstehen, dass sich Julian Hals über Kopf in sie verliebt hatte, dass er, als Mann, völlig machtlos gegen die Anziehungskraft dieser besonders weiblichen Frau war. Vanessa nahm sich vor ein wenig zuzulegen, sie fühlte sich im Vergleich zu Lisa unterdimensioniert. Lange hatte sie sich vor dem Spiegel betrachtet, von allen Seiten, und war zur Erkenntnis gekommen, dass ihr Busen und ihr Hintern ein paar Pfunde mehr vertragen könnten. Vielleicht sollte ich mir Silikonbrüste machen lassen, überlegte sie, als sie sich fürs Abendessen umzog, während sie gleichzeitig ihren Busen in den Händen wog. Aber dafür bin ich eigentlich doch zu gut bestückt, dachte sie.
Vielleicht sind es nur ihre Möpse und ihr dralles Hinterteil gewesen, die ihm die Augen verdreht haben, überlegte sie erneut, obwohl sie ganz genau wusste, dass es nicht nur ihre körperlichen Reize waren, auf die Julian reagiert hatte. Als sie das Abendessen auftischte, staunte Julian nicht schlecht. Es gab alles was das Herz begehrte, sämtliche Speisen mit ordentlich Kalorien, eigentlich genau das, was Vanessa die ganze Zeit über gemieden hatte.
„Habe ich es so nötig, dass du mich aufpäppeln musst?", fragte er.
„Ein bisschen schon, es ist dir anzusehen, dass du im Krankenhaus abgenommen hast. Das Essen war wohl nicht besonders gut, aber ich möchte meinen Liebsten nun auch etwas verwöhnen, ich freue mich so sehr, dass ich bei dir sein darf."
„Was ist mit deiner Figur? Bisher hast du doch nichts von dem angerührt, was du heute aufgetischt hast."
„Ich habe beschlossen mit dem Modeln aufzuhören, in dem Sektor gehöre ich ohnehin zum alten Eisen. Mein Job als Designerin ist mir Erfüllung genug. Ich weiß, dass ihr Männer im Bett keine Frauen mögt, bei denen man die Rippen mit den Augen abzählen kann, dass die körperlichen Anreize nicht zu mager ausfallen dürfen, deshalb ist es nur von Vorteil, wenn ich ein

paar Pfunde zulege. Jetzt, während meiner Schwangerschaft, ist es ohnehin ganz wichtig, auf eine gute Ernährung zu achten."

Julian fühlte sich zutiefst betroffen. Vanessa, da war er sicher, wollte nur aus dem Grund zunehmen, weil sie der Meinung war, es würde ihm gefallen. Ja, natürlich würde ihr ein etwas vollerer Busen und Hintern gut stehen, da ist noch viel Luft nach oben, dachte er. Aber das tut man doch nicht deswegen, um seinem Partner besser zu gefallen, da gibt es andere Dinge in einer Beziehung, die viel wichtiger sind.

„Vanessa, ich möchte nicht, dass du zunimmst, nur weil du meinst, dass du mir dann besser gefällst. Du siehst toll aus und es gibt keinen Grund dafür, dass du dir Sorgen um deine Figur machen müsstest."

„Julian, ich weiß deine Antwort zu schätzen, du würdest es nie sagen, dass ich ein paar Pfund zulegen soll, aber du bist nun mal ein Mann und wir Frauen wissen um eure Vorlieben. Und jetzt wünsche ich dir einen guten Appetit."

Es war nicht lange her, dass sie sich an diesem Tisch gegenübersaßen, sich verliebt anschauten, sich gegenseitig Happen in den Mund steckten, trotzdem war es heute eine ganz andere Atmosphäre. Damals kannte er Lisa noch nicht, die sein ganzes Leben innerhalb von Sekunden auf den Kopf gestellt hatte. Er versuchte seine Gedanken an sie zu verdrängen, was ihm allerdings nur teilweise gelang. Sie stand wie eine Mauer zwischen ihnen, zumindest erschien es Julian so. Als er Vanessa in die Augen blickte, fühlte es sich fremd an. Er musste sich erst wieder an sie gewöhnen, aber er war sicher, dass er es schaffen würde. Schon der Gedanke daran, dass sie ihr gemeinsames Kind austrug, festigte seinen Entschluss, es mit Vanessa zu versuchen. Julian freute sich auf das Kind, aber es waren die Umstände die verhinderten, dass es sich so richtig gut anfühlte.

Was ist, wenn sie mit mir schlafen will?, überlegte er, vielleicht schon heute. Kann ich es? Will ich es? Betrüge ich Lisa dabei? Ich kann es mir nicht wirklich vorstellen. Vielleicht muss ich es einfach darauf ankommen lassen. Vanessa beobachtete Julian sorgenvoll, es war ihm anzusehen, dass er sich Gedanken machte. Sie konnte sich gut vorstellen, was in ihm vorging, aber sie fragte ihn nicht danach. Vanessa wollte Julian Zeit geben, um sich wieder an sie zu gewöhnen, seine Liebe zu ihr neu zu entdecken. Es wird schon wieder, dachte sie. Früher oder später wird sein Herz wieder frei sein, ganz für mich, wird Lisa nicht mehr allgegenwärtig in seinen Gedanken sein.

„Hast du denn schon einen genauen Geburtstermin?", fragte Julian, der sich mental schon mal auf den Zeitpunkt einstellen wollte.

„Du hast noch viel Zeit, es ist der sechste Januar, Sternzeichen Steinbock", antwortete Vanessa.
Sie unterhielten sich an diesem Abend über alles Mögliche, aber kaum über Belange, die ihre gemeinsame Zukunft betrafen. Als sie sich gegen elf Uhr von ihren Plätzen erhoben, um zu Bett zu gehen, zögerte Vanessa kurz. Julian sah ihren fragenden Blick, aber es lag ihm fern, sie in ein anderes Zimmer zu schicken. So nahm er ihre Hand und führte Vanessa nach oben. Obwohl sie sich danach sehnte mit Julian zu schlafen, zog sie ihren Pyjama an. Sie schmiegte sich eng an ihn, um ihm möglichst nahe zu sein. Weiter wollte Vanessa am heutigen Tag nicht gehen. Julian fühlte sich nicht besonders wohl. Erst Vanessa, dann Lisa, jetzt wieder Vanessa. So chaotisch wie sich die Situation darstellte, so verworren waren auch seine Gefühle. Es wäre schön, wenn es einen Gefühlsschalter geben würde, dachte er, so hätte er ihn in diesem Augenblick auf Vanessa umstellen können. Aber so einfach war es nicht.
Am nächsten Tag saß Julian schon sehr früh in seinem Büro, denn sein nächster Kunde machte bereits Druck. Es war höchste Zeit, dass er die Entwürfe für das Haus am Starnberger See fertigstellte. Im Laufe der Woche wurde ihm wieder bewusst, wie schön er es eigentlich hatte. Sicher, es gab viel Arbeit, aber wem bietet sich schon, aus seinem Büro heraus, ein so sensationeller Blick auf das tiefblaue Meer?, dachte er. Wer kann denn während seiner Arbeit spontan in den Pool springen, um eine Runde zu schwimmen, wer wird denn schon so liebevoll verwöhnt, während seiner Arbeit?
Vanessa las ihm jeden Wunsch von den Augen ab, brachte ihm seinen geliebten Espresso, kümmerte sich um das Mittagessen, kurzum, sie umsorgte Julian so gut sie konnte. Trotzdem ging es ihm nicht wirklich gut. Es waren nicht die Schmerzen in seinem Brustkorb, die inzwischen gut zu ertragen waren, es waren die Schmerzen in seinem Herzen. Oft saß er an seinen Plänen und kam keinen Schritt voran, da sich Lisa immer wieder in seine Gedanken einschlich. Er konnte sie nicht aus seinem Kopf verbannen und er wollte es auch gar nicht. Zu schön waren die Erinnerungen an die wenigen Tage, die ihm mit ihr zusammen vergönnt waren. In ihrer Gegenwart fühlte es sich ähnlich an wie mit Nadine, bei der er allerdings nicht richtig zum Zuge gekommen war. Mit Lisa erlebte er es ganz anders, sie wünschte sich von ganzem Herzen ihr Leben mit ihm zu teilen.
Vanessas Urlaub neigte sich dem Ende zu. Es war bereits Freitag, so blieben Vanessa nur noch zwei Tage, bis sie für eine Woche zurück nach Deutschland musste, um in der Firma ihrer Eltern nach dem Rechten zu sehen und

sich um ihre eigene Kollektion zu kümmern. Julian war die letzten Tage so sehr mit seiner Arbeit beschäftigt gewesen, dass er abends ziemlich erschöpft aussah. Vanessa wusste nicht so recht, ob seine Arbeiten wirklich so dringend waren, oder ob es eher eine Flucht war. Von seiner Seite aus gab es keinen Versuch mit ihr ins Bett zu gehen, was Vanessa traurig stimmte. Vielleicht wartet er darauf, dass ich den Anfang mache, dachte sie. Das Wochenende ist eine gute Gelegenheit, vielleicht sollte ich es einfach versuchen, er kann nicht mehr als nein sagen. Aber gerade das war es, wovor Vanessa Angst hatte. Zurückgewiesen zu werden, das wäre das Schlimmste für sie gewesen. So wie die vergangene Woche kann es allerdings auch nicht weitergehen, dachte sie und überlegte sich, wie sie einen Anfang machen könnte.

Seine sexuellen Gelüste zu wecken, ihn ein wenig aufzugeilen, einfach auszuprobieren, ober er ihr Verlangen stillen würde, das war ihr Plan. Auf diesem Wege stand es ihm frei zu entscheiden, ob er sie nehmen würde oder nicht. Im dem Fall, dass Julian nicht darauf anspränge, müsste sie zumindest keinen direkten Korb hinnehmen, was ihrer Meinung nach verkraftbar erschien. Es war Samstagvormittag und Julian saß bereits in seinem geliebten Büro. Zumindest einen halben Tag muss ich arbeiten, hatte er Vanessa bereits angekündigt. Am Nachmittag plante er den ersten Bootsausflug nach seinem Unfall.
Heute sollte es geschehen, so war zumindest Vanessas Plan. Sie duschte ausgiebig und nachdem sie ihre Intimrasur beendet hatte, trocknete sie sich ab und nahm das Parfüm, das Julian am liebsten mochte. Sie streifte sich nur ein langes T-Shirt über und betrachtete sich vor dem Spiegel. Die Knospen sind deutlich zu sehen, stellte sie zufrieden fest. Um die Länge zu überprüfen, drehte sie sich mehrfach um. Passt perfekt, dachte sie. Mit den Armen unten, war ihre Po-Falte nur ganz knapp zu sehen, vorn war die intimste Stelle grade so verdeckt. Um ihre Schamlippen zu entblößen, reichte es die Arme nach oben zu nehmen, was auch den Blick auf ihren halben Hintern frei gab.

Vanessa
„Guten Morgen mein Schatz", gehe ich freudestrahlend auf Julian zu und beuge mich hinunter, um ihn zu küssen.

Julian
Während sich unsere Lippen berühren, umfasse ich Vanessas Körper. Da, wo meine Hände landen, an ihrem Hinterteil, befindet sich allerdings kein Stoff. Als ich ihre blanken Pobacken fühle, durchzuckt mich ein erster Blitz.

Trotzdem löse ich meinen Griff wieder, da ich nicht sicher bin, ob ich zu diesem Zeitpunkt schon Sex mit Vanessa haben möchte.

Vanessa
Noch hat er nicht angebissen, denke ich, während ich meinen Plan bereits weiter ausführe und mit wackelndem Hintern, wie ein Model auf dem Laufsteg, in Richtung der Lounge auf den Kaffeeautomaten zuschreite. Unten herum fühlt es sich ziemlich nackt an, es ist ein ungewohntes Gefühl für mich. Ich bin mir sicher, dass mich seine lüsternen Blicke verfolgen.

Julian
Ich blicke ungeniert auf ihren sichtbaren Po-Ansatz. Geil, echt geil, denke ich, während schon der zweite Blitz in mir zuckt.

Vanessa
„Hast du auch andere Kapseln?", frage ich, nicht ohne Hintergedanken, obwohl ich die Antwort schon kenne.
„Ganz oben im Schrank, aber du müsstest rankommen", antwortet er erwartungsgemäß und ich strecke mich nach oben.

Julian
Diskret wegschauen ist in diesem Moment nicht angebracht, sie sieht meine lüsternen Blicke ja nicht, denke ich, und beobachte, wie sie sich nach den Kaffeekapseln ausstreckt und dabei ihren Po entblößt. Als sie sich an der Kaffeemaschine bückt, fühlt sich meine Shorts bereits verdammt eng an und ich vermute inzwischen, dass es ihr nicht nur um den Kaffee geht.
Jetzt kommt sie auf mich zu, setzt sich auf die Schreibtischkante, mir zugewandt, mit einem Oberschenkel auf der Tischplatte. So sehr ich versuche ihr diskret ins Gesicht zu schauen, mein tiefstes Inneres zwingt mich dazu, nach unten, direkt auf ihre entblößten Schamlippen zu stieren. Sie will es ja, dass ich ihr zwischen die Beine sehe, sage ich mir, trotzdem schäme ich mich etwas.

Vanessa
Wenig später sitze ich mit gespreizten Beinen auf seinem Schoß. Mein T-Shirt ist nach oben gerutscht, was Julian wohl als Einladung ausreicht, denn ich fühle seine Hände an meinem Po. Ich nehme seinen Kopf zwischen meine Hände, küsse Julian leidenschaftlich, lasse meine Zunge spielen, während

ich seinen Harten bereits im Schritt spüre. Ja, ich bin sicher, er hat Lust, ist geil, er kann nicht mehr zurück. Bloß nicht so lange warten, denke ich, Männer brauchen nicht unbedingt ein großes Vorspiel. So werfe ich meinen Plan, ihm die Initiative zu überlassen, in diesem Moment über Bord. Ich stehe auf, streife mein Shirt ab und lege mich genau vor ihm, splitternackt über den Schreibtisch. Während ich mich an der gegenüberliegenden Tischkante festhalte, recke ich ihm meinen Hintern einladend entgegen.

Julian
Ich sitze genau zwischen ihren gespreizten Schenkeln, eine Einladung, die das rationale Denken ausschaltet. Egal, ich lasse mich darauf ein, tue das, worauf ich Lust habe. Ich knie nieder, berühre ihre Schamlippen mit der Zunge, verwöhne sie, bringe sie zum Stöhnen, spüre meine Gier auf heißen Sex.

Vanessa
Ich bin so weit, komme um vor Lust, giere nach Befriedigung. Gib es mir, jetzt, denke ich, kann es kaum erwarten. Endlich spüre ich seinen Harten in mir. Was tut er?, er spannt mich auf die Folter, streichelt meinen Hintern, lässt sich Zeit. Ich bin ganz heiß, ja, endlich, er tut es, meine Finger krallen sich in die Tischkante, ich komme.
Es fühlt sich gut an, ich bleibe über seinem Schreibtisch liegen, genieße noch ein paar Minuten, erst jetzt habe ich das Gefühl, dass wir wieder ein Paar sind, dass er mich begehrt, dass wir eine Zukunft haben. Jetzt endlich kann ich durchatmen, mich entspannen, brauche ich keine Angst mehr zu haben, dass er mich verlässt. Alles andere wird sich im Laufe der Zeit ergeben.

Julian
Trotz Orgasmus ist meine Lust nicht gänzlich gestillt. Noch immer umfasse ich ihr Becken, blicke auf ihren Hintern, drücke ihn an meine Lenden, habe Lust es Vanessa ein zweites Mal zu besorgen, aber irgendetwas hindert mich daran. Gerade eben war ich völlig machtlos, hatte ich mich nicht unter Kontrolle, wurde nur von meiner Geilheit dominiert. Jetzt ist mein Verstand zurückgekehrt, ich wollte zum jetzigen Zeitpunkt noch gar nicht mit Vanessa schlafen. Ich bin eben nur ein Mann, unfähig mich gegen so eine Versuchung zu wehren. Einmal oder zweimal, spielt jetzt keine Rolle mehr, denke ich und verwöhne uns erneut.

Als sie am Nachmittag mit dem Schlauchboot in eine schöne Bucht fuhren, hätte es für Julian eigentlich der perfekte Tag sein müssen. Ein wenig arbeiten, was er sehr gerne tat, geiler Sex, eine schöne Frau an seiner Seite und eine Tour mit dem RIB, zu einem traumhaften Strand. Von diesem Blickwinkel aus betrachtet, sollte es sich zumindest sehr gut anfühlen. In Julian sah es jedoch anders aus. Während er neben Vanessa im warmen Sand lag, waren seine Gedanken bei Lisa, wofür sich Julian schämte. Vanessa, die sicher der Meinung war, dass alles gut werden würde, tat ihm leid. Er wünschte sich jedoch Lisa an seiner Seite. Eigentlich war er wieder an dem Punkt angekommen, als er Lisa kennenlernte und nicht wirklich wusste, wie er es Vanessa beichten sollte, was sich später allerdings von selbst erledigt hatte. Ist es nicht grotesk, sein ganzes Leben nach einem Kind auszurichten? Ist es die richtige Entscheidung, nur wegen des gemeinsamen Kindes, mit einer Frau zusammenzuleben?, überlegte Julian. Immer wenn er an Lisa dachte, war es wie ein Stich ins eigene Herz.

Am Sonntagabend brachte Julian Vanessa zum Flughafen. Nachdem sie in der Menschenmenge untergetaucht war und ihn alleine zurückgelassen hatte, war er zwar traurig, aber es fiel auch eine Last von ihm ab, die Last seines jetzigen Lebens, das er in dieser Form eigentlich nicht führen wollte. Nun konnte er sich, zumindest für eine Woche, frei fühlen, vielleicht alles nochmal überdenken und ein bisschen Abstand gewinnen. Julian arbeitete sehr viel, aber wenn er über seine privaten Belange nachdachte, war es Lisa, die seine Gedanken an Vanessa in den Hintergrund drängten. Es war Lisa, die er wirklich vermisste, die ihm Herzschmerzen verursachte, deren Zauber, Aura und Wärme ihm sehr fehlten.

Julian wurde immer klarer, dass seine Entscheidung nur sehr wenig mit seiner Liebe zu Vanessa zusammenhing. In erster Linie waren es seine Angst, dass sie sich erneut etwas antun und dass er Vater werden würde, die seine Entscheidung beeinflusst hatten. Bei den täglichen Telefonaten mit Vanessa war es jedes Mal ein ungutes Gefühl, als sie das Gespräch beidseitig mit dem Satz „ich liebe dich" beendeten. Die Worte waren nicht falsch, aber auch nicht richtig. Aus diesem Grund meldete sich immer wieder sein schlechtes Gewissen. Natürlich wusste Vanessa, wie sehr er Lisa liebte, aber in dieser Hinsicht dachte sie, verständlicher Weise, zuerst an sich selbst.

Für Lisa war die Trennung von Julian das Schlimmste, was sie in ihrem Leben durchstehen musste. Natürlich gab es unter ihren Freundinnen auch einige, die von ihren Lebensgefährten verlassen wurden, aber keine, die von jemandem verlassen wurde, der sie wirklich innig liebte. Die Zeit heilt Wunden, du wirst ihn bestimmt bald vergessen haben und einen anderen Mann finden, in den du vielleicht noch mehr verliebt sein wirst. Das waren die Worte, mit denen sie schon oft versucht hatte, ihre Freundinnen, in ähnlichen Situationen, zu trösten. Es waren genau die Worte, die ihr heute sehr naiv vorkamen. Jetzt, wo es sie zum ersten Mal selbst betraf, verstand sie, was Liebeskummer alles auszulösen vermochte. Ja, sie konnte es mittlerweile nachvollziehen, dass der verlassene Partner im schlimmsten Fall sogar bereit war, sich das Leben zu nehmen.

Für Lisa kam dieser Ausweg nicht in Frage, aber auch sie fühlte sich am Boden zerstört. Als sie Julian das erste Mal sah, war es, als ob die Sonne plötzlich mit voller Kraft erstrahlte, als ob sie von seiner Ausstrahlung vollkommen eingenommen wurde. Nun spürte sie nur noch Kälte, es war dunkel geworden in ihrem Leben, das ihr zurzeit eher wie eine Last vorkam. Es gab nichts, das sie erfreuen konnte, nichts, an dem sie Spaß hatte, selbst kulinarische Genüsse halfen ihr nicht, den Frust hinunterzuschlingen. Nachdem sie sich die ersten drei Abende mit Alkohol betäubt hatte, musste sie feststellen, dass auch das auf Dauer kein gangbarer Weg war, da sie es tagsüber ausbaden musste, indem sie mit einem dicken Kopf herumlief.

Deswegen flüchtete sie sich in die Arbeit, machte Überstunden bis sie erschöpft ins Bett fiel und nachts von ihrer Arbeit träumte. Das half ihr zumindest vorübergehend. Obwohl die Versuchung Julian anzurufen groß war, tat sie es nicht. Es war die Angst davor, seine Stimme zu hören, ihm nahe zu sein, die Liebe zu spüren, die sie verband. Es würde alles nur noch schlimmer machen, dessen war sie sich bewusst. Trotzdem nahm sie ihr Telefon auf Schritt und Tritt mit, selbst wenn sie duschte lag es vor der Duschabtrennung. Ja, sie konnte es nicht verdrängen, sie hoffte, dass er sich melden würde, egal welche Schmerzen das Gespräch in ihr auslösen würde.

Julian traute sich nicht, Lisa anzurufen. Im Geiste war sie ständig bei ihm, aber er war es gewesen, der sie bereits nach wenigen Tagen wieder verlassen und sie damit ins Unglück gestürzt hatte. Die Woche ohne Vanessa verging wie im Fluge. So ist es immer, dachte Julian. Wenn die Zeit langsam vergehen soll, dann zerrinnt sie einem zwischen den Fingern, wenn sie schnell vergehen soll, bei unangenehmen Dingen, dann kommt es einem unendlich lange vor.

Als er Vanessa vom Flughafen abholte, kam sie überglücklich auf ihn zu gerannt, so, als ob inzwischen Jahre vergangen wären. Sie drückte, herzte

und küsste Julian so stürmisch, dass es ihm ein schlechtes Gewissen bereitete, weil er nicht die gleiche Wiedersehensfreude fühlte, was er sich allerdings nicht anmerken ließ. Julian lenkte den Pampersbomber recht wortkarg über die Straßen, was Vanessa dazu veranlasste, einen prüfenden Blick von der Seite auf ihn zu werfen. Ja, sie spürte es auch, es war nicht mehr so, wie es sich angefühlt hatte, bevor er Lisa kennenlernte.
„Liebst du mich eigentlich noch?", fragte Vanessa.
Sie stellte genau die Frage, die viele Männer nur ungern beantworten. Obwohl Julian keine Probleme damit hatte, einer Frau zu gestehen, dass er sie liebte, fand er es trotzdem komisch. Man spürt es doch, da braucht es nicht wirklich große Worte, dachte er.
„Ihr Frauen müsst es immer wieder hören, bist du dir meiner Liebe denn nicht sicher?", wich Julian mit einer Gegenfrage aus.
„Doch", sagte sie gekränkt, „aber wir brauchen diese Bestätigung wie das tägliche Brot. Wir hören es einfach gerne von unseren Männern, die meist nicht von selbst auf die Idee kommen, oder sich schämen, so etwas zu sagen."
Vanessa wartete vergeblich auf seine Antwort, denn Julian tat so, als ob das Thema bereits abgeschlossen wäre. Auf dem restlichen Weg zur Burg machte sich Vanessa ernsthafte Gedanken. Es war das erste Mal, dass Zweifel in ihr aufkamen. Sie liebte Julian sehr, aber darf man einen Menschen den man liebt wirklich seiner Zukunft berauben, nur aus Eigennutz?, fragte sie sich. Ist es nicht eine Illusion zu glauben, dass unsere Beziehung auf Dauer Bestand haben wird? Sie fühlte sich im Augenblick nicht wohl neben Julian. Vielleicht brauchen wir einfach noch ein bisschen Zeit, er wird sein Herz schon wieder für mich öffnen, hoffte Vanessa inständig.
„Wir sind da", erinnerte Julian seine Verlobte, während er ihr die Wagentür aufhielt. Erst jetzt sah er die Tränen, die über ihre Wangen kullerten. Ihr Schmerz war auch sein Schmerz. Sie tat ihm sehr leid, er wusste, dass es auch für sie keine einfache Situation darstellte. Julian reichte ihr die Hand, zog sie an sich und drückte sie innig.
Vanessa heulte nun erst richtig los. Lange standen sie, eng aneinandergeschmiegt, in der Garage, bis sich Vanessa wieder beruhigen konnte. Sollte er ihr jetzt sagen, dass er sie liebte?, fragte er sich, aber er wusste auch, dass es zum jetzigen Zeitpunkt nicht mehr glaubhaft rüberkommen würde. Wortlos betraten sie die Villa. Für Julian fühlte es sich wie eine Flucht an, als Vanessa rasch im Schlafzimmer verschwand, um ihre Sachen auszupacken. Als sie nach einer Stunde zurückkam, war der Tisch für das Abendessen bereits

gedeckt. Julian servierte einen bunten Salat, etwas Weißbrot und ein Glas alkoholfreien Sekt dazu.

„Auf unsere Zukunft", prostete Vanessa und blickte Julian während des Anstoßens tief in die Augen, so, als ob sie dabei erfahren würde wie es in ihm aussah.

„Auf unsere Zukunft, wir werden uns schon wieder aneinander gewöhnen. Gib uns einfach noch ein bisschen Zeit", versuchte Julian die Wellen zu glätten.

Liebe geht durch den Magen, dachte sich Vanessa, als Julian eine köstlich duftende Omelette mit Zwiebeln, Pilzen und Garnelen auf dem Tisch abstellte. Die Zusammenstellung war so, wie auch Vanessa sie in der Regel wählte, wenn sie eine Omelette zubereitete. Deshalb konnte sich Julian sicher sein, dass er ihr eine Freude machte. Nebenbei versuchte er damit, ein wenig an die alte Zeit anzuknüpfen. Die Konversation lief anfänglich etwas stockend, aber im Laufe des Abends entspannten sie sich. Als sie schließlich ins Bett gingen, fühlte es sich schon wieder ein wenig vertrauter an. Vanessa war zwar müde, hoffte nach dem Duschen aber trotzdem darauf, dass Julian Sex mit ihr haben wollte, als Bestätigung dessen, dass er sie begehrte. Julian war allerdings ebenso müde und die Flasche Champagner, die er über den Abend hinweg alleine geleert hatte, machte ihm zusätzlich zu schaffen. Aus diesem Grund befürchtete er, dass das Teil zwischen seinen Beinen nicht mehr den Zustand erlangen würde, der notwendig wäre, um eine Frau ordentlich zu befriedigen.

„Morgen früh stehe ich dir zur Verfügung", flüsterte Julian, da er spürte, was Vanessa durch den Kopf ging. Damit gab er ihr zu verstehen, dass es nur am Zeitpunkt lag und nicht an ihr.

Während sie am nächsten Morgen auf der Veranda frühstückten, bei sommerlichen Temperaturen, mit diesem grandiosen Blick auf das glitzernde Meer, war es ein gutes Gefühl zu wissen, dass sie ihrem sexuellen Verlangen gleich freien Lauf lassen konnten.

Vanessa

Während ich überlege wo und wie es geschehen wird, werfe ich Julian einen lüsternen Blick zu. Mein Puls beschleunigt sich heftig, während ich an unser letztes Mal denke, als ich mich auf dem Schreibtisch darbot, um mich gleich zweimal vernaschen zu lassen. Mein Verlangen auf Julian ist in diesem Moment so groß wie nie zuvor.

„Ich möchte es jetzt gleich, auf der Stelle", äußere ich meinen Wunsch unverblümt, stehe auf, ziehe mich vor Julians Augen aus und setze mich splitternackt, mit gespreizten Schenkeln auf seinen Schoß. Die Einladung wird angenommen, ich spüre seine Hände an meinen Pobacken, seine Lippen an meinen harten Brustwarzen, er saugt, nimmt sie zart zwischen die Zähne, fasst mir in den Schritt, berührt mein Geschlecht, ich fühle seine Finger in mir, ich stöhne vor Lust.

„Lass mich nicht länger warten, Julian", flehe ich bereits nach wenigen Minuten.

Julian

„Halte dich fest", sage ich, und warte einen Moment ab, bis sie ihre Arme um meinen Hals geschlungen hat. Mit einem unterstützenden Griff an ihrem Hintern, stehe ich auf, trage sie in den Garten und lege sie mitten auf der Rasenfläche ab. Es ist ein wunderschönes Bild, das sattgrüne Gras, im Kontrast mit ihrer hellen Haut, ihr erwartungsvoller Blick und ihre einladende Haltung. Noch während mein letztes Kleidungsstück davonfliegt, werfe ich mich zwischen ihre Beine, dringe ein, küsse sie, unsere Zungen berühren sich. Die Sonne wärmt meinen Rücken, es ist, als ob sich sämtliche Zellen in meinem Körper regen, ich möchte die Zeit anhalten.

Vanessa

Ich vergesse alles um mich herum, es trifft mich mächtig, mein ganzer Körper bebt, wird überflutet von diesem unbeschreiblichen Gefühl, das ich, gerade jetzt, noch intensiver erlebe als je zuvor.

„Du warst so laut, dass dich vermutlich sogar deine Eltern ein paar Kilometer weiter gehört haben", sagte Julian grinsend.

„Die können in ihrem Alter ruhig auch einmal mitbekommen, wie sich geiler Sex anfühlt", antwortete Vanessa so, als ob es ihr egal wäre, trotzdem färbte sich ihr Gesicht noch ein bisschen rötlicher, als es ohnehin schon war. Um etwas herunterzukommen, nahm sie eine kühle Dusche und schwamm anschließend ein paar belebende Bahnen im frischen Pool.

Heute war Sonntag und Vanessa beschloss, ihre Eltern zu besuchen. Mittlerweile verbrachten sie fast jedes Wochenende in ihrer neuen Villa. Julian hingegen nahm sich vor, zumindest ein paar Stunden, zu arbeiten, um die Pläne der Starnberger Villa weiter auszufeilen, aber es eilte nicht so sehr, dass es

ihn von einer weiteren Tasse Kaffee abhielt. Mit Blick über die schöne Natur, saß er neben seinem dampfenden Becher und dachte nach. Es war wieder Lisa, die sich gnadenlos in seine Gedanken drängte. Sein Magen verkrampfte sich unweigerlich bei den Gefühlen, die sie in ihm auslöste.
Kann man gleichzeitig zwei verschiedene Frauen lieben? Gibt es die echte und die wahre Liebe? Sein schlechtes Gewissen hinsichtlich Lisa belastete ihn sehr. Er hatte ihr mit der Trennung sehr wehgetan. Nicht nur ihr, sondern auch sich selbst. Mit seinem Schmerz konnte er umgehen, es waren vielmehr die Gedanken daran, wie sehr Lisa leiden musste, die ihn quälten. Julian wusste, dass er nie über diese Trennung hinwegkommen würde, was ihn sehr traurig stimmte.
Kann ich nicht mit beiden zusammenleben? Eine links und eine rechts von mir im Bett? Vielleicht würde es mich, als Mann, auf Dauer überfordern und zwischen den Mädels würden vermutlich nur die Fetzen fliegen. Julian musste sogar lächeln, als er sich die Situation bildlich vorstellte. Ob es mit Vanessa auf Dauer gut gehen würde, wusste er nicht. Ja, sie hatten geilen Sex und ja, er liebte sie. Aber geilen Sex kann man auch mit einer fremden Frau haben, es ist nicht zwangsweise ein Zeichen von Liebe, wenn ein Mann mit einer Frau schläft.
Je länger er über seine Situation nachdachte, umso mehr drängte es ihn, Lisa anzurufen. Allerdings war die Hemmschwelle groß. Wie würde sie reagieren?, überlegte er. Würde sie gleich wieder auflegen, wäre sie verärgert über meinen Anruf oder würde sie sich vielleicht sogar darüber freuen? Es ist müßig darüber zu philosophieren. Entweder ich probiere es aus und erfahre es, oder ich lasse es bleiben und tappe weiterhin im Dunkeln, mehr Möglichkeiten gibt es nicht. Als er Lisas Handynummer anwählte, schlug sein Puls bereits etwas höher.
Lisa erschrak förmlich, als sie Julian auf dem Display anstrahlte. Verdammt, ich hätte seine Nummer löschen sollen, dann wäre mir sein Anblick erspart geblieben, dachte sie. Es war ein sehr schmerzhafter Anblick für Lisa, die mit zitternden Händen versuchte, das Gespräch im ersten Schock einfach wegzudrücken, was ihr schließlich auch gelang. Julian hatte natürlich damit gerechnet, trotzdem riskierte er einen zweiten Anruf. Jetzt klingelte es sehr lange, woraus er Hoffnung schöpfte. Als Lisa das Gespräch endlich annahm, war Julian sehr gespannt, wie sie reagieren würde.
„Lisa."
Mehr als ihren Namen sagte sie nicht.
„Wie geht es dir?", fragte Julian vorsichtig.

Lisa überlegte, wie sie antworten sollte. Vielleicht wäre es nicht klug, Julian die Wahrheit zu sagen, dass sie jede Nacht von ihm träumte, dass sie ihn bis ans Ende ihres Lebens vermissen würde, dass das Leben ohne ihn keinen Sinn mehr machte, dass sie ihn so sehr liebte, wie keinen anderen Menschen je zuvor.
„Bist du noch da, Lisa?"
„Ich bin noch da, Julian, was soll ich dir sagen. Ich komme schon zurecht, aber ich habe im Moment keine Zeit, meine Kundschaft kommt gerade", log sie.
„Mach´s gut Julian", waren ihre letzten Worte, bevor sie auflegte.
Es tat ihr sehr leid, dass sie ihn so abwürgen musste, aber sie wollte es ihm und auch sich selbst nicht noch schwerer machen, als sie es ohnehin schon empfand. Lisa verstand es, dass er sich der Verantwortung Vater zu werden stellen musste, trotzdem waren die Schmerzen in ihrer Brust fast unerträglich. Es wäre besser gewesen, wenn ich nicht angerufen hätte, dachte Julian, dem es nun wesentlich schlechter ging, als vor dem Telefonat. Sie brauchten sich eigentlich nicht darüber zu unterhalten wie es ihnen ging. Sie wussten und fühlten es beide, dass der Trennungsschmerz nie vergehen würde.
Obwohl Julians Büro großzügig verglast und von Licht durchflutet war, beschloss er, heute im Freien zu arbeiten. Er saß zwar im Schatten, trotzdem wusste er um die starke UV-Strahlung. Deshalb ging er nach oben ins Bad, um wenigstens Gesicht und Arme mit Sonnenschutz einzucremen. „Hoppla", entfuhr es ihm, als er sah, dass Vanessas Kosmetiktasche vom Wandbord gekippt war und ein großer Teil des Inhalts über dem Boden zerstreut lag. Julian las die Sachen zusammen und stellte die Kosmetiktasche an einen sicheren Platz. Ich muss ihr später sagen, dass sie heruntergefallen ist, nicht dass sie meint, ich würde in ihren Sachen wühlen, war sein Gedanke.
Erst jetzt realisierte er, dass sich eine Blister-Verpackung unter den herausgefallenen Sachen befand, die ihm bekannt vorkam. Tut mir leid, Vanessa, dachte er, während er in ihre Kosmetiktasche griff und die Tabletten herausnahm. Als er sie genauer betrachtete, bestätigte sich seine Vermutung. Es war nicht irgendeine Pille, sondern „die Pille". Warum verhütet man, wenn man schwanger ist? Vielleicht ist es einfach nur die Packung, die sie vor ihrer Schwangerschaft verwendet hat und nun nicht mehr benötigt, dachte er. Als Julian sah, dass die letzte herausgenommene Tablette diejenige für den gestrigen Tag war, wurde er stutzig. Er wusste, dass Vanessa ihre Pille in der Vergangenheit immer nachmittags eingenommen hatte, somit wäre es für den aktuellen Tag genau passend. Es konnte natürlich reiner Zufall sein, die

Chancen standen eins zu sechs. Es ist nicht ausgeschlossen, oder besser gesagt sogar eher wahrscheinlich, dass es sich einfach nur um die alte Packung handelt.
Kann man die Pille auch nehmen, wenn man schwanger ist?, überlegte er kurz. Er war zwar kein Arzt, aber er wusste, dass die Einnahme der Pille im Gegensatz zur Schwangerschaft stehen würde. Nein, er konnte sich ohnehin nicht vorstellen, dass Vanessa ihm etwas vorspielte. Warum sollte sie mich zum werdenden Vater machen? Das wäre doch viel zu kurz gedacht, nach wenigen Monaten würde der Schwindel ohnehin auffliegen. Es ist reiner Zufall, dass die angebrochene Packung genau am passenden Tag endet, schloss er das Thema ab und begab sich an seine Arbeit. Als Vanessa gegen zwölf Uhr kam, beschlossen sie, das Mittagessen in einem Restaurant am Hafen einzunehmen, um anschließend mit dem RIB hinauszufahren.
„Bin gleich wieder da, ich mache mich nur ein bisschen frisch", kündigte Vanessa an, während sie sich bereits auf den Weg zum Bad aufmachte.
„Warte Vanessa. Deine Kosmetiktasche ist heute Morgen von der Ablage heruntergekippt. Ich habe die auf dem Boden zerstreuten Sachen wieder hineingesteckt und die Tasche zurückgestellt. Nicht, dass du dich über die Unordnung wunderst und meinst, ich würde in deinen Sachen wühlen."
Vanessa blickte nochmals zurück.
„Danke Julian, ist lieb von dir."
Es war schon ein Anflug von Erschrockenheit, den Julian meinte ihrem Gesichtsausdruck entnehmen zu können. Ach was, dachte er, jetzt bilde ich mir wirklich nur etwas ein. Aber wenn es tatsächlich die Angst davor war, dass ich etwas gesehen haben könnte, das nicht für meine Augen bestimmt war, dann müsste ich mir ernsthaft Sorgen machen. Vielleicht sollte ich die Sache mit der Pille heute Abend oder morgen nochmals überprüfen, überlegte er sich.
Beim Essen im Hafen ging es recht locker zu. Nach einer arbeitsreichen Woche war nun wirklich Entspannung angesagt. Julian nahm sich an diesem Nachmittag vor, alle Grübeleien und Gedanken die ihn belasteten, welche er Stunde für Stunde, sogar Minute für Minute mit sich herumschleppte, komplett abzuschalten und das schmerzhafte Telefonat mit Lisa zu vergessen. Alle Sorgen über Bord zu werfen wäre vielleicht das Richtige, dachte er, als er von der Terrasse des Lokals auf sein schaukelndes Schlauchboot blickte. Im Anschluss an das leckere Essen fuhren sie in ihre Lieblingsbucht und nachdem Julian den Anker ins seichte Wasser abgelassen hatte, genossen sie auf der Liegefläche des RIBs ein kleines Nickerchen. Das Boot schaukelte

sanft in den Wellen, die warme Luft umströmte ihre Körper, so konnten sie sich wirklich entspannen. Julian schlief noch halbwegs, als Vanessa einen Eimer mit frischem Meerwasser füllte und Julian plötzlich übergoss.

Julian
Ich bin erschrocken, mit einem Schlag hellwach.
„Jetzt bist du dran", kündige ich an, während ich bereits aufspringe und Vanessa an den Händen packe. Sie stemmt sich heftig dagegen, wohl wissend, dass sie verlieren wird. Verdammt, sie hat mehr Kraft als man in ihrem zarten Körper vermuten würde. Trotzdem dauert es nur ein paar Sekunden bis sie, mit mir zusammen, schreiend über Bord geht und untertaucht.

Vanessa
Ich schnappe nach Luft, Gott sei Dank kann ich hier stehen. Ja, ich wusste natürlich, dass es passieren würde und kontere sofort, indem ich ihn heftig mit Wasser bespritze. So artet das Ganze in eine Wasserschlacht aus, bis unsere Kräfte nachlassen.
„Komm zu mir, meine Nixe", versucht er unser Treiben zu beenden und ich folge seinem Lockruf sehr gerne. Freudestrahlend wate ich auf Julian zu, der mich mit ausgebreiteten Armen empfängt. Ich bin nicht sicher, ob ich in eine Falle geraten bin, oder ob er wirklich auf Kuscheln aus ist.

Julian
Ich drücke sie an mich, küsse sie vorsichtig, sie erwidert leidenschaftlich, bringt ihre Zunge ins Spiel, es schmeckt salzig. Ich fühle mich frei, frei von schlechten Gedanken, völlig losgelöst. Ich bin hier, im Jetzt, lasse alles geschehen, wehre mich nicht. Während wir uns weiter küssen, schiebt Vanessa ihre Hand in meine Badeshorts und packt meine Männlichkeit mit einem festen Griff. Ich lasse mich anstecken, schiebe ihr Bikinihöschen ein Stück nach unten, fasse ihre Po-Backen, die mir gerade etwas füllger als sonst vorkommen, es fühlt sich gut an. Hat sie wegen mir zugelegt?, frage ich mich kurz, bevor meine Hormone das Kommando übernehmen.

Vanessa
Er öffnet den Verschluss, legt meine Brüste frei, fasst mir zwischen die Beine, an mein Geschlecht, stimuliert mich weiter. Er ist hart wie Beton, ich will ihn spüren, streife mein Bikinihöschen ab, bespringe ihn, schlinge meine Beine um seinen Körper, damit er mich an den Strand tragen kann. Mein

schüchterner Julian scheint alles um uns herum zu vergessen, lässt uns zusammen in den Sand plumpsen, während sich meine Beine noch immer an ihm festklammern.

Julian
Die Stellung passt, ich dringe ein, nehme sie hart ran, geil. Wir sind schnell, kommen in wenigen Sekunden. Ich bleibe zwischen ihren Schenkeln liegen, ruhe mich aus, bin ziemlich außer Atem.

Vanessa
Es war sehr schön, ich könnte ewig so liegen bleiben, denke ich, wäre da nicht sein Gewicht. So langsam erdrückt er mich, deshalb werde ich mich seiner mit einem fiesen Trick entledigen.
„Wir haben Zuschauer", sage ich aufgeregt und löse damit Entsetzen in ihm aus. Schlagartig verlässt er meinen Schoß, wirbelt mit dem Kopf herum, während seine Hand gleichzeitig im Sand nach einem nicht vorhandenen Badetuch sucht.

Julian
Das hat man davon, wenn man sich gehen lässt, schießt es mir durch den Kopf. Während ich meine Männlichkeit mit der freien Hand blitzschnell abdecke, blicke ich in Richtung Meer, um nach den Störenfrieden zu suchen. Ich sehe niemanden, mein Kopf wirbelt erneut herum, in Richtung der Landseite, aber auch da ist niemand zu sehen.
„Machst du Scherze?", frage ich, während ich die Antwort bereits an ihrem schmutzigen Grinsen ablesen kann.

Vanessa
„Eigentlich hättest du jetzt eine Abreibung verdient", gibt er zum Besten und ich überlege schon was er tun könnte.
„Kannst mir den Sand vom Hintern abreiben", schlage ich vor und wälze mich frech auf den Bauch. Er tut es nicht, vielleicht ist er wirklich sauer.
„Keine Strafe kann auch eine Strafe sein", höre ich, na denn, eben nicht.
„Schau, die Eidechse dort am Felsen, sie hat alles mitbekommen, ich habe dich nicht belogen", rede ich mich aus der Situation heraus. Er nennt mich ein „freches Mädchen", was mir schmeichelt und endlich atmet er tief durch. Nachdem es keine Abreibung gibt, drehe ich mich um, habe aber die Rechnung ohne den Wirt gemacht. Noch bevor ich reagieren kann, liegt er auf

mir, saugt mit aller Kraft an meinem Hals, aua, ich zappele wie ein Käfer, schreie, schlage ihm auf den Rücken, zappele weiter. Er drückt meine Handgelenke in den Sand, ich bin machtlos, höre auf zu schreien, ich harre der Dinge. Ich wende den Totstellreflex an, wie es Käfer bei Gefahr machen, es hilft aber nicht, er zieht es trotzdem durch. Ein Knutschfleck, ausgerechnet vorn am Hals, ich bin verurteilt, mindestens zu einer Woche Halstuch. Nachdem er von mir ablässt, werfe ich ihm einen bitterbösen Blick zu, schaffe es allerdings nicht, mein Grinsen vollständig zu verbergen. Einige Minuten später bin ich ihm wieder wohl gesonnen.

„Jetzt liegt mein Bikinihöschen irgendwo auf dem Meeresgrund, nun habe ich wenigstens einen Anlass, mir einen neuen Bikini zu kaufen, ich kann auf Dauer ja schlecht nur mit dem Oberteil herumlaufen", erkläre ich, während wir in Richtung des Wassers schlendern.
„Da hätte ich nichts dagegen", erwidert Julian grinsend, der sich damit einen zarten Klaps auf den Hinterkopf einfängt.
Wir sehen aus wie zwei Backfische, paniert mit Sand. Im Wasser streichen wir uns gegenseitig die Sandkörner von der Haut und aus allen Ritzen, ein Spiel, an das ich mich gewöhnen könnte.

Julian
Vanessa schaut mir vom Boot aus zu, während ich mit meiner Taucherbrille den Grund absuche. Sie kann sich kaum vorstellen, dass ihr Bikinihöschen nicht schon weggespült wurde. Nach maximal fünf Minuten werde ich fündig und halte es freudestrahlend in die Höhe.
„Was bietest du mir dafür?", frage ich erwartungsvoll.
„Alles, einfach alles", antwortet Vanessa spontan, wohl ohne über ihre schnelle Antwort, die Konsequenzen und die Bedeutung des Wortes „alles" nachzudenken. Ich stimme sofort zu, während ich mir schon ausmale, was „alles" sein könnte.
Als ich ihr das Höschen im Boot übergebe, konkretisiert Vanessa ihre Antwort nochmals.
„Wenn du kannst, dann darfst du mich heute Abend nochmal bumsen", flüstert sie mir ordinär ins Ohr, wie es eigentlich gar nicht zu ihrer Art passt und gibt mir dabei einen Klaps auf den Hintern.
Während ich den Anker lichte, rattern meine Gehirnrädchen bereits. Ich kann mich beim besten Willen nicht daran erinnern, dass ich jemals drei Mal Sex an einem Tag hatte. Da ich nichts versprechen möchte was ich vielleicht nicht halten kann, mich auf keinen Fall blamieren möchte, überlasse ich die

Antwort dem Rauschen der sanften Brandung. Und wer weiß, vielleicht gibt es ja etwas anderes, was ich mir wünschen könnte, vielleicht etwas, das ich sonst nicht bekommen würde. Nun habe ich einen Joker in der Hand.

Es war ein schöner Nachmittag, dachte Julian, als er den Motor startete. Bis dahin war es ihm möglich gewesen, sämtliche Probleme zu vergessen, um die Zeit einfach nur zu genießen. Es war lange her, dass er sich über mehrere Stunden hinweg so fallen lassen und die Seele baumeln lassen konnte, was ihm wirklich guttat. So wie bisher konnte es auch nicht weitergehen. Die vorherigen Tage hatte Julian eher belastend als entspannt und schön empfunden. Trotz seiner guten Stimmung drängten sich, auf der Fahrt zum Hafen, wieder viele quälende Gedanken in den Vordergrund. Ich habe mich gegenüber Vanessa heute so verhalten, als ob alles in Ordnung wäre, aber das ist es nicht wirklich. Nutze ich sie aus? Missbrauche ich sie für meine sexuellen Belange? Nein, so ist es nicht, das ist Unsinn. Vielleicht ist es auch umgedreht, vielleicht nutzt sie mich aus, versuchte er sein schlechtes Gewissen zu beruhigen. Während Julian das Schlauchboot gemächlich an der Küste entlang steuerte, spürte er ihren prüfenden Blick auf sich ruhen. Er wusste, dass sich Vanessa Sorgen machte, aber sie stellte keine Fragen. Julian war in diesem Moment auch nicht danach, über ihre Beziehung zu reden, trotzdem kam er sich irgendwie gläsern vor, was ihn dazu animierte, Vanessa vorsorglich abzulenken.
„Das nennt sich Verdrängerfahrt, weil das Boot mit dem kompletten Rumpf im Wasser bleibt und genau die Wassermenge verdrängt, die seiner Masse entspricht. So kann ich mit Standgas fahren, da ist der Motor kaum zu hören, und man kann sich am sanften Rauschen des Wassers erfreuen."
„Und wie nennt sich das, wenn du sehr schnell fährst?"
„Wenn ich beschleunige, dann schiebt sich das Boot nach oben, auf die Wasseroberfläche. Je schneller ich fahre, umso weniger dringt der Rumpf in die Wasseroberfläche ein, das nennt sich dann Gleitfahrt."
Vanessa stand direkt neben Julian und während er ihr die Zusammenhänge erklärte, fiel sein Blick immer wieder auf ihr Profil, nicht ihr Gesichtsprofil, sondern ihr Rundungsprofil.
„Und, was sagst du dazu?", fragte Vanessa.
„Was meinst du?", stellte Julian die Gegenfrage, obwohl er genau wusste, auf was sie anspielte.

Vanessa konkretisierte ihre Frage nochmals, um zu einer Antwort zu kommen.
„Meine Rundungen, du weißt genau was ich meine, ich habe doch deinen lüsternen Blick gesehen."
„Hast du etwas zugelegt?"
„Gefällt es dir nicht?"
„Doch sehr, es gefällt mir so viel besser als vorher."
„Mein Busen hat zugelegt und mein Po auch", erklärte sie, drehte sich auf die Seite und schob ihr Höschen nach unten.
„Schau, gefällt er dir? Darfst ihn ruhig anfassen."
Wenn sie so weiter macht, dann klappt es mit dem dritten Mal schon vor dem Abend, dachte Julian und taxierte ihren Po einhändig.
„Fühlt sich jetzt viel fülliger und weicher an", erklärte er.
Nachdem er auch ihren Busen betasten durfte, konnte er Vanessa beruhigen.
„Du brauchst dir echt keine Sorgen zu machen, du hast eine tadellose Figur", bestätigte Julian, der schon wieder Lust verspürte, die jedoch eher im Kopf, als zwischen den Beinen angesiedelt war.

Lisa schaffte es nicht die schönen Stunden und Tage, die sie zusammen mit Julian verbracht hatte, aus ihrem Gedächtnis zu löschen. Vielleicht ist es die falsche Strategie, dachte sie, während sie sich nach Feierabend auf ihrem Sofa entspannte. Vielleicht sollte ich ganz bewusst daran denken und mich an den schönen Erinnerungen erfreuen. Mein Gott, war das verrückt, als ich ihn an der Haustür nackt überfallen habe. Wenn mir jemand gesagt hätte „mach dich nackig, klingele im Adamskostüm bei dem Mann deiner Wahl und überfalle ihn mit deinen weiblichen Reizen", dann hätte ich gesagt „du spinnst." Trotzdem habe ich es getan, es war so etwas wie Intuition, oder ich war nicht Herr meiner Sinne, als es geschah. Aber es war richtig, es war das Schönste und Geilste was ich in meinem bisherigen Leben genießen durfte. Selbst jetzt noch weckt der Gedanke an diesen Augenblick die Lust in meinem Schoß. Aber es ist nicht nur das, was Julian ausmacht, es ist einfach alles, das Gesamtpaket, weshalb ich ihn so anziehend finde. Sein Aussehen, sein freundliches Wesen, seine Ausstrahlung und natürlich unsere gegenseitige Liebe.
Es ist mehr als Liebe, ich kenne gar kein passendes Wort für das, was er in meinem Körper ausgelöst hat. Lisa schloss die Augen und versuchte all die schönen Momente nochmals zu erleben. Wie gerne hätte sie ihn gerade jetzt angerufen, um seine Stimme zu hören, aber sie wusste, dass dies keine gute

Idee war. Im schlimmsten Fall würde Vanessa abnehmen, oder sie würde das Gespräch am Rande mitbekommen, was Lisa nicht verantworten mochte. Einen Keil zwischen die beiden zu treiben, lag ihr fern, schließlich lebten sie aus freien Stücken zusammen. Es war einzig und alleine deren Entscheidung, die es zu respektieren galt. Als es klingelte, schreckte Lisa förmlich auf. Es war ihre beste Freundin, die vor der Tür stand, mit der sie sich zum Ausgehen verabredet hatte.

„Tut mir leid, ich habe die Zeit ganz vergessen", entschuldigte sie sich. „Gibst du mir noch fünf Minuten?"

„Lass dir ruhig Zeit, es kommt nicht auf eine Viertelstunde an", antwortete ihre Freundin, während sie Julians Bild auf Vanessas Handy leuchten sah. Ein schöner Mann, für den würde auch ich die Zeit vergessen, dachte sie.

Als Julian und Vanessa in der Burg ankamen, gab es eine Nachricht auf dem Anrufbeantworter. Vanessa sollte kurz bei ihren Eltern vorbeischauen. Es war etwas Geschäftliches, das der Klärung bedurfte. Nachdem sie das Haus verlassen hatte, musste Julian unweigerlich an die Angelegenheit mit der Pille denken. Er traute es Vanessa zwar nicht zu, dass sie ihre Schwangerschaft nur vortäuschte, aber tief in seinem Inneren gab es doch Zweifel, die es auszuräumen galt. Privatsphäre hin oder her, darauf konnte er in diesem Fall keine Rücksicht nehmen, zumal es auch sein eigenes Leben betraf.

Er beschloss nach oben zu gehen, um im Bad nachzuschauen. Vanessas Kosmetiktasche stand noch an der gleichen Stelle. Julian atmete tief durch, zögerte ein wenig, entschloss sich dann aber doch, die Tasche zu öffnen. Er schaute sie mehrmals durch, immer darum bemüht, dass nichts durcheinanderkam, aber der Blister befand sich nicht mehr in der Tasche. Julians Puls schlug bereits heftig, als er sich darüber Gedanken machte, was dies bedeuten konnte. Entweder sie hat die Pillen gerade heute entsorgt, oder sie versteckt sie, weil es tatsächlich etwas zu verbergen gibt. Nichts war wirklich logisch. Wenn sie ihm etwas vormachte, damit sie mit ihm zusammen sein konnte, dann würde sie doch keine Pille nehmen, gerade dann würde sie es doch darauf anlegen, tatsächlich schwanger zu werden.

Aber auch wenn sie wirklich schwanger ist, wäre es ein großer Zufall, wenn sie die Pille gerade heute entsorgt haben sollte. Julian schaute alle Ablagen, die Schränke und den Abfalleimer im Bad durch, aber der Blister war nirgends zu finden. Inzwischen pochte sein Puls so heftig, dass ihm fast schwindelig wurde. Ich kann sie doch nicht einfach fragen, das würde, in dem Fall, dass sie wirklich schwanger ist, unser Vertrauensverhältnis zerstören. Aber wenn sie mich wirklich belügen sollte, dann könnte ich auf keinen Fall mehr mit ihr schlafen. Wenn ich das Risiko, erst in Zukunft Vater zu werden, ausschließen möchte, dann bleibt mir nichts anderes übrig, als die Angelegenheit mit ihr zu klären. Julian lag es fern, sie bloßzustellen und überlegte, ob es einen anderen Weg gab, damit sie sich von ihrer Seite aus erklären würde. Er wollte sie nicht an die Wand laufen lassen. Selbst wenn sie ihn in dieser Hinsicht belogen haben sollte, so hätte sie es aus Liebe getan. Es verging noch eine ganze Stunde bis Vanessa zurückkam, aber Julian war mit seinen Überlegungen keinen Schritt weitergekommen. Seine geilen Gedanken, sie am Abend ein drittes Mal zu nehmen und unter Umständen gerade mit diesem Schuss Vater zu werden, mutierten plötzlich zur Horrorvorstellung. Als er Vanessas Wagen hörte, rannte er hastig die Treppe hinunter, schnappte sich eine Zeitschrift und setzte sich auf die Terrasse.

„Geht's dir nicht gut? Du siehst so aufgewühlt aus", fragte Vanessa.

„Es ist alles in Ordnung", versuchte Julian, dessen Puls noch immer raste, möglichst entspannt zu antworten.

„Soll ich uns was zum Essen machen, vielleicht eine Portion Rührei, damit du heute Abend standhaft bist?", fragte Vanessa mit einem Grinsen im Gesicht, was Julians Puls erneut in die Höhe schießen ließ.

„Rührei wäre gut, ja bitte."

Während Vanessa in der Küche werkelte, überlegte er, wie er sich am geschicktesten aus der Affäre ziehen konnte. Seine Ausrede sollte nicht nur für den Abend, sondern möglichst bis zu dem Zeitpunkt taugen, bis die Sache endgültig geklärt war.

„Wirkt es schon", fragte Vanessa während des Essens mit einem lüsternen Blick.

„Das ist doch bestimmt nur ein Märchen, dass Eier die Potenz fördern", hielt Julian den Ball flach, während er überlegte, warum Vanessa für heute nicht schon genug hatte.

Ja, ihr Blick verriet eindeutig, dass sie nochmals mit ihm rechnete. Nachdem Julian im Laufe des Abends keine Anstalten machte, Vanessa erneut zu vernaschen und sich schon das zweite Glas Wein einschenkte, nahm sie das Ruder in die Hand.

„Ich werde jetzt eine Runde schwimmen, kommst du mit?"

„Mir ist im Moment nicht nach Schwimmen, ich sitze gerade so schön, aber lass dich nicht stören."

Julian hoffte, dass sie mit Bikini gehen würde, aber Vanessa zog sich direkt vor seinen Augen aus und schritt, mit wackelndem Hintern, in Richtung des

Pools. Sie beugte sich über die Brüstungsmauer, um so zu tun, als ob sie die Aussicht auf das Meer genießen würde. Julian wollte nicht, aber er musste hinschauen. Es war allerdings nicht die Aussicht auf das Meer, sondern die Aussicht auf ihren verlängerten Rücken, die er genoss. Nachdem sie ihm genügend Gelegenheit gegeben hatte, drehte sie sich um, stellte sich an den Beckenrand, um sich mit leicht gespreizten Beinen zu strecken. Julian war versucht die Hand vor seine Augen zu halten, aber das wäre doch zu offensichtlich gewesen. Jetzt passierte genau das, was er vermeiden wollte, seine Hose spannte. Vanessa sprang ins Becken, um ein paar Bahnen zu schwimmen.

„Schatz, kannst du mir bitte den Bademantel bringen?, ich glaube es ist schon frisch geworden", rief sie noch im Becken verweilend. Selbst mit nassen Haaren sieht sie super aus, dachte Julian, der ihr den Bademantel über den Bügel der Einstiegsleiter hängte.

„Komm, gib mir einen Kuss", bat Vanessa, noch bevor er verschwinden konnte. Gerade als er sie kniend am Beckenrand küsste, passierte es. Blitzschnell packte sie seinen Arm, um ihn mitsamt seinen Klamotten in den Pool zu ziehen. Die Zeit reichte weder für einen Schrei, noch um tief Luft zu holen, weshalb Julian nach dem Auftauchen erst zwei Atemzüge nehmen musste, bevor er sich äußern konnte.

„Na warte, du Nacktschnecke, jetzt bist du dran", kündigte er an, obwohl er gar nicht wusste, wie er sie bestrafen sollte. Zuerst bespritzen sie sich wie zwei kleine Kinder, bis sie nicht mehr konnten, dann tauchte Julian plötzlich ab. Selbst unter Wasser konnte er Vanessas Schreie vernehmen, die sie schon von sich gab, obwohl noch gar nichts passiert war. Julian bewegte sich schlängelnd wie ein Hai um sie herum, bis er ganz plötzlich den Angriff startete und ihr in den Po biss, was einen weiteren Aufschrei verursachte. Seine Angriffe fühlten sich für Vanessa äußerst komisch an, sogar etwas unheimlich. Wie ein Angriff aus der Tiefe des Meeres, trotzdem genoss sie seine zarten Bisse in ihr Hinterteil und ihre Lenden. Als Julian vor ihr auftauchte, war er nahe dran, sich gehen zu lassen. Ihr Griff in seine Hose ließ seine Männlichkeit heftig anschwellen, was es ihm schwer machte, sich zurückzuhalten und aus der Sache heraus zu kommen.

„Sorry, es geht nicht", sagte er, ziemlich unerwartet für Vanessa.

„Er ist doch bereit, wir können es einfach auf uns zukommen lassen", versuchte Vanessa ihn umzustimmen.

„Nein, das ist es nicht, ich glaube ich habe einen Infekt, es brennt wie Feuer."

„Vielleicht ist er nur überlastet, du solltest aber vorsichtshalber zum Arzt gehen, es ist möglich, dass er ein Antibiotikum braucht", mutmaßte Vanessa, die noch immer fest zupackte, aber schon ein bisschen enttäuscht wirkte. Damit konnte Julian ihren Angriff zumindest für den heutigen Abend und den kommenden Tag abwehren, ohne dass sie Verdacht schöpfte.

Am nächsten Morgen nahm sich Vanessa vor, verschiedene Einkäufe zu erledigen.
„Willst du mit mir fahren, ich kann dich beim Arzt absetzen", bot sie an.
„Nein danke, ich fahre später, ich habe noch ein paar wichtige Dinge zu erledigen", wehrte Julian ab.
„Na denn, bis später", verabschiedete sich Vanessa.
Julian wartete kurz, bis er sie davonfahren hörte, um anschließend nach oben zu gehen. Nun knöpfte er sich Vanessas Kleiderschrank vor. Es war ihm bekannt, dass sehr viele Menschen Schmuck, Geld, oder sonstige Wertsachen gerne im Kleiderschrank versteckten, daher lag es nahe, dort als erstes nachzusehen. Julian durchforstete jede Ecke, jede Tasche, bis er endlich zwischen zwei T-Shirts das fand, wonach er suchte. Als er auf den Blister schaute, bestätigte sich seine schlimmste Befürchtung. Ja, Vanessa nahm die Pille, es war ganz eindeutig. Julians Knie gaben so plötzlich nach, dass er sich aufs Bett setzen musste, um diesen Schock zu verdauen. Warum hat sie denn nicht versucht im Nachhinein schwanger zu werden?, überlegte er. Vermutlich wäre ihr das zu weit gegangen, ja, das wird es sein. Ein Kind vorzutäuschen ist etwas anderes, als gezielt ein Kind zu bekommen, um jemanden an sich zu binden.
Was nun? Einerseits eröffnet mir diese Erkenntnis die Möglichkeit einen neuen Weg zu gehen, gemeinsam mit Lisa, aber wie soll ich es übers Herz bringen, Vanessa abermals zu verletzen, sie sozusagen erneut vor die Tür zu setzen. Ich kann nichts dafür, nicht ich habe sie belogen, sondern umgekehrt. Sie hat wohl aus purer Verzweiflung zum letzten Mittel gegriffen, um mich an sich zu binden. Ja, ich kann es sogar nachvollziehen, aus ihrer Sicht heraus. Sie ist eben sehr verliebt und es war ein harter Schlag für sie, als Lisa in mein Leben trat. Ich mache ihr keine Vorwürfe, denn sie musste schon genug durchmachen. Ihr Unfall und der Selbstmordversuch, es tut mir sehr leid für sie. Auf dieser Basis kann es allerdings nicht weitergehen, es bleibt mir nichts anderes übrig, als sie zur Rede zu stellen. Julian saß den ganzen Morgen an seinem Schreibtisch, konnte sich aber nicht auf seine Arbeit konzentrieren. Die Entscheidung war bereits gefallen, er würde sich von Vanessa trennen. Er liebte sie zwar, aber richtiges Herzklopfen verspürte er nur bei

Lisa. Unabhängig davon ob sie zu ihm zurückkommen würde oder nicht, gab es nur einen Weg für Julian, er musste sich von Vanessa trennen. Jetzt war der Zeitpunkt gekommen, der es ihm ermöglichte, einen neuen Lebensweg zu beschreiten.

„Warst du nicht beim Arzt?", fragte Vanessa, als sie mit ihren voll bepackten Einkaufstaschen zurückkam.

Julian ging ihr entgegen, gab ihr ein Küsschen und nahm ihr einen Teil der Einkäufe ab.

„Nein, ich habe fast keine Schmerzen mehr beim Wasserlassen, es war wohl doch nicht so schlimm", antwortete Julian, weil er es für unnötig erachtete, die Wahrheit zu erläutern.

„Ich habe uns ein Wok-Gericht eingekauft, du hast doch eine Wok-Pfanne, oder?"

„Ich bin ausgestattet wie ein Gourmetrestaurant, du weißt doch, dass ich sehr gerne koche."

„Heute übernehme ich das Kochen, es gibt mein Lieblingsgericht: Wok-Pfanne mit Gemüse, Glasnudeln, Garnelen, Hähnchen und ein paar Geheimzutaten, alles in scharfer Soße. Ein heißes Gericht von einer heißen Frau, oder?"

„Absolut", antwortete Julian, dem diese Richtung der Konversation gerade nicht in den Plan passte.

Wann ist der beste Zeitpunkt ihr das nahe zu bringen, was ich ihr zu sagen habe?, überlegte Julian. Jedenfalls nicht gerade jetzt, vielleicht nach dem Essen. Einen richtigen Zeitpunkt um jemandem zu sagen, dass man ihn verlässt, den gibt es ohnehin nicht, früher oder später muss ich da durch. Jedenfalls kann ich auf dieser Basis nicht länger mit Vanessa herumturteln oder sogar mit ihr schlafen.

„Phantastisch, deine Wok-Pfanne, genau die richtige Schärfe. Super Soße, das Rezept musst du mir auch mal geben", lobte Julian ihre Kochkünste.

Nachdem Vanessa unbedingt selbst die Küche aufräumen wollte, blieb Julian auf der Terrasse sitzen, um einen Cappuccino zu schlürfen. Der schönen Aussicht auf das glitzernde Meer konnte er im Moment nichts abgewinnen. Schon der Gedanke daran, dass er gleich mit Vanessa reden würde, verursachte ihm heftige Bauchschmerzen. Allerdings war ihm auch bewusst, dass es keine andere Möglichkeit mehr gab, als die Angelegenheit möglichst rasch zu klären.

„Kommst du dann mal, wenn du fertig bist?", rief Julian in die Wohnung hinein.

„Bin gleich fertig", kam die Antwort prompt.
Ein paar Minuten später stand Vanessa vor ihm.
„Stehe dir zu Diensten", bot sie an und unterstrich ihre Worte, indem sie salutierte.
„Setz dich mal zu mir", forderte Julian sie auf, während er mit der Hand auf seine Beine klopfte.
Nachdem Vanessa auf seinem Schoß saß, umarmte er sie und schaute ihr tief in die Augen. Als Julian nicht sofort loslegte, öffnete Vanessa bereits ihren Mund, um nachzufragen, verstummte jedoch wortlos, als sie Julians besorgten Gesichtsausdruck wahrnahm. Es war ein Blick, den sie so nicht kannte, der nichts Gutes verhieß. Julian konnte in diesem Moment nicht wirklich klar denken, es war nicht einfach, die richtigen Worte zu finden. Er hatte sich zwar eine Möglichkeit ausgedacht, wie er es am besten und vielleicht am schonendsten formulieren würde, überlegte es sich jedoch anders.
„Bist du wirklich schwanger, Vanessa?", fragte Julian spontan, worauf er keine Antwort bekam.
Es war auch nicht notwendig, dass Vanessa antwortete, ihre erschrockenen Augen verrieten bereits alles.
„Du weißt es also", stellte sie mit bebender Stimme fest, während die ersten Tränen aus ihren Augen kullerten. Julian drückte sie fest an sich und Vanessa weinte bitterlich. Nun war es wenigstens raus, was Julian sehr erleichterte. Lange saßen sie so da, eng aneinandergeschmiegt, während Julian Vanessa zart über den Kopf strich. Es traf sie beide schwer, ihr Schmerz war auch sein Schmerz.
„Ich bin froh, dass du es weißt", sagte Vanessa, nachdem sie sich etwas beruhigt hatte.
„Früher oder später wäre es dir ohnehin aufgefallen, dass mein Bauch nicht wächst. Ich habe diese Lüge von Anfang an bereut. Dass ich dir eine Schwangerschaft vormache, das war nicht geplant. Es ist mir so rausgerutscht, es war ein spontaner Einfall, ein letzter Versuch dich zu halten, dich an mich zu binden, die letzte Hoffnung, dass du bei mir bleibst."
„Ich möchte dir keine Vorwürfe machen, Vanessa. Ich weiß selbst wie es sich anfühlt, wenn man in jemanden verliebt ist, der diese Liebe nicht in dieser Intensität erwidern kann. Das erste Mal ist es mir mit Nadine passiert, ich habe noch immer das Gefühl, dass ich es nicht schaffe, sie im Laufe meines Lebens zu vergessen. Solange nicht beide Seiten das Gleiche fühlen ist es keine Liebe fürs Leben, so hart das klingen mag, es ist die Wahrheit."

Trotz des Schocks machte sich auch etwas Erleichterung in Vanessa breit. Sie war nicht ganz unvorbereitet gewesen, auch sie hatte lange mit sich selbst gerungen, sich unzählige Vorwürfe gemacht und nicht wirklich gewusst, wie sie aus der Sache wieder herauskommen sollte.
„Was ich dir angetan habe tut mir sehr leid, ich muss mich bei dir entschuldigen. Du hast Recht, ich weiß, dass du mich liebst, aber die ganz große Liebe hast du bei Lisa gefunden und ich habe es ihr angesehen, dass sie dich ebenso über alles liebt. Bei ihr muss ich mich auch entschuldigen, es war unfair und egoistisch von mir, sie auf diese Art und Weise zu verdrängen. Ich werde jetzt meine Sachen packen und verschwinden."
„Bitte nicht", bat Julian. „Bleib vorerst hier, ich möchte dich gerne noch ein paar Tage in meiner Nähe haben, ich möchte sehen, dass du mit der Situation fertig wirst und keine Angst mehr haben müssen, dass du auf dumme Gedanken kommst. Bitte."
„Vielleicht hast du Recht, ich möchte dir keine zusätzlichen Sorgen bereiten, aber sobald Lisa kommt, bin ich weg und bis dahin wäre es schön, wenn du mir eines deiner Gästezimmer anbieten würdest."
Julian war sehr erleichtert, es waren nicht nur ein Stein, sondern mehrere Felsblöcke, die von seinem Herzen fielen, eine erdrückende Last, die endlich von ihm genommen wurde, was ihm wieder Luft zum freien Atmen gab. Julian reichte Vanessa ein Taschentuch und gab ihr abschließend einen zärtlichen Kuss auf den Mund.
„Der Letzte", schniefte Vanessa traurig, trotzdem war bereits wieder der Anflug eines Lächelns in ihrem Gesicht zu erkennen.
„Ich hoffe nicht, dass ich dich in Zukunft nicht mehr küssen darf. Ich wünsche mir, dass wir Freunde bleiben", versuchte Julian ein bisschen Trost zu spenden.
Ich wünsche mir, dass wir Freunde bleiben, das war genau der Satz, den Vanessa aus vielen Herzschmerz-Filmen kannte, es war auch der Satz, den sie in Zusammenhang mit Liebe sehr hasste. Aber in ihrem Fall war es schön ihn zu hören, es war ein gutes Gefühl, dass Julian nicht ganz aus ihrem Leben verschwinden würde.
„Du solltest deine Lisa nun anrufen", empfahl sie Julian, der am liebsten sofort aufgesprungen wäre, um ihr die Neuigkeit zu verkünden. Aber er spürte eine große Angst in sich aufsteigen, die Angst, dass Lisa nein sagen könnte, dass sie das Risiko scheuen würde, nochmals verletzt zu werden.

„Wie soll ich es ihr erklären, Vanessa? Erst du, dann Lisa, dann wieder du und nun wieder Lisa. Wenn ich mich in ihre Lage versetze, dann würde ich mir ziemlich verschaukelt vorkommen."
Vanessa wusste, dass Julian nicht ganz Unrecht hatte, aber sie war sicher, dass er sie anrufen und dass sie ja sagen würde.

Kapitel 12: Kampf ums Glück

Lisas Besprechung in der Firma war soeben zu Ende. Es war sehr spät geworden, deshalb machte sie auf dem Heimweg an einer Imbissbude Halt, um sich eine Currywurst zu kaufen. Als sie am Bistrotisch stand und Stück für Stück verschlang, konnte sie sich nicht auf das Essen konzentrieren. Lisa schmeckte nichts, sie stillte nur ihren Hunger, denn in Gedanken war sie an ganz anderer Stelle. Wie einsam ich doch zwischen den vielen Menschen bin, die mich umgeben, dachte sie. Arbeitskollegen, Freundinnen, Kunden und die vielen anderen, mit denen ich zu tun habe. Es ist schön Kontakte zu haben, aber es sind Kontakte, die das Leben nicht in dem Maße bereichern können wie es der Mensch kann, den man liebt, der immer für einen da ist, in guten und auch in schlechten Zeiten.
Gegenüber, an einem anderen Tisch, stand ein junges, verliebtes Pärchen, das sich gegenseitig mit Pommes fütterte und sich, selbst während des Essens, ständig abknutschen musste. Lisa freute sich für sie, war aber gleichzeitig auch etwas neidisch. Obwohl sie versuchte Julian aus ihren Gedanken zu verdrängen, überlegte sie, wie es wäre, wenn er gerade bei ihr stünde, wenn sie es wären, die sich gegenseitig die Häppchen in den Mund stecken könnten, wenn sie ihm mit ihrem verschmierten Mund einen Currysoßenschmatz auf die Backe drücken würde.
Gerade als sie es sich bildlich vorstellte, wurde sie aus ihren Gedanken gerissen. „Ist hier noch frei?", fragte ein gutaussehender, junger Mann. „Ja, bitte", antwortete Lisa und bemühte sich, schnell ihren Mund abzuwischen. „Eine schöne Frau kann nichts entstellen", fügte ihr Gegenüber grinsend hinzu. „Danke für das Kompliment", antwortete Lisa, die sich gleich etwas wohler fühlte. Erst jetzt bemerkte sie, dass ihr Gegenüber nicht ganz so jung war, wie sie es im ersten Moment eingeschätzt hatte. Sein Look wirkte zwar leger, mit Jeans, Hemd und Sakko, aber er trug nur sehr hochwertige Sachen, was Lisa sofort auffiel.

„Ich bin in Eile, aber ich würde Sie ein anderes Mal gerne zu einem Kaffee einladen, wenn Sie möchten", bot er spontan an. Lisa fühlte sich sehr geschmeichelt, brachte in diesem Moment aber keinen Ton heraus. Sie bedankte sich für das Kärtchen, das er ihr in die Hand drückte und schon war ihr Gegenüber verschwunden. Professor Dr. bla, bla, bla, las sie sich selbst vor. Angeber, dachte sie, aber vielleicht tue ich ihm Unrecht. Er hatte es eilig, es lag also nahe, einfach ein Visitenkärtchen zurückzulassen. Ganz schönes Sahneschnittchen, vielleicht sollte ich auf sein Angebot zurückkommen. Lisa steckte das Kärtchen ein und fuhr nach Hause.

Ab dem Zeitpunkt, an dem die Fronten geklärt waren, fühlten sie sich beide wesentlich freier. Vanessa war sehr dankbar dafür, dass ihr Julian angeboten hatte, noch ein paar Tage bei ihm zu wohnen. Vielleicht wäre es für eine andere Frau unmöglich gewesen ihren Liebsten weiterhin vor Augen zu haben, aber für Vanessa war es so viel leichter. Sie freute sich darüber, dass sie sich nicht im Streit trennten, dass Julian ihr verzeihen konnte. Allerdings musste sie auch an Lisa denken, denn sie mochte diese warmherzige Frau eigentlich sehr. Es war zwar eine unglückliche Situation gewesen, als sie sich bei der Suche nach dem vermissten Julian aus der Not heraus verbündeten, zwei Frauen, sozusagen Konkurrentinnen, die den gleichen Mann liebten, trotzdem konnte sie während der beiden Tage spüren, wie sehr sie diese liebenswerte Frau auch schätzte.
Vanessa ging es inzwischen wieder ganz gut, sie war sicher, dass sie die Trennung von Julian verkraften konnte, aber das schlechte Gewissen gegenüber Lisa plagte sie sehr. Sie fragte Julian täglich, ob er sie endlich angerufen hatte, aber er schob es noch immer vor sich her und nun war fast schon eine Woche vergangen. Aus dem Grund beschloss Vanessa den ersten Schritt zu machen und Lisa eine WhatsApp zu senden, deren Nummer noch von der Suchaktion in ihrem Handy gespeichert war.

Liebe Lisa,

Julian und ich haben uns getrennt. Meine Schwangerschaft war nur vorgetäuscht, um Julian an mich zu binden. In der Zwischenzeit habe ich verstanden, dass man Glück und Liebe nicht erzwingen kann. Bitte verzeih mir, es tut mir sehr leid, was ich euch beiden damit angetan habe. Julian liebt dich sehr und wünscht sich nichts mehr, als dass du zu ihm zurückkehrst. Er traut

sich wohl nicht bei dir anzurufen, weil er Angst davor hat, dass du nein sagen könntest.
Ich fühle mich nicht gut dabei, dir das zu schreiben, aber nachdem ich euer Glück zerstört habe, möchte ich zumindest versuchen, es wieder gut zu machen.
Vielleicht rufst du Julian an, es würde mich sehr freuen.

Möglicherweise kannst du mir irgendwann einmal verzeihen.

Liebe Grüße

Vanessa

Lisa blieb noch eine Weile im Bett liegen. Es war Samstag, der erste Samstag seit einiger Zeit, an dem sie nicht in die Firma ging, um zu arbeiten und sich abzulenken. Es war ihr Chef gewesen, der ihr den arbeitsfreien Tag verordnet hatte, weil er sich inzwischen Sorgen um Lisa machte. Nach einer Viertelstunde schwankte sie, noch immer schlaftrunken, in die Küche, um sich einen Kaffee zu brühen. In der einen Hand die Tasse, in der anderen das Visitenkärtchen vom Herrn Professor, kehrte sie in ihr Schlafzimmer zurück.
So, jetzt habe ich auch mal wieder einen Mann im Bett, dachte sie schmunzelnd. Lisa liebte es vor dem endgültigen Aufstehen langsam zu sich zu kommen, ein wenig über Gott und die Welt nachzudenken, bis ihr Körper die volle Leistungsfähigkeit entwickelt hatte. Vielleicht sollte ich mich wirklich mal bei diesem Übermenschen melden, es gibt im Moment ohnehin niemanden, der mich haben möchte. Lisas Handy war zurzeit nicht funktionsfähig, denn der Akku hatte den Geist aufgegeben. Sie wartete schon seit drei Tagen auf Ersatz, weswegen sie ihr Geschäftshandy auch privat verwendete. Eigentlich war es egal, ihre Freundinnen wussten Bescheid und sonst gab es ohnehin niemanden, der etwas von ihr wollte.
„Mertens", meldete sich eine Stimme, hinter der man einen sehr energiegeladenen Menschen vermuten konnte.
„Hallo, ich bin es, Lisa, ich weiß nicht ob Sie sich an mich erinnern, die Frau mit der Currywurst und dem verschmierten Mund", fügte sie sicherheitshalber hinzu.
Professor Mertens lachte herzhaft.

„Wie könnte ich Sie je vergessen, ich erinnere mich sehr gut an Sie, schön, dass Sie sich melden, Lisa."
„Hoffentlich habe ich Sie nicht zu früh gestört?", fragte Lisa zaghaft.
„Keine Angst, ich war bereits joggen und stehe grade vor dem fertig gedeckten Frühstückstisch. Haben Sie eigentlich schon gefrühstückt?", fragte er spontan.
„Gefrühstückt kann man das nicht nennen, nur eine Tasse Kaffee."
„Die Brötchen reichen auch für zwei, darf ich Sie einladen?"
Lisa fühlte sich ein bisschen überrumpelt. Sie kannte ihn doch gar nicht, diesen abgehobenen Professor, Doktor. Noch bevor sie ihre Gedanken zu Ende gebracht hatte, fragte er weiter:
„Wo wohnen Sie denn?"
Lisa gab brav ihre Adresse durch und noch ehe sie wirklich begriff was geschah, war der Herr Professor schon unterwegs. Bist ein dummes Mädchen, schimpfte sie sich selbst, aber jetzt war es zu spät. Nach Aussage des Professors blieben ihr circa fünfzehn Minuten, bis er vor der Tür stehen würde. So sprang sie aus dem Bett, duschte im Eiltempo, und gerade als sie ihren Lippenstift auftrug, klingelte es zwei Mal. Ziemlich stürmisch, der Herr, dachte sie und griff rasch zu ihrer Tasche.
„Guten Morgen die Dame, darf ich bitten?"
Das Wort „Dame" klang zwar etwas altmodisch, aber Lisa sah es als Kompliment an.
„Gerne, Herr Professor", antwortete sie und nahm seine Hand an, die sich allerdings sehr fremd anfühlte.
Das passt zu einhundert Prozent, dachte sie, als sie seinen hochkarätigen, roten Sportwagen vor der Tür stehen sah. Erfolgreich, sportlich, energiegeladen.
„Ich bin übrigens Ingo, wollen wir uns duzen?"
„Sehr gerne, ich bin Lisa, wie du bereits weißt."
„Angenehm", schloss Ingo das Thema ab, was Lisa irgendwie vorkam, als ob sie es mit einem älteren Herrn zu tun gehabt hätte.
Mein Gott, dachte sie, was mache ich hier. Ich habe mich völlig überrumpeln lassen, ich sitze bei einem wildfremden, zugegeben, irgendwie faszinierenden Mann in seiner Protzkarre, auf dem Weg zu seiner Wohnung. Das könnte genauso gut ein mehrfacher Frauenmörder, Drogendealer, Zuhälter oder sonstiger Verbrecher sein. Vielleicht wäre ein Treffen auf neutralem Boden für den Anfang besser gewesen, machte sich Lisa nun selbst Vorwürfe.

Als er sie in seine Villa führte, war sie sehr beeindruckt. Ihre Architektur zeugte davon, dass sie schon mehr als ein Jahrhundert überstanden und viele Generationen beherbergt hatte. Ein unvergänglicher Zeitzeuge sozusagen, dachte sie. Ehrfürchtig blickte Lisa in die großen, hohen Räume mit ihren wunderschönen Rundbogenfenstern, alles in einem tadellosen Zustand. Die Einrichtung glänzte in einer perfekten Kombination aus antiken Möbeln, umrahmt von modernen Kunstwerken und vor Farbe strotzender, intensiv leuchtender Wandbilder.
War das alles die Handschrift des Professors?, fragte sich Lisa, die sich noch immer ehrfürchtig umschaute. Eine bewundernswerte, geschmackvolle Einrichtung, gepaart mit einem architektonischen Meisterwerk. Eigentlich ein Mensch wie Julian, schoss es Lisa durch den Kopf. Abgesehen von seinem Pampersbomber, gab es einige Parallelen zwischen den beiden. Die würden gut zusammenpassen, dachte sie und erschrak fast, als er sie vorsichtig ansprach.
„Darf ich bitten", fragte er höflich, während er ihr den Stuhl zurechtrückte.
„Sag mal, ist das alles deine Handschrift?", fragte Lisa, die von der geschmackvollen Einrichtung noch immer zutiefst beeindruckt war.
„Wie gerne würde ich jetzt ja sagen, aber das Lob gebührt meiner Ex-Frau, sie ist nicht nur Innenarchitektin, sondern besitzt ein phantastisches Gespür dafür, welche vollkommen gegensätzlichen Gegenstände man kombinieren kann und wie man selbst glanzlose Räume zum Leuchten bringt, sozusagen zum Leben erwecken kann."
Somit hat er mir seinen Familienstand bereits elegant vermittelt, dachte Lisa, die nun erschrocken feststellte, dass sie im Moment gar nicht bereit war, sich auf eine neue Beziehung einzulassen. Trotzdem gab es etwas, das sie an diesem Mann faszinierte.
„Es ist das Haus meiner Urgroßeltern, es ist von Anfang an im Besitz meiner Familie gewesen und ich möchte diese Tradition gerne fortsetzen, obwohl so ein großes, altes Haus Unsummen an Unterhaltung verschlingt", erklärte Ingo.
„Als hättest du eine Vorahnung gehabt, dass du einen Frühstücksgast bekommst", stellte Lisa mit fragendem Blick fest, als sie auf den gut gefüllten Brötchenkorb blickte.
„Eigentlich ist das meine Ration für den ganzen Tag, Kochen ist nicht unbedingt meine Leidenschaft. Nachdem ich unter der Woche fast ausschließlich in Restaurants oder im Schnellimbiss esse, kann ich am Wochenende gut darauf verzichten."

„Ich koche eigentlich ganz gerne, aber für eine Person lohnt es sich kaum und ich bin nicht der Typ Mensch, der gerne einsam und alleine zuhause isst. So gehe ich lieber in die Kantine bei uns in der Firma, zumindest wenn ich nicht geschäftlich unterwegs bin."
„Ich kann nicht glauben, dass so eine attraktive und sympathische Frau wie du nicht glücklich verliebt ist."
„Danke für das Kompliment. Verliebt bin ich schon, aber die Umstände lassen leider keine Beziehung zu", erläuterte Lisa offen.
„Es läuft im Leben nicht immer so wie man möchte", versuchte Ingo etwas Trost zu spenden, als er in Lisas traurige Augen blickte.
„Was machst du eigentlich so?", fragte Lisa, um vom Thema abzulenken.
„Du meinst beruflich?", konkretisierte Ingo. „Bis vor wenigen Jahren war ich als Börsenmakler tätig, danach habe ich umgeschwenkt auf Immobilienmakler."
„Nennt sich zwar ähnlich, aber warum wechselt man von der Börse zum Immobilienmarkt?", fragte Lisa.
„Da gab es viele Gründe. Das ganze Finanzsystem ist eine äußerst surreale Welt. Ich konnte nicht mehr mit ruhigem Gewissen arbeiten. Es werden häufig Gewinne auf Kosten des kleinen Mannes generiert, selbst nach einer Krise, in der die Steuerzahler für die Sünden dieser Verbrecher den Kopf hinhalten müssen, stecken sich diese weiterhin die Taschen voll. Es ist ein großes Wettbüro, ein Zockercasino, mit denen ganze Staaten in den Ruin getrieben oder Preise manipuliert werden können. Es werden Insidergeschäfte abgewickelt, kurzum, es ist ein schmutziges, oft verantwortungsloses Geschäft, das die Allgemeinheit eher schädigt als dass es ihr nutzt.
Allerdings war dies nicht der alleinige Grund, es war auch der ständige Druck, der auf mir lastete. Die immerwährende Frage: Habe ich aufs richtige Pferd gesetzt? Die fehlende Möglichkeit abzuschalten, mein Telefon klingelte selbst in der Freizeit alle fünf Minuten. Dass ich ins Maklergeschäft eingestiegen bin, das war allerdings reiner Zufall. Ich habe es einem guten Freund zu verdanken, einem selbständigen Immobilienmakler, der mir eine Beteiligung anbot. Heute bin ich sehr froh darüber, dass ich sein Angebot angenommen habe. Aber jetzt habe ich genug erzählt, wie sieht es mit dir aus, was arbeitest du, Lisa?"
„Da gibt es nicht viel zu erzählen, ich bin Statikerin."
„Sehr ungewöhnlich für eine Frau, einen Beruf zu ergreifen, in dem es nur um trockene Zahlen und Berechnungen geht. Wie bist du auf diese Idee gekommen?"

„Ich habe es meinem Onkel zu verdanken, der auch als Statiker arbeitet. Oft habe ich seine berechneten Bauwerke, wie zum Beispiel verschiedene Brücken, mit ihm zusammen aus Streichhölzern in mühevoller Kleinarbeit nachgebildet. Es hat mich schon immer fasziniert, wie die ganzen tonnenschweren Bauwerke den starken Belastungen standhalten. Ich kann mich noch gut daran erinnern wie ich über eine unserer Streichholzbrücken balanciert bin, ohne dass sie zusammengebrochen ist. Ich habe die Wahl bis heute nicht bereut, obwohl ich einen großen Teil meiner Arbeitszeit am Computer verbringen muss."

Sie plauderten mehr als zwei Stunden und ganz langsam wich das Gefühl in Lisa, dass ein Fremder neben ihr saß. Dieser Professor war ein ganz normaler Mensch aus Fleisch und Blut, mit Gefühlen wie jeder andere auch. Sie konnte ihm ansehen wie sehr er ihre Gesellschaft genoss. Er war offen, Lisa durfte alles erfahren, inklusive der Tatsache, dass nicht er seine Frau, sondern umgedreht, seine Frau ihn verlassen hatte. Als sie auf dieses Thema kamen, war es ihm anzusehen, dass er die Trennung noch nicht verschmerzt hatte, obwohl bereits ein ganzes Jahr vergangen war. Gemeinsamkeiten verbinden, dachte Lisa, als sie kurz einen Anflug von Traurigkeit in seinem Gesicht erkannte, den er gleich wieder mit einem Grinsen zu überspielen versuchte. Lisa legte spontan ihre Hand auf die seine, als Geste des Mitgefühls. Mir geht es im Moment auch nicht besonders gut, gestand sie, auch ich werde noch Zeit brauchen, um meinen Trennungsschmerz zu überwinden.

Es war schon fast um die Mittagszeit, als er sie nach Hause fuhr. „Danke Lisa, ich habe die gemeinsame Zeit mit dir sehr genossen. Ich möchte nicht aufdringlich sein, aber ich würde mich sehr freuen, wenn es ein Wiedersehen gäbe."

„Ich habe zu danken, Ingo, es war schön mal wieder etwas Gesellschaft zu haben."

„Mein Geschäftspartner und ich haben für Mittwoch eine kleine Party in unseren Geschäftsräumen organisiert, vielleicht möchtest du mich begleiten?"

„Ich weiß nicht Ingo, bitte gib mir ein bisschen Zeit zum Nachdenken. Und danke für das Frühstück."

Als Lisa ihre Wohnungstür aufschloss, kam es ihr vor, als ob sie etwas Unrechtes getan hätte. Warum habe ich eigentlich ein schlechtes Gewissen?, fragte sie sich. Julian verlustiert sich mit Vanessa und ich fühle mich schon schlecht dabei, wenn ich mit einem Mann frühstücke. Es ist aus mit uns beiden, Julian wird Vater, wird eine ganz normale Familie haben und ich bin nicht mehr gefragt. Ja, es schmerzt sehr und ich möchte nicht Julian die

Schuld geben, es ist einfach dumm gelaufen. Aber ich muss auch an mich denken, ich kann nicht ein Leben lang mit Liebeskummer umherlaufen. Vielleicht sollte ich die Einladung von Ingo annehmen.
Julian hielt es nicht mehr länger aus, alleine der Gedanke, Lisa wieder in seiner Nähe zu haben, ließ seinen Puls höher schlagen. Ich muss sie anrufen, dachte er. Wovor habe ich eigentlich Angst? Vor ihrem Nein, aber schlimmer wie jetzt kann es nicht werden. Julian erinnerte sich in diesem Moment an seinen letzten Anruf, bei dem sie ihn recht schnell abgewürgt hatte, trotzdem entschloss er sich Lisa anzurufen, um ihr die aktuelle Situation zu schildern. Sie muss es zumindest wissen, damit sie darüber nachdenken kann, ob sie mich zurückhaben möchte oder nicht. Während sich die Verbindung aufbaute klopfte Julians Herz so heftig, dass er sein Blut in den Adern rauschen hörte. Gespannt wartete er auf Lisas Stimme, die allerdings nur in Form einer Ansage kam.
„Hi, hier ist der Anschluss von Lisa. Bin leider nicht da, aber du kannst mir eine Nachricht hinterlassen."
Die ganze Aufregung umsonst, dachte Julian und legte gleich wieder auf. Eigentlich wäre es gar nicht so schlecht, wenn ich auf die Mailbox sprechen würde. Dann könnte sie in Ruhe über die Angelegenheit nachdenken und vielleicht kann ich so eine spontane Reaktion vermeiden, die eventuell zu meinen Ungunsten ausfallen würde. So entschloss sich Julian erneut anzurufen und die Mailbox zu besprechen. Als die Ansage lief, war er ebenso nervös wie zuvor, aber er versuchte sich zusammenzureißen. Vor dem Signalton atmete er mehrfach tief durch und nun fühlte er sich bereit.
„Hallo Lisa, ich habe lange überlegt, ob ich dich anrufen kann, aber ich denke es ist gut, wenn du es weißt. Vanessa und ich, wir sind nicht mehr zusammen. Das mit dem Kind war ein Versuch von Vanessa, mich an sie zu binden, aber sie ist nicht schwanger, sie hat mir in ihrer Verzweiflung etwas vorgespielt. Lisa, du weißt, dass mein Herz noch immer für dich schlägt, aber ich könnte verstehen, wenn du mich nicht mehr zurückhaben möchtest. Ich liebe dich und es gibt nichts auf der Welt, das ich mir mehr wünschen würde, als dass du zu mir zurückkommst."
Julian wollte noch so vieles sagen, aber er legte spontan auf. Es ging ihm sehr schlecht in diesem Moment, so schlecht, dass er sich eine Flasche aus der Bar griff und sich in seinen Chefsessel sinken ließ. Die Erfüllung seines sehnlichsten Wunsches hing nun einzig und alleine von Lisa ab. Ja, seit ihrer Trennung hatte er mehrmals mit Vanessa geschlafen, und das, zugegebener

Weise, nicht aus Pflichtgefühl. In diesem Moment fühlte es sich allerdings an, als habe er Lisa damit betrogen.
Die Flasche, die er nun öffnete, war ein Jahrzehnte alter Single Malt Whisky aus den Highlands. Es war das Einweihungsgeschenk von Vanessas Eltern, mehrere Tausend schottische Pfund wert und gerade recht für diesen entscheidenden Augenblick. Jeder Schluck fünfzig Pfund, dachte Julian, während sich das Aroma in seinem Mund voll entfaltete. Hut ab, Tom, du bist ein echter Gourmet. Es war Julians Art, Stress, Sorgen, Kummer oder alle möglichen seelischen Probleme mit körperlichen Genüssen aufzuwiegen, aber er wusste es in Grenzen zu halten.
„Willst du deinen Kummer mit diesem teuren Zeug von meinen Eltern hinunterspülen?", fragte Vanessa, „dann gib mir bitte auch einen Schluck ab."
Julian schenkte ihr ein Glas ein und schob es auf die andere Seite des Schreibtischs.
„Bitte, nimm Platz", bot er an.
Der riesige Schreibtisch sorgte für gebührenden Abstand, aber Vanessa beschwerte sich nicht, obwohl sie lieber direkt neben Julian gesessen hätte.
Vanessa blickte Julian tief in die Augen, während sie ihr Glas hob.
„Auf unsere Zukunft, auf dass wir wieder glücklich werden", sagte sie mit einem traurigen Blick, während sie Julian zuprostete.
„Eigentlich zu schade für mich, dieser Whisky", stellte Vanessa fest, die normalerweise keine harten Sachen trank und sich nach dem ersten Schluck schütteln musste.
„Hat sich Lisa bei dir gemeldet?", fragte Vanessa neugierig.
„Warum sollte sie?", fragte Julian zurück und erst jetzt bemerkte sie, dass sie sich damit eventuell verraten hatte.
„Ich dachte du hättest ihr vielleicht eine Nachricht zukommen lassen, wenn du dich schon nicht traust sie anzurufen", redete sie sich geschickt heraus.
„Ich habe ihr auf die Mailbox gesprochen, allerdings erst heute, gerade eben", gestand er.
„Wurde aber auch höchste Zeit", stellte Vanessa fest.
„Ich drücke dir beide Daumen, dass sie zurückkommt."
„Danke Vanessa."

Lisa war nicht sicher, ob sie die Einladung von Ingo annehmen sollte. Bis heute, Mittwoch, hatte sie es nicht geschafft ihn anzurufen. Ich muss mich bei ihm melden, beschloss sie auf dem Weg zu Arbeit. Es wäre unhöflich, nicht wenigstens abzusagen. Im Laufe des Vormittags nahm sie ihr Handy zur Hand und wählte seine Nummer.

„Hallo Lisa, schön, dass du dich meldest", begrüßte er sie in einem Ton, aus dem seine Freude deutlich herauszuhören war.

„Ich hoffe ich störe dich nicht bei deiner Arbeit?"

„Nein, ich freue mich, deine Stimme zu hören. Kommst du mit heute Abend? Du würdest mir einen ganz großen Gefallen tun. Bist du bis neunzehn Uhr fertig?"

„Das lässt sich einrichten."

„Also dann, bis heute Abend, tschau Lisa, ich freue mich."

Da saß sie nun, immer noch das Handy am Ohr, völlig verdutzt über sich selbst. So sieht also meine Absage aus, dachte sie. Was war das denn. Wie hat er es geschafft, mich so zu überrumpeln. Es ist seine Art, er ist so einnehmend, trotz seiner Höflichkeit. Na dann, ab auf die Party, es gibt Schlimmeres, als sich mit einem Mann zu verabreden. Den ganzen Tag über plagte sie ihr schlechtes Gewissen, aber als sie nach Feierabend ihre Wohnung betrat, stand ihr nicht mehr genügend Zeit zur Verfügung, sich mit Gewissensbissen herumzuplagen. Sie schaute kurz die Post durch, und endlich war das Kuvert mit dem neuen Akku für ihr Handy dabei. Sie wechselte den defekten Akku aus und stöpselte das Ladegerät ein. Es waren über fünfzig Nachrichten, die es anzeigte, um die sich zu kümmern ihr nun die Zeit fehlte.

Sie sprang rasch unter die Dusche und putzte sich anschließend für ihren Professor fein heraus. Ich darf ihn unter keinen Umständen blamieren, dachte sie, während sie sich im Spiegel betrachtete. Ich denke, er kann mit mir zufrieden sein. Lisa zupfte ihr Kleid zurecht, bis sie der Sitz zufriedenstellte. Jetzt kann er kommen, stellte sie fest, als die Klingel fast zeitgleich ertönte. Sie bekam zwei Begrüßungsküsschen, die ihr sehr schmeichelten.

„Lass dich mal ansehen", sagte Ingo und hob Lisas Hand nach oben.

Noch bevor sie es richtig mitbekam, drehte sie eine Pirouette, und stellte damit ihren Körper zur Schau.

„Weißt du eigentlich, wie wahnsinnig sexy du bist? Deine Figur, deine Ausstrahlung, dein süßes Gesicht, deine Lippen, einfach alles an dir."

Lisa war ganz verlegen, und passend zu ihrem kaminroten Partykleid, bekam sie nun rote Wangen.

„Danke", war das einzige Wort, das sie in ihrer Verlegenheit herausbrachte.

Während der Fahrt war es ziemlich ruhig. Ingo hatte es, in Anbetracht seiner aufreizenden Begleitung, die Sprache verschlagen. Trotzdem kam er nicht umhin, immer wieder einen Blick auf diese unglaubliche Frau zu werfen,

deren Anwesenheit schon alleine ausreichte, eine gewisse Nervosität in ihm aufkommen zu lassen.
„Es wird keinen Mann geben, der mich heute Abend nicht um die Begleitung einer so hübschen Dame beneiden wird", sprach der Professor, was sich für Lisa ehrlich anhörte.
Sie konnte ihm ansehen, dass es nicht nur eine Floskel war, um sie anzumachen. Es tat ihr gut nach so langer Zeit ein Kompliment zu bekommen, das von Herzen kam.
„Du siehst aber auch toll aus", gab sie zurück, worauf sich Ingo grinsend bedankte.
Als sie ankamen, war Ingos Partner schon dabei die ersten Gäste zu begrüßen. „Ich beneide dich um deine Begleitung", gab er ein indirektes Kompliment, als ihm Lisa vorgestellt wurde.
Lisa staunte nicht schlecht, denn nach und nach fand sich die High Society der ganzen Stadt ein.
„Sag mal, wie kommt ihr an die ganzen hochrangigen Leute?", fragte Lisa erstaunt.
„Es sind fast alles Kunden von uns. Mein Partner ist in diesen Kreisen bekannt wie ein bunter Hund und meine Kontakte zu den reichsten Personen dieser Stadt haben ebenso dazu beigetragen, dass wir uns nicht mit kleinen Objekten abgeben müssen."
Lisa fühlte sich zwar sehr wohl, aber ganz sicher war sie sich nicht, ob die Blicke der Gäste, die sich häufig auf sie richteten, ihrem Aussehen zu verdanken waren oder vielleicht dem Umstand, dass sie keinen dieser Designerfetzen trug. Als sie ihre Bedenken bei Ingo äußerte, musste dieser herzhaft lachen, was sich auf Lisa übertrug. Er winkte den Kellner mit dem Champagner heran und stieß mit Lisa an.
„Es ist der pure Neid, der aus ihren Augen spricht", beruhigte er sie.
Die Stimmung lockerte sich bei Lisa im Laufe des Abends, mit jedem Glas Champagner zunehmend. Die High Society war nicht so steif wie befürchtet, es wurde sogar ordentlich abgetanzt. Gegen ein Uhr früh nahmen sie, zusammen mit den letzten Gästen, einen Absacker zu sich. Während der Heimfahrt überlegte Lisa, ob der Abend nun zu Ende sein sollte, oder nicht.

Lisa
„Kommst du auf einen Cappuccino mit nach oben?", frage ich, da ich noch keine Müdigkeit verspüre, im Gegenteil, ich bin ziemlich aufgewühlt und außerdem gut gelaunt. Der Abend hat mir gutgetan, die vielen Komplimente,

endlich wieder etwas Gesellschaft, Tanzen, Essen, Trinken, und es hat mich von meinen Problemen abgelenkt.

„Danke, sehr gerne", nimmt Ingo mein Angebot an und öffnet mir gentlemanlike die Wagentür, um mich Arm in Arm zur Wohnungstür zu begleiten, so fühle ich mich wirklich wie eine Dame.

„So ein Haus wie deines kann ich mir leider nicht leisten", entschuldige ich mich, während wir in meine Wohnung eintreten und ich Ingo einen Platz am Küchentisch anbiete.

Ingo
Während sie sich um den Cappuccino kümmert, beobachte ich Lisa. „Auf einen Cappuccino nach oben", hat sie damit wirklich den Cappuccino gemeint, oder vielleicht etwas anderes? Ob sie wohl Lust auf mehr hat? Vielleicht möchte sie endlich mal wieder ordentlich gebumst werden? Jetzt müsste ich Gedanken lesen können, dann wäre alles ein bisschen einfacher. Während wir den Cappuccino genießen, fallen mir die vielen Streichholzmodelle auf, die im Regal stehen.

„Sind das die Brückenmodelle aus deiner Kindheit?", frage ich staunend.

„Ja, komm mit, ich zeige dir mein Lieblingsmodell", antwortet Lisa und fasst mich an der Hand. Als sie es mir strahlend vor die Nase hält, ist es um mich geschehen. Ich sehe alles, nur nicht das Modell. Ihr süßer Blick, ihre Natürlichkeit, ihre wahnsinnige Ausstrahlung. Ich erliege ihrem Charme, kann ihr einfach nicht mehr widerstehen, nähere mich vorsichtig, steuere langsam auf ihre Lippen zu, lasse ihr genügend Zeit zum Reagieren, aber sie weicht nicht zurück. Als sich unsere Lippen zart berühren, schließt sie ihre Augen, sie will es wirklich. Das Modell steht zwischen uns, ich stelle es vorsichtig auf die Seite, während unsere Küsse bereits leidenschaftlicher werden. Ich bin ganz heiß, sie spielt mit, ich wage mich weiter, umarme sie, drücke sie an mich. Ich mache mir kurz Gedanken, will die Situation nicht ausnutzen, sie hat schon einiges getrunken. Ich werfe mein Gentleman-Gehabe über Bord, sie ist ja nicht besoffen. Ich kann ohnehin nicht anders, meine Hände rutschen nach unten, berühren ihren zarten Po, noch ist das Kleid dazwischen, es fühlt sich trotzdem gut an, ich drücke sie fester an mich.

Julian
Ich liege wach im Bett, kann gerade nicht einschlafen. Verdammt, es ist schon einige Tage her, dass ich ihre Mailbox besprochen habe, aber sie meldet sich einfach nicht. Vielleicht hat sie meine Nachricht nicht erhalten. Ich

könnte es nochmal versuchen, man muss seinem Glück ab und zu auf die Sprünge helfen. Als ich auf die Uhr schaue, ist es gegen Zwei, sozusagen mitten in der Nacht. Eigentlich zu spät, wenn ich sie mit meinem Anruf nicht verärgern möchte.

Lisa
Ich will es, jetzt und hier, wir sind beide heiß, denke ich. Ingo schaut mir in die Augen, während er den Reißverschluss meines Kleides langsam öffnet. Ich wehre mich nicht, lasse es zu, möchte aber, dass er sich nicht zu viel verspricht.
„Warte, ich kann dir nichts versprechen, auch wenn wir es jetzt tun, ich weiß nicht, ob wir die Chance auf eine gemeinsame Zukunft haben", sage ich, denn im Moment möchte ich nur Sex, einfach geilen Sex.
„Ich werde es akzeptieren, auch wenn du dich gegen mich entscheidest", sagt er, so sind die Fronten geklärt und ich bin beruhigt.

Julian
Ich wälze mich hin und her, komme nicht zur Ruhe. Immer wieder nehme ich mein Telefon zur Hand, aber bisher konnte ich mich nicht dazu überwinden, Lisa erneut anzurufen. Ich weiß nicht warum ich gerade jetzt das Gefühl habe, sie anrufen zu müssen. Vielleicht geht es ihr ebenso, überlege ich. Vielleicht denkt sie genau in diesem Augenblick das Gleiche wie ich. Vielleicht sitzen wir beide aufrecht im Bett und trauen uns nicht, um diese Uhrzeit anzurufen. Nein, es ist abwegig, sie wird schlafen und möglicherweise legt sie gar keinen Wert mehr darauf, mit mir zu sprechen. In meinem tiefsten Inneren bin ich jedoch davon überzeugt, dass sie mich noch immer liebt. Eine Liebe verflüchtigt sich nicht so rasch wie der Duft eines Parfüms. Noch immer liegt das Telefon in meiner Hand.

Ingo
Sie hat mir grünes Licht gegeben, was will ein Mann mehr, Sex ohne Verpflichtung, denke ich kurz, während ich den Reißverschluss ihres Kleides vollständig öffne.

Lisa
Ich streife mein Kleid ab, um Ingo anzudeuten, dass ich bereit bin, dass er mir an die Wäsche gehen darf. Er nimmt die Aufforderung an, öffnet meinen BH. Die Spannung gibt nach, ich fühle mich schon etwas nackter, spüre seine

Hände auf meinen Brüsten. Ich bin geil, habe einfach nur Lust auf Sex. Als er an meinen harten Nippeln saugt, macht es mich fertig.

Ingo
Während meine Lippen weiter mit ihren Brustwarzen spielen, schiebe ich ihr Höschen nach unten. Jetzt ist sie nackt, ganz nackt, ich kann ihre zarte Haut, ihre zarten Po-Backen fühlen.

Lisa
„Ich gehe zuerst duschen, dann darfst du", muss ich unser Liebesspiel unterbrechen, denn ich fühle mich nach der Party nicht frisch genug. Als ich mich umdrehe und in Richtung der Dusche schreite, spüre ich seinen Blick auf meinem Rücken kleben. Während Ingo im Anschluss duscht, drapiere ich mich im Bett, bereit ihn zu empfangen. Als mein Blick rein zufällig auf das Handy fällt, beschließe ich die Zeit zu nutzen. Zumindest schnell überfliegen, ob die letzten Tage eine wichtige Nachricht gekommen ist. Alles unwichtig, stelle ich beim Durchscrollen fest, bis ich den Namen Vanessa lese, während ich Ingo allerdings schon kommen höre. Der Höflichkeit halber lege ich das Handy schnell weg, überlege kurz, warum mir Vanessa eine Nachricht schicken könnte. Es kann ohnehin nichts Wichtiges sein, denke ich, schalte meine Gedanken nun ab, um Ingo mit voller Aufmerksamkeit zu empfangen. Da steht er, das erste Mal sehe ich ihn nackt, einen nackten Professor, einen nackten, erregten Professor, ein von der Natur gut bestückter Professor, denke ich, als ich zwischen seine Beine schaue, während ich gleichzeitig den Zipfel meiner Decke einladend anhebe.
„Brauchen wir eine Decke?", fragt Ingo.
„Nicht unbedingt", antwortete ich, denn ich weiß, dass es für Männer geil ist, die weiblichen Kurven beim Sex im Blickfeld zu haben. Als er meine Decke vorsichtig nach unten wegzieht, ich plötzlich so vor ihm liege, wie mich Gott erschaffen hat, komme ich mir sehr nackt vor, gerade vor Ingo, obwohl auch er nackt dasteht.
Mein Körper bebt, während er meine Fußsohle küsst. Als er meine Beine vorsichtig spreizt, um sich auf der Innenseite Zentimeter für Zentimeter nach oben zu küssen, komme ich mir wieder ein Stück nackter vor. Plötzlich spüre ich seinen festen Griff an meinen Fesseln, gleichzeitig küsst er sich unweigerlich an die Stelle heran, an der sich meine Beine vereinigen. Seine Zunge berührt mich, zuerst zärtlich, ich vibriere, bäume mich auf, bin ihm ausgeliefert, sie dringt weiter ein, mein Körper zuckt, wird elektrisiert, steht unter

Spannung. Ich stöhne vor Lust laut auf, sehne meinen Orgasmus herbei, bin erleichtert, als seine Lippen langsam über meinen Nabel nach oben, zwischen meinem Busen hindurch wandern, um auf die meinen zu treffen. Als er in mich eindringt, kralle ich meine Nägel in seine Po-Backen, ich ziehe ihn an mich heran, es fühlt sich gut an, ich schwebe.

Julian
Ich sitze noch immer aufrecht im Bett, das Telefon liegt vor mir auf der Decke. Bist echt ein Idiot, schelte ich mich, hättest sie längst erneut anrufen oder sie vielleicht sogar besuchen können, um ihr die Situation persönlich zu erklären. Sie mag nicht mehr, kann ich gut verstehen, hat meine Nachricht gehört, will nicht von der Ersatzbank erneut ins Spiel gebracht werden.

Lisa
Ich erschrecke, als mein Handy genau in dem Moment klingelt, als ich bereit bin, die süße Belohnung von der Natur einzufordern. Es stört, nein weitermachen, es stört, ich muss es abstellen, taste nach meinem Handy, schaffe es irgendwie das Gespräch abzuweisen, ohne einen Blick auf das Display zu werfen, es gibt Ruhe, ich bin wieder da, bebe unter seinen Bewegungen.

Als Julian am nächsten Morgen schlaftrunken nach unten ging, wurde er bereits von Vanessa erwartet.
„Bitte der Herr, ich habe auf der Veranda eingedeckt."
Julian staunte nicht schlecht, als er den üppig gefüllten und ausnahmsweise sogar dekorierten Tisch entdeckte.
„Habe ich irgendetwas vergessen? Gibt es einen besonderen Anlass?"
„Nein, mach dir keine Sorgen, es ist mein Abschiedsgeschenk. Ich habe mich entschlossen auszuziehen. Es wird Zeit, dass ich meinen eigenen Weg gehe, mein Leben wieder in den Griff bekomme. Ich glaube, ich bin so weit, obwohl es mir schwerfällt, auf deine Nähe zu verzichten."
„Vanessa, du bist jederzeit herzlich willkommen. Ich meine das ganz ehrlich. Ich werde mich auch in Zukunft freuen, dich wenigstens hin und wieder mal zu sehen."
„Siehst aber gar nicht gut aus, heute Morgen", stellte Vanessa besorgt fest.
„Danke für das Kompliment", antwortete Julian mit einem gequälten Grinsen, ging aber nicht auf das Thema ein.

„Ich werde nach dem Frühstück meine Sachen packen und die restlichen Dinge aus der Ferienwohnung von Christians Eltern abholen, die ich dort vergessen habe. Er muss gleich zum Dienst und wird mir kurz aufschließen. Ich beziehe das Appartement bei meinen Eltern, die mir versprochen haben, mich nicht zu bemitleiden und zu betüddeln.
Übrigens, sie sind dir nicht böse. „Liebe kann man nicht erzwingen, Kind, der Richtige kommt schon noch", das waren die Worte meiner Mutter. Ich denke, sie hat Recht."
„Danke Vanessa, und verzeih mir, dass ich dich nicht so geliebt habe, wie du es verdient hättest", entschuldigte sich Julian nach dem Frühstück an der Haustür.
„Sag jetzt nichts mehr", bat Vanessa, gab ihm einen Abschiedskuss und verschwand.
Da saß er nun, an seinem großen Schreibtisch, den Blick nach draußen gerichtet, über die unendliche Weite des Meeres. Julian fühlte sich in diesem Moment sehr einsam. Vanessa war ihm mehr ans Herz gewachsen, als er vermutete. Nachdem sie gegangen war, fühlte es sich an, als ob sie ein Stück seines Herzens mitgenommen hätte, ebenso wie Nadine und Lisa jeweils einen Teil von ihm besaßen. Was hält so ein Herz noch alles aus, überlegte er. Warum ist es so schwer die große Liebe zu finden, warum hat es die Natur so eingerichtet, dass von tausend Frauen vielleicht nur eine dabei ist, die die Schmetterlinge im Bauch eines Mannes zum Tanzen bringt?
Vielleicht sollte damit Inzucht vermieden werden, vielleicht sollten die Chancen für die Urvölker innerhalb der eigenen Sippe ganz bewusst sehr gering gehalten werden, damit sich die Männer ihre Frauen in einem größeren Umfeld suchen mussten, das wäre zumindest eine sinnvolle Erklärung. Wenn die Natur nur auf Fortpflanzung aus gewesen wäre, dann würde es wohl zwischen allen Frauen und Männern funken, was sicherlich weitere Probleme mit sich bringen würde, schloss er diesen Gedanken ab.
Julians Problem war ein ganz anderes. Lisas Stöhnen ging ihm nicht aus dem Sinn, es war ganz eindeutig gewesen, sie hatte Sex mit einem Mann gehabt. Ob ich absichtlich mithören sollte? Ob sie mich damit bestrafen wollte? Vielleicht ist sie sauer auf mich?, fragte er sich, obwohl ihm das ziemlich abwegig vorkam. Vermutlich war es nur ein Versehen, aber egal, es macht keinen Unterschied, sie hat sich von einem anderen Mann bedienen lassen. Sie hat einen Neuen, was mich nicht wundert, bei so einem begehrenswerten Geschöpf, wie sie es nun einmal ist.

Seine nächtlichen Gedanken, dass auch dieser Weg zu einer Sackgasse mutierte, waren schuld daran, dass er keinen Schlaf gefunden hatte und nun kraftlos in seinem Sessel saß. Wie soll ich jetzt noch um Lisa kämpfen?, überlegte er. Die Schlacht ist bereits verloren, ein neuer Ritter ist in ihr Leben getreten. Wieder war es Toms Whisky, der herhalten musste. Großer Kummer, großer Whisky, dachte Julian, während mehrere hundert Euro die Kehle hinunterflossen. Für Lisa würde ich alles geben, einfach alles. Was nutzt mir der ganze Reichtum, wenn ich das nicht habe, was mein Herz am meisten begehrt.

Lisa fiel es heute sehr schwer zu arbeiten. Sie brauchte mehrere Tabletten, um ihren Brummschädel in den Griff zu bekommen. Ich hätte doch etwas weniger trinken sollen, dachte sie, während sie in einer Pause endlich Zeit fand, um Vanessas Nachricht zu lesen. Lisa erwartete zwar nichts Wichtiges, aber neugierig war sie schon.
Als sie erfuhr, dass Vanessa ihre Schwangerschaft nur vorgetäuscht hatte, um Julian an sich zu binden und dass sich die beiden getrennt hatten, stockte ihr der Atem. Nachdem sie aufs Datum geschaut hatte, meldete sich schlagartig ihr schlechtes Gewissen. Mit zittrigen Fingern suchte sie die anderen Nachrichten durch und als sie schließlich ihre Mailbox abhörte und Julians Stimme ertönte, spürte sie jeden einzelnen Herzschlag in ihrem Brustkorb. Nachdem er den Inhalt von Vanessas Nachricht sozusagen bestätigt hatte, kam Lisa fast um vor Sehnsucht.
Gerade jetzt, wo Julian wieder frei ist, gerade jetzt habe ich mit Ingo geschlafen. Dummes Mädchen, hättest nicht so viel Champagner trinken sollen, schimpfte sie mit sich selbst. Aber hat Julian nicht auch mit Vanessa geschlafen? Ist das vielleicht etwas anderes? Ich muss es ihm ja nicht unbedingt auf die Nase binden. Erst jetzt fiel ihr wieder heiß ein, dass sie in der Nacht von einem Anrufer gestört wurden. Sicherlich war es nur jemand der sich verwählt hatte, beruhigte sie sich. Als sie jedoch feststellte, dass der Anruf von Julian kam, und dass sich die Gesprächsdauer über mehrere Minuten erstreckte, wurde sie blass im Gesicht, versank vor Scham sozusagen im Erdboden.
Gerade als ob er es geahnt hätte. Dümmer kann es nicht laufen, es ist fast wie im Film, dachte Lisa, die sich in diesem Moment am liebsten selbst geohrfeigt hätte. Das war es dann wohl, stellte sie nüchtern fest. Im Laufe der Woche meldete sich Ingo mehrfach, aber Lisa konnte ihn unter diesen Umständen nicht mehr treffen. Es war zwar ihr Leben, sie konnte tun und lassen was

sie wollte, trotzdem fühlte sie sich, als ob sie fremdgegangen wäre. Ihr Schuldgefühl verhinderte, dass sie bei Julian anrief. Außerdem wäre es ihr äußerst peinlich gewesen, nachdem er sie beim Sex wohl belauscht hatte.

Julian plante am kommenden Wochenende eine Grillparty für einige neue Geschäftspartner. Vanessa lud er mit ein, da er sich verantwortlich dafür fühlte, sie etwas unter die Leute zu bringen. Allerdings hielt sich Vanessas Begeisterung in Grenzen, denn sie ahnte, dass bevorzugt über geschäftliche Belange gesprochen würde. Erst als ihr Julian einen Überraschungsgast ankündigte, willigte sie ein.

„Toll siehst du aus, Vanessa", empfing er sie an der Haustür, und nach zwei Freundschaftsküsschen durfte sie eintreten.
„Ich bin sehr gespannt auf deinen Überraschungsgast. Ist er in meinem Alter? Willst du mich vielleicht verkuppeln?"
„Nein, das liegt mir fern, Liebe kann man nicht erzwingen."
Julian stellte ihr zuerst drei Ehepaare vor, die zum Kreis seiner neuen Bauherren gehörten und Vanessa noch unbekannt waren.
„Und wo ist denn nun der Überraschungsgast?", fragte sie neugierig, „ist er nicht gekommen?"
„Keine Angst, er ist draußen auf der Veranda, komm."
Julian führte sie hinaus und da stand er, mit dem Rücken zu ihr, um den herrlichen Ausblick aufs Meer zu bewundern.
Ein blonder Riese, das kann nur einer sein, dachte Vanessa.
„Christian, bist du das?", fragte sie vorsichtig.
„Vanessa, das ist ja eine Überraschung", stieß er hervor, während seine strahlend blauen Augen die Freude widerspiegelten.
„Ich lasse euch mal alleine, ich hoffe es ist nicht unhöflich von mir, aber ich bin heute selbst der Grillmeister", entschuldigte sich Julian.
Nachdem sie sich nun alleine gegenüberstanden, fehlten ihnen einen Moment lang die Worte, bis Christian den Anfang machte.
„Du siehst echt toll aus, Vanessa, es scheint dir wieder gut zu gehen."
„Danke Christian. Ich weiß inzwischen, dass ich Fehler gemacht habe. Mir ist klar geworden, dass man sein Glück nicht erzwingen kann. Es ist schön, dass Julian und ich uns im Guten getrennt haben. Ich bin sicher, dass ich es verkraften und früher oder später den Mann meiner Träume finden werde, der mich so sehr liebt wie Julian seine Lisa. Aber wir müssen ja nicht nur über mich und meine Probleme reden, damit hattest du ohnehin schon genug

zu tun. Erst musstest du mich wieder zusammenflicken und kurz darauf warst du mein Lebensretter. Es würde mich nicht wundern, wenn du nichts mehr mit so einer Frau zu tun haben wolltest. Übrigens, nochmals vielen Dank dafür, dass du mir das Leben gerettet hast, zum jetzigen Zeitpunkt bin ich wirklich froh darüber."
„Im Gegenteil", antwortete Christian schmeichelnd. „Ich freue mich dich zu sehen, solange du mir nicht wieder im OP-Saal in der Horizontalen vorgefahren wirst."
„Wird nicht mehr passieren, jedenfalls nicht von mir verursacht, großes Ehrenwort", versprach Vanessa.
Der Abend war sehr unterhaltsam, sogar ein bisschen ausgelassen. Julians Bauherren lernten sich kennen und knüpften teils sogar neue Geschäftsbeziehungen. Als er Vanessa so anschaute, die den ganzen Abend nicht von Christians Seite wich, sah er, dass sie in seiner Anwesenheit sogar etwas aufblühte. Vanessa ließ es sich nicht nehmen, Julian ein wenig beim Aufräumen zu helfen. Es war schon sehr spät, als er sie anschließend nach Hause fuhr. Gerade in dem Moment, als er aussteigen wollte, um ihr die Tür zu öffnen, griff sie nach seiner Hand.
„Warte Julian, was ist los mit dir, ich spüre doch, dass etwas nicht stimmt. Hast du Lisa erreicht?"
Julian atmete tief durch. Sollte er Vanessa verraten wie es um seine Liebe stand, oder würde er sie damit nur noch mehr belasten, ihre Schuldgefühle ihm und Lisa gegenüber nur verstärken?
„Du kannst mir alles sagen, brauchst keine Angst mehr um mich zu haben."
„Ich habe sie erreicht und doch auch nicht. Ich hatte ihr auf die Mailbox gesprochen und nachdem sie sich nicht gemeldet hat, habe ich sie ein paar Tage später angerufen."
Julian verstummte. Seinen glasigen Augen war anzusehen, dass etwas Schlimmes passiert sein musste. Vanessa wartete eine Weile, bis sie sich räusperte und weiter fragte.
„Und dann, was hat sie gesagt?"
„Nichts, sie hat nur gestöhnt."
Vanessa verstand nicht ganz, was ihr Julian damit sagen wollte.
„Kannst du mir das ein bisschen näher erläutern?", bat sie ihn.
„Sie hatte Sex mit einem anderen Mann und ich habe zugehört. Ich war nicht in der Lage das Gespräch zu beenden. Vermutlich wollte sie mich wegdrücken und hat dabei die falsche Taste erwischt."

„Sieht nicht gut für euch aus", stellte Vanessa geschockt fest, während sie gleichzeitig überlegte, wie sie Julian trösten könnte.
„Wir hatten auch Sex miteinander, geilen Sex, das ist nichts anderes. Vielleicht braucht Lisa die Abwechslung nur, um zu vergessen. Sie ist genauso in dich verliebt wie du in sie. Ich kann mir nicht vorstellen, dass sie das Gleiche für diesen Mann empfindet, mit dem sie vielleicht gar nicht richtig zusammen ist."
„Das hat sich aber anders angehört", konterte Julian.
„Lisa ist eine ausgesprochen attraktive, begehrenswerte, liebenswerte Frau, die sicherlich von vielen Männern umschwärmt wird. Vielleicht war es nur ein One-Night-Stand, das ist in der heutigen Zeit auch für Frauen nichts Außergewöhnliches mehr."
„Hattest du schon mal einen?"
Vanessa blickte sogleich verschämt nach unten.
„Ja, und ich habe es genossen, spontan nach einer Modenschau, in einer abgelegenen Ecke, wo jeden Moment jemand hätte vorbeikommen können, Variante Besenkammer. Aber es hatte nichts mit Liebe zu tun und ich habe ihn nie wiedergesehen."
„Das hätte ich dir wirklich nicht zugetraut", stellte Julian erstaunt fest.
„Stille Wasser gründen tief, wie du siehst, es geht nicht immer nur um Liebe. Vielleicht hat sie deine Nachricht gar nicht erhalten, oder vielleicht erst danach. Du musst sie auf jeden Fall anrufen."
„Ich weiß nicht ob ich das kann, nach dem was geschehen ist."
„Das ist typisch Mann, wenn sie eine Frau bumsen ist das etwas anderes, als wenn die Frau ihre Beine breit macht. Versprich mir, dass du sie morgen anrufst, Julian, du hast nichts zu verlieren, im Gegenteil, sonst tue ich es."
„Versprochen, Ehrenwort."
Nun konnte Vanessa wenigstens halbwegs beruhigt schlafen gehen, trotzdem fühlte sie sich schuldig. Hätte ich ihn nicht belogen, wäre das alles nicht passiert, dachte Vanessa, der Julian sehr leidtat.

Kapitel 13: Missgeschick

Am nächsten Abend klingelte Lisas Handy, und sie freute sich sehr, dass Julians Bild auf dem Display erschien. Ihr Herz klopfte wie das eines

Teenagers bei einem ersten Kuss und sie musste sich erst etwas sammeln, bevor sie den Anruf annahm.

„Lisa."

„Ich bin es, Julian."

„Schön, deine Stimme zu hören", mit diesen Worten versuchte Lisa es Julian ein bisschen leichter zu machen.

„Ganz meinerseits. Ich weiß nicht, ob du meine Nachricht erhalten hast, ich habe mich von Vanessa getrennt. Sie ist nicht schwanger, sie hat es nur vorgetäuscht, um mich nicht zu verlieren."

„Vanessa hat mir eine Nachricht geschickt, ich bin informiert, aber leider weiß ich es erst seit Kurzem. Der Akku meines Handys war defekt und ich musste für mehrere Tage mein Geschäftshandy benutzen. Ich konnte ja nicht ahnen, dass es solch wichtige Nachrichten geben würde."

„Lisa, ich liebe dich mehr als alles auf der Welt, ich sehne mich so sehr nach dir, vielleicht können wir alles vergessen, was seit unserer Trennung passiert ist."

Lisa überlegte, das hatte gerade so geklungen, als ob er ihren Teil des Lebens mit eingeschlossen hatte, was sie erröten ließ.

„Hast du uns zugehört?", fragte Lisa verschämt und es dauerte eine ganze Weile bis Julian antwortete.

„Ja, Lisa, aber ich hoffe es war nichts Ernstes."

„Ich kann dich beruhigen, es war nichts Ernstes, vielleicht erkläre ich dir die Sache zu einem anderen Zeitpunkt. Aber du hättest ruhig auflegen können."

Lisa fröstelte es noch immer bei dem Gedanken, dass er sie beim Sex belauscht hatte.

„Tut mir leid, es war indiskret, aber ich war in diesem Moment in einer Art Schockstarre, sorry."

„Julian, auch ich wünsche mir nichts sehnlicher, als mein Leben mit dir zu verbringen. Ich liebe dich sehr."

„Schön zu hören, mir fällt ein Stein vom Herzen. Ich würde dich gerne sehen, in die Arme nehmen und knuddeln."

„Ich stelle mir das gerade vor, in deinen Armen zu liegen, dich zu spüren, zu küssen, dir ganz nahe zu sein, aber du bist so weit weg. Ich müsste meinen Chef fragen, ich denke er wird mir ein paar Tage frei geben. Ich würde lieber zu dir kommen, dort ist es schöner, als in meiner bescheidenen Bude."

„Ich freue mich auf dich, gib mir bitte möglichst bald Bescheid, für wann ich dir einen Flug buchen kann."

Nachdem sie ihr Gespräch beendet hatten, atmete Julian mehrmals tief durch. Egal was in der Zwischenzeit geschehen war, es war Vergangenheit. Ich muss mich auf die Zukunft konzentrieren, dachte er. Es fiel ihm nicht schwer, denn die Vorfreude auf Lisa, die ihm bereits schon jetzt Herzklopfen bescherte, war riesengroß. Von nun an telefonierten sie jeden Tag, so kamen sie sich schnell wieder ein Stück näher. Niemand wollte den Hörer zuerst auflegen, deshalb telefonierten sie oft bis in die Nacht hinein. Nachdem Lisa von ihrem Chef die Zusage für den gewünschten Urlaub bekommen hatte, übermittelte sie Julian die gute Nachricht.
„Ich komme am Samstag", verkündete sie voller Vorfreude.
„Kannst du mir einen Flug um die Mittagszeit buchen?", bat sie Julian.
„Sehr gerne Lisa, allerdings bin ich am Samstag ziemlich eingespannt. Ich muss vormittags nach Frankreich fliegen, um ein Objekt zu übergeben und am späten Nachmittag erwartet mich ein Kunde hier auf Mallorca, der die Insel am nächsten Vormittag bereits wieder sehr früh verlassen muss. Ich werde vermutlich sehr spät nach Hause kommen."
„Jetzt waren wir so lange getrennt, dass es nicht mehr darauf ankommt, ob wir uns an diesem Abend noch sehen können oder erst am Vormittag nebeneinander aufwachen", antwortete Lisa, um Julian von seinem schlechten Gewissen zu befreien.
„Hast du was dagegen, wenn dich Vanessa abholt? Es wäre ihr ein großes Anliegen, sich bei dir zu entschuldigen, es belastet sie sehr, dass sie uns Steine in den Weg gelegt hat."
„Nein, ich bin ihr nicht wirklich böse, sie hat dich nur geliebt. Man muss auch verzeihen können."
„Sie wird dir einen Schlüssel geben, damit du deine Sachen auspacken kannst. Ich bin sicher, du wirst dich in meiner Burg zurechtfinden."

Die Freude bei Lisa war riesengroß, als sie im Flugzeug saß und nach unten auf das schillernde Meer blickte. Bis zur Landung blieb circa eine halbe Stunde, die Lisa nutzte, um sich Gedanken um ihre Zukunft zu machen. So wie sie es einschätzte, würde sie ihre Wohnung wohl aufgeben müssen, vielleicht nicht sofort, aber auf Dauer gesehen schon. Das war allerdings das kleinste Problem von allen. Viel schwieriger würde es mit ihrer Arbeit werden. Sie liebte ihren Job als Statikerin und für Lisa war klar, dass sie ihre Arbeit nie ganz aufgeben konnte, egal wieviel Geld Julian verdiente. Aber eins nach dem anderen, dachte sie, ich bin sicher, dass wir die Probleme lösen können.

Als sich ihre Blicke trafen und sich Lisas Lippen zu einem vorsichtigen Lächeln formten, war Vanessa sehr erleichtert. Sie stand da wie angewurzelt, mit einem riesigen Blumenstrauß und Lisa kam es so vor, als ob sie sich dahinter verstecken wollte. Noch bevor sie sich begrüßten, musste Vanessa ihre Frage stellen.
„Kannst du mir verzeihen, Lisa, es tut mir sehr leid, was ich dir und Julian angetan habe."
Lisa sah die Tränen bei Vanessa kullern, was ihr die Entscheidung noch leichter machte. Sie konnte ihr nicht wirklich böse sein.
„Ich verzeihe dir Vanessa, aber nur, wenn auch du mir verzeihst, ich war es schließlich, die plötzlich wie ein Trampeltier in eure Beziehung hineingeplatzt ist. Komm her, lass dich umarmen."
Da standen sie nun und heulten sich aus, was beiden sehr guttat.
„Für dich", sagte Vanessa und hielt Lisa ihren wunderschönen, farblich fein abgestimmten Blumenstrauß vor die Nase.
„Vielen Dank, Vanessa, das ist wirklich lieb von dir."
„Ich weiß, dass Julian erst sehr spät zurückkommen wird. Wenn du möchtest, lade ich dich gerne zum Mittagessen ein", schlug Vanessa vor.
„Unten am Hafen gibt es ein gutes Restaurant. Du würdest mir einen großen Gefallen tun."
„Sehr gerne", antwortete Lisa, die ohnehin noch keinen festen Plan für den Nachmittag hatte. So war es bereits gegen vierzehn Uhr, als ihr Vanessa den Schlüssel vor Julians Haustür übergab.
„Ich hoffe wir sehen uns in Zukunft öfter", wünschte sich Vanessa zum Abschied.
Während sich Lisa in der Burg umschaute, fühlte sie sich Julian sehr nahe. Die Vorfreude war groß, ihn heute noch, oder spätestens am nächsten Vormittag, in die Arme nehmen zu können, vielleicht sogar für immer, das war zumindest ihr Wunsch. Nachdem sie ihre Sachen ausgepackt hatte, schwamm sie ein paar Runden im Pool, um sich an dem kühlen Nass zu erfreuen. Anschließend war ein Besuch bei ihrem Vater geplant. Er hatte die Gunst der Stunde genutzt und Lisa als Helferin für sein Nachbarschaftsgrillen eingeplant, was ihr allerdings nicht als Verpflichtung vorkam. Im Gegenteil, sie half ihrem Vater sehr gerne. Bevor sie sich aufmachte, schrieb sie Julian eine Notiz.

Lieber Julian, mein Herzblatt,

ich freue mich auf dich. Bitte ruf mich an, sobald du da bist, egal wie spät es sein wird. So wie ich die Nachbarn meines Vaters kenne, verlassen sie die Grillparty heute Nacht frühestens gegen drei Uhr.

Bussi, deine Lisa

Lisa drückte noch einen Kussmund auf den Zettel und legte ihn gut sichtbar auf den Tisch, bevor sie die Burg verließ.

Nur wenig später stand Nadine freudestrahlend vor Julians Haustür und klingelte stürmisch. Ihren Besuch hatte sie ganz bewusst nicht angekündigt, da ihr Julian während des letzten Telefonates sozusagen verboten hatte, ihn ein weiteres Mal anzurufen. Nach mehreren erfolglosen Versuchen schaute sie sich um, ob sich jemand in der Nähe befand. Es war weit und breit niemand zu sehen, so schlich sie seitlich um Julians Villa herum, um nach einer Möglichkeit zu suchen, zumindest in den Garten zu gelangen. Dort, am Pool, würde ihr das Warten auf Julian wesentlich leichter fallen, als vor der Haustür.
Nadine plante zwei Wochen Urlaub auf der Insel zu verbringen und rechnete damit, dass sie in dieser Zeit bei Julian unterkommen könnte. Am Telefon hätte er mir den Wunsch sicherlich abgeschlagen, aber wenn ich direkt vor ihm stehe und lieb frage, dann wird er mich bestimmt nicht abweisen, dachte sie. Dass er den Kontakt zu ihr abgebrochen hatte, sie nicht mehr sehen wollte, das störte sie wenig. Als Nadine die hohe Mauer erblickte, war ihr schnell klar, dass es nicht möglich sein würde, sie ohne Hilfsmittel zu erklimmen. Es gab zwar einen Felsen, der bereits etwas mehr als die halbe Höhe aufwies, allerdings lag er knapp zwei Meter von der Mauer entfernt. Nadine erinnerte sich, dass vorn, an der Straße, ein Stapel Bretter lag, wovon sie sich das größte herbeiholte. Es war ausreichend lang, um das Stück vom Felsen bis auf die Mauer zu überbrücken.
Zuerst nutzte sie es, um mit ihrem Trolley im Schlepptau auf den Felsen hoch zu balancieren, was die einfachste Übung war. Nun zog sie das Brett nach oben, stellte es senkrecht vor ihren Füßen auf und ließ es in Richtung der Mauer umkippen. Volltreffer, hast du gut gemacht, Mädchen, lobte sie sich, obwohl das Ende nur ein paar Zentimeter auflag. Den einfachsten Weg zu

nehmen, nämlich wieder über das Brett zu balancieren, das verhinderte nun ihre Höhenangst. Deshalb schob sie zuerst den Trolley ein Stück vorweg und setzte sich nun, ein Bein links und ein Bein rechts, auf das Brett, um sich Zentimeter für Zentimeter nach vorn zu arbeiten. Jetzt wäre ein gescheites Höschen von Vorteil gewesen, dachte sie, denn der String unter ihrem Röckchen konnte ihrem Po keinen Schutz bieten. So musste sie mit ihren nackten Hinterbacken über das sägeraue Brett rutschen, was wegen den vielen hervorstehenden Holzspitzen unangenehmer war, als es auf Schmirgelpapier gewesen wäre. Als sie endlich auf der Gartenmauer saß, tat ihr zarter Hintern ordentlich weh. Nadine vermutete, dass er nicht nur Abschürfungen, sondern auch einige Holzsplitter abbekommen hatte.

Weiter geht's, dachte sie und ließ ihren Trolley so weit am Arm über die Mauer nach unten hängen, wie es nur möglich war, um ihn das letzte Stück hinunterzufallen zu lassen. Er krachte derbe auf, aber die Schlösser hielten. Nun folgten die Beine, die allerdings, selbst inklusive ihrer High Heels, nicht lange genug waren, um Kontakt mit dem Boden aufzunehmen. So ließ sie ihren Körper bäuchlings über die Mauerkante rutschen, was ihr erneut Abschürfungen einbrachte. Nachdem sie bereits mit ausgestreckten Armen an der Kante hing und immer noch ohne Boden unter den Füßen war, blieb ihr nichts anderes übrig, als ihre Schuhe abzustreifen und sich das letzte Stück fallen zu lassen.

Ihre Landung verlief anders als erwartet, denn sie traf auf einen ihrer High Heels auf, knickte um und legte sich im Blumenbeet flach. Aber Nadine war hart im Nehmen. Geschafft, alles noch dran an mir, dachte sie, während sie bereits freudig in Richtung des Pools blickte. Auf dem Weg dorthin ließ sie ihre wenigen Kleidungsstücke fallen, um nach einer kurzen Dusche hineinzuspringen, sich abzukühlen und ein paar Bahnen zu schwimmen. Die Kratzer an ihrem Po waren zwar nicht zu fühlen, aber brannten trotzdem heftig, allerdings ließ der Schmerz schnell nach.

Ein Handtuch fand sich auf der Veranda und nachdem sie sich abgerubbelt hatte, warf sich Nadine auf die Hollywood-Schaukel, die nur aus einer großen Liegefläche bestand, um auf Julian zu warten. Soll er ruhig sehen auf was er verzichtet, dachte sie, als sie sich nackt in der Sonne räkelte. Erst am späten Nachmittag kam sie auf die Idee, dass sich Julian auch im Ausland aufhalten könnte. Sie blickte durch die großzügige Verglasung, um in der Wohnung nach einem Hinweis zu suchen. In Julians Büro stand eine dreiviertelvolle Kaffeetasse auf dem Schreibtisch und das Kontrolllicht der Kaffeemaschine leuchtete, was Nadine als gutes Zeichen wertete. Die Fenster und Türen schienen alle verschlossen, trotzdem probierte sie jede einzelne Tür durch.

Nadine hatte Glück, denn eine der Schiebetüren war zwar zugeschoben, aber nicht verriegelt, so konnte sie das Haus ungehindert betreten. Im ersten Moment plagten sie zwar ein paar Gewissensbisse, aber eigentlich kannte sie Julian gut genug, um nicht als Einbrecherin zu gelten. Der Kühlschrank war gut gefüllt, auch mit frischen Sachen, was ebenfalls darauf hinwies, dass der Hausherr nicht verreist war. Nadine bediente sich skrupellos und schaute sich anschließend völlig ungeniert in der Wohnung um. Wenn ich damals nicht so unschlüssig gewesen wäre, dann könnte das hier jetzt mein Reich sein, aber vielleicht ist es noch nicht zu spät, dachte sie. Über Julians aktuelles Liebesleben war sie zwar nicht informiert, eine Frau hatte sie hier jedoch nicht angetroffen.

Julian
Es ist schon gegen ein Uhr in der Nacht, als ich nach Hause komme. Ich kann gar nicht beschreiben, wie ich mich auf Lisa freue, vielleicht so, wie sich ein kleines Kind auf den Weihnachtsmann freut. Wir haben über die letzten Tage sehr oft miteinander telefoniert, aber die Vorstellung, sie seit Wochen wieder das erste Mal in die Arme zu schließen, sie zu berühren, ihre Wärme zu spüren, lässt mein Herz schon in diesem Augenblick höher schlagen. Ich hoffe sehr, Lisa wach anzutreffen, aber selbst für den Fall, dass sie schon schlafen sollte oder vielleicht noch bei ihrem Vater ist, freue ich mich auf das Gefühl, bald ganz nah bei ihr zu sein. Als ich die Haustür aufschließe, finde ich alles dunkel vor, was darauf hinweist, dass Lisa entweder noch nicht da ist oder zu müde war, um auf mich zu warten. Nachdem ich das Licht eingeschaltet und meine Wohnräume betreten habe, sticht mir sogleich ein Zettel ins Auge, der gut sichtbar auf dem Tisch liegt.

Lieber Julian, mein Herzblatt,

ich freue mich wahnsinnig auf dich. Bin schon im Schlafzimmer, aber bitte verzeih mir, falls ich schon schlafe.

Unter dem Text war ein Kussmund auf das Papier gedrückt.

Schon alleine der Gedanke an Lisas volle Lippen, weckt in mir Begehren. Ja, ich bin verrückt nach dieser Frau, hoffentlich ist sie noch nicht eingeschlafen. Vorsichtshalber verhalte ich mich sehr leise, dusche in einem der Gästezimmer, um anschließend nackt in Richtung meines Schlafzimmers zu tapsen. Nachdem ich das Flurlicht ausgeknipst habe, kann ich erkennen, dass der Spalt unter der Tür und das Schlüsselloch dunkel bleiben, was bedeutet, dass Lisa höchstwahrscheinlich schon schläft.
Trotzdem habe ich Herzklopfen, wie bei einem ersten Date. Nein, ich bin nicht wirklich enttäuscht, die Vorstellung, mich gleich an sie zu kuscheln, ihre Nähe, ihre Wärme zu spüren, in ihre Aura einzutauchen, sie zu riechen, um in Vorfreude auf den nächsten Morgen neben ihr einzuschlafen, ist mir schon genug, Hauptsache sie ist wieder da. Gut, dass die Klinke nicht knarrt, denke ich, als ich sie ganz vorsichtig herunterdrücke. Leise, mit kleinen Schrittchen, arbeite ich mich bis zum Bett vor, um unter die Decke zu schlüpfen und mich ganz langsam an Lisa heranzutasten. Der zarte, fruchtige Duft von Lisas Lieblingsparfüm lässt die Glut der Leidenschaft bereits in mir auflodern. Aber ich möchte sie auf keinen Fall wecken, trotzdem kann ich mich nicht zurückhalten, zumindest meinen Arm um sie zu legen, sie sozusagen in Empfang zu nehmen.
Ich erschrecke fast ein wenig, als ich plötzlich ihre warmen, weichen Lippen an meinem Hals spüre. Es ist, als ob mich der Blitz trifft, meinen Körper durchströmt und sämtliche Zellen aktiviert. Ich bin sofort hellwach, ihre Lippen finden die meinen, saugen sich fest, Liebe braucht keine Worte, schießt mir gerade durch den Kopf. Kurz darauf bin ich ihren weiblichen Reizen erlegen, sie wälzt sich auf mich, gewinnt die Oberhand, drückt meine Handgelenke in die Matratze, während ihre Lippen an den meinen hängen. Ich spüre ihre üppigen Brüste auf meinem Körper, befreie meine Hände, um sie in ihren fülligen Po zu krallen.
„Bist ein echtes Luder, jetzt bist du fällig", keuche ich zwischen zwei Küssen beim Luftholen und drehe sie nach unten, um zum Zug zu kommen. Nun bin ich es, der ihre Handgelenke an die Matratze nagelt, sie öffnet ihre Schenkel, ist schon bereit mich zu empfangen. Als ich mich mit ihr vereinige, ist es fast schon zu spät, mein Orgasmus donnert unweigerlich heran, wie ein großer, schwerer, lärmender Zug, viel zu schnell, nicht mehr aufzuhalten, trotzdem erfasst er uns gleichzeitig. Ich bin überwältigt, lasse meinem Orgasmus freien Lauf, unser heftiges Stöhnen vermischt sich …
Ganz plötzlich, als ich wieder klar denken kann, kommt der Schock, schlägt der Blitz erneut ein, aber dieses Mal trifft er mich knallhart. Irgendetwas

stimmt hier nicht, ich spüre, wie sich meine Nackenhaare aufstellen. Es ist nicht nur ein eiskalter Schauder, der mir über den Rücken läuft, nein, es fühlt sich so an, als ob ich innerhalb von einer Sekunde zu einem Eisblock erstarrt wäre. Noch immer bin ich in ihr, liege in ihrem Schoß, unfähig mich zu regen. Die Blitze zucken erneut, schießen mir gnadenlos durch den Kopf, ich kann keinen einzigen klaren Gedanken fassen, der in der Lage wäre, meine ungeheure Vermutung zu eliminieren. Ihre Stimme, ihr Stöhnen, es hörte sich so anders an. Es gibt nur eine Hoffnung, die Hoffnung auf einen Traum, bitte lass dies nur einen Traum sein, klammere ich mich an den einzigen Ausweg, aber sie ist aus Fleisch und Blut, ihr Schoß, ihr ganzer Körper, alles fühlt sich echt an.
Nach einer weiteren Schrecksekunde springe ich wie von der Tarantel gestochen auf, wälze mich auf die Seite, knipse die Nachttischlampe an und blicke in Nadines lüsternes Gesicht.

Lisa
Nachdem Julian nicht angerufen hat, bin ich davon ausgegangen, dass er noch unterwegs ist. Die Grillparty bei meinem Vater ist heute nicht so ausgeufert wie sonst üblich, deshalb bin ich ein bisschen früher dran, als angenommen. Dass mein Zettel irgendwie anders aussah, ist mir erst bewusst geworden, nachdem ich ihn zerknüllt in den Papierkorb geworfen habe. Deshalb falte ich ihn wieder mühsam auseinander, um zu sehen, ob ich nicht in der Lage war, das aufs Papier zu bringen, was ich eigentlich wollte. Schon im ersten Augenblick sehe ich, dass es sich nicht um meine Handschrift handelt. Es sind zwei Dinge, die mir einen Schock verpassen. Die Worte „bin schon im Schlafzimmer" und der Kussmund, der nicht der meine ist.

Julian
„Du bist es, Nadine", stoße ich aufgeregt hervor, nachdem ich meine Sprache wiedergefunden habe, obwohl ich es noch immer nicht glauben kann. Der Gedanke daran, dass Lisa jeden Moment kommen könnte, macht mich rasend vor Zorn.
„Das ist nicht wahr, sag mir, dass das nicht wahr ist. Wie bist du eigentlich hier hereingekommen? Dafür müsste ich dich übers Knie legen", brülle ich Nadine an, ohne ihre Antwort abzuwarten. Sie sieht aber nicht aus, als ob sie den Ernst der Lage begreift.
„Dann tu es doch", zischt sie mit leuchtenden Augen, „aber dafür musst du mich erst kriegen", fügt sie hinzu, während sie bereits davonläuft.

Lisa
Als ich Julians aufgeregte Stimme von oben höre, bestätigt sich meine Annahme, dass hier etwas ganz und gar nicht stimmt. Im gleichen Augenblick höre ich die Schlafzimmertür auffliegen und als ich nach oben zur Galerie blicke, sehe ich eine nackte, schreiende Frau die Galerie entlangflitzen, die sich allerdings eher lüstern als ängstlich anhört. Während ich mit offenem Mund dastehe und beobachte, wie diese Frau den Knopf für die automatische Tür am Turm betätigt, um eiligst in der Rutsche zu verschwinden, kommt Julian, ebenfalls nackt, hinterhergerannt.

Nadine
Verdammt, wo war der Knopf für das Wasser, endlich erinnere ich mich und drücke ihn hastig. Während ich die Pumpen schon anlaufen höre, werfe ich einen Blick über meine Schulter. Es trennen mich nur noch wenige Meter von Julian, der im Laufschritt auf mich zukommt. Mein Po quietscht auf der trockenen Bahn, während ich schon ein paar Zentimeter nach vorn ruckele. Endlich, im letzten Augenblick werde ich von Wasser umspült und donnere die Rutsche hinunter.

Lisa
„Du hast mich missbraucht, Nadine, das war Samenraub", höre ich Julian schreien und sehe ihn in die Rutsche hechten. Noch immer stehe ich mit offenem Mund da, nicht in der Lage die Situation richtig zu erfassen. Ich drehe mich rein mechanisch um und blicke durch die Fenster hindurch gebannt auf den Auslass der Rutsche. Sehe, wie die nackte Frau mit lautem Gekreische ins Wasser klatscht und versucht, sich in Richtung des Ufers zu retten. Jetzt schießt auch Julian, mit dem Kopf voraus, wie ein Pfeil ins Wasser, direkt auf die Nackte zu.

Nadine
Irgendwie habe ich das Gefühl, dass die Lage doch etwas ernster ist, als angenommen. Er wird mir schon den Kopf nicht abreißen, denke ich, als ich gerade strampelnd den Rand des Beckens erreiche. Zur Treppe hin schaffe ich es nicht mehr, so bleibt mir nichts anderes übrig, als mich über den Beckenrand hinauszuschaffen. Dazu tauche ich kurz unter, gehe in die Knie, um meinen Oberkörper mit Schwung über den Beckenrand zu wuchten, während mir die ersten Spritzer verraten, dass sich Julian bereits dicht hinter mir befindet. Meine Hände krallen sich ins Gras und noch bevor ich meine Beine

aus dem Wasser bringen kann, spüre ich Julians Hand auf meinem Rücken, die mich gnadenlos nach unten drückt. Mist, jetzt habe ich mich in die aller ungünstigste Lage gebracht, die nur möglich war, denke ich.
„Jetzt hab ich dich", höre ich Julian in einem Ton schreien, der mir den Ernst der Lage bewusst werden lässt, und mir klar macht, dass ich nicht ungeschoren davonkomme.

Lisa
Mit der Hand vor dem Mund, stehe ich wie angewurzelt da, während ich nach draußen blicke und zuschaue, wie Julian dieser Frau den nackten Hintern versohlt. Obwohl ich den Zusammenhang nicht verstehe, habe ich kein Mitleid, im Gegenteil, hoffentlich bekommt sie ordentlich was ab, denke ich.

Nadine
Aua, er geht nicht gerade zimperlich mit meinem zarten Hintern um, den ich ihm nun zwangsweise über der Beckenkante entgegen recke. Ich dumme Nuss habe ihn auch noch dazu aufgefordert, schießt es mir durch den Kopf.

Julian
Während ich sie weiter mit einer Hand auf ihrem Rücken fixiere, gebe ich ihr mit der anderen heftig auf die Pobacken. Es klatscht ordentlich auf ihrem nassen Hinterteil, aber ich kenne kein Erbarmen, schließlich hat sie mich sogar dazu aufgefordert, was ich als Freibrief ansehe, verdient hat sie es natürlich auch. Ihr Po ist schon rot wie der eines Pavians, aber Strafe muss sein.

Nadine
Meine Finger krallen sich noch ein Stück weiter in den Rasen. „Aua, Aua", schreie ich, als Julian meinen Hintern weiter bearbeitet, der durch die Eroberung von Burg Julian ohnehin schon in Mitleidenschaft gezogen wurde.

Julian
Ich finde kein Ende, sie strampelt mit den Beinen, irgendwie macht es mir sogar Spaß, vielleicht ist es pure Lust, wundere ich mich über meine neue Vorliebe, die mir bisher verborgen blieb, als ich plötzlich Lisa höre.

Lisa
Nachdem ich meine Fassung halbwegs wiedererlangt habe, bin ich nach draußen gelaufen, um die Angelegenheit zu beenden.

„Darf ich auch mitspielen?", frage ich und blicke plötzlich in zwei erstarrte Gesichter.
„Schluss jetzt!", schreie ich vor Zorn, während ich gleichzeitig vor Verzweiflung mit einem Fuß auf den Boden stampfe. Ich werfe den beiden zwei Handtücher hin, damit sie ihre Blöße verdecken können und renne davon, um mich in einem von Julians Gästezimmern einzuschließen, wo ich mich in Ruhe ausheulen kann.

Julian
Ich stelle keinerlei Fragen, gebe nur knappe Befehle und selbst Nadine, die sich gerade den Hintern reibt, bringt kein einziges Wort hervor. Für sie war es vermutlich nur ein neckisches Spielchen, das nun sicherlich schmerzhafter ausging, als sie es erwartet hatte. Ich weise sie an, ihre Sachen zusammenzusuchen und buche ihr anschließend ein Hotelzimmer. Nachdem sie es bis jetzt nur bis zur Unterwäsche geschafft hat, raffe ich Nadines restliche Sachen zusammen, packe sie am Arm, setze sie in meinen Wagen und lege ihr den Rest auf den Schoß.
„Ist mir egal, wie du das Hotel betrittst, meinetwegen auch in Unterwäsche, wenn du es bis dahin nicht schaffst, dich anzuziehen", warne ich Nadine, während ich mit meinem Pampersbomber so ins Tal hinunter donnere, dass sie sich krampfhaft am Sitz festklammert. Am Hotel angekommen, verspüre ich doch etwas Mitleid, als ich in ihre glasigen Augen blicke, und lasse Nadine genügend Zeit, ihre Sachen anzuziehen.
„Ich komme für die Rechnung auf", erkläre ich dem Nachtportier, schiebe ihm ein Trinkgeld rüber und lasse Nadine kommentarlos zurück. Zuhause angekommen ist mir völlig klar, dass ich Lisa nicht in meinem Schlafzimmer vorfinden werde, vermutlich kann ich froh sein, wenn sie sich überhaupt noch im Haus befindet und nicht schon über alle Berge ist. Als ich endlich vor der richtigen Tür stehe, die ich natürlich verschlossen vorfinde, versuche ich zwar Kontakt mit Lisa aufzunehmen, aber wie erwartet, gibt sie mir keine Antwort. Ich kann ihr Schluchzen hören, was mich hart trifft, ihr Schmerz ist auch mein Schmerz. Sie tut mir unendlich leid, gerade nachdem, was ich ihr schon mit Vanessa angetan habe.
Mir wird plötzlich klar, dass meine Chancen auf ein gemeinsames Leben mit Lisa, der Frau die ich unendlich liebe, gegen Null gehen, wenn es denn überhaupt noch welche geben sollte. Ich stehe mit zitternden Knien vor der Tür, von all meinen Kräften verlassen, unfähig einen klaren Gedanken zu fassen. Am liebsten hätte ich mich in diesem Moment mit Alkohol betäubt, um alles

zu vergessen, aber ich möchte Lisa morgen früh nüchtern entgegentreten, um jegliche Chance zu nutzen, sie zum Bleiben zu bewegen.

Julian wachte bereits gegen sieben Uhr auf. Es war Sonntag, eigentlich Zeit zum Ausschlafen, aber nach dem Vorfall in der letzten Nacht konnte er um diese Zeit ohnehin kein Auge mehr zumachen, weshalb er aufstand, um alles zu versuchen, die Situation zu retten. Lisa war sein Ein und Alles und wenn sie jetzt ginge, dann würde sie vermutlich nie mehr zurückkommen.
Obwohl er nichts dafür konnte, machte er sich große Vorwürfe, dass er Nadine erst hinterher erkannte, als es bereits zu spät war. Aber ihre weiblichen Attribute waren ebenso ausgeprägt wie Lisas. Nadines Brüste waren genauso üppig, fühlten sich kein bisschen anders an und auch als er ihren Hintern berührte, hielt er runde Po-Backen in den Händen. Nadines und Lisas Körper waren sich ohnehin sehr ähnlich, sie besaßen beide diese ausgeprägten Kurven, die Julian sehr liebte. Wenn sich Vanessa anstelle von Lisa ins Bett gelegt hätte, dann wäre mir das sofort aufgefallen, dachte Julian. Trotzdem machte er sich Vorwürfe, dass er auf den Schwindel hereingefallen war.
Muss ich nächstens erst fragen wer neben mir liegt, wenn ich mich im Dunkeln ins Bett begebe? Nein, eigentlich brauche ich mir keine Vorwürfe zu machen, Nadine hat die Falle aufgestellt und ich war so dumm hineinzutappen. Als ich sie damals bei der Hauseinweihung sozusagen von der Bettkante gestoßen habe, hat sie sich zwar nichts anmerken lassen, aber mit Sicherheit war sie stinksauer. Die letzte Nacht, das war ihre Rache, sie hat es mir heimgezahlt, im denkbar ungünstigsten Moment. Aber so ist sie, zwar sehr intelligent, aber gleichzeitig auch naiv wie ein dreijähriges Kind.
Julian stand auf, schaute zuerst über die Galerie nach unten und war beruhigt, dass Lisa noch nicht zu sehen war. Er machte sich schleunigst fertig und deckte den Frühstückstisch. Die Blumen nahm er aus seinem Garten, mehr konnte er im Moment nicht tun. Es war ohnehin nicht klar, ob Lisa nach dieser Nacht mit ihm frühstücken würde. Selbst wenn sie die Worte, die ich Nadine auf der Galerie hinterhergeschrien habe, nicht mitbekommen haben sollte, wird sie natürlich davon ausgehen, dass es passiert ist, überlegte er. Nackte Frau und nackter Mann, da muss man nur eins und eins zusammenzählen.
Julian saß nervös am Frühstückstisch und trommelte mit den Fingern auf die Tischplatte, während sein Puls schon vor der ersten Tasse Kaffee hämmerte. Als ihn nach langen zwei Stunden die Türglocke aufschreckte, schaute er

rein mechanisch auf seine Uhr, obwohl er über die Uhrzeit im Bilde war. Sonntag, neun Uhr, um diese Zeit wagt es eigentlich niemand, mich zu stören, dachte er. Nachdem er die Haustür geöffnet hatte, staunte Julian nicht schlecht, als er in Vanessas vorwurfsvolles Gesicht blickte. Ein „Guten Morgen" bekam er zwar ab, aber ansonsten strahlte Vanessa nur Eiseskälte aus. Noch bevor er es richtig mitbekam, schob sich Lisa wortlos an ihm vorbei und stieg in Vanessas Wagen.
„Ich werde versuchen deinen Hintern zu retten", erklärte Vanessa, bevor sie ihn an der Haustür zurückließ.
Na toll, dachte Julian, eigentlich wollte ich Lisa selbst erklären was vorgefallen ist. Hoffentlich gibt sie mir Gelegenheit dazu, bevor sie abfliegt. Wenigstens ist sie ohne Koffer aus dem Haus gegangen, vielleicht bekomme ich ja noch eine Chance.
Inzwischen fühlten sich Vanessa und Lisa nicht mehr als Konkurrentinnen, sondern vielmehr als Verbündete. Vanessa war sehr daran gelegen, dass Lisa und Julian wieder zusammenfinden würden, denn sie fühlte sich nach wie vor schuldig an allem, was passiert war. Sie saßen im Hafen, bei einem kleinen Frühstück. Vanessa wusste nur, dass etwas Schreckliches passiert sein musste, deshalb schaute sie Lisa fragend in die Augen.
„Er hat die letzte Nacht Nadine gevögelt, wer immer das auch ist", sagte Lisa scheinbar emotionslos, während ihr aber schon die ersten Tränen über die Wangen liefen.
„Du machst einen Scherz, Lisa!"
„Kein Scherz, er hat sie gevögelt."
„Nadine war seine erste Freundin. Sie ist ein völlig unberechenbares und durchgeknalltes Weibsstück. Er hat sie zwar sehr geliebt, aber sie ihn nicht, deshalb ist da nie etwas Richtiges daraus geworden", klärte Vanessa auf.
„Trotzdem kann ich mir das einfach nicht vorstellen. Er hat sich so sehr nach dir gesehnt, er war so glücklich, dass du kommst. Das kann doch nur ein Missverständnis sein."
„Vielleicht war es das wirklich, ich habe die ganze Nacht darüber nachgedacht, aber kann man aus Versehen mit der falschen Frau schlafen, ohne dass man irgendetwas bemerkt? Ich bin sicher, er hat sie abgeknutscht, ihre Brüste betatscht, ihren Hintern berührt und wer weiß, was sonst noch alles mit ihr getrieben. Fällt es denn nicht auf, wenn ich eine andere Frau zwischen den Händen habe, wenn ich, ja, wenn ich als Mann in sie eindringe?"
Vanessa verstand gar nichts mehr. Sie saß mit offenem Mund in ihrem Stuhl und brauchte ein wenig Zeit, um sich zu sammeln.

„Jetzt mal ganz von vorn, das was du eben gesagt hast, verstehe ich ganz und gar nicht, das ist doch völlig absurd. Bitte erzähl mir alles der Reihe nach", bat Vanessa.
„Erst dachte ich es ist ein perverses Spielchen, als er ihr am Poolbecken den nackten Hintern versohlte, aber irgendwie war das alles zu ernst, sie hat ganz schön was abbekommen."
Vanessa prustete laut heraus, sie konnte sich, trotz des Ernstes der Lage, nicht beherrschen und musste laut lachen.
„Geschieht ihr recht, der frechen Göre, aber das sind ja ganz neue Seiten, die kenne ich von Julian gar nicht."
Lisa war von Vanessas Lachen ein bisschen eingeschnappt, aber sie begann nochmal von vorn. Erzählte alles eins zu eins, kramte allerdings zu Julians Entlastung auch den Zettel aus ihrer Tasche, der von Nadine stammte.
„Wie sie ins Haus gekommen ist, das weiß ich nicht, aber sie hat meine Notiz für Julian gelesen und offensichtlich die Situation ausgenutzt. Sie ließ meinen Zettel verschwinden, um ihn gegen diesen auszutauschen."
Vanessa konnte kaum glauben was sie da las.
„Was ein Biest, das ist an Frechheit kaum zu überbieten, aber dumm ist sie nicht. Sie hat die Situation ganz bewusst ausgenutzt. „Bitte verzeih mir, falls ich schon schlafe", damit erreichte sie, dass Julian im Dunkeln zu ihr unter die Decke gekrochen ist. Danach hat sie ihn vermutlich mundtot geküsst und nachdem ihr beide fast die gleiche Figur und Größe habt, ist es so passiert, wie es Nadine wohl geplant hatte. Julian war geil auf dich, Lisa, und da ist bei Männern das logische Denkvermögen eingeschränkt. Er hätte dich nie hintergangen und schon gar nicht auf so eine Art und Weise, so dumm kann kein Mann sein. Er ist ebenso Opfer wie du es bist, obwohl die Angelegenheit kaum zu glauben ist.
„Ich weiß nicht ob man es Opfer nennen kann, vermutlich hat er richtig Spaß daran gehabt, sie zu vögeln, vermutlich hatten sie einen richtig geilen Fick miteinander", mutmaßte Lisa ziemlich eingeschnappt.
„Lisa, Julian hat mir erzählt, dass Nadine schon bei der Hauseinweihung versucht hat mit ihm zu schlafen. Als er damals sein Schlafzimmer betrat, stand sie gerade nackt unter seiner Dusche, um sich danach in sein Bett zu verkriechen und ihn zu verführen, aber Julian hat ihr die kalte Schulter gezeigt. Sie ließ sich wohl nichts anmerken, aber innerlich muss sie gekocht haben. Ich denke du solltest versuchen, das, was gestern passiert ist, so schnell wie möglich zu vergessen, so schwer es dir auch fällt. Ihr wart die ganze Zeit getrennt und vielleicht hast auch du in der Zwischenzeit Sex gehabt."

„Nein, naja, doch, einmal", musste Lisa zugeben, „aber ich habe ihn nicht geliebt, es ist einfach so passiert, nach einer Party mit einigen Gläsern Champagner."

„Die Umstände spielen keine Rolle, da könnte Julian auch eingeschnappt sein. Es wäre wirklich schade, wenn eure Liebe nicht zum Tragen käme, in dem Fall würde ich Julian wieder zurücknehmen", scherzte Vanessa, was Lisa allerdings mit einem giftigen Blick erwiderte.

„Sorry, das war nicht ernst gemeint, Lisa, aber ich sehe dir doch an, dass du dich längst für Julian entschieden hast, auch wenn es dich ärgert, was die letzte Nacht geschehen ist."

„Aber ein bisschen leiden muss er schon", stellte Lisa fest.

„Übertreib es aber nicht, er hat es nicht verdient", riet Vanessa.

Es tat Lisa sehr gut, dass sie sich mit Vanessa über die Angelegenheit austauschen konnte, denn sie musste ihr recht geben. Inzwischen war Lisa etwas erleichtert, sie wusste, dass sie Julian vergeben konnte, sogar vergeben musste.

Julian litt fürchterlich, sein Puls raste schon den ganzen Vormittag. Er lief in seiner Villa ziellos umher, geplagt von seinem Zorn auf Nadine, aber auch von eigenen Vorwürfen. Verdammt, hätte ich sie nicht an ihren Lippen, an ihren Möpsen, ihrem Hintern oder vielleicht an dem Geruch ihrer Haut erkennen können? Es muss die pure Geilheit gewesen sein, dass mir das nicht aufgefallen ist. Nadine ist ein unberechenbares, durchgeknalltes, hinterhältiges Biest, vermutlich wäre jeder Mann in ihre Falle getappt. Ich kann wirklich nichts dafür, diese unglaubliche Geschichte ist passiert, obwohl sie mir vermutlich niemand von meinen Freunden so abnehmen würde.

Als die Türglocke ertönte, fühlte es sich für Julian an, als ob sich sein Puls schlagartig in den Bereich über zweihundert katapultierte. Es fühlte sich an, als ob er von der Anklagebank aufstand, um sein Urteil entgegen zu nehmen. Lebenslänglich, garantiert lebenslänglich, ging ihm durch den Kopf. Lebenslänglich mit oder lebenslänglich ohne Lisa. Noch bevor er die Tür ganz geöffnet hatte, zwängte sich Lisa wortlos an ihm vorbei und verschwand oben im Gästezimmer. Julian schaute Vanessa fragend an, die nun doch Mitleid mit ihm bekam.

„Ich kann es kaum fassen, dass du aus Versehen mit der falschen Frau gebumst hast, trotzdem glaube ich an deine Unschuld. Auch Lisa ist, so denke ich zumindest, davon überzeugt, dass du in Nadines Falle getappt bist. Trotzdem ist sie natürlich stinksauer, dass du es nicht bemerkt hast. Sie wird dich vielleicht noch etwas leiden lassen, es dich spüren lassen, aber es ist nicht

die Wut auf dich, sondern die Wut auf Nadine und die Tatsache, dass es passiert ist, egal wie es dazu kommen konnte."
„Wird sie bleiben?", fragte Julian besorgt.
„Sie bleibt bei dir, sie würde sich sonst ins eigene Fleisch schneiden", verriet Vanessa, die es nicht verantworten konnte, dass Julian weiterhin unschuldig leiden musste.
Julian hielt sich die Hand aufs Herz, welches gerade richtig schmerzte und bedankte sich bei Vanessa mit einer Umarmung.
„Ich drücke euch die Daumen, mach´s gut Julian."
Nachdem er die Haustür geschlossen hatte, atmete er mehrmals tief durch, endlich konnte er sich ein wenig beruhigen. Julian war Vanessa sehr dankbar, dass sie ihm Lisas Entscheidung bereits geflüstert hatte, was seinen Puls so langsam wieder etwas nach unten brachte. So beschloss er, Lisa etwas Zeit zu geben, brühte eine Kanne Pfefferminztee aus frischen Minzblättern und wartete auf der Veranda. Endlich, nach einer Stunde, kam die Erlösung. Lisa schlenderte heran, allerdings fiel ihr Blick nicht sehr freundlich aus. Julian sprang auf, rückte ihr den Stuhl zurecht und bot einen Pfefferminztee mit Eiswürfeln an. Lisa nickte nur, bis jetzt hatte sie kein einziges Wort verloren. Sie musste es tun, ihn noch ein bisschen leiden lassen, aber es tat ihr selbst weh, dass sie ihn nicht sofort umarmen, herzen und küssen konnte. Sie wusste selbst, dass sie dieses Spiel nicht lange durchhalten würde.
„Es tut mir sehr leid, Lisa, ich habe es wirklich nicht gemerkt, zumindest nicht rechtzeitig. Ich mache mir selbst Vorwürfe."
„Bitte erspare mir Details, Vanessa hat mir einiges über diese durchgeknallte Nadine berichtet, scheint ein ziemlich ausgebufftes Früchtchen zu sein", sagte Lisa in einem Ton, der versöhnlich klang.
Julian schreckte fast auf, als die Türglocke erneut ertönte. Als er zurückkam, hielt er einen tollen, riesigen Blumenstrauß in den Händen. Oben steckte ein Kuvert mit der Aufschrift: „Für Julian".
Lisa wartete gespannt, aber Julian las den Inhalt nicht vor.

Lieber Julian,

du geiler Hengst, ich bereue nichts von dem was ich gestern erlebt habe, aber ich bereue, was ich euch damit angetan habe. Tut mir sehr leid, wird nicht wieder vorkommen.

Der Blumenstrauß ist für deine Freundin, falls sie ihn annehmen möchte.
Entschuldigung, dass ich ihr Parfüm benutzt habe.
Übrigens, der Samenraub wird ohne Folgen bleiben, du kannst beruhigt sein, ich nehme die Pille.

Bussi,

Nadine

Jetzt war Julian klar, warum er Nadine nicht am Geruch erkennen konnte.
„Und?", fragte Lisa, „ist er von dieser Nadine?"
„Ja, der Blumenstrauß ist für dich, falls du ihn annehmen möchtest."
„Und wie gerne ich den annehmen möchte, gib her."
Lisa packte ihn voller Wut und Zorn, um ihn so oft mit aller Kraft auf den Terrassenplatten aufzuschlagen, bis sich fast alle Blütenblätter verabschiedet hatten. Anschließend warf sie die zerfledderten Reste in hohem Bogen über die Gartenmauer, direkt ins Dickicht. Wenn sie sich schon nicht an Nadine abreagieren konnte, dann zumindest an ihren Blumen. Bei ihrem Wurf entdeckte Lisa zufällig, wie es Nadine möglich war, auf das Grundstück zu gelangen.
„Komm mal her Julian, hierüber hat der Angriff stattgefunden", erklärte sie und deutete auf das Ende des Brettes, das oben auf der Mauer zu sehen war.
„Anscheinend ist sie etwas unsanft gelandet und hat sich hier langgelegt", stellte Julian fest, als er auf die zusammengedrückten Pflanzen im Beet deutete.
„Darf ich lesen?", fragte Lisa, während sie auf Nadines Brief deutete.
„Besser nicht", antwortete Julian, der allerdings nicht aufpasste.
Lisa hatte bereits zugeschnappt und war davongerannt. Sie stand nun am Rand des Pools, mit dem Rücken zu Julian und hielt den Brief zur Sicherheit möglichst weit von sich.
Julian kam angerannt, aber es war schon zu spät.
„Du geiler Hengst", las sie entrüstet vor, „sie bereut nichts, na wenn ich die zwischen die Finger bekomme, dann …
Und du geiler Hengst brauchst eine Abkühlung", kündigte sie an und warf Julian mit einem Schubs ins Wasser.
Nachdem Lisa ihren Frust auch an dem Brief ausgelassen hatte, indem sie ihn in tausend Fetzen zerriss, hielt auch sie es nicht mehr länger aus. So

sprang sie Julian hinterher, ebenfalls in ihrer kompletten Bekleidung und tauchte neben ihm auf.

„Ich hätte euch nicht so früh stören dürfen, dann hätte sie wenigstens eine ordentliche Abreibung von dir bekommen", grinste sie ihn an.

„Wolltest du nicht mitspielen?", fragte Julian, „komm her, du kannst es auch bekommen", fügte er hinzu.

„Wag es ja nicht", stieß Lisa künstlich entrüstet hervor und versuchte zu flüchten.

Sie kam gerade so weit wie Nadine in der vergangenen Nacht, lag mit dem Oberkörper bereits über dem Beckenrand, als sie seine Hand im Bund ihrer Leggins spürte. Im gleichen Augenblick war ihr Hintern entblößt und sie erwartete schon das Schlimmste. Aber ihr Po wurde lediglich angeknabbert, bekam nur liebevolle und zärtliche Bisse ab. So ließ sich Lisa wieder ins Becken hineinrutschen, direkt in Julians Arme, um ihm endlich den ersten Kuss zu geben, ihn zu herzen, sich an ihn zu schmiegen. Mehr bekam Julian nicht, noch nicht, denn der Gedanke daran, dass Julians Männlichkeit gerade erst einen Ausflug in fremde Gefilde unternommen hatte, war bei Lisa noch sehr präsent. Egal, wann es so weit sein würde, Julian war voller Hoffnung, dass sich über die nächsten Tage wieder alles einrenken würde.

Nadine beschloss ihren angebrochenen Urlaub, trotz des Vorfalls, auf der Insel zu verbringen. Hotel Julian war allerdings gestrichen, deshalb blieb sie in dem Hotel, in das er sie verfrachtet hatte. Es war zwar nicht sehr weit von seinem Haus entfernt, aber sie ging davon aus, dass sie ihm und seiner Freundin höchstwahrscheinlich nicht begegnen würde. Während sie sich für den Strand umzog, verrenkte sie sich den Hals, um einen Blick auf ihren geschundenen Allerwertesten zu werfen. Bis auf die Abschürfungen, die er bei der Eroberung der Burg durch das raue Brett abbekommen hatte, sah er unversehrt aus. Wenn Julian etwas sanfter vorgegangen wäre, hätte ich mich fast daran gewöhnen können, erinnerte sich Nadine gerne an die außergewöhnliche Behandlung zurück, die ihre Lust erneut aufflammen ließ. Für Julian war das plötzliche Auftauchen seiner Freundin sicherlich peinlicher, als es für mich war, dachte sie. Wenig später, am Strand, flirtete Nadine bereits wieder mit anderen Männern, um ihren Frust abzureagieren.

Am Abend saßen Julian und Lisa in einem schönen Restaurant am Hafen, um sich ein leckeres Abendessen zu gönnen.

„Eins ist mir immer noch ein Rätsel", fing Julian zwischen zwei Bissen an zu reden. „Das mit dem Brett war ja schon eine starke Nummer, aber wie, bitteschön, ist sie anschließend ins Haus gekommen?"
Als Lisa darüber nachdachte, wurde sie plötzlich ganz blass.
„Es tut mir leid, Julian, vermutlich habe auch ich meinen Beitrag dazu geleistet, dass du sie ...", ein paar Worte ersparte sie sich und Julian, „dass sie ins Haus kommen konnte. Ich habe den ganzen Nachmittag über die Schiebetüren beim Durchgehen immer wieder zugeschoben, damit das Haus kühl bleibt, aber als ich schließlich zu meinem Vater aufgebrochen bin, habe ich vergessen den Hebel umzulegen. So konnte Nadine die Tür einfach aufschieben."
„Ich weiß nicht, ob ich dir das verzeihen kann, dass ich sie wegen dir ..."
Auch Julian ersparte ihnen die fehlenden Worte, aber Lisa hatte den Satz in ihren Gedanken bereits vervollständigt.
„Warte nur, wenn ich dieses Luder zwischen die Finger bekomme", drohte sie.
„Sag mir bitte rechtzeitig Bescheid, damit ich zusehen kann", bat Julian grinsend. „Eine schöne Schlammschlacht am Strand würde ich mir gerne ansehen, soll ich es für dich arrangieren?"
Ein Schlag mit der Speisekarte auf seinen Hinterkopf war Antwort genug.
„Schluss mit den Scherzen auf meine Kosten", empörte sich Lisa künstlich, die Julian nun wirklich nicht mehr böse sein konnte.

Julian erkannte sie sofort. Es war Nadine, die unbekümmert an der Kaimauer des Hafens entlangschlenderte. Als sich ihre Blicke kurz trafen, machte sie unverzüglich eine Kehrtwende auf dem Absatz.
„Ist was?", frage Lisa, die bemerkt hatte, dass sich irgendetwas ereignet hatte.
„Nein, alles gut", antwortete Julian, aber Lisa, mit ihren feinen Antennen, war nicht entgangen, dass es mit dieser Frau zu tun hatte, die sich nun schnellen Schrittes und mit wackelndem Hinterteil, krampfhaft bemüht, mit ihren hohen Hacken nicht umzuknicken, von ihnen fortbewegte. Figur und Größe wie ich, das ist sie, dachte Lisa, der sofort der Puls nach oben schoss, aber sie blieb ruhig und versuchte, sich nichts anmerken zu lassen. Jetzt wäre die Gelegenheit für eine Auseinandersetzung gewesen, aber ich kann Nadine nicht wirklich richtig böse sein, dachte Julian. Meine erste große Liebe, sie ist zwar ziemlich durchgeknallt, aber langweilig war es mit ihr nie.

Zwei Tage später schlief Lisa noch immer im Gästezimmer, obwohl Julian alles dafür tat, dass sie sich in seinem Schlafzimmer wohlfühlen konnte. Er hatte bereits die komplette Bettwäsche gewechselt, aber das war wohl nicht alles, was sie störte. Also schlief er bei ihr im Gästezimmer, was Julian allerdings nicht als brauchbare Dauerlösung empfand. Trotz des Vorfalls war ihre Liebe wieder heftig entbrannt. Julian war ganz verrückt nach Lisa und auch sie fühlte, wie sehr sie Julian begehrte. Sobald sie sich sahen, tauschten sie verliebte Blicke, herzten, drückten und küssten sich leidenschaftlich, was für Julian langsam zum Problem wurde, denn in Sachen Sex zeigte ihm Lisa noch immer die kalte Schulter, womit sie sich natürlich auch selbst bestrafte. Es fühlte sich für beide so an, als ob sie ein junges Teenagerpärchen wären, das sich so langsam an das erste Mal in ihrem Leben herantastete. Am dritten Tag, nach dem schlimmen Ereignis mit Nadine, kam Lisa am späten Nachmittag in Julians Büro.
„Wollen wir eine Runde gehen, vielleicht in Richtung des Parkplatzes bei den Klippen?", fragte sie.
Julian sah es ihr direkt an, dass es mehr sein würde, als nur ein Spaziergang.
„In zehn Minuten bin ich fertig", willigte er sogleich freudig ein.
Er schaute Lisa, die ihn mit ihrem kurzen Jeans-Mini und einem sehr eng anliegenden, gehäkelten, nicht ganz blickdichten Bustier schier verrückt machte, so lange hinterher, wie es nur möglich war. Vielleicht darf ich ihr heute endlich wieder an die Wäsche gehen, dachte er voller Vorfreude und sprang sicherheitshalber schnell unter die Dusche. Hand in Hand schlenderten sie in Richtung des Parkplatzes, an dem er ihr den ersten Korb verpasst hatte. Es war ihm damals nicht leicht gefallen, weil es sich schon zu diesem Zeitpunkt falsch anfühlte. Die Liebe zu Lisa hatte ihn völlig überrumpelt, aber direkt nach seiner Verlobung hätte er es nicht übers Herz gebracht, Vanessa vor die Tür zu setzen. Als sie am Parkplatz ankamen und am Rande der Klippen standen, um über das gerade zur Ruhe kommende Meer zu blicken, fragte Lisa:
„Kannst du dich daran erinnern, was ich gesagt habe, als wir uns das letzte Mal hier trafen?"
„Wie könnte ich das je vergessen. Du hast gesagt, dass du mich mehr liebst als alles auf der Welt, du hast gesagt, dass man gegen die wirkliche Liebe machtlos ist, und du hattest recht. Auch ich liebe dich mehr als alles auf der Welt und ich habe mir nichts sehnlicher gewünscht, als jede Sekunde des Tages mit dir zu verbringen. Jetzt steht unserem Glück nichts mehr im Wege, hoffe ich jedenfalls", stellte Julian mit fragendem Blick fest.

„Nein, alles ist gut", antwortete Lisa und schmiegte sich an ihre große Liebe. Lange standen sie eng umschlungen am Rande der Klippen, fast wie angewurzelt und genossen einfach nur das Gefühl, sich sehr nahe zu sein. Sie fühlten sich eng verschmolzen miteinander, endlich war es so weit, endlich gab es eine gemeinsame Zukunft für sie.

Lisa
Während sich unsere Lippen berühren, weckt es meine Leidenschaft. Wie sehr habe ich mich die letzten Tage danach gesehnt, mit Julian zu schlafen.
„Wir gehen runter an den Strand, da ist bestimmt niemand", schlage ich vor und zerre ihn sogleich hinter mir her. Es ist ein steiler, steiniger Weg, der in einer schmalen Felsspalte nach unten führt.

Julian
Mittlerweile gehe ich vorweg, um Lisa an den schwierigen Stellen die Hand zu reichen. Das größte Hindernis ist ein knapp ein Meter hoher Felsbrocken, den ich bereits überwunden habe. Als ich zu Lisa aufblicke, fällt mir sofort auf, dass sie kein Höschen unter ihrem knappen Mini trägt.

Lisa
Ich habe registriert, dass er mir einen Moment lang direkt zwischen die Beine stierte. Als er seine Arme ausbreitet, um mich so aufzunehmen, wie man eine Frau über die Schwelle des Hauses tragen würde, lege ich meinen Arm um seinen Hals und vertraue mich ihm an.

Julian
Mir ist längst bewusst, dass sie mich verführen möchte. Während ich, direkt nach dem heißen Einblick zuvor, die nackte Haut ihres zarten Pos auf meinem Arm fühle, macht es mich rasend vor Lust.
„Bist ein Luder, ein mit allen Wassern gewaschenes, ausgebufftes sexy Luder", flüstere ich ihr vulgär ins Ohr und beiße ihr anschließend zart ins Ohrläppchen.

Lisa
Ich winde mich bereits vor Wollust in seinen Armen, und auch mir ist klar, dass wir den Weg nach unten nicht schaffen werden.
„Willst du es gleich hier?", frage ich und gebe ihm einen weiteren Freibrief, indem ich sage, „du kannst es haben, wie du willst."

Julian
Jetzt sofort, so wie ich es möchte. Ihre Worte klingen wie eine Erlösung, was gibt es für einen Mann Schöneres zu hören, als solche Worte, denke ich, während ich bereits nach einer praktischen Lösung schaue.
„Willst du dich über den Felsen legen?", frage ich in freudiger Erwartung, während meine Lust bereits auf ein fast unerträgliches Maß anschwillt.

Lisa
Ich fackele nicht lange, bin ohnehin schon äußerst erregt. Der Felsen ist wie geschaffen dafür, bietet die richtige Höhe, ist glatt und rund. So beuge ich mich nach vorn, über den Felsbrocken und stütze mich, in freudiger Erwartung, mit den Händen ab.

Julian
Ich verschwende keine Sekunde an den Gedanken, dass diesen verlassenen Pfad jemand entlanggehen könnte. Mein Handeln wird einzig und alleine von meiner schier unbändigen Lust bestimmt. Ich habe das Gefühl, dass meine Finger vor Geilheit zittern, als ich Lisas gehäkeltes Bustier nach oben schiebe, um ihre füllligen Brüste zu befreien, die, ohne von einem BH domestiziert zu werden, sofort unzüchtig hervorkullern. Ich befreie den Rest ihres Pos ebenfalls, indem ich ihr Miniröckchen nach oben umschlage und ergötze mich ungeniert an dem, was sie mir bietet.

Lisa
Ich bin bereit, erwarte ihn sehnsüchtig, fühle eine warme Brise über meine nackten Körperteile streichen.

Julian
Ich werfe alle Klamotten von mir, es fühlt sich gut an, nackt in der Sonne, ich bin bereit wie schon lange nicht mehr, beiße in ihren entblößten Hintern, spiele mit meiner Zunge zwischen ihren Beinen, verwöhne sie gierig. Lisa stöhnt vor Wollust, ich küsse ihren Rücken zärtlich und umfasse ihre Möpse, während ich in die Pforte der Lust eindringe, um ein Feuerwerk der Lust zu entfachen.

Eine Viertelstunde später lagen sie unten, am sehr schmalen, nur circa fünf Meter breiten Sandstrand und blickten an den steil aufragenden Felsen entlang in den Himmel.

„Traumhaft", sagte Julian.

„Was meinst du?", fragte Lisa, „den Sex, oder die Umgebung?"

„Alles, die Landschaft, der heiße Sex und ganz besonders du, mein süßes Nacktschneckchen."

Lisa fühlte sich geschmeichelt, blickte Julian mit ihren nach wie vor geröteten Wangen so leidenschaftlich an, dass er an sich halten musste, sie nicht gleich erneut zu beglücken.

„Du hast es geplant, deine heiße Bekleidung, beziehungsweise das, was du nicht trugst, das hat mich fast zum Wahnsinn getrieben."

„Der Felsbrocken war nicht geplant, eigentlich wollte ich es bis zum Strand schaffen, aber auch ich war nicht in der Lage länger abzuwarten. Spontan ist es am schönsten, und ich wusste, dass es eine deiner Lieblingsstellungen ist, wenn du mir dabei direkt auf den Hintern schauen kannst. Ist es nicht so, dass Männer beim Sex lieber Titten vor den Augen haben?"

„Vermutlich schon", antwortete Julian, „bei den meisten Männern wird das so sein, aber ich werde beim Anblick deines Hinterns schon verrückt, selbst wenn er noch von einem Höschen verhüllt ist.
Du musst dir ohnehin keine Sorgen machen, du hast alles zu bieten, was ein Mann begehrt. Du bist groß, besitzt eine top Figur und hast die Rundungen an den richtigen Stellen, ich wüsste rein gar nichts, was dein Schöpfer hätte besser machen können, aber es ist nicht dein Körper, warum ich dich so liebe. Es ist dein Wesen, deine Herzlichkeit und deine Unbekümmertheit."

„Hoffentlich erinnere ich dich nicht zu sehr an diese durchgeknallte Nadine, die du auch mal so abgöttisch geliebt hast."

„Natürlich gibt es Parallelen, ich denke, dass die meisten Männer ein gewisses Beuteschema haben, aber du musst dir keine Sorgen machen, es gibt genügend Unterschiede und ich bin sicher, dass ich Nadine nun aus meinem Herzen verbannen kann, besonders nachdem, was sie angerichtet hat."

„Dann bin ich ja beruhigt", flüsterte Lisa, die bereits dabei war einzudösen.

Die nächste Nacht schlief Lisa erstmalig wieder in Julians Schlafzimmer, was er sehr genoss. Als er am nächsten Morgen aufwachte, schlief sie noch tief und fest. Julian saß eine Weile auf der Bettkante und blickte auf seine geliebte Lisa. Selbst ungeschminkt ist sie eine Schönheit, dachte er, während er tief durchatmete. Ja, sie war wirklich wieder ganz bei ihm und er hoffte sehr, dass ihr Glück ein Leben lang anhalten würde. Frohgemut machte er sich in Richtung seines Büros auf. Das erste Mal seit langem, ging er wieder gerne und beherzt an seine Arbeit, sich darauf freuend, dass er später zusammen mit Lisa frühstücken durfte.

„Guten Morgen mein Schatz, ich hoffe du hast nicht ohne mich gefrühstückt?", fragte Lisa und verabreichte ihm einen Kuss.

„Wie könnte ich nur, nein, ich habe auf mein Herzblatt gewartet."

„Du arbeitest, ich kümmere mich um das Frühstück", kündigte Lisa an und verschwand in der Küche.

„Wo hast du die Brötchen so schnell hergezaubert?", fragte Julian, als sie sich auf der Veranda niederließen.

„Ich war mit dem Pampersbomber unterwegs, er fährt sich gar nicht so schlecht, das muss ich zugeben."

„Daran könnte ich mich echt gewöhnen", stellte Julian fest, der seinen Blick kaum von Lisa abwenden konnte.

„Meinst du den Frühstücksservice oder meine Anwesenheit?"

„Beides, aber das Wichtigste ist, dass du wieder bei mir bist. Ich bin nicht der Typ, der als Partnerin eine Haushälterin benötigt, die für die Dinge des Alltags zuständig ist. Ich kann das Frühstück gut selbst zubereiten, ich koche auch sehr gerne."

Lisa atmete tief durch, während sie über die Weite des Meeres blickte.

„Weißt du eigentlich wie privilegiert du bist? Ich habe schon ein schlechtes Gewissen, mich auf so einen Bonzen eingelassen zu haben", stellte Lisa mit einem Grinsen fest.

„Natürlich ist es angenehm, wenn man am Ende des Monats nicht schauen muss ob das Geld für die Einkäufe noch ausreicht", erklärte Julian, „abgesehen davon, ist mir das Geld nicht so wichtig. Das Haus hier, meine Burg, genieße ich natürlich, brauche ich auch, um meine Kunden zu begeistern und zu überzeugen, aber abgesehen davon, könnte ich in einer kleinen Finca ebenso glücklich sein. Hauptsache du bist bei mir."

„Ja, das ist auch ein Problem, das zu lösen nicht einfach sein wird. Anfang nächster Woche muss ich wieder in die Heimat zurückfliegen, um meiner Arbeit nachzugehen. Ich bin mir sicher, dass du in der Lage bist, eine Familie zu ernähren, trotzdem möchte ich weiterhin arbeiten, worüber ich mir nun Sorgen mache. Ich liebe meine Arbeit, und nicht nur das, ich brauche auch die Bestätigung, im Leben etwas zu leisten, zumindest solange hier nicht mehrere kleine Julians und Lisas auf der Terrasse herumtollen."

Erst jetzt wurde Julian bewusst, wie wenig sie voneinander wussten. Er überlegte, konnte sich aber nicht daran erinnern, dass sie jemals über ihre Arbeit gesprochen hatten.
„Was arbeitest du eigentlich?", fragte Julian.
„Ich bin Statikerin, ich weiß, das ist eher unüblich für eine Frau."
„Das ist ja toll, ein Volltreffer, das muss Vorsehung gewesen sein, dann kannst du bei mir arbeiten. Durch meine Neubauten und Umbauten gibt es genügend zu tun. Wenn ich die Statikerin im Hause habe, dann kann ich meine Ideen erst in statischer Hinsicht klären, bevor ich sie in meine Entwürfe einbringe. Ich kann dich direkt anstellen, das ist kein Problem. Zwischendurch vernasche ich dich hin und wieder auf meinem Schreibtisch, das wären doch ideale Voraussetzungen."
„Ja, so stellen sich das die Herren der Schöpfung vor. Leg dich bitte mal über den Schreibtisch, wir müssen prüfen ob er hält, Frau Statikerin."
„Genau so habe ich mir das vorgestellt, du hast voll und ganz verstanden", stimmte Julian nickend zu.
Lisa dachte lange nach. Natürlich war es eine schöne Vorstellung für sie, komplett zu Julian zu ziehen, aber bei ihm angestellt zu sein, dieser Gedanke gefiel ihr nicht besonders.
„Bei dir beschäftigt zu sein, da würde ich mir wie eine kleine, private Angestellte vorkommen, das ist keine gute Lösung. Allerdings könnte ich mir vorstellen, dass ich mich selbständig mache und dir meine Leistungen in Rechnung stelle."
„Gute Idee, einverstanden, solange du mir nur statische Leistungen berechnest", willigte Julian mit einem Grinsen ein.
„Sonderleistungen, so wie gestern, als ich mich über dem Felsen dargeboten habe, kosten natürlich extra", konterte Lisa schlagfertig, ging um den Tisch herum und setzte sich auf Julians Schenkel.
„Du kennst das doch von den Ärzten, private Leistungen werden mit dem mehrfachen Satz abgerechnet. Für gestern nehme ich den sechsfachen, für einen Kuss nur den zweifachen Satz."
Während Lisa begann, ihm den ersten Kuss auf den Mund zu drücken, zählte sie mit:
„Macht fünf Euro, zehn, fünfzehn, zwanzig ..."
Ist ein ganz schönes Früchtchen, was ich mir da angelacht habe, dachte Julian, während sich seine Liebesrechnung mit jedem Kuss erhöhte. Aber ganz so ungeschoren darf sie nicht davonkommen.

249

„Da muss ich meine Zahnärztin das nächste Mal ansprechen, welche privaten Leistungen sie mir anbieten kann, vielleicht Sex auf der Patientenliege? Unter Umständen komme ich dort ja günstiger weg!"
„Aua."
Damit hatte er sich den zweiten Schlag eingehandelt, dieses Mal bekam er jedoch ihre flache Hand auf den Hinterkopf, anstelle der Speisekarte.
„Fremde Frauen sind für dich jetzt absolut tabu", kündigte Lisa an.
„Darf ich mich jetzt nicht mehr nach einem wackelnden Frauenhintern auf High Heels umsehen?", fragte Julian künstlich entrüstet.
„Na ja, ganz so streng will ich nicht sein, ein Mann der nicht ab und zu einen Blick auf eine heiße Frau wirft, der ist krank."

Lisa versuchte sich die Situation vorzustellen, unter einem Dach mit Julian zusammenzuarbeiten. Den Mann als Chef, das produziert nur unnötigen Ärger, hatte ihr irgendwann einmal eine gute Freundin geflüstert. Aber ihre Situation, als zukünftig selbständige Unternehmerin, vielleicht sogar mit einem eigenen Büro, war nicht wirklich mit der ihrer Freundin vergleichbar. Lisa musste sich zugestehen, dass es eine verlockende Vorstellung für sie war.
„Julian, ich würde sehr gerne unter deinem Dach arbeiten, aber nur, wenn ich ein eigenes, separates Büro für mich haben kann, wo ich nicht ständig von dir abgelenkt werde."
Julian musste nicht lange nachdenken.
„Du kannst eines der Gästeappartements als Büro nutzen."
„Du bist wirklich großzügig, darüber würde ich mich sehr freuen", bedankte sich Lisa unendlich glücklich, während sie noch immer auf seinem Schoß saß.
„Ich könnte dich schon wieder vernaschen", flüsterte Julian lüstern und knabberte Lisas Ohrläppchen an.
„Vielleicht könntest du zur Probe arbeiten, ich meine die Statik des Schreibtisches?"
Dass der Schreibtisch seine statische Prüfung schon bestanden hatte, verriet er nicht. Vanessa war ja auch viel leichter als Lisa, so konnte eine erneute Überprüfung nicht schaden. Lisa musste nicht lange überlegen, sie hätte sich mit einem Nein nur selbst geschadet.
„Auf geht´s", sagte sie spontan und sprang auf.

Als Lisa am Sonntagabend zurückflog, war nicht gewiss, wie lange es dauern würde, bis sie zu Julian ziehen konnte. Ihr Chef war sehr enttäuscht über ihre

Kündigung, willigte jedoch ein, dass sie nach einer Frist von einem Monat ziehen konnte. Er war ohnehin nicht in der Lage, Lisa etwas abzuschlagen, denn auch er war ihrem Zauber verfallen. Sie verständigten sich darauf, dass sie in Zukunft wenigstens ab und zu Auftragsarbeiten annehmen würde, damit sie in Kontakt bleiben konnten.
Julian besuchte Lisa jedes Wochenende und half ihr schließlich bei der Wohnungsauflösung, als der Umzug endlich bevorstand. Lisa wollte nichts an Möbeln mitnehmen. Es waren ohnehin alles ältere Stücke, die sie sich mit ihren ersten Gehältern sehr günstig, teils gebraucht angeschafft hatte. Später sah sie keinen Grund dafür, die Möbel zu ersetzen, zumal sie ihren Zweck erfüllten. Deshalb fiel ihr die Trennung nicht sonderlich schwer.
„Ich muss mich noch von Ingo verabschieden, das bin ich ihm schuldig", sagte Lisa zu Julian.
„Ist es dein Professor, mit dem du ... ?"
„Ja, er ist es, mit dem ich geschlafen habe."
Julian war es zwar nicht recht, dass sie ihn erneut traf, aber er fand es fair, dass sie sich von ihm verabschiedete, also reinen Tisch machte.
Sie trafen sich am Bistro, dort, wo sie sich kennengelernt hatten. Bei einer gemeinsamen Currywurst entschuldigte sich Lisa bei Ingo, der ihr versicherte, dass er um jede Minute dankbar war, die er an ihrer Seite verbringen durfte. Nachdem sie Ingo, der als Makler tätig war, ihre und Julians Dienste als Statikerin und Architekt angepriesen hatte, verabschiedete sie sich mit einer Umarmung.
„Du bist ein feiner Kerl, ich hoffe du findest die große Liebe, so wie ich sie nun endlich gefunden habe", wünschte Lisa ihrem Professor.
„Viel Glück mit deinem Julian. Um solch eine Frau wie dich kann ich ihn nur beneiden."
Lisa bedankte sich für das Kompliment und winkte Ingo zum Abschied nochmals zu.

Kapitel 14: Der siebte Himmel

„Deine neue Heimat", sagte Julian, während er beim Landeanflug auf die immer größer werdende Insel deutete. Die Freude bei Lisa war sehr groß, trotzdem kam auch etwas Wehmut in ihr auf. Bis gerade eben war Deutschland ihre Heimat gewesen. Ohne Julian wäre sie nie auf die Idee gekommen auszuwandern, auch nicht auf so ein schönes Fleckchen Erde. Sie wusste, dass sie ihre Mutter, ihre Freundinnen, ihre Arbeitskollegen und auch ihr vertrautes Umfeld vermissen würde. Trotzdem war sie sicher, den richtigen Weg zu gehen, den Schritt in ein neues Leben, zusammen mit Julian. Zumindest ihren Vater, der ihr auch sehr am Herzen lag, würde sie nun häufiger sehen.

Schon wenige Wochen nach ihrer Ankunft fühlte sich Lisa auf der Insel wie zuhause. Die Aussicht, dass sie ihr Statik-Büro bald eröffnen konnte, erfüllte sie mit großer Vorfreude. Julian hatte ihr, wie versprochen, eines der Gästeappartements zu einem hübschen Büro umfunktioniert, mit Küche, Chefinnenbüro und einem Besprechungsraum, der mit einem großen Tisch und zehn schwarzen Lederstühlen ausgestattet war. So haperte es nur noch an einigen administrativen Dingen, bis sie loslegen konnte.

Die übrige Zeit nutzte Lisa, um heimlich den Bootsführerschein zu absolvieren, denn auch sie fand große Freude daran, mit Julian hinauszufahren, das Salz der aufsprühenden Gischt auf ihren Lippen zu spüren, ihre Haare im Wind wehen zu lassen und ab und zu auch den Reiz der Geschwindigkeit zu genießen, sozusagen über das Wasser zu fliegen. Als sie eines Abends beschlossen eine Runde Boot zu fahren, hielt Lisa ihre Hand auf.

„Von Kapitän zu Kapitän", unterstrich sie ihr Ansinnen.

Julian, der schon ahnte was sie forderte, kramte brav den Motorbootschlüssel aus seiner Tasche und übergab ihn. Erst jetzt wurden ihm Lisas Worte so richtig bewusst.

„Was bedeutet das, von Kapitän zu Kapitän?", fragte er nach.

„Es bedeutet genau das, was ich eben gesagt habe", antwortete Lisa, während sie ihm ihren nagelneuen Führerschein strahlend unter die Nase hielt.

„Ich darf in Zukunft auch ohne dich fahren, alleine, oder auch mit Vanessa."

Julian war gerade ziemlich sprachlos. Schon als sie den Schlüssel ins Zündschloss steckte, sah er ihre leuchtenden Augen. Sie liebte es, wenn der gewaltige Sechszylinder mit einem kurzen Zucken am Drehzahlmesser erwachte, um wenige Sekunden später in ein leises, tiefes, Grummeln zu verfallen und um dem angenehmen Geräusch der vom Unterwasserteil aufsteigenden Luftblasen den Vortritt zu lassen. Mit einem breiten Grinsen auf dem Gesicht kuppelte sie ein und legte gekonnt ab.

„Gratuliere", sprach Julian, der die Sache mit dem Führerschein noch immer nicht so recht glauben konnte.

Er bewunderte seine Lisa, deren technische Vorlieben eher in Richtung eines Mannes gingen. Mittlerweile steuerte sie das RIB mit ihren sensiblen

Händchen, die Julian auch auf anderen Gebieten sehr schätzte, perfekter als er selbst. Auch beim Ablegen war sie versiert wie ein alter Hase vorgegangen. Während sich das Boot mit Standgas durch den Hafen schob, warf Lisa immer wieder einen Blick zu Julian, der ihm verriet, dass sie etwas auf dem Herzen hatte.

„Gibt es etwas das ich wissen müsste? Ich bin ganz Ohr", ermunterte er Lisa.

„Sag mal, muss das sein, dass du immer noch auf Vanessa rumreitest?"

Julian wusste zuerst nichts mit Lisas Frage anzufangen und schaute erstaunt zu ihr rüber.

„Hier, das meine ich", half ihm Lisa auf die Sprünge, während sie auf den Bootsnamen deutete, der links und rechts am Bug angebracht war.

Julian musste laut lachen, als er endlich verstand.

„Du hast mich mit deiner Frage schon ein bisschen in Verlegenheit gebracht", gab er zu, strich Lisa über das Haar und gab ihr einen Kuss auf die Wange.

„Stört es dich?"

„Schon ein wenig", gab Lisa zu, „aber vielleicht stört es auch Vanessa", gab sie zu bedenken.

„Das kann ich mir nicht vorstellen, jede Frau ist stolz darauf, ihren Namen für ein Schiff zu geben, aber das ist nicht das Problem. Natürlich habe ich schon daran gedacht, das RIB nach dir zu benennen. Allerdings sind die meisten Bootsfahrer, da zähle ich mich mit dazu, in dieser Hinsicht sehr abergläubisch. Ein Schiff umzutaufen kann Unglück bringen", gab Julian zu bedenken.

„Ein Unglück ist etwas das ich im Moment ganz und gar nicht gebrauchen kann. Dann muss ich mich eben daran gewöhnen, dass Vanessa für immer mitfährt, wenn wir mit dem Boot unterwegs sind", gab sich Lisa geschlagen.

„Ich bin sicher du schaffst es, ansonsten werde ich das Boot verkaufen und das gleiche nochmal bestellen, um es dann auf den Namen Lisa zu taufen", bot Julian an und gab ihr einen weiteren Kuss auf die Wange.

„So weit musst du nicht gehen, Vanessa ist ja ganz in Ordnung. Vielleicht wäre sie sogar beleidigt, wenn du das Boot umbenennen oder nur wegen ihres Namens verkaufen würdest."

Kurz nach der Hafenausfahrt schob Lisa den Gashebel nach vorn. Das Meer zeigte sich heute glatt wie ein Spiegel, so konnte Lisa den kräftigen Motor, der mit dem Boot leichtes Spiel hatte, endlich einmal fordern. Julian krallte sich instinktiv am Haltegriff fest, ließ sie aber gewähren. Nach circa fünf Minuten standen ihnen vom Fahrtwind, trotz Sonnenbrillen, Tränen in den

Augen, worauf Lisa die Fahrt auf ein erträgliches Maß verlangsamte. Nachdem sie in der Bucht angekommen waren warf Julian den Anker, damit sie ein kurzes, erfrischendes Bad nehmen konnten. Nun lagen sie eng aneinander gekuschelt, untermalt vom Geräusch des an den Bootsrumpf gluckernden Wassers, auf der großen Bugliegewiese, um die untergehende Sonne zu beobachten.

„Warum ist ein Sonnenuntergang so faszinierend?", fragte Lisa.

„Es ist Natur pur, jeder Sonnenuntergang ist auf seine Art und Weise einzigartig. Die verschiedenen Wolkenformationen, die warmen, weichen Farben, fließende Übergänge oder klare Konturen, ich liebe es immer wieder aufs Neue, diesem überwältigenden Schauspiel zuzusehen. Zu beobachten, wie die Sonne Platz macht für die dunkle Nacht, um anderen Menschen auf der Erde Wärme und Licht zu spenden. Aber so langsam sollten wir aufbrechen", schlug Julian vor.

„Es war ein sehr schöner Tag mit dir", schwärmte Lisa, während sie mit dem letzten Lichtschein fast lautlos in den Hafen einliefen.

„Noch nie in meinem Leben war ich so glücklich, glücklich dass es dich gibt, glücklich dass du bei mir bist und glücklich darüber, dass du meine Liebe erwiderst", gestand Julian und erntete von Lisa einen strahlenden Blick.

Nachdem Julian die Leinen sicher verknotet hatte, blieben sie noch für eine Weile im Boot sitzen.

„Woran liegt es, dass nicht alle Menschen die große Liebe erfahren, dass viele ihr Dasein einsam und alleine fristen? Liegt es daran, dass sich manche nach der ersten Enttäuschung in ihr Schneckenhaus zurückziehen, vielleicht Angst haben, erneut verletzt zu werden? Oder treffen einige einfach nicht auf den Menschen, der in der Lage ist, die Schmetterlinge in ihrem Bauch zum Tanzen zu bringen? Vielleicht ist es in einigen Fällen sogar ein kluger Schachzug der Natur, um manche Typen an der Vermehrung zu hindern? Wenn eine Million Männer zur Auswahl stünden, in wie viele unter ihnen könnte ich mich derart verlieben wie in dich? Wäre es vielleicht nur einer, wären es zehn oder vielleicht sogar einhundert? Das ist eine Frage, die experimentell sicherlich noch nicht erforscht wurde."

„Solange du dich nicht als Forschungsobjekt zur Verfügung stellst, ist mir alles recht", unterbrach Julian Lisas Ausführungen.

„Wer weiß, vielleicht gib es noch mehrere Julians?"

„Dann hoffe ich, dass du in deinem Leben auf keinen weiteren triffst."

„Du kannst dir meiner sicher sein, ich werde dich nicht enttäuschen", beruhigte sie Julian und schmiegte sich liebevoll an ihn.

Die nächsten Tage arbeitete Julian sehr intensiv, aber nachdem Lisa noch nicht voll durchstarten konnte, blieb ihr genügend Zeit, um ihm hin und wieder eine Abwechslung zu bieten. Am heutigen Tag waren ihr seine lüsternen Blicke nicht entgangen, während sie das Frühstück nur mit einem leichten, etwas transparenten Negligé zubereitete. Währenddessen sich seine Hand bereits in der Küche zu verselbständigen schien, um ihren nackten Po unter dem Hauch von Nichts zu begrapschen, gab es, mit Hinweis auf seine dringenden Aufträge, ein paar auf die Finger. Lisa wusste, dass ihn das nur noch heißer machen würde, aber sie hatte sich vorgenommen, Julian noch ein oder zwei Stunden schmoren zu lassen.
Es war gegen Elf, als ihr Auftritt bevorstand. Julians Augen verfolgten sie aus dem Büro heraus, während sie durchs Esszimmer auf die Veranda schritt.

Julian
Im Chefsessel, weit nach hinten gelehnt, die Füße auf meinem exklusiven, riesigen Schreibtisch abgelegt, blicke ich durch die Panoramascheibe nach draußen. Nichts, aber auch rein gar nichts, stört den beeindruckenden Blick auf das Schönste, was die Natur zu bieten hat, wozu auch Lisa gehört. Da steht sie, bereit, nur für mich, an der Kante des Pools, den Blick in die Ferne schweifend über das weite Meer hinweg. Ihre beiden Bikiniteile liegen auf dem Weg dorthin verstreut, als deutlicher Hinweis darauf, dass sie nichts trägt, als ihre zarte, von der Sonne leicht gebräunte Haut. Mir läuft förmlich das Wasser im Munde zusammen, ich lechze nach ihr, nach ihrem unendlich geilen Körper. Meine Hände zittern bereits, zittern vor Gier und Verlangen.

Lisa
Gleich wird er sich erheben, denke ich, gleich werde ich ihn spüren, werde mich hingeben, mich von seiner Männlichkeit einnehmen lassen. Noch vor wenigen Minuten sah ich das Flackern in seinen Augen. Ich bin fällig, bereit wie eine süße Frucht gepflückt, genommen und verzehrt zu werden.

Julian
Noch sitze ich. Am liebsten wäre ich schon im Büro über sie hergefallen. Rock hoch, Höschen runter, Schlitz auf und los. Ich konnte es mir gerade noch verkneifen. Sie ist schön, wunderschön, über ihre ganzen ein Meter achtzig hinweg. Wohl proportioniert, sehr weiblich, die unglaublichen Rundungen ihres Körpers rauben mir die Sinne, degradieren meinen Verstand zu

einem verkümmerten Pflänzchen. Meine Augen kleben auf ihrer Rückseite, genauer gesagt, auf ihrem geilen Arsch. Ich weiß, sie spürt meinen Blick wie den Hauch eines Luftzuges. Verrückt, was etwas Speck in der richtigen Form mit den Hormonen anzurichten vermag.
Sie spielt mit mir, lässt sich mehr Zeit als nötig, um ihre langen, dunkelblonden Haare mit einem Gummi zusammenzufassen. Ich fühle mich gut, sehr gut. Es ist ein erhebendes Gefühl das alles genießen zu dürfen. Ja, ich bin privilegiert und zugegebenermaßen, es fühlt sich richtig gut an. Verdammt, habe ich Bock auf dieses sexy Schneckchen mit ihrem knackigen, runden Po. Meine Hose spannt und signalisiert, dass er befreit werden möchte, die Aufgabe verrichten möchte, für die er da ist.
Glatt wie ein Spiegel, völlig unberührt und ganz eben sehe ich die Wasseroberfläche vor Lisas Füßen liegen, beobachte, wie sie mit einem filmreifen Köpfer, der kaum Spritzer verursacht, gekonnt hineintaucht. Nach und nach nehmen die Ringe, welche sich kontinuierlich vergrößern, die gesamte Oberfläche des Pools ein. Auf der anderen Seite des Beckens taucht sie auf, elegant wie eine Meerjungfrau.
Ich kann nicht mehr, ich kann nicht mehr warten, springe auf, lasse alle Hüllen fallen, laufe meiner Elfe hinterher. Huch, kalt, egal, mir ist heiß, heiß, heiß. Mit drei kräftigen Zügen unter Wasser nähere ich mich meinem Nacktfrosch, gleite eng an ihrem Körper nach oben, fühle ihre Haut, die Wölbung ihres Pos.

Lisa
Während ich meinen Blick über die unendliche Weite des türkisblau schimmernden Meeres schweifen lasse, fühle ich unzählige Luftblasen, die sich, wie eine lebendige Wand, sanft an meinem Körper nach oben drängen. Erst jetzt spüre ich ihn, Julian, der sich an meinen Rücken schmiegt, spüre seine Erregung, der das frische Wasser nichts anhaben konnte. Ich erschaudere, als seine Lippen meinen Nacken berühren, als er mich zärtlich küsst, mir unzählige zarte Nadelstiche verpasst. Ich fühle, wie seine Hände um mich herumgleiten, zielstrebig, in Richtung meiner Brüste.

Julian
Während ich ihren Busen berühre, überkommt mich ein wohliges Gefühl. Ich spreize meine Finger, damit ihre Brüste Platz finden, ich spüre ihre harten Brustwarzen in meinen Handflächen, mein Puls schießt weiter in die Höhe. Er, zwischen meinen Beinen, bettelt bereits um Vollzug, fühlt sich an wie

kurz vorm Bersten. Komm, dreh dich um, ich kann nicht mehr, denke ich, die süße Belohnung schon vor Augen, die mich gleich erwartet.

Lisa
Noch immer halte ich mich am Handlauf fest, blicke über das weite Meer, sehe nichts, fühle nur. Wahnsinn, seine Hand gleitet an meinem Bauch nach unten, bedeckt mein nicht vorhandenes Dreieck, fixiert mich. Seine Finger treiben mich in den Wahnsinn, ich möchte mich umdrehen, möchte es sofort, nein, ich warte, genieße.

Julian
Das was ich anfasse, fasse ich gerne an, fühle ich gerne, sehe ich in diesem Augenblick vor meinem geistigen Auge, nur ein Strich, nackt, bereit für mich.

Lisa
Ich stöhne vor Wollust, kann nicht mehr warten, drehe mich um, wende mich meinem Liebsten zu, halte mich am Handlauf fest. Meine Beine schlingen sich um ihn, nehmen Besitz von ihm.

Julian
Endlich, sie hat Erbarmen. Ich packe fest zu, kralle meine Finger in ihre drallen Pobacken, drücke sie an mich, nehme sie.

Lisa
Wahnsinn, ich spüre ihn, tief in mir, seine Lippen finden die meinen, seine Zunge die meine, ich küsse, stöhne, küsse, stöhne. Alles bricht über mir zusammen, ich spüre einen zuckenden Stromschlag über seine Lippen bis in meinen Unterleib hinein ausstrahlen. Ich stöhne in die Natur hinaus, bis unser gemeinsamer Höhepunkt mit dem Rauschen des Meeres verschmilzt. Eng umschlungen, nach Luft ringend, verharren wir in der warmen Brise, kosten das schöne Gefühl aus, lassen es ausklingen bis zum letzten Augenblick.

Es fiel Julian nicht leicht, sein Glück in vollen Zügen auszukosten, nachdem er Vanessa verlassen hatte. Er zweifelte nicht an der Richtigkeit seiner Entscheidung, daran lag es nicht, es war Mitleid, was er für sie empfand. Natürlich war seine Liebe zu ihr nicht gänzlich erloschen, weshalb er sich, nach

wie vor, für Vanessa verantwortlich fühlte. Julian wusste aber auch, dass er ihr nicht wirklich helfen konnte ins Leben zurückzufinden. Sie machte in der letzten Zeit zwar einen gelösten Eindruck, aber Julian war nicht sicher, ob das vielleicht nur Fassade war, um ihn zu beruhigen.
Wie schlimm muss es sich anfühlen, wenn man von jetzt auf gleich aufs Abstellgleis geschoben, sozusagen ausrangiert wird und das Feld einer anderen Frau überlassen muss?, fragte er sich. Man kann das, was man in einer Partnerschaft erlebt hat, leider nicht einfach ausradieren, so schön das wäre. Da hätte auch er gerne zum Radiergummi gegriffen und zumindest Nadines Spuren auf seinem Herzen ausradiert. So hoffte Julian inständig darauf, dass Vanessa einen anderen Mann kennenlernen würde, der ihr das Glück bescheren würde, das sie verdient hatte.

Im Laufe der nächsten Monate spielte sich alles gut ein. Lisa arbeitete sehr erfolgreich, sie musste mittlerweile sogar Aufträge mangels Zeitnot absagen. Wenn sich bei Julian bezüglich seiner Planungen statische Fragen aufwarfen, kam er zu Lisa ins Büro, die mit jedem Ratschlag den sie ihm geben konnte, ein paar Zentimeter über sich hinauswuchs. Auch Vanessa bekam ihr Leben wieder gut in den Griff. Mittlerweile traf sie sich regelmäßig zum Plausch mit Lisa, worüber Julian sehr froh war. Mal zum Frühstück oder nur zu einem Kaffee in Lisas Büro. Über die letzten Wochen hinweg war Lisa aufgefallen, dass sich Vanessa veränderte. Sie wirkte viel glücklicher, gelöster und lebensfroher, als Lisa sie je erlebt hatte. Während ihr Vanessa, wieder einmal strahlend vor Glück, bei einem Cappuccino im Hafen gegenübersaß, sprach Lisa sie direkt an.
„Bist du verliebt, Vanessa?"
Vanessa richtete ihren Blick verschämt nach unten und sah aus, als ob sie etwas angestellt hätte.
„Ja, ich bin wieder verliebt, sehr verliebt sogar", gab sie zu.
„Kenne ich den Glücklichen?", fragte Lisa.
„Ja, es ist Christian, der Arzt, der mich nach meinem Unfall wieder zusammengeflickt hat, der Arzt, ohne den ich nicht mehr leben würde", erläuterte Vanessa.
Lisa konnte sich noch gut an seine einfühlsamen Worte erinnern, als sie weinend auf der Bank vor dem Krankenhaus saß und er versucht hatte, sie zu trösten.
„Das freut mich wirklich sehr für dich, soweit ich es beurteilen kann, ist er ein ganz toller Mensch und ein sehr gutaussehender Mann dazu."

„Das ist er wirklich", bestätigte Vanessa, nun wieder mit einem Strahlen auf ihrem Gesicht.
„Ich bin total in ihn verschossen. Bei uns ging das zwar nicht so spontan wie bei euch, aber jetzt kann ich verstehen, was Julian fühlte, als er dich kennenlernte. Liebe ist eben nicht gleich Liebe. Nun bin ich sehr dankbar um diese Erfahrung."
„Ich glaube das sollten wir feiern", schlug Lisa vor, bestellte zwei Prosecco und lud Vanessa mit ihrem neuen Freund spontan zum Grillen ein.

Es war ein sehr ausgelassener Abend, sie verstanden sich alle hervorragend. Als sich Julians und Vanessas Blicke trafen, wussten beide, was im Kopf des anderen vorging. Natürlich gab es vieles in ihren Herzen, das sie sich bewahren wollten. Aber in erster Linie waren sie sehr froh darüber, dass sie sich keine Sorgen mehr um sich machen mussten, dass sie beide ihr Glück gefunden hatten. Es war eine große Last, die von Julian abfiel, als er sah, dass Vanessa vor Glück schier strahlte. Auch Christian schien bis über beide Ohren verliebt zu sein, so war es für Julian schön zu sehen, wie die beiden den ganzen Abend über flirteten, wie zwei Turteltäubchen.

Ein halbes Jahr später, Ende April, klingelte Vanessas Telefon.
„Grüß dich Julian!"
„Hi Vanessa."
„Was hast du auf dem Herzen?", fragte sie fröhlich.
„Vanessa, ich habe noch etwas gut bei dir, ich möchte gerne auf dein Angebot zurückkommen."
„Welches Angebot?", fragte Vanessa verdutzt.
„Alles, einfach alles", sagte Julian nur und so langsam dämmerte es Vanessa.
„Als ich dein Bikinihöschen aus dem Meer gefischt habe, du erinnerst dich?", half er ihr auf die Sprünge.
„Ja, ich erinnere mich, aber das, an was ich damals dachte, wirst du von mir nicht mehr bekommen."
„Du hast gesagt alles, einfach alles, aber keine Sorge, es gibt etwas anderes, das du für mich tun könntest."
„Dann bin ich ja beruhigt", antwortete Vanessa und ließ sich von Julian erklären, um was es ging.
„Ich werde dir gerne dabei helfen, ich freue mich sogar darauf", versicherte ihm Vanessa und machte sich sogleich eine Notiz in ihrem Terminkalender.

Eine Woche später war es so weit. Lisa kam ein wenig früher von ihrem Vater zurück, als es Julian erwartet hatte. Gerade während sie den Schlüssel ins Schloss steckte, öffnete sich die Haustür und Vanessa kam ihr entgegen. Ihr erschrockener Blick verriet nichts Gutes, sie sah aus wie ein kleines Kind, das etwas ausgefressen hatte und nun ertappt wurde. Lisas feine Antennen signalisierten sofort, dass hier etwas nicht stimmte, aber noch bevor sie Vanessa nach dem Grund ihres Besuchs fragen konnte, war sie mit einem „Tschüss Lisa, hab´s eilig" verschwunden, allerdings nicht, bevor sie die Türglocke noch zweimal betätigte, um Julian zu warnen. Lisa kam dies vor, wie ein „Achtung, sie kommt, zieh dich schnell an, damit sie nichts merkt."

Lisa
Ich trete ein und noch ehe ich mir ernsthafte Sorgen machen kann, steht Julian bereits mit einem breiten Grinsen vor mir.
„Überraschung", kündigt er an, während er etwas hinter seinem Rücken verbirgt.
„Schließ die Augen", fordert er mich auf, noch bevor ich ihm Fragen stellen kann.
Ich bin ein bisschen durcheinander, aber ich vertraue Julian und schließe meine Augen. Ich fühle, wie er mir ein Tuch umbindet und überlege schon, um was es sich handeln könnte. Vielleicht will er mich heute mit verbundenen Augen vernaschen, da kann man sich besser auf seine Gefühle konzentrieren, ist mein erster Gedanke. Das würde gut zu ihm passen, ist aber nicht in Einklang mit Vanessas Besuch zu bringen.
„Entspann dich", bittet mich Julian, der sicherlich spürt, dass ich ziemlich aufgeregt bin.
Ich versuche herauszufinden, wo er mich hinführt. Zum Schlafzimmer müssten wir jetzt links abbiegen, denke ich, aber es geht nur geradeaus, in Richtung Veranda. Vielleicht hat er mir ein schönes Candle-Light-Dinner zubereitet und Vanessa hat ihm dabei geholfen, ist mein nächster Gedanke.
„Bleib bitte hier stehen", fordert er mich auf und ich tue es, wie befohlen. Obwohl das Geheimnis sicherlich gleich gelüftet wird, schießen mir viele Gedanken durch den Kopf. Julian ist ein sehr aufmerksamer Mann, der mich schon öfter mit kleinen Geschenken, Blumen, oder mit einem besonderen „Leckerli" verwöhnt hat, aber noch nie war es nötig gewesen, mir die Augen zu verbinden. Obwohl er meine Hand bereits losgelassen hat, ist bisher nichts passiert, so stehe ich da, wie bestellt und nicht abgeholt und muss mich in Geduld üben.

Während ich tief einatme, spüre ich, dass ich den Geruch der Umgebung mit geschlossenen Augen viel intensiver wahrnehme. Als ich den Duft von Lavendel und Rosmarin in mich aufsauge, rieche ich auch etwas Blumiges, was ich Julians Garten nicht zuordnen kann.

Julian
Ich genieße es, meine neugierige Lisa noch ein wenig zappeln zu lassen, während ich mich schleunigst umziehe. Vorfreude ist schließlich die schönste Freude, denke ich.

Lisa
Er steht direkt hinter mir, ich fühle den Luftzug seines Atems auf meinem Hals und zucke zusammen, als seine Lippen meinen Nacken berühren. Will er mich hier vernaschen?, frage ich mich erneut, während es mir bei diesem Gedanken schon ganz heiß wird. Plötzlich spüre ich, wie er meine Augenbinde lockert. Noch steht Julian hinter mir, hält die Binde weitere unendlich lange Sekunden fest, bis er sie schließlich wegnimmt. Schon beim ersten Anblick dessen, was ich erblicke, fühle ich mein Herz hüpfen wie ein Känguru. Mit der Hand auf meiner Brust und mit offenem Mund stehe ich staunend da, wohl ahnend, was vielleicht gleich schrecklich Schönes passieren könnte. Im Pool flackert eine Armada von Schwimmkerzen, deren warmes, goldgelbes Licht sich tausendfach auf der Wasseroberfläche spiegelt und für eine heimelige Stimmung sorgt. Schon in diesem Augenblick spüre ich Tränen über meine Wangen kullern.
Unzählige weiße und rote Rosenblätter schwimmen zwischen den züngelnden Flammen und säumen den Rand des Pools.
Mir zu Füßen liegt ein riesiges, ebenfalls aus Rosenblättern bestehendes, weißes Herz, umsäumt mit roten Blütenblättern. Als ich ihn erblicke, wird mir fast schwindelig. Julian steht mir in einem pikfeinen schwarzen Anzug und einer zu den roten Rosenblättern passenden Fliege gegenüber und kniet kurz darauf vor mir nieder. Während ich in seine feuchten Augen blicke, schluchze ich bereits, noch bevor er das erste Wort über seine Lippen bringen kann. Julian fasst meine Hand, aber es beruhigt mich nicht. Hoffentlich falle ich nicht in Ohnmacht, denke ich, damit ich diesen schönen Moment erleben kann.

Julian
„Liebe Lisa, du bist das Beste was mir in meinem Leben passiert ist. Schon in der ersten Sekunde, als du vor meiner Haustür standst, war es um mich geschehen. Dein Blick sagte mehr als tausend Worte, ich habe unsere Liebe sofort gespürt.
Ich weiß, unser Weg war kein einfacher, aber es war der Weg, der für uns vorgesehen war und letztendlich der Weg, der uns das Glück beschert hat.
Liebe Lisa, ich liebe dich mehr, als alles auf der Welt, ich möchte für immer mit dir zusammen sein, alle Wege mit dir gehen, die leichten, aber auch die beschwerlichen."
Es war noch so vieles, das ich mir zurechtgelegt hatte, das ich ihr sagen wollte, aber nun, in diesem Augenblick doch verworfen habe. Nach einem tiefen Atemzug, komme ich auf den Punkt.
„Liebe Lisa, willst du mich heiraten?"

Lisa
Ja, ich habe auf diese Frage gewartet, ja, ich bin gemeint und doch kann ich es nicht fassen. Er meint dich, wirklich, du dumme Gans, versichere ich mir selbst, um anschließend schluchzend auf die Knie zu sinken und Julian um den Hals zu fallen.
Nachdem ich meine Sprache wiederfinde, gebe ich ihm mein „Ja" gleich mehrmals, zwischen vielen Küssen.
„Ich kann dir gar nicht sagen wie glücklich du mich eben gemacht hast. Ich glaube, ich bin gerade die glücklichste Frau der Welt. Ich liebe dich auch über alles, Julian.
Du bist verrückt, was du dir für eine Mühe gemacht hast, es hat mich sehr berührt, ich kann dir gar nicht sagen, wie glücklich ich darüber bin, dass du mich gefragt hast. Ich kann mir nichts Schöneres vorstellen, als mit dir vor den Altar zu treten."

Julian
„Vanessa hat mir geholfen, alleine hätte ich das nicht geschafft", gebe ich zu, um die Lorbeeren nicht nur für mich einzuheimsen.
„Sie freut sich sehr für uns, ich glaube sie wartet auch auf einen Heiratsantrag."
„Zeit für Champagner", kündige ich an, während ich den Servierwagen mit feinsten, selbstgemachten Kanapees heranrolle, um mit Lisa anzustoßen und zu feiern.

„Hast du was dagegen, wenn wir drinnen anstoßen?", fragt mich Lisa, während sie gleichzeitig auf den Pool deutet.
„Ich habe noch nie ein Bad zwischen Rosenblättern und flammenden Kerzen genommen, wir können auch dort anstoßen", versucht sie mich zu überzeugen.
„Wenn du keine Angst hast, dass deine Haare abfackeln, bin ich dabei", erkläre ich mich einverstanden und stelle sogleich das Tablett mit den Kanapees und dem Champagner direkt an den Rand des Pools.
Nackt, Hand in Hand, tauchen wir nun vorsichtig in das Meer aus Kerzen und Blüten ein.

Lisa
„Warum hast du deine Fliege nicht abgelegt? Sieht echt komisch aus, wenn man sonst nichts anhat", kichere ich.
„Ein bisschen Etikette muss sein", antwortet er ernst und überreicht mir ein Glas gut gekühlten Champagner.
„Auf unsere Liebe, Julian", proste ich ihm zu.
„Auf dass sie ewig währt, Lisa", wünscht sich Julian.
Während wir uns gegenseitig mit Kanapees füttern, genießen wir den Anblick der Kerzen und Rosenblätter, deren Formationen sich ständig ändern.
Zwischen den Kanapees entdecke ich eine kleine, dunkelblaue Schachtel, die mich neugierig macht.

Julian
Ihre Blicke, die immer wieder magisch von der geheimnisvollen Schachtel angezogen werden, verraten mir ihre Neugierde, aber ich genieße es sehr, sie noch etwas schmoren zu lassen.

Lisa
Es ist echt gemein, dass er mich so zappeln lässt, denke ich, während ich es vor Spannung kaum mehr aushalte.
Mit einem leichten Nicken in Richtung des Geschenkes und einem fragenden „hm", erbitte ich sein Erbarmen.
„Ich habe da noch eine Kleinigkeit für dich", kommt endlich die erlösende Ansage von Julian.

Julian
Lisas Augen strahlen schon jetzt wie zwei Sterne, als ich nach dem Geschenk greife, deren Verpackung sicherlich auf Schmuck hindeutet.
„Es soll dich für immer an diesen Abend erinnern", sage ich feierlich, während ich den Deckel öffne.

Lisa
Ich bin sprachlos, als ich den runden, gut ein Zentimeter großen Anhänger erblicke. Im Licht der Kerzen funkelt mich ein großer, dunkelblauer Saphir an, dessen Farbe das tiefe Blau eines Ozeans widerspiegelt und dessen Einfassung durch viele kleine, im Licht der Kerzen strahlende, Diamanten gekrönt ist.
Noch immer blicke ich völlig sprachlos auf den Inhalt der Schachtel. Nein, ich bin keine Frau, die Schmuck nur des Wertes wegen liebt. Er besteht für mich eher darin, dass es ein persönliches Geschenk von Julian ist, ein Zeichen der Verehrung und Wertschätzung, noch dazu so unglaublich schön.
Während mir Julian den Anhänger anlegt, schaut er mich fragend an.
„Verzeih mir Julian, mir fehlen im Moment einfach die Worte. Der Anhänger ist so unglaublich schön, ich kann gar nicht ausdrücken, wie sehr ich mich über dein Geschenk freue. Er wird mich immer an diesen wunderschönen Moment erinnern, ihn unvergesslich machen, ein Leben lang. Vielen, vielen Dank, Julian", sage ich, während ich ihn innig umarme.

Julian
Trotz des gut temperierten Wassers wird es mir langsam zu frisch, aber Lisa machte keinerlei Anstalten das Becken zu verlassen.
„Ich fühle mich wie in einem Märchen, oder wie in einem Traum, von dem ich mir wünsche, dass er nie zu Ende geht", schwärmt sie gerade, und es fällt mir schwer, ihren Traum zu unterbrechen.
„Wenn du nicht willst, dass er mir gleich vor Kälte abfällt, dann sollten wir langsam gehen", schlage ich schließlich vor und deute mit einem kurzen Blick nach unten an, was ich meine.
„Das ist natürlich ein Argument, dem ich mich nicht verschließen kann. Er wird noch benötigt, schließlich wollen wir früher oder später eine Familie gründen", lenkt Lisa endlich ein.
So kämpfen wir uns langsam zwischen den Kerzen und Rosenblättern in Richtung der Treppe durch.

Nachdem wir beide etwas unterkühlt sind, reiße ich ein Streichholz an, um den vorbereiteten, offenen Kamin zum Lodern zu bringen. Bereits nach wenigen Minuten verwöhnen uns die züngelnden Flammen mit ihren warmen Strahlen. Im Schein des flackernden Feuers lassen wir den unvergesslich schönen Abend auf dem kuscheligen Teppich ausklingen, den ich als Bärenfellersatz vor dem Kamin ausgebreitet habe.

Es folgten zwei wunderbare Monate, in denen sie ihr Glück ausgiebig genossen. Julian war fast jede Woche auf Geschäftsreise, aber es betraf meist nur ein oder zwei Tage. Auch Lisa musste den einen oder anderen Auftraggeber besuchen, trotzdem blieb ihnen genügend Zeit für gemeinsame Unternehmungen.
Wenn sich Julian einmal länger im Ausland aufhielt, dann besuchte ihn Lisa meist für zwei oder drei Tage, damit sie nicht so lange aufeinander verzichten mussten. Lediglich ein Problem, das sie aber nicht sehr ernst nahmen, schleppten sie weiter mit sich. Es war Nadine, die seit dem Vorfall in Julians Burg immer wieder mit vereinzelten Anrufen nervte. Wenn Lisa das Gespräch annahm, um ihr ordentlich die Meinung zu sagen, legte Nadine sofort wieder auf. Wenn Julian mit ihr sprach, bekam er jedes Mal ihre Liebesbezeugungen zu hören. Anfänglich versuchte er sich auf sie einzulassen, mit ihr zu reden, ihr klarzumachen, dass das zu Ende war, was nie so richtig begonnen hatte.
„Lisa und ich, wir heiraten, kapierst du das nicht?", waren Julians letzte Worte, bevor er Nadines Anrufe regelmäßig wegdrückte, um Lisas Nerven zu schonen. Zurzeit arbeitete Julian an den Plänen zu Christians Neubau, die sich bereits kurz vor der Fertigstellung befanden. Mittlerweile war auch Vanessa in die Planungen mit eingebunden, worüber Christian sehr dankbar war. Er ließ den überwiegenden Teil ihrer frischen Ideen in die Pläne mit einarbeiten. Julian spürte bei den Besprechungen, dass es nicht mehr nur Christians Haus war, das er plante, sondern auch das von Vanessa, also ihr Haus für eine gemeinsame Zukunft.
Eines Abends saßen Lisa und Julian zum Entspannen hoch oben im Turm. Mittlerweile war der rundum und zum großen Teil bis auf den Boden verglaste Whirlpool Lisas Lieblingsplatz. Sie empfand es einfach grandios, die untergehende Sonne und die Lichtspiegelungen der sanften Brandung zu beobachten, oder zu später Stunde, so wie heute, in den Sternenhimmel hinauszublicken, ihren Körper von weichen Blubberblasen umspülen zu lassen und

zum warmen Wasser einen eiskalten Schluck Champagner die Kehle hinunterlaufen zu lassen.

Julian saß ihr gegenüber, genoss es Lisa zu beobachten, deren Gesicht ihr Glück förmlich widerspiegelte.

„Bist du dir wirklich sicher, dass niemand meinen plattgedrückten Hintern von draußen durch die Glasscheibe sehen kann?"

„Du kannst ganz beruhigt sein, es ist ein sehr spezielles Glas, man kann nur von einer Richtung durchsehen, bei Tag und auch bei Nacht", versicherte er Lisa erneut, die diese Frage nicht das erste Mal gestellt hatte.

„Es ist nur so ein komisches Gefühl", musste Lisa zugeben, die Julian in der Regel voll vertraute. „Vielleicht sollte ich es bei Gelegenheit mal von außen überprüfen", schlug sie vor, während Julian ihren prüfenden Blick auf sich spürte.

Nach dem ersten Glas Champagner legte sich Lisa in Julians Schoß und nun blickten sie auf die Gästeliste für die Hochzeit, die sie vorm Betreten des Whirlpools an die Tür geklebt hatten. So konnten Sie die einzelnen Personen nochmals der Reihe nach durchgehen, um abschließend festzustellen, dass sie wirklich niemanden vergessen hatten.

Während Julian mit Lisas Brüsten spielte, musste er plötzlich an den erotischen Moment im Krankenbett denken.

„Sag mal, das mit dem Fixieren, was du mir im Krankenhaus angedroht hast, könnte ich mir ganz gut vorstellen."

Lisas Kopf wirbelte herum und er blickte in ihr künstlich entrüstetes Gesicht.

„Das hättest du wohl gerne, wenn überhaupt, dann bekommst du es nur ohne Krankenschwester."

Lisa lenkte das Thema nun wieder auf die Hochzeit, aber sie stellten übereinstimmend fest, dass ihre Vorbereitungen so weit abgeschlossen waren. Nur eine Sache galt es noch mit Vanessa und Christian zu klären.

Julian lud die beiden am Wochenende zum Brunch ein, damit sich ein passender Rahmen bot, um ihre Bitte vorzutragen.

„Schön, dass wir alle so glücklich sind, dass wir unsere große Liebe gefunden haben", stellte Vanessa fest und hob ihr Glas zum Anstoßen.

„Auf unser Glück, auf unsere Zukunft", prostete ihnen Lisa zu und alle wiederholten diesen Satz ehrfürchtig.

„Wir haben eine Bitte an euch", begann Julian.

Während er eine kleine schöpferische Pause einlegte, lächelten sich Vanessa und Christian bereits freudestrahlend an.

„Ich dachte schon du fragst uns nie", sagte Vanessa, die ganz sicher war, um was es sich handelte.
„Ich frage euch, natürlich auch in Lisas Namen, ob ihr unsere Trauzeugen sein möchtet, wir würden uns sehr darüber freuen."
Vanessa und Christian brauchten sich nicht zu beratschlagen. Ein kurzer Blick genügte und Vanessa gab die Antwort in ihrer beider Namen.
„Ja, sehr gerne, es ist uns eine Ehre, eigentlich haben wir schon lange auf diese Frage gewartet. Ansonsten hätten wir uns aufgedrängt. Eine Bedingung gibt es allerdings."
„Und die wäre?", fragten Lisa und Julian im Chor.
„Nur wenn auch wir mit euch als Trauzeugen rechnen dürfen", antwortete Vanessa freudestrahlend.
„Was, ihr werdet auch heiraten?", stellte Lisa erstaunt und gleichermaßen erfreut fest.
„Es wird uns eine Ehre sein, ja, sehr gerne. Wann ist es denn so weit?", fragte Julian.
„Sechs Wochen nach euch, damit ihr genügend Zeit habt, eure Hochzeitsreise zu genießen", erklärte Vanessa.
„Das ist wirklich eine schöne Nachricht, ich freue mich sehr für euch", sagte Lisa, während Julian nickend zustimmte.
„Ihr braucht auf uns keine Rücksicht zu nehmen, denn wir möchten vorerst keine Hochzeitsreise unternehmen, vielleicht holen wir sie zu einem späteren Zeitpunkt nach. Wir können uns im Moment keinen schöneren Fleck auf der Welt vorstellen, als der hier, wo wir uns gerade befinden. Allerdings halten wir uns die beiden Wochen nach der Hochzeit frei, damit wir uns jeden Tag von morgens bis abends durchgehend vernaschen können", erläuterte Lisa, während sie ihren Julian grinsend anblickte.
Bei dieser Vorstellung mussten sie alle lauthals lachen. Als sie es endlich schafften, sich zu beruhigen, kramten sie ihre Taschentücher hervor, um sich die Tränen abzuwischen.
„Hoffentlich bleibt noch etwas übrig von euch, nach zwei Wochen Vernaschen", scherzte Vanessa, was einen neuerlichen Lachanfall auslöste.
„Wir sind doch keine Kannibalen", verteidigte sich Lisa.
„Da gäbe es schon eine Stelle an deinem Körper, wo ich gerne etwas abknabbern würde", meldete sich Julian wie ein kleiner Schuljunge mit seinem Finger, worauf Lisa unruhig auf ihrem Po hin und her rutschte.
Schon bei dem Gedanken daran, spürte sie ein Ziehen in ihrem Lendenbereich, das sich sogleich auf ihren ganzen Körper ausbreitete.

„Das kann ich nur bestätigen, auch ich habe einige Bisse in meinen Hintern abbekommen", goss nun Vanessa, grinsend, weiter Öl ins Feuer.
Lisa konnte ihren künstlich entrüsteten Blick nur kurz halten, bis sie erneut in schallendes Gelächter ausbrachen. Lediglich Christian, der ein wenig errötete, meldete seine Bedenken an.
„Bitte verschont mich mit Details eurer Dreiecksbeziehung."
„Ist alles vorbei, jetzt darfst du Vanessa in den Allerwertesten beißen, oder gehört das nicht zu deinen Vorlieben, Christian?", fragte Lisa, um seine Verlegenheit weiter auszukosten.
„In welcher Gesellschaft bin ich hier nur gelandet? Ich dachte ich würde mich unter gesitteten Leuten aufhalten", versuchte Christian den Ausführungen einen Riegel vorzuschieben.
„Auch gesittete Leute haben Gelüste, ich könnte aber auch über die Vorlieben eines gesitteten Menschen erzählen, ich kenne da so einen Arzt", äußerte sich Vanessa.
Christian war es nicht gewohnt so offen über solche Themen zu sprechen und blickte schon ganz verschüchtert in die Runde, weshalb Vanessa beschloss, ihn zu verschonen und seine Vorlieben für sich zu behalten.
„Da hast du dir was angelacht, ich wusste gar nicht, dass Ärzte so prüde sind", stellte Lisa fest und brachte das Thema zum Abschluss.
„Uns fehlt nur noch ein Hochzeitsauto, Julians Pampersbomber ist ja ein praktisches Fahrzeug, aber als Hochzeitskutsche taugt er wirklich nicht. Ich stelle mir etwas Offenes vor, vielleicht in der Farbe Rot, das wäre mein Traum", äußerte sich Lisa, während sie Vanessa anblinzelte.
Vanessas erster Mini war durch ihren Unfall so stark beschädigt gewesen, dass er ersetzt werden musste, aber Lisa wusste, dass sie ihren Neuen bereits übernommen hatte.
Vanessa stand auf, um Lisa zu drücken.
„Für dich tu ich alles", sagte sie, wobei sie sich selbst ermahnte mit dem Wort „alles" in Zukunft etwas vorsichtiger umzugehen.
„Natürlich könnt ihr meinen Mini haben, mit oder ohne Chauffeur, ganz wie ihr möchtet."

Die Nacht über lag Julian mehrmals wach in seinem Bett. Er musste immer wieder an Lisas Worte denken, „damit wir uns von morgens bis abends vernaschen können." Am liebsten wäre er mitten in der Nacht zu ihr gekrochen, um sie zu nehmen, aber es kam ihm eine andere Idee, um das Spiel fortzusetzen. Am nächsten Morgen stand Julian vor Lisa auf, um das Frühstück vorzubereiten. Als er fertig war, rief er sie nach unten, wo sie allerdings nichts vorfand, was auf ein Frühstück hindeutete.

Lisa
„Frühstücken wir heute auswärts?", frage ich erstaunt. „So ähnlich, hier schau", sagt er, während er auf die Matratze im Rondell des Esszimmers deutet.
Es ist ja nicht das erste Mal, dass wir im Rondell, hoch über dem Dach des Hauses frühstücken, aber ich kann nichts Essbares darauf finden.
„Und was gibt es heute zu beißen?", frage ich.

Julian
„Sahneschnittchen, ich werde dich zum Frühstück vernaschen", antworte ich mit lüsternem Blick und hoffe, dass sich mein Ansinnen erfüllt.

Lisa
Ich weiß, ich bin nicht gerade sehr prüde, aber gewisse Bedenken kommen mir schon.
„Ich komme mit, aber garantieren, kann ich dir nichts", erkläre ich, während ich bereits alle Hüllen fallen lasse, um mich anschließend nackt auf die Matratze zu pflanzen.
Auch Julian streift seine Sachen ab und legt sich neben mich, so fahren wir Hand in Hand nach oben, wo sich die Dachverglasung bereits öffnet. Als das Rondell seinen Endpunkt über dem Dach erreicht, blicken wir in einen vollkommen wolkenfreien, blauen Himmel. Es ist schon ein seltsames Gefühl, nackt in der freien Natur zu liegen. Das Geländer aus Glas bietet zwar keinerlei Sichtschutz, aber die Nachbarhäuser sind weit genug entfernt, dass sie keinen Hinderungsgrund darstellen.
„Aber wie ist es mit den Flugzeugen? Die vielen Touristen?", denke ich laut.
„Solange sie dir nicht alles weggucken und mir etwas übrig lassen, finde ich es in Ordnung", tut es Julian ab, was mich allerdings kurz erschaudern lässt.
Julian knabbert mich, sein Sahneschnittchen, zärtlich an. Es gibt fast keine Stelle, die er auslässt, was ich sehr genieße. Ich winde mich unter seinen Liebkosungen wie eine Schlange. Erst kurz bevor es passiert, kann ich ganz abschalten und alles andere um mich herum vergessen.
„Es war ganz anders heute", gestehe ich Julian. „Das Gefühl, dass vielleicht doch irgendjemand etwas sehen könnte, hat mich erst ein bisschen gehemmt,

aber beim Höhepunkt brachte es mir den letzten Kick. Bin ich vielleicht exhibitionistisch veranlagt?", frage ich ihn.

Julian
„Du kannst ganz beruhigt sein, mir ging es ähnlich, es war ein ganz außergewöhnlicher Höhepunkt. Das Sahneschnittchen hat mir da oben an der frischen Luft ganz besonders gut geschmeckt."
„Sind wir sexsüchtig?", äußert Lisa ihre Bedenken.
„Das ist schon möglich, aber bei so einer heißen Frau wundere ich mich nicht über meine Sexsucht", antworte ich und ernte ihr schönstes Lächeln.

Das richtige Frühstück folgte natürlich und es sollte nicht das letzte Mal sein, dass sie ihrer Lust im Rondell freien Lauf ließen.

Bis alle wichtigen Dinge geregelt waren, stand die Hochzeit bereits kurz bevor. Endlich konnten Lisa und Julian tief durchatmen, war es doch ein wesentlich höherer Aufwand, als sie sich vorgestellt hatten. Kirchenschmuck, Kirchenmusiker, Blumenschmuck für die Feier, Catering, Band, Hochzeitstorte, Sitzordnung und vieles mehr. Das Brautkleid war ein Geschenk von Vanessa, die es sich als Designerin nicht nehmen ließ, Lisa das Kleid, speziell nach ihren Wünschen, auf den Leib zu schneidern.
    Nadine meldete sich mittlerweile nur noch auf Julians Handy, was zumindest Lisas Nerven schonte. Er verriet Lisa nichts davon, damit sie endlich zur Ruhe kommen konnte. Irgendwie gewöhnte sich Julian an den täglichen Anruf, den er mehrmals wegdrückte, bevor er sich erbarmte kurz mit Nadine zu sprechen. Er versuchte es jedes Mal erneut, ihr klarzumachen, dass es zwischen ihnen nichts mehr gab und auch nie mehr etwas geben würde. Maximal ein oder zwei Wochen wollte er das Spiel weiter mitmachen, sollten die Anrufe darüber hinaus weitergehen, so würde ihm nichts anderes übrig bleiben, als sich bei der Polizei zu melden.

Es waren nur noch wenige Tage bis zur Hochzeit, als Julian, lediglich mit seinem Bademantel bekleidet, vom Pool zurückkam und mit einem verheißungsvollen Blick erwartet wurde.

Lisa
„Hierher", befehlige ich Julian, an das Geländer des Rondells, nehme den Bademantel von ihm und verwende den Frotteegürtel, um ihn um einen Pfosten des Geländers zu schlingen und die Enden jeweils an Julians Handgelenken zu verknoten. Als ich mit der Fernbedienung vor ihm stehe, schaut er mich fragend an. Noch bevor er richtig begreift, was gerade passiert, fahre ich das Rondell aufwärts, bis Julian, mit nach oben ausgestreckten Armen nackt vor mir steht.

Julian
„Was wird das?", frage ich, obwohl mir klar ist, dass sie mir einen Wunsch erfüllen möchte. So, wie ich nun vor ihr stehe, komme ich mir allerdings ziemlich ausgeliefert vor. Was ist, wenn gerade jetzt ihre, mir bisher unbekannte, sadistische Neigung zum Vorschein kommt? Was ist, wenn sie die Situation schamlos ausnutzt?, überlege ich kurz, während ich mir aktuell hilfloser vorkomme, als ich es in meinen erotischen Träumen durchlebt habe. Ich sehe, wie Lisa einen Becher mit Eiswürfen und ein Glas Honig mit einem Pinsel vor mir abstellt. Plötzlich hält sie eine circa fünfzig Zentimeter lange Weidenrute in den Händen.

Lisa
„Zuckerbrot und Peitsche wird das, heiß und kalt", beantworte ich Julians Frage, während ich mit heiß beginne. Meine Lippen berühren die seinen, ich küsse ihn, leidenschaftlich, wandere langsam nach unten.

Julian
Ich spüre ihre Zunge in meinem Bauchnabel, ihre Hände in meinem Schritt, ich bin schon in diesem Augenblick erotisiert. Gerade als sie zur Rute greift, ertönt die Türglocke.
„Ah, die Krankenschwester", sagt sie und lässt mich nackt am Rondell hängen.
„Du kannst doch jetzt nicht aufmachen", rufe ich ihr hinterher, aber sie hört nicht auf mich.

Lisa
„Hi Vanessa, was hast du auf dem Herzen?"

Vanessa
„Ich wollte nur wegen des Brautkleides etwas mit dir besprechen. Komme ich ungelegen?"

Lisa
„Nein, du kommst gerade richtig", sage ich im Hinblick auf die Krankenschwester und lade sie zu einem Espresso in der Küche ein, die direkt vom Flur aus zugänglich ist.

Julian
Mir steht schon der Angstschweiß auf der Stirn. Sie wird doch nicht Vanessa als Krankenschwester angeheuert haben? Nein, das ist absurd, aber wenn sie ins Wohnzimmer kommen, dann bin ich geliefert. Nackt, gefesselt, mit erkennbarer Lust.

Vanessa
„Wollen wir nicht nach draußen auf die Veranda?", frage ich, da wir in der Regel immer dort sitzen und das Wetter ebenfalls dazu einlädt.

Lisa
„Durch das Wohnzimmer durchzugehen ist zurzeit ein bisschen ungünstig, ich habe Julian gerade nackt ans Rondell gefesselt", mache ich einen Scherz und wir lachen uns die Seele aus dem Leib.

Julian
Ich höre alles, könnte sie würgen, sie treibt es auf die Spitze. Ich stehe nackt da, wie bestellt und nicht abgeholt, trotzdem macht es mich an. Es würde mir gerade noch fehlen, dass sie an mir vorbeigehen, Vanessa mich kurz grinsend grüßt, vielleicht sogar die Rute selbst in die Hand nimmt, um dann anschließend gemütlich einen Espresso auf der Veranda zu genießen. Zuckerbrot und Peitsche gleichzeitig?, schießt es mir kurz durch den Kopf.

Vanessa
Plötzlich wird mir ganz heiß. „Ist gar kein Scherz", sage ich Lisa direkt ins Gesicht, die mir mit einem schmutzigen Grinsen entgegen blickt. Ich schlucke mehrmals vergeblich, um den Kloß in meinem Hals runterzuwürgen und stürze meinen Espresso hastig hinunter. Bin sicher, dass mein Gesicht mittlerweile knallrot angelaufen ist.

„Komme ein anderes Mal", verabschiede ich mich mit wehenden Fahnen.
„Viel Spaß Julian", rufe ich in Richtung des Wohnzimmers, während ich hastig das Haus verlasse.

Julian
Ich bin echt sauer, sie treibt das Spiel auf die Spitze, jetzt weiß Vanessa ganz genau, was bei uns so alles abgeht. Als Lisa ins Wohnzimmer tänzelt, um sich wieder mit mir zu befassen, kann ich ihr nicht wirklich böse sein. Während die Weidenrute zur Demonstration mehrmals kurz auf ihre geöffnete Hand zischt, habe ich noch keine Ahnung, wie ernst sie es meint. Lisa lässt sich Zeit, streift die Rute an verschiedenen Stellen über meinen Körper, bis ich das erste Mal zusammenzucke.
Sie geht behutsam mit mir um, ich genieße das Wechselbad der Gefühle zwischen dem Schmerz der Rute, den zärtlichen Berührungen ihrer warmen, weichen Lippen, die mich heiß machen, und den Eiswürfeln, mit denen sie mich an den empfindlichsten Stellen berührt.
Ich stöhne auf, als sie den Honig von meiner Männlichkeit schleckt, als ob es sich um ein Eis am Stiel handeln würde.

Eine Woche später nahte der große Moment, auf den sich beide sehr freuten. In einem alten Kloster, hoch oben in den Bergen, stand Julian mit weichen Knien vorm Altar und wartete geduldig auf seine Lisa. Bisher durfte er keinen Blick auf ihr Brautkleid werfen, aber er war sicher, dass Vanessa etwas ganz besonders Tolles angefertigt hatte. Als die Orgel aufspielte, der Hochzeitsmarsch von Mendelssohn-Bartholdy erklang, blickte Julian erwartungsvoll dem Eingang entgegen. Vanessa zupfte und richtete Lisas Brautkleid zurecht, bis sie sich endlich mit dem Sitz zufriedengab.
„Du darfst, meine Süße", gab sie das Kommando zum Einzug.
Lisas Hand lag auf ihrem Herzen, das im Brustkorb heftig klopfte, aber es klopfte nicht aus Angst, sondern vor Freude und Stolz, dass sie so einen tollen Mann heiraten durfte. Obwohl sie nicht abergläubisch war, lag ihr ein alter englischer Brauch sehr am Herzen: „Something old, something new, something borrowed and something blue."
Das Alte, ein Stofftaschentuch von ihrer Oma, steckte in ihrem Höschen. Ihr Brautkleid repräsentierte das Neue. Das Geliehene kam von Vanessa, es war eine wunderschöne, silberne Halskette mit einem Anhänger, der aus drei ineinander hängenden Herzen bestand, von denen das Äußere und das Innere

mit unzähligen kleinen Diamanten besetzt waren. Das Blaue, das unter anderem für die Liebe stand, trug sie in Form eines Strumpfbandes, unsichtbar, nur für Julian unter ihrem Kleid.

Nachdem sie endlich, geführt von ihrem stolzen Vater, in der Pforte erschienen war, flossen bei Julian die ersten Tränen. Es war ein überwältigender Moment, als sie langsam, im Rhythmus der Musik, auf ihn zuschritten. Lisa mit einem unglaublichen Strahlen, einem Traum von Kleid, wie eine Lichtgestalt, in einem einzigartigen, unvergesslichen Augenblick. Ihre dunkelblonden Haare waren kunstvoll, über eine Seite hinweg, nach hinten geflochten und durch ein weißes Haargesteck verziert, das aus einer großen Organza-Blume und mehreren kleinen Satin-Blättern, aufgereiht auf einem mit silbernen Perlen verzierten Netz, bestand.

Als Lisas Vater seine Tochter an Julian übergab, tat er es mit Wehmut, aber gleichzeitig voller Freude, die er für sie empfand. Julian spürte die unheimliche Wärme, die ihre großen, bernsteinfarbenen Augen ausstrahlten, während sie ihm einen verliebten Blick schenkte.

Die Trauung war eher kurz gehalten, aber sehr persönlich. Während sie sich gegenseitig die Ringe ansteckten und nachfolgend küssten, applaudierten die Besucher begeistert. Danach schritten sie glücklich, nun als Mann und Frau, zwischen allen Anwesenden nach draußen, wo sich die Gratulanten sogleich um sie scharten. Erst nach einer halben Stunde bekam Julian die Gelegenheit, Lisas Brautkleid genauer zu betrachten. Lisa drehte sich, wie eine Ballerina, um ihre eigene Achse, während Julian die Begeisterung aufs Gesicht geschrieben stand.

„Nicht nur du, mein Schatz, bist ein absoluter Augenschmaus, sondern auch dein Kleid", gab er ihr ein doppeltes Kompliment und bedankte sich auch bei Vanessa, die stolz neben Lisa stand. Lisas Kleid war, ihrer Ansage „damit ich in der Hochzeitsnacht nicht zu kurz komme" geschuldet, von oben bis hin zu den Knien eng anliegend, um ihre sehr ausgeprägten weiblichen Reize nicht zu verstecken. Erst nach unten hin war es mit einem kleineren Reifrock etwas ausgestellt. Der gesamte Stoff, ebenso der große, ovale Ausschnitt am Rücken, waren von feinster Spitze überzogen.

Im großen Innenhof des Klosters wurden Sekt und Kanapees gereicht, um auch den Gästen gerecht zu werden, die zur anschließenden Feier nicht geladen waren. Zwischen der Menschenmenge schlängelte sich ein Quartett aus Bläsern und Streichern hindurch, um diesen schönen Moment mit klassischer Musik zu untermalen. Nach circa einer Stunde wurde es Zeit, um aufzubrechen, damit sie pünktlich zum Kaffee im Hofgut eintreffen würden,

in dem die eigentliche Feier stattfand. Erst jetzt fuhr Vanessa das toll geschmückte, rote Mini Cabrio vor.
„Ach wie süß, der ist echt goldig, so schön mit Blumen verziert, ein Traum", bedankte sich Lisa bei Vanessa, die das Lob in diesem Fall nur ungern annahm.
„Es ist deiner", sagte Julian, während er ihr den Schlüssel mit einem Anhänger vor die Nase hielt, auf dem groß Lisa eingraviert war.
„Er gehört dir", musste Julian mehrmals wiederholen, bis sie es endlich verstand.
„Es ist mein Hochzeitsgeschenk an dich", fügte er hinzu, was Lisa ganz in Verlegenheit brachte.
„Du bist vollkommen verrückt, aber ich liebe dich. Danke, Danke Julian."
Lisa konnte ihr Glück kaum fassen, sie freute sich schon sehr auf die bevorstehende Fahrt im offenen Wagen, welche durch die schöne Bergregion hindurchführte.
„Aber du musst fahren, ich bekomme mein Kleid unter dem Lenkrad leider nicht unter", bat Lisa und gab den Schlüssel zurück.
Es hätte mir eigentlich klar sein müssen, dass das nicht funktioniert, dachte Julian und übernahm gerne das Steuer.
Mit klappernden Dosen, welche Christan mit einer Schnur am Mini befestigt hatte, und dem Konvoi aus hupenden Fahrzeugen, ging es hinunter in Richtung Tal, vorbei an wunderschönen, mit leuchtendem, gelbem Ginster bewachsenen Berghängen und rotem Klatschmohn, der bevorzugt die Bergterrassen mit seinen Blütenblättern schmückte. Lisa nahm mehrere tiefe Atemzüge, der mit süßlichem Blütenduft durchsetzten, klaren Bergluft, während sie sich bereits auf ihre bevorstehende Hochzeitsfeier freute.

Nadine arbeitete bereits seit zwei Stunden als Küchenhilfe auf dem Hofgut. Sie war die Einzige aus Julians damaliger Clique, die nicht zur Hochzeit geladen war. Wegen des Vorfalls in der Villa und den nervigen Anrufen, sah Julian keinen Grund, Nadine mit einer Einladung zu belohnen. Im Gegenteil, er wollte sie ganz bewusst von der Feier fernhalten, um Lisa und auch sich selbst ihre peinliche Anwesenheit zu ersparen. Nadine war immer für eine Überraschung gut und gerade Überraschungen in der Art und Weise, wie sie sie liebte, waren das Letzte, was sie an diesem Tag gebrauchen konnten. Selbst das Datum hatte ihr Julian verschwiegen, aber es war für Nadine ein Einfaches, Ort und Tag zu erfahren. Sie rief einen alten Freund aus der Clique an und bat ihn unter dem Vorwand, dass sie ihre Einladung verlegt hätte, darum, ihr diese aufs Handy zu schicken. „Du wirst verstehen, dass ich Julian schlecht sagen kann, dass ich seine Einladung verschlampt habe", war ihre Erklärung, die einleuchtend klang. So hatte sie, innerhalb weniger Sekunden, alle Informationen bekommen.

Nun stand sie in der Küche des Hofguts und schnippelte die Zutaten für das Abendessen. Nadine war bereits eine Woche früher angereist und hatte die Chefin ganz gezielt nach Aushilfsarbeit angesprochen. Wir können bei Feiern jede fleißige Hand gebrauchen, so die Chefin, mit der sie sich damals schnell einigen konnte. Sie wusste nicht wirklich, was sie hier wollte, aber dass Julian heiratete, ohne dass sie in der Nähe war, das war für Nadine unvorstellbar. Schon alleine die Tatsache, dass er heiratete, ihr nicht mehr zur Verfügung stand, hatte sie verärgert. Lisa, die Frau, von der sie alle so schwärmten, nur sie war schuld an ihrem Unglück, an der Tatsache, dass Julian nicht mehr zu haben war, war schuld daran, dass er ihr nicht mehr zeigte, dass er in Wahrheit nur sie, Nadine, liebte. Das Gefühl von Julian verehrt, umschwärmt, beworben und begehrt zu werden, das war es, was sie unendlich vermisste.

Während die Hochzeitsgesellschaft in den Innenhof einfuhr, drückte sich das ganze Küchenpersonal die Nasen am Fenster platt, um Braut und Bräutigam zu bewundern. Das Lob, das sie über Lisa hörte, tat Nadine besonders weh. Waren es doch alles Attribute, die sie auch für sich beanspruchte. Geile Braut, ordentliche Rundungen, sehr sexy, bildhübsch, tolles Kleid, das waren die Worte, die in diesem Moment fielen. Worte, die ihr klar werden ließen, dass es für sie nun endgültig zu spät war.

Viel zu lange hatte sie gezögert, Julian zu sagen, dass sie ihn wirklich liebte. Es war die unglaubliche Angst davor, ihre Freiheit zu verlieren, die sie immer wieder vor diesem Schritt zurückgehalten hatte. Erst jetzt, genau in diesem Augenblick, während sie hastig weiter Gemüse schnippelte, Lisas Bild im Brautkleid vor ihrem geistigen Auge, wurde ihr diese schreckliche Wirklichkeit bewusst, wurde ihr bewusst, dass Julian auch mit einer anderen Frau glücklich werden konnte.

Kaffee und Kuchen waren zwischenzeitlich in der einseitig offenen Scheune angerichtet und nachdem die mehrstöckige, riesige Hochzeitstorte von zwei Personen herangetragen und auf dem Tisch abgestellt war, griffen Lisa und Julian gleichzeitig zum Messer. Das erste Stück schnitten sie gemeinsam, welches sie anschließend Lisas Vater überreichten.

Eine Stunde später, nachdem alle reichlich Kuchen verkostet hatten, gab es Fotosessions der einzelnen Gruppen, jeweils zusammen mit dem Brautpaar und kurz darauf begannen die Spiele, in denen Lisa und Julian ihr Geschick als Paar beweisen mussten, oder sich einfach nur lächerlich machten, was in vielen Fällen offensichtlich das Ziel darstellte.
Nach dem Sechs-Gänge-Menü, das ab achtzehn Uhr gereicht wurde, war etwas Bewegung angesagt, also genau die richtige Zeit für das Brautpaar, den Tanz zu eröffnen. Julian konnte als Tänzer im Vorfeld nicht überzeugen, weshalb ihn Lisa gezwungen hatte zumindest den Walzer mit ihr einzustudieren. Dies zahlte sich nun aus, denn die Gäste klatschten begeistert und gesellten sich, Paar für Paar, mit auf die Tanzfläche. Im Laufe des Abends wurde die Stimmung ausgelassener, was Julian zum Anlass nahm, die Etikette ein wenig zu lockern. Nachdem er den Anfang machte, legten auch andere Gäste ihre Krawatten und Fliegen ab, um den oberen Hemdsknopf zu lösen und sich damit von der schrecklichen Enge des Kragens zu befreien.
Während einer Tanzpause standen Lisa und Julian an einem Bistrotisch, um mit einem Glas Sekt anzustoßen.
„Es ist der schönste Tag meines Lebens, ich möchte die Uhr am liebsten anhalten, damit er nie vergeht", gestand Lisa ihrem frisch gebackenen Ehemann.
Wie glücklich sie war konnte ihr Julian direkt ansehen. Lisa strahlte vor Freude, was er zum Anlass nahm, ihr einen Kuss auf die Lippen zu drücken.
„Ich liebe dich, Lisa, du machst mich sehr glücklich. Ich wünsche mir, dass uns das Glück nie verlässt und dass unsere Liebe ewig währt."
„Verzeihung", bat ein Kellner und übergab Lisa eine Notiz.
„Ein Geheimnis?", fragte Julian.
„Es geht um ein Spiel, dafür ist es nötig, dass ich mich kurz in das Gartenhaus begebe. Ist ja ganz schön, dass sie sich so viel Mühe machen", sagte Lisa, die der Spiele aber so langsam überdrüssig wurde. Es lag ihr allerdings fern, den Gästen einen Strich durch die Rechnung zu machen, weshalb sie den Anweisungen Folge leistete.
Während sie die Tür des Gartenhauses vorsichtig öffnete, knarrten die verrosteten Scharniere gespenstisch. Die Dämmerung war schon hereingebrochen, weshalb nur spärliches Licht durch die kleinen, von unzähligen Spinnweben überspannten, Fensterscheiben fiel. Während Lisa den Lichtschalter mehrmals vergeblich an- und ausknipste, fühlte sie sich wie in einem Krimi. Obwohl ihr die Angelegenheit bereits Gänsehaut auf ihren Armen bescherte, ging sie hinein, um die Tür hinter sich zu schließen. Sie werden mich schon

rufen, wenn es so weit ist, dachte Lisa und stellte sich darauf ein, ein paar Minuten in der Dunkelheit zu verharren.

Hoffentlich gibt es hier keine Mäuse, war der erste Gedanke, der ihr durch den Kopf ging. Gerade in dem Moment, als sie versuchte von ihrer Vorstellung umherhuschender Mäuse wegzukommen, vernahm sie ein undefinierbares Geräusch, welches ihren Puls sofort nach oben schießen ließ. Und wenn es hier doch Mäuse oder Ratten gibt?, fragte sich Lisa ängstlich und überlegte schon, die Flucht anzutreten. Eine Spielverderberin wollte sie allerdings auch nicht sein, deshalb entschloss sie sich, die Pobacken zusammenzukneifen. Die kleinen Nager sind doch für Menschen ungefährlich, versuchte sich Lisa zu beruhigen, während sie sicherheitshalber auf der Stelle trippelte. Sie erschrak und erstarrte zugleich, als sie ein weiteres, unheimliches Geräusch vernahm.

„Ist hier jemand?", fragte Lisa in die Dunkelheit hinein, aber es kam keine Antwort.

Als sie plötzlich den Umriss eines Menschen vor sich sah, ganz nah, schon den Atem spürend, lief ihr ein eiskalter Schauder über den Rücken. Lisa erkannte eine Frau mit mittellangen Haaren, die ihr auf gleicher Höhe in die Augen blickte.

„Ist es das Spiel? Wollt ihr mir Angst machen?", fragte sie besorgt, während ihr Puls bereits heftig pochte.

Nachdem die Frau nicht antwortete, war Lisa inzwischen so verängstigt, dass sie kurz davor stand, die Flucht anzutreten, egal, ob sie dieses komische Spiel damit vermasseln würde oder nicht. Erst jetzt, nachdem sie sich konzentrierte, konnte Lisa das Gesicht einordnen, das sich nun direkt vor dem ihren befand.

Nadine hielt ihr Küchenmesser fest umklammert, bereit um Julian von dieser Frau zu befreien. Lisa spürte den Ernst der Lage, sah eine beängstigende Entschlossenheit in Nadines glänzenden, furchterregenden Augen. Innerhalb einer Sekunde gefror ihr das Blut in den Adern, was sie einen Augenblick lang daran hinderte, Luft zu holen. Erst nach einer unendlich langen Schrecksekunde, stieß sie einen Schrei hervor, der trotz der räumlichen Trennung sämtliche Gäste aufschrecken ließ. Sie riss die Tür auf und rannte, so schnell sie konnte, in Richtung der Menschenmenge, vor deren Augen sie auf die Knie sank und wortlos nach vorn umkippte.

Vanessa, welche die leblos am Boden liegende Lisa zuerst erreichte, schrie sich die Seele aus dem Leib, als sie den Griff des Messers in ihrem Rücken erblickte, in dessen Umkreis sich die weiße Spitze des Brautkleides durch Lisas Blut rasch rot einfärbte.

***

Kapitel 15: Die Hoffnung stirbt zuletzt

Julian, der sich im Moment noch an die Hoffnung klammerte, dass es sich nur um ein geschmackloses Spiel handelte, um ihn zu schocken, traf als nächstes bei Lisa ein. Als er seine geliebte Braut regungslos vor sich liegen sah, fühlte es sich an, als ob sein eigenes Herz gerade stehen blieb. Er war nicht in der Lage einen klaren Gedanken zu fassen und sehr dankbar, dass Christian, der inzwischen ebenfalls neben Lisa kniete, das Kommando übernommen hatte. Es war ein furchtbarer Schmerz, den Julian in seinem Brustkorb fühlte, er spürte den Schmerz des Stiches selbst so heftig, so intensiv, als ob er damit alle Schmerzen von Lisa nehmen könnte. Vanessa schrie fortwährend und musste von einigen Gästen vom Ort des Geschehens weggezerrt und beruhigt werden.

Die Zeit, bis der Rettungswagen eintraf, fühlte sich wie eine Ewigkeit an. Es waren bange fünfzehn Minuten, in denen sie nur abwarten und so gut wie nichts für Lisa tun konnten. Julian versuchte seine schlimmsten Gedanken zu verdrängen, trotzdem liefen sie immer wieder, wie ein Film, vor seinem geistigen Auge ab. Obwohl er voller Hoffnung war, sah er Lisa unzählige Male von sich gehen, sah sich betend vor ihrem, mit Blumen überhäuften, Grabe stehen, sah sich in einen schwindelerregenden, unendlich tiefen Abgrund stürzen und schämte sich zugleich seiner Gedanken.

Aber selbst als Laie konnte Julian erkennen, dass die Chancen seiner frisch angetrauten Ehefrau, mit dem Messer im Rücken, nicht besonders gut standen. Christian versuchte seinen Freund zu beruhigen, sagte, dass man so nicht beurteilen könne, ob innere Organe verletzt seien und dass man die Untersuchungen im Krankenhaus abwarten müsse. Dies war allerdings wenig beruhigend für Julian, der Lisa wiederholt über das Haar strich, sie immer wieder ansprach, sie anflehte durchzuhalten, obwohl sie keine Regung zeigte.

In den frühen Morgenstunden, nach einer langen Nacht der Sorgen, aber auch der Hoffnung, kam Christian, der selbst an der Operation beteiligt war, mit ernstem Gesichtsausdruck auf Julian und die restlichen Angehörigen zu, um ihnen über den aktuellen Stand zu berichten.

„Wir konnten das Messer entfernen, es war etwas kürzer, als wir es vermutet hatten. Der Stich ging allerdings nur sehr knapp an lebensbedrohlichen Organen vorbei. Eine Operation war zwar nötig, aber Lisa hatte Glück im

Unglück. Nach jetzigem Stand wird sie keine bleibenden Schäden davontragen."

Alle, wie sie auf der Bank saßen, atmeten gleichermaßen tief durch, waren sehr erleichtert, diese Nachricht zu hören.

„Kann ich zu ihr?", fragte Julian mit Tränen in den Augen.

„Warte einen Moment, die Schwester wird dich informieren, wenn es so weit ist."

Bis auf Julian, der die Stellung hielt, gingen alle anderen nach Hause. Auch Christian war körperlich am Ende und suchte das Bereitschaftszimmer auf, um sich hinzulegen. Vanessa konnte die nächsten Stunden nur mithilfe von Beruhigungsmitteln überstehen und saß mittlerweile wieder neben Julian, um ihm Beistand zu leisten und Lisa sobald als möglich zu sehen.

Erst vier Stunden später kam die Schwester, um Julian in Lisas Zimmer zu begleiten. Während er vor ihrem Bett niederkniete und in ihre Augen schaute, kamen ihm erneut die Tränen, es waren Tränen des Glücks, denen er freien Lauf ließ. Er fasste ihre Hand, hielt sie ganz fest und atmete tief durch.

„Es war Nadine", begann Lisa, ohne auf ihren Zustand einzugehen.

„Ich weiß, sie hat sich von der Polizei widerstandslos festnehmen lassen. Ich könnte sie umbringen vor Wut", machte sich Julian Luft.

„Sie ist krank, es ist ein psychisches Problem, welches der Behandlung bedarf. Sie kann nichts dafür", verteidigte Lisa überraschenderweise die Frau, die ihrer Hochzeitsfeier ein abruptes, schreckliches Ende bereitet hatte.

„Hast du Schmerzen?"

„Nein, mach dir keine Sorgen, ich bekomme Schmerzmittel. Christian sagt es ist nicht so schlimm, wie es im ersten Moment ausgesehen hat. Ich hatte wohl einen guten Schutzengel bei mir. Gut, dass ich den Rest nicht mehr mitbekommen habe."

„Warum gerade du, Lisa? Es ist alles meine Schuld, ich hätte Nadine rechtzeitig anzeigen sollen, wegen Stalking, vielleicht wäre ihr dann bewusst geworden, dass das alles kein Spiel ist."

„Mach dir keine Vorwürfe, es ist krankhafte Eifersucht, da kann nur ein Psychiater helfen. Mir wird es bald wieder gut gehen, das ist nicht das Problem. Aber warum war es uns nicht vergönnt, diesen wunderschönen, einzigartigen Tag bis zum Ende zu genießen? Es war gerade so schön, ich habe mich so wohl gefühlt, ich war gerade so glücklich und ich vermisse jede Minute des Abends, derer uns Nadine beraubt hat. Ich habe mich darauf gefreut, von dir über die Schwelle getragen zu werden und natürlich auch auf unsere

Hochzeitsnacht. Aber es hätte schlimmer enden können", sagte Lisa mit dem Anflug eines Lächelns, aber gleichzeitig kullerten ihr Tränen über die Wangen.
„Wir lieben uns, das ist das Wichtigste", versuchte Julian seine Frau zu trösten, während er sie vorsichtig umarmte.
„Schön, dass du für mich da bist", sagte Lisa, die sich in den Armen ihres Mannes gerade besonders geborgen fühlte.

Lisas Genesung machte große Fortschritte, es waren lediglich die inneren Narben, die sie bei ihren Bewegungen spürte. So konnte ihr Christan die freudige Meldung verkünden, dass sie bald, in drei oder vier Tagen, entlassen würde. Vanessa kümmerte sich sehr um Lisa, besuchte sie so oft sie konnte, versorgte sie mit diversen Zeitschriften und leistete ihr Gesellschaft, um die Langeweile zu vertreiben. Am liebsten hätte Lisa längst ihre Sachen gepackt und wäre gegangen, aber Christian war streng mit ihr, deshalb blieb ihr nichts anderes übrig, als die letzten Tage durchzustehen.
Auch Julian bekam öfter Besuch von Vanessa, die sich um ihn ebenfalls Sorgen machte. Sie wusste, dass er sich, an dem was passiert war, mit schuldig fühlte. Während sie gerade auf einen Cappuccino in seinem Büro saß, versuchte sie, Julian etwas von seinen Schuldgefühlen zu nehmen, um ihn zu entlasten.
„Du kannst dein Leben nicht planen wie eine Villa, wie ein Bauwerk. Technische Zeichnung, Statik, bauen, fertig. Natürlich muss man einen Plan haben und Ziele, die man verwirklichen möchte, aber im täglichen Leben gibt es viele Faktoren die man nicht beeinflussen kann. Es fängt schon im Mutterleib an, man ist darauf angewiesen, dass das komplexe System der Schwangerschaft funktioniert, um lebend und gesund auf die Welt zu kommen. Man ist darauf angewiesen, in die Hände fürsorglicher Eltern zu geraten. Es bedarf des Glücks, in einem Umfeld groß zu werden, das einem den richtigen Weg fürs Leben weist, es bedarf des Glücks jedes einzelnen Tages, von größeren Unfällen oder Krankheiten verschont zu bleiben und des Glücks, die richtige Partnerin fürs Leben zu finden. Man kann es Glück nennen, oder Schicksal, du bist jede Minute deines Lebens davon abhängig. Ich will damit sagen, du kannst nichts für das, was Nadine getan hat, für das, was vielleicht in ihrem Leben schiefgelaufen ist, für das, was sie zu der Person gemacht hat, die sie heute ist."
„Das hast du schön gesagt, Vanessa, Danke. Du hast ja recht, hinterher ist man immer schlauer. Ich denke, ich sollte mich auf die Zukunft

konzentrieren, aber es war ein schrecklicher Augenblick, als ich Lisa leblos im blutgetränkten Brautkleid vor mir liegen sah und ich werde lange brauchen, bis ich diesen Augenblick vergessen kann."
„Du wirst ihn nie vergessen, er gehört jetzt zu eurem Leben."
„Lisa hat sich so sehr gewünscht, dass ich sie im Brautkleid über die Schwelle trage, dass sie ihre Hochzeitsnacht genießen kann, wie alle anderen Brautpaare auch. Es tut mir sehr leid für sie, dass sie das nicht erleben durfte", sagte Julian, während er Vanessa traurig in die Augen blickte.
„Ich habe da so eine Idee", antwortete Vanessa spontan. „Die Zeit zurückschrauben können wir zwar nicht, aber vielleicht gelingt es uns, an den Zeitpunkt anzuknüpfen, als das Fest zu Ende war."
Julian verstand nicht sofort, aber er ahnte, was Vanessa meinte.
„Wie soll das funktionieren? Das Brautkleid ist mit Blut durchtränkt", fragte er schließlich.
„Lass das nur meine Sorge sein, das bisschen Spitze habe ich schnell ausgetauscht. Was hältst du davon, wenn du Lisa damit überraschst?"
Julian freute sich sehr über Vanessas Idee, die sie sofort gemeinsam zu Ende dachten.
„Übrigens, wie hat es dir gefallen am Rondell, neulich, als ich bei euch war?", stichelte Vanessa mit ihrem Insiderwissen, kurz bevor sie sich verabschiedete.
Jetzt war es Julian, der den Klos in seinem Hals spürte, aber Vanessa bestand nicht auf eine Antwort, sie verschwand einfach mit einem vielsagenden Grinsen, während Julian am liebsten im Boden versunken wäre.

Wenige Tage später stand der Entlassungstermin für Lisa fest. Vanessa konnte Christian überreden, sie bereits am Abend vorher zu entlassen, es Lisa allerdings erst am späten Abend, zur vereinbarten Zeit, mitzuteilen. Als Christian gegen zweiundzwanzig Uhr vorsichtig an Lisas Zimmertür klopfte, war sie gerade in ein spannendes Buch vertieft.
„Entschuldigung, dass ich dich so spät störe."
„Was gibt es zu dieser Uhrzeit Wichtiges, ist etwas nicht in Ordnung?"
„Im Gegenteil, deine Genesung ist so weit fortgeschritten, dass ich dich entlassen kann."
„Ich bin schon von der Schwester informiert worden, dass ich morgen gehen kann, aber schön, dass du es mir persönlich sagst, danke, Christian."

„Es hat sich etwas geändert, du darfst heute schon nach Hause gehen, wir benötigen händeringend Betten. Ich kann es mit ruhigem Gewissen verantworten."
„Meinst du ich soll oder darf augenblicklich das Krankenhaus verlassen?", fragte Lisa ungläubig und mit einem überraschten, aber gleichzeitig freudigen Gesichtsausdruck.
„Es ist alles organisiert, wenn du willst, kann es gleich losgehen."
Christian ging zur Tür, um Vanessa hereinzulassen, die schon ungeduldig auf ihren Auftritt wartete.
„Überrascht?", fragte Vanessa.
„Ja, sehr, weiß denn Julian, dass ich komme?"
„Ja, natürlich. Wir werden jetzt an den Punkt anknüpfen, an dem eure Hochzeitsfeier endete."
„Wollt ihr mich nochmal einliefern? Nein danke", scherzte Lisa, die allerdings nicht wirklich verstand, was Vanessa meinte.
„Wir werden dich zuerst anziehen und dann fährt dich Julian nach Hause, so, als ob ihr eure Hochzeitsfeier gerade erst in diesem Moment verlassen würdet."
„Das ist ja lieb von euch gemeint, aber es fällt mir schwer vorzustellen, dass ich mein traumhaftes Brautkleid noch anhabe und mit Julian zusammen in unser wunderschönes Zuhause einschwebe."
„Das dachte ich mir, deshalb werden wir deiner Vorstellungskraft auf die Sprünge helfen", sagte Vanessa grinsend und rief Christian herein, der vor der Tür auf seinen zweiten Auftritt wartete.
Während er den Hochzeitsmarsch summte, schritt er ehrfürchtig heran, Lisas Brautkleid auf einem Bügel vor sich hertragend. Er drehte es einmal komplett um die Achse, um Lisa weitere Fragen zu ersparen.
„Vanessa, ist das wirklich mein Kleid?", fragte Lisa mit leuchtenden Augen.
„Ist gar nicht so schlimm gewesen, ich habe nur die Spitze am Rücken neu eingenäht und schon war es fertig."
„Du weißt gar nicht welche Freude du mir damit bereitet hast", bedankte sich Lisa überglücklich bei Vanessa und drückte sie innig.
Circa eine halbe Stunde später war es so weit. Vanessa hielt Lisa einen Spiegel vor, damit sie sich bewundern konnte.
„Verzeih mir bitte, wenn ich deine Frisur nicht ganz so gut hinbekommen habe wie die Friseurin", entschuldigte sie sich im Voraus.
„Das hast du alles ganz wunderbar gemacht, Vanessa, schön, dass es dich gibt. Ich sehe wirklich genauso aus wie am Tag der Hochzeit."

„Du bist eine Naturschönheit, dich müsste man eigentlich gar nicht schminken. Ich bin fast ein wenig neidisch auf dich", gestand Vanessa.
Als sie die Tür öffnete und Julian plötzlich mit seinem Hochzeitsanzug grinsend vor ihr stand, war Lisa zutiefst gerührt. Sie blickten sich lange sehr tief in die Augen, bevor sie aufeinander zuschritten und sich wortlos umarmten. Vanessa musste mehrere Taschentücher reichen, bevor es losgehen konnte.
Christian und Vanessa wünschten eine schöne Hochzeitsnacht und Julian bot Lisa seinen Arm an.
Als sie ihren mit Blumen geschmückten Mini entdeckte, war es Julian, der ihr das nächste Taschentuch reichte.
„Ich wusste gar nicht, dass du so nahe am Wasser gebaut bist", sagte er.
„Bin ich normalerweise auch nicht, aber das was ihr euch für mich ausgedacht habt, das geht mir sehr nahe, dafür bin ich euch sehr, sehr dankbar."
Trotz der späten Stunde fuhren sie mit offenem Verdeck, um sich den lauen Fahrtwind um die Nase wehen zu lassen. Nach einem kleinen Umweg, den Julian ganz bewusst fuhr, um den Genuss der Fahrt etwas zu verlängern und um Vanessa genügend Zeit zu geben, die Kerzen in der Burg anzuzünden, kamen sie nun vor der Haustür zum Stehen. Ganz der Kavalier, half er Lisa aus dem Wagen, die ihn nun erwartungsvoll anschaute.
„Sehr gerne, Frau Gemahlin", sagte Julian, der genau wusste was nun zu tun war, worauf sich Lisa so sehr freute.
Nachdem er sie hochgenommen hatte, legte Lisa ihren Arm um seinen Hals, um sich abzusichern und um ihm zuerst einen Kuss zur Stärkung zu geben.
„Los geht's", gab sie das Kommando und Julian setzte sich in Bewegung.
Kurz vor der Schwelle verharrte er.
„Es symbolisiert den ersten Schritt in unser neues Leben als Mann und Frau, gleichzeitig schütze ich dich damit vor den bösen Geistern, die unter der Schwelle lauern", erklärte Julian.
Während er Lisa ehrfürchtig über die Schwelle trug, musste sie sich kurz schütteln, als sie an die bösen Geister dachte. Erst nachdem sie wieder festen Boden unter den Füßen spürte und in den Flur hineinblickte, in dem die Flammen unzähliger Teelichter flackerten, die aneinandergereiht den Weg vorgaben, waren die bösen Geister vergessen.
„Das ist wunderschön", staunte Lisa, die bereits erkannte, dass die Linie der brennenden Kerzen einen Bogen in Richtung der Treppe machte, wo sich das Flackern auf den Stufen fortsetzte.

„Vanessa hat mir etwas geholfen", gestand Julian, „aber mit deinem Brautkleid ist es die Treppe hoch etwas gefährlich, ich möchte nicht, dass du jetzt auch noch in Flammen aufgehst."
„Hilfst du mir?", fragte Lisa.
„Es gibt nichts, was ich lieber täte. Dein Kleid ist zwar wunderschön, aber es kann nicht mit dem mithalten, was sich darunter verbirgt."
Nachdem das Brautkleid abgestreift auf dem Boden lag, reichte Julian Lisa seine Hand, um ihr bei dem Schritt über den Reif hinweg zu helfen. Es fühlte sich wirklich gut an für Lisa, als sie Julians begehrliche und lüsterne Blicke auf ihrem Körper spürte. Sie trug weiße, sehr sexy Unterwäsche, und um Julian zuvorzukommen, drehte sie sich einmal langsam um ihre Achse.
„Du siehst wirklich umwerfend aus", bestätigte Julian, als er ihre Rückseite erblickte. Lisa trug einen String, der den oberen Teil ihres Hinterns mit einem relativ großen Dreieck verhüllte, dessen untere Spitze jedoch zwischen den Pobacken verschwand. Der restliche Teil ihres Pos war sozusagen unverhüllt, was auf Julian sehr erotisch wirkte.
„Weißt du welche Bedeutung dieses Teil hat?", fragte Lisa und deutete auf ihr blaues Strumpfband, welches mit einer weißen und einer blauen Rose verziert war, zwischen deren Blütenblättern ein Edelstein funkelte.
„Es ist ein Brauch, sieht jedenfalls toll aus", versuchte Julian seine Unwissenheit zu überspielen.
„Etwas Blaues bei der Hochzeit zu tragen steht für Treue, Ehrlichkeit, Bescheidenheit, Ergebenheit und Liebe, mein Gatte", erklärte Lisa grinsend.
„Dann musst du das nun für immer tragen", schlug Julian vor, während er ihr einen Kuss gab und die Gelegenheit nutzte, um nach ihrem Hintern zu grapschen.
„Willst du mich gleich hier nackig machen oder erst oben?", fragte Lisa, die es nun ins Schlafzimmer drängte.
„Gehen wir erst hoch, das ist spannender", schlug Julian vor und ließ Lisa ganz bewusst den Vortritt.
Die Linie der brennenden Teelichter führte im Bogen direkt auf die Treppe zu und auch hinauf, um jede einzelne Stufe in flackerndes, warmes Licht zu tauchen.
Julian konnte es sich auf dem Weg nach oben nicht verkneifen, in Lisas halbnacktes Hinterteil zu beißen, das vor ihm hin und her wackelte.
„Vielleicht hätte ich es mir doch überlegen sollen, ob ich einen Kannibalen wie dich heirate", gab Lisa zu bedenken.

„Ich werde dich mit Haut und Haaren vernaschen", kündigte Julian an, während er auf der Treppe bereits ein zweites Mal zubiss.
Lisa quietschte vor Vergnügen, rannte aber weg, um ihrem bissigen Raubtier zu entkommen. Als sie die Schlafzimmertür öffnete, blickte sie auf eine Wand von roten, herzförmigen Luftballons, die ihr bereits entgegenflogen.
„Das habe ich aber nicht bestellt", erklärte Julian überrascht.
„Ich bin sicher, dass es Vanessas Idee war, unserer Lust hier einen kleinen Dämpfer zu verpassen. Aber wie um alles in der Welt haben sie das in der kurzen Zeit geschafft, unser Schlafzimmer bis fast unter die Decke mit Luftballons zu füllen?", fragte Julian erstaunt, während Lisa schon dabei war in die Wand einzutauchen, um die Ballons mit Händen und Füßen durch die Luft wirbeln zu lassen. Nun fand auch Julian Spaß an einer kleinen Ballonschlacht, so tobten sie herum wie zwei kleine Kinder, bis sie der Sache überdrüssig wurden. Einen großen Teil der Ballons schubsten sie einfach durch die Tür hindurch und den Rest ließen sie mit Nadeln platzen. Endlich durfte Julian seine Braut von der restlichen Wäsche befreien, lediglich das blaue Strumpfband ließ er an ihr.
Während Lisa rasch unter die Decke kroch, stand Julian noch in Anzug und Krawatte da. Während sich ihr Blick gespannt auf ihn richtete, fühlte er sich wie ein Stripper, was Lisa mit ihrem Kommentar „zeig mir was du kannst", weiter unterstützte. Obwohl es ihn ein wenig Überwindung kostete, machte er Lisa die Freude und entledigte sich, in spannender Langsamkeit, nach und nach seiner Kleidungsstücke, die er, während er die entsprechende Melodie summte, in hohem Bogen auf die Seite warf. Als er endlich nackt vor dem Bett stand, verbeugte er sich mehrmals unter Lisas Applaus. Julian zögerte kurz, als sie die Decke aufschlug.
„Auf was wartest du?", fragte Lisa, die Julians Bereitschaft eindeutig erkennen konnte.
„Ich habe etwas Angst, dass ich mein verletztes Püppchen beschädige", erläuterte er halb ernst, halb im Scherz.
„Keine Angst, es kann nichts passieren, du bekommst auf dein Püppchen lebenslange Garantie, sachgemäße Nutzung vorausgesetzt", bot Lisa an.
„Darüber hinaus hast du die Luxus-Sicherheitsausstattung mit zwei Fullsize-Airbags gewählt", ergänzte sie grinsend, während sie auf ihren Busen blickte.
Als sich Julian an sie schmiegte, war es plötzlich ganz still. Jedes Wort wäre ein Wort zu viel gewesen, während sie sich ganz aufeinander einließen, ihre

Körper gegenseitig Zentimeter für Zentimeter behutsam erforschten, so, als ob sie gerade eben das erste Mal aufeinandergetroffen wären.
Lisa wand sich unter Julians zarten Berührungen. Jede Streicheleinheit, jeder Kontakt mit seiner Zungenspitze, jeder Kuss, hinterließ auf ihrer Haut einen bleibenden Gefühlsabdruck, bis ihr ganzer Körper so sensibilisiert war, dass sie es vor Lust kaum auszuhalten vermochte. Auch Julian fühlte sich heiß wie ein Vulkan, kurz vor der Eruption und ließ sich nun gerne von ihren erwartungsvoll geöffneten Schenkeln einladen. Während sein Blick auf ihren vollen Brüsten ruhte, genoss Lisa ihren Höhepunkt mit geschlossenen Augen.
Nachdem Julian am nächsten Morgen aufgewacht war, schaute er direkt in Lisas runde Augen, die ihn wohl schon eine Weile beobachteten.
„Vielen, vielen Dank für diese schöne Hochzeitsnacht, es war eine große Überraschung für mich, die ich nie vergessen werde. Schön, dass du es uns ermöglicht hast, da anzuknüpfen, wo unsere Feier endete", bedankte sich Lisa bei Julian.
„Schön, dass es dich gibt, dass du bei mir bist und dass du dein Leben mit mir verbringen möchtest", antwortete Julian und kuschelte sich eng an seine Frau.

***

289

Epilog

Liebe Leserin, lieber Leser, wir, die Hauptpersonen dieses Buches, möchten Sie nun kurz über den Verlauf der nächsten Jahre informieren.

Nadine:
Ich bereue meine Tat inzwischen sehr und ich weiß, dass ich sie nicht ungeschehen machen kann. Ich habe mich bei Lisa und Julian entschuldigt und bin dankbar, dass sie meine Entschuldigung angenommen haben. Nach meinem schrecklichen Vergehen musste ich mich in psychiatrische Behandlung begeben. Es fiel mir anfänglich nicht leicht, aber es war der richtige und auch der einzig gangbare Weg, ein guter Weg, der mir neue Erkenntnisse bescherte und mich wieder in die richtige Richtung lenkte.
Nun bin ich davon überzeugt, dass nie wieder solch ein fürchterliches Verbrechen von mir ausgehen wird. Meine Ängste haben es verhindert, mich voll und ganz auf die Liebe einzulassen. Besonders die Angst verletzt zu werden, irgendwann einmal wieder verlassen zu werden, stand in meinen Gedanken ständig im Vordergrund.
Aber auch bei der Liebe gilt: Wer nicht wagt, der nicht gewinnt. Inzwischen habe ich eine richtige Beziehung, habe ich mich auf einen Mann eingelassen und sehe nun alles von einer anderen Seite. Selbst wenn es nicht für ein ganzes Leben reichen sollte, kann mir niemand mehr die glücklichen Momente, Tage, Monate, oder sogar Jahre nehmen, die mir geschenkt wurden. Sie werden immer in meinem Herzen bleiben und ich weiß, dass ich für jeden Tag dankbar sein kann, den ich glücklich verbringe.

Lisa:
Ich bin nach wie vor, so fühle ich mich zumindest, die glücklichste Frau der Welt. Nach anfänglichen Rückschlägen kann ich es kaum fassen, dass ich mein Glück mit Julian endlich in vollen Zügen genießen darf. Unseren Entschluss, den „Pampersbomber" durch einen adäquaten Wagen zu ersetzen, mussten wir revidieren. Inzwischen macht er seinem Namen alle Ehre, denn wir haben zwei wunderbaren Kindern das Leben geschenkt und erfreuen uns jeden Tag an unserem kleinen „Finn" und unserer kleinen „Mia", die im Garten herumtollen und unser Leben bereichern.

Julian:
Es war kein einfacher Weg für mich, die Liebe meines Lebens zu finden, aber es war nicht der Weg, den ich für mich ausgesucht habe. Es ist einfach passiert und nun bin ich dem Zufall dankbar, dass mich dieser schwierige, steinige Weg letztendlich zu Lisa geführt hat, die mein Leben ebenso bereichert und ebenso süß ist wie unsere zwei Kinder. Dafür bin ich sehr dankbar.

Vanessa:
Ja, ich muss zugeben, ich war egoistisch, ich habe Fehler gemacht und Lisa und Julian damit sehr geschadet. Aber wenn man verliebt ist, dann ist es ein Zustand, den man nicht immer unter Kontrolle hat, ein Zustand, bei dem das Gefühl häufig über den Verstand regiert. Nun habe auch ich meine große Liebe gefunden. Es ist Christian, der mein Herz eroberte, den ich über alles liebe. Wir haben inzwischen geheiratet und natürlich waren Lisa und Julian unsere Trauzeugen. Ich bin sehr froh darum, dass wir uns alle gut verstehen und vieles gemeinsam unternehmen. Übrigens, das Schlauchboot durfte meinen Namen behalten und nun reitet nicht nur Julian auf mir herum, sondern seine ganze Familie, Lisa am tollsten.

***

*** Dieses Buch ist als gedrucktes Buch und als E-Book erhältlich ***

Zum Schluss noch etwas in eigener Sache:

Der Erfolg meiner Bücher hängt im Wesentlichen von Ihren Empfehlungen ab. Wenn ich Sie mit diesem Buch gut unterhalten, vielleicht sogar berührt habe, dann würde ich mich sehr über Ihre Empfehlungen an andere interessierte Personen freuen. Bitte nutzen Sie auch die Möglichkeiten der Bewertungen/Rezensionen bei dem Anbieter, bei dem Sie das Buch erworben haben und die Ihnen zur Verfügung stehenden sozialen Medien.

Vielen herzlichen Dank für Ihre Empfehlungen und den Kauf dieses Buchs.

Ihr Autor Riccardo H. Wood

Informationen zu meinen weiteren Büchern finden Sie auf den nächsten Seiten!

„Lenas Hölle"
Erotischer Psychothriller

E-Book-Bestseller/Meist verkauft beim Verlag epubli seit 12/2016 bis zur Veröffentlichung von „Julian – LiebesChaos auf Mallorca" (Ausgabe 1.1) 10/2019 anhaltend.

In „Lenas Hölle" geht es, unter anderem, um die tragische Geschichte einer jungen Frau, die einige Tage als Sexsklavin gehalten wird.
Es ist eine Mischung aus Spannung, Psychologie, Erotik, sexuellen Abgründen, Hass, Liebe und Leidenschaft, welche diesen erotischen Psychothriller prägt. Unverblümt beschrieben, sehr vielseitig.

Prolog

Die Zeit war gekommen, um ihre Arbeit zu beenden. Sie hatte ihren Plan Punkt für Punkt durchgezogen und sich vorgenommen, den Gewölbekeller ein letztes Mal zu betreten. Sie schloss auf, und die schwere Holztür mit den massiven Eisenbeschlägen knarrte beim Öffnen gespenstisch. Ohne Eile, aber fest entschlossen, trat sie ein und hielt nur wenige Schritte vor ihrem Opfer inne. Seine Arme waren nach oben links und rechts ausgestreckt und an den Gelenken fixiert. Breitbeinig, die Fußgelenke im Abstand von circa einem Meter mit kurzen Kettenstücken am Boden befestigt, und völlig wehrlos. Er war kaum noch in der Lage, eine Reaktion zu zeigen.
Zufrieden blickte sie auf seinen schwer gezeichneten nackten Körper. Deutlich waren die Verletzungen zu sehen, die sie ihm zugefügt hatte. Mühsam hob er den Kopf und schaute seiner Peinigerin ins Angesicht. Sie erwiderte seinen Blick ohne jegliche Regung. Ihre glänzenden Augen strahlten eine unheimliche Kälte aus und ihr Opfer erstarrte bei diesem Anblick. Das Messer in ihrer rechten Hand hielt sie fest umschlossen und er konnte die große Klinge im Schein des Lichtes aufblitzen sehen. Ihre Augen zeigten Entschlossenheit, aber er hatte keine große Angst mehr vor ihr. Vielleicht würde das Martyrium jetzt endlich sein Ende finden. Es war gespenstig ruhig und für ihn dauerte es eine halbe Ewigkeit, bis sie ihren Blick senkte und ihm zwischen die Beine starrte.

Für „Lenas Hölle" ist auch eine Romanversion geplant. Die aktuelle Ausgabe / aktuellen Ausgaben finden Sie auf meiner Homepage.

„KREUZFAHRT zartbitter"
Reality Roman

Elena freut sich auf dich, du allein darfst dich bei ihr unterhaken, die Kabine mit ihr teilen und diese wunderschöne Urlaubsreise in den hohen Norden mit ihr genießen, die auch gleichzeitig eine Reise durch Elenas Leben ist. Erlebe eine Kreuzfahrt mit berauschend schönen Momenten, aber auch mit allen tragischen Begebenheiten rund um Elenas Leben.
Es ist eine Reise, die dich zugleich tief in Elenas Gedankenwelt führt, sie wird sich mental vollkommen nackt vor dir machen, dir einen unbegrenzten Einblick in ihr Leben, ihre Psyche, ihre Ängste, Träume und Wünsche geben. Elena verlässt ihr unerträgliches Leben, um sich für zwei Wochen unter die Lebenden, die in freudiger Urlaubsstimmung befindlichen Kreuzfahrtgäste zu begeben, sich wieder zu spüren, zu sich zu kommen, um eine Reise der Genüsse anzutreten und bis zum Ende der Kreuzfahrt zu einer Entscheidung zu gelangen: Sein oder Nichtsein.

KREUZFAHRT zartbitter ist eine Mischung aus einem Roman, also einer frei erfundenen Erzählung, und Erlebnissen, die aus der Wirklichkeit stammen, was dieses Buch zu einem sehr authentischen Leseerlebnis macht. Selbst einige von Elenas unglaublichen Träumen stammen von einer von Depressionen und Ängsten betroffenen Person und wurden direkt in den Nächten dokumentiert und zur Verfügung gestellt. Du wirst Elena als reellen Menschen empfinden, ihr so nahe kommen, als ob sie deine beste Freundin wäre. Komm mit zu den überwältigenden Fjorden Norwegens, lasse dich verzaubern vom sanften Rauschen des Meeres, beeindrucken von der schönen Natur, dem Leben an Bord und lasse dich von der Leidenschaft infizieren, auf diese angenehme Art die Welt zu entdecken.

Ob es die Eindrücke von Hamburgs Industriehafen bei Nacht sind, die vielfältigen Kreationen des Lichts beim Auslaufen aus Invergordon, die Aussicht in luftiger Höhe am Bug der Marena beim Einfahren in den Geirangerfjord mit seinen majestätischen Bergen und beeindruckenden Wasserfällen, die nächtliche Neptuntaufe am Arctic Circle, die unvergesslichen Sonnenuntergänge oder die vielen Erlebnisse an Bord, ich bin sicher, dass ich dir ein sehr bemerkenswertes und interessantes Buch anbieten kann.
Hallo, darf ich auch etwas dazu sagen? Ich bin es, Elena! Ich freue mich schon auf deine Gesellschaft, bitte begleite mich. Herzlichen Dank dafür!

Weitere Informationen und ausführliche Leseproben
finden Sie auf meiner Autorenseite:

www.riccardo-h-wood.de